白明正 ◎ 著

鸿雁

作家雪山（白明正）继《白鹿观之·往事多情》《五千里秦山蜀水》《那一抹血色残阳》之后最新力作。

陕西新华出版传媒集团
太白文艺出版社

2014.4 于苏州.

卷首诗(鸿雁之歌)

鸿雁
向北方
盘旋在秦岭之巅
眸然回首兮
带走那一片片乡愁
还有那过往岁月的辛酸

鸿雁
向北方
翱翔在秦岭之巅
翘首北望兮
筑起那展延生命的鸟巢
相约那眷恋中地浪漫

鸿雁
向北方
穿越过秦岭之巅
求婵索骥兮
心存那人性真善美地期盼
迎接那理想的辉煌灿烂

谨以此书追忆姚友英女士
（《鸿雁》中斑竹的原型）善德永存！

序　一

文美，人美，情美，才说它好

　　两年前的一天，我突然接到西安市临潼区文化馆周满强老师的电话："有一个农民写了一部长篇小说，你可看看。"一听"农民"二字，我心里咯噔了一下，但因是朋友介绍，便答应了下来。几天后，一位农民打扮、笔名叫雪山的作者找到了我，拿出一部二十多万字的手稿，书名《白鹿观之·往事多情》，说让我看看。我花了一个星期的时间看完，不由得在心里点赞：写得好，接地气。一个农民能写出如此有可读性的小说不容易，让我心生敬仰之情。我便记住了这位农民朋友。他年近七旬，家住临潼区斜口镇，与我同处一地。后来，他这本书出版，送给我一本。先看书面设计，便被镇住了，不但庄重朴实，而且书名题字让我很佩服。他说："这书面背景着色都是根据插图设计，书名题字是我写的。"如此豪气的书法，竟是出于他之手。作为文艺爱好者，让我汗颜的是自己竟然不晓得当地还有这样一位书家，可见此公藏之深。

　　之后的一个春节前，雪山突然送来他的第二部长篇小说《鸿雁》，让我看看，且征求我的意见。因有了此前对他的认识，我便毫不犹豫地将作品留下了。看时却逐渐被书中的情节打动了，故事很吸引人。二十多万字的作品，春节时看了四天，一口气读完，脑子里竟然闪现出陕西人常说的方言——咥冷活！不由得赞叹，这真是一部好作品，心中便有了给他写点什么的意愿。因此才有了以下的看法。

　　《鸿雁》是一部反映中国改革开放前后一些社会现象的现实主义作品，它通过讲述主人公斑竹的鸿雁人生、从南方到北方的奋斗，描写了改革的时代风云。雪山注重对生活和人物进行深入而细致的观察，并以最真实的方式将故事写出来。他笔下的人物，是用錾子在生活的石头上，一下一下凿出来的，几乎个个给人一种雕塑般的坚实感。

"小说被认为是一个民族的秘史"，用巴尔扎克这句话解释这部作品最为恰当。在改革开放的历史背景下，用人物的生活、思想的变化、奋斗的经历、失败的悲痛、情爱的欲望、成功的喜悦，塑造了真实的人物形象，而不再是某种虚假观念下教条而抽象的"捏造"。我们从作品的叙事中看到了真实、有欲望、有痛苦的人，看见了人物眼中流出的泪和心中流出的血。

　　我一直认为，文学就是追求美和德。伟大的作品，不离于此两点，这是最能吸引和打动人的内在力量。雪山通过小说，写出了这些人物身上的道德及人性之光。既有逃出婚变苦难、从南方到北方不懈奋斗的斑竹，也有正直率真而勤劳的夏临风，还有为改变命运从陕北横山来到关中的阿玲，更有志存高远、天姿流韵的云黛儿等等。他们都有七情六欲，也犯一些平凡人会犯的错误，但在他们内心深处，良心之火从未熄灭，人性之光从未暗淡，有情有义，有着敢于担当的勇气，充分体现了我们民族道德和伦理中永远不灭的善缘，当然也照射出了作品中人性美的光辉。

　　叙事是小说的技巧，最终目的在于塑造人物，这是小说艺术的职能和根本任务。一部小说倘若没有让人记住甚至让人迷恋的人物，那它就很难称得上一部好小说。而《鸿雁》这部小说人物塑造是值得称赞的，它将人物置于小说文本内涵的中心位置，塑造了许多栩栩如生、令人难忘的人物形象，斑竹、夏临风、云黛儿，以及阿玲等都有着属于自己的气质和个性。在对斑竹、阿玲、云黛儿形象的描写上，雪山写到了她们的不幸，同情她们悲惨的婚变遭遇；罗逊英年早逝、阿玲殉情自灭、斑竹患癌而亡，每一个不同生命的终结，都有着一个悲情的故事，伴随着一场场情感高潮，错综连贯、跌宕起伏，让人唏嘘不已。

　　人与文是相通的，什么样的人写什么样的小说。小说是一个作家秘密的人格档案，也是非常可靠的人格镜像，读者通过小说作品，可以看到作者的情感态度、人格状况及思想境界。

　　记得雪山有一次闲聊时问我："你认为小说中写男女情爱之事是否好？"

　　我说："好小说必须写！"

　　他问："为什么？"

　　我说："世界在一定意义上，就分为男女两性，这就是世界，没有爱情就没有'故事'，作品就味同嚼蜡，更不真实！"

　　他问："那怎么写爱情？"

　　我突然想到了写《棋王》的阿城在他的杂谈集《闲话闲说》中谈到的情爱，

鸿雁

于是我对雪山说："阿城说：'色不可无情，情亦不可无色，或曰美人不淫是泥美人，英雄不邪乃死英雄，痛语！'话虽有点张扬，但确是真言。"

人常说：高手在民间。我遇到了高手。当我看完《鸿雁》这部小说，尤其对人物爱情欲望做了真实而真情的描写，让我称赞，让我敬佩。

故事、人物、结构、语言，是小说，尤其是长篇小说的四大要素。只要有几项站得住脚，小说就有了看头。如果是"站"得出类拔萃，而且四大要素样样俱佳，该小说就是一部好小说。

诗酒无妨趁年华，小说何须伤老大。雪山的作品再次证明，写小说从来不怕年龄大，小说是一种需要经验支持的写作。要想成为一个好的小说家，就一定要有足够丰富的人生阅历，即要对人生世事有透彻的理解。用曹雪芹的话说，就是要"世事洞明"，要"人情练达"，因为，非如此，就看不清人性和生活的真面目，也就不大可能写出有滋味的好小说来。小说家饱尝世态冷暖，惯看秋月春风，于是便能以理解和客观的态度来叙事和写人，从而给读者一种自然的亲切感。

《鸿雁》，文美，人美，情美，才说它好！

以上便是我读雪山先生作品之感。

刘忆龙

2021 年 3 月 26 日

序 二

一艘航母，一条山脉

作为一名从事专业采访的军事记者，从天山南北的西部战区，调到一岳独尊泰山所处的东部战区，可以说我从事的就是鸿雁传书的工作。

我和雪山是几年前在西部战区南疆博斯腾湖畔的库尔勒、作为陕西老乡相识的，他那时在旅途中收集和整理小说素材，间或在兴会之际创作一些现代诗歌。因着其后诸多交往，我曾为他的第一部长篇小说《白鹿观之·往事多情》写过一篇序言，这次他将他的第二部小说《鸿雁》电子打印稿寄予我阅读，并嘱托我为之作序。

有着雪山的嘱托，我在工作之余，系统地翻阅了这部小说。看了他大篇幅的故事结构、人物塑造、所表达的主题，觉得是一部很能融入人们情感的小说，有着它浑厚称奇的可读性，比起第一部小说，已是百尺竿头，更进一步了。

长篇小说可以说就是一艘航母，是一个庞大的文字工程，结构由一件件硕大的钢构拼集而成，产生无比的心灵震撼。我看到作者用深奥独特的文学语言描写的每一个人物，都可以独立成为一篇中篇或短篇小说，汇集一起便成了一部长篇小说，穿梭复杂，跌宕起伏，就像航母在大海巡航一样。

长篇小说也可以说就是一条山脉，对于书中每一个人的生命都有一个穿越。主人公斑竹由巴蜀大地穿越秦岭来到北方奋斗实现自己的人生价值，阿玲从陕北高原来到关中平原演绎出令人怜悯的悲剧，云黛儿走出家乡、复归三秦、艰辛创业，她们都是一只只鸿雁，都在穿越一座座横亘在人生漫长旅途上的山脉。

这艘航母的庞大，这条山脉的高耸，在证明作者人生阅历丰富和知识渊博，也在证明作者在不断实现超越。结构使小说顺理成章，故事让小说风生水起，情感使人物有血有肉，作者正是遵循这样的创作意识做到笔下生花，让自己更能驾驭这艘航母冲浪弄潮，完成心中神奇的构思。

作者还很接地气地借助古长安这片文化的沃土，十三朝古都文化熏陶繁衍出小说主要人物的梦想，使错综复杂的内容缤纷绮丽，山重水复，胜境跌宕，深刻叙述出人物在生活里的世态万象。在作者的调色盘中，对于地域的描绘一样引人入胜、多彩多姿，谐和众角色演奏出人生命运的交响曲。

可以看出，作者在陕西这片沃土上，发掘着丰富的生活内涵，有着许多的故事存留，还有很多的情感流露，很能剖析出各个人物的人性的多个方面，且能把握住一个尺度，陈述给读者种种的浪漫和情殇。

也算逆向思维吧！作者仿佛有着另一个鸿雁人生，他推崇的一句话是：路在脚下，心在远方！正是这个理念让他摈弃了部分小说家常有的浮躁、浅薄、妄自尊大，心存一个更远大的目标，规划自己写作的范畴，辛勤耕耘。一年多时间又为读者奉献出这部长篇小说《鸿雁》，寄托自己和读者相融之心，飞翔在蓝天白云之间的雁阵上。

江流

2021 年 4 月 28 日于东部战区

鸿
雁

目 录
CONTENTS

第一章　十塘古镇·流年往事

这里的地形有些特殊。

川东的河流大多从西北方向而来，流向东南方向的渝州而注入长江，但十塘的水不是这样。蛤蟆溪从东边的碧云山向西顺势而下，沿途经过大湾、八塘、九塘及梳篦坝几个村子，像多情地串起一颗颗珍珠，由旧县那边携着枇杷溪、柑橘坝、斑竹湖自南向北流十多里到了十塘。川民又顾恋着十塘这个风水宝地，明清时期逐渐在这里形成一个繁华兴隆的小镇——十塘古镇。

湖中的溪水溢出后，折向北去，经三江城边的纺织工业小镇东津沱，融入浩荡北来的嘉陵江。

十塘古镇蜿蜒地摆布在通向三江城的大路两旁，大路在十塘又与东边而来的华安煤矿运煤的小轻轨铁路交会在一处，将煤运往东津沱码头，由船载运到下游的渝州城。

地理位置造就了古镇曾经的繁荣，古镇两旁古老的店铺房檐，几乎隔着街道靠在了一起，使得石板铺就的街道有些狭窄，店铺内的光线便有些暗淡。镇上繁华地段，与斑竹湖饭庄一墙之隔的就是聚友茶馆，说是茶馆，里面打麻将、搓花牌，悠闲的捎客替人介绍生意、寻找雇工，社会中人谈是论非、平息事端，月老牵线做媒，阴阳先生求神算卦等，再就是十塘周边的富豪绅士、贤达名流在楼上包间喝茶消遣。这里便是三教九流、鱼龙混杂、各色人物聚集之地，说它是一个大杂烩的社交场合一点儿也不过分。

每逢农历三、八日是十塘逢场的日子，从周围丘陵、溪坝间下来赶场的男女老少络绎不绝，熙攘的人群你拥我挤。挂着刚宰割的猪肉、羊肉，还有叫卖腊肉、卤肉的，呼售掩在水桶中的河鱼鳖虾的，琳琅满目的日杂百货铺展在潮湿脏兮兮的地摊上，绳子穿起来的衣裤鞋袜五彩缤纷得像彩旗在风中招摇，空气中充斥着鱼腥及腐肉气味，原本就很狭窄的街道，被四方赶场的人挤得水泄不通。

川中打扮得甚是入时的少男少女，以及饱经沧桑的老少妇孺，此时便都拥到街上，在赶场的热闹中宣泄着平常日子的烦闷与憋屈。

难忘的故乡·川东山水情

　　十塘湖岸边，一些自发唱川剧的艺人唱着古老的曲调，伴随着鼓瑟及川剧神秘的变脸技艺，引起的一片喝彩声，回荡在苍茫绵延的丘陵之间，震荡得波平如镜的十塘湖泛起一层层涟漪，水波直向岸边漫延过来。

　　四川盆地多雾，川东乡间僻壤更是被一片灰色的雾幛所笼罩，很远的华安煤矿及那边缙云山浅黛色的山峦、眼前苍茫的丘陵间一丛丛翠绿色的青竹、石条垒成的灰色湿暗小屋等，和轻岚浓雾融合在一起，整个乡间，仿佛都隐现在一个神秘莫测的梦境中。

　　斑竹湖的早晨，作为石匠的姚忙老爹，照旧起得很早。屋外的院坝上，浓雾弥漫，让人感觉有些湿冷，他慵懒地上下左右挥了挥臂膀，活动着这一夜息养的腰椎。

　　临近解放的前几年，城里的涪江码头上没活可干，生活难以为继，他和父母辞别三江城里的姚氏家族，一家离开了赖以生存的江边码头，在城南离城中心二十多里的斑竹湖边，置办了几亩水田及几处丘陵上的坡地，住了下来。

姚家祖上本是从湖南湘西沅陵来三江城的客户人家，在三江城码头落脚后，另谋生路，干起了在涪江上捞尸的生计。这也是一种半官方半积德为善的事体，衙门给他们配备了一只轻巧小船，专门从事捞尸业务。姚家子孙继承了祖辈的好水性，打捞上游漂浮下来的尸体，很是得心应手。上游漂来异物时，是不是尸体，捞尸人敏锐的眼睛在百米外就能断定。打捞上来的死者，官府会给予打捞者丁点儿报酬，但如何处理这些尸体，就是他们家族的事了。有主的尸体被人认领后，便由家属搬回上游原籍安葬，当然另有不菲的回报。有时，也会捞到有钱人的尸体，人家家里人不愿染指这些被污秽水浸泡鼓胀起来的死尸，便额外多使些银两，以求捞尸人用船帮他们运回故土安葬。每当这些丧事处理完，捞尸人留足养家糊口的钱财后，是要在码头上酒馆内大打一次牙祭的，同时也有着消除捞尸带来的污秽气息的意思。

姚忙老爹有着姚姓族人的基因，又有着职业的传承，他的眼睛无论是干活儿还是与人闲谈，无形中总露出一种肃杀冷酷的目光，当然这种目光有时又会使人疑惑，让人觉得他对任何事物都有着自己的计较及防范。祖上挣死人钱财的作为，使得姚忙老爹内心很是阴暗，钱财对他来说，比命还要贵重。

整个川东丘陵间浅表的黑色沃土下，是一种青灰色的砂岩，这层砂岩成了整个川蜀丘陵间造房最原始、最便于利用的天然材料。建房前先在院落选一块埋藏着砂岩的地方，除去上边的土壤，再用铁锤、钢钎撬起一块块砂岩材料，然后用小钢钎打出一块块长方形规格的石条来，经过许多时日，姚忙老爹备齐这些起房材料，加之丘陵间又有取之不尽的楠竹及桉木做檩条、青竹做笆，再在几间房的骨架上苫上均匀的稻草，这样遮风挡雨的住宅便悄然建成了。

不久，整个十塘都知道了姚忙老爹有这样出众的建房手艺，要建房者纷纷找到他商议盖房事宜。姚忙老爹先召集了一些强壮后生，又兼任工头揽起活来，逐步积蓄了些钱财，便将屋顶的草苫撤下，又铺上一排排青蓝色的小陶瓦，斑竹湖村村民都羡慕不已。

随着岁月的流逝，姚忙老爹的父母在斑竹湖相继过世，此时姚忙老爹已是三十七八近乎四十岁的光景，额头上沟壑般的皱纹下一双深邃阴冷的眼睛，使之与其多次见面的年轻女人感到畏惧而好事难成。虽然积攒了不少钱财，还是未娶上一房可靠的堂客来。

姚忙老爹要娶一房正儿八经的黄花闺女已是不可能了，好在这时光又挨到了新中国成立，姚忙老爹去十塘赶场时，遇到了一个刚刚离异的女人叫谢莲玉，长得颇有几分姿色，两人一拍即合，走在了一起。

这谢莲玉本是蛤蟆溪上游八塘的女人，在原丈夫家连连生了三个女儿，原丈夫长得倒是特别高大，但在谢莲玉眼里就是枉然披了一张男人皮囊。他出了名的木讷憨厚，在外面挣不来钱，田里又产不出谷，加之又住在山上，一家五口人的日子凄苦难熬地向前腾挪，夫妻之间吵嚷打闹是家常便饭，谢莲玉便狠下心与其男人解除了婚约。家中三个女娃两个随了生父，第三个幺妹斑竹随母亲来到了姚忙老爹家中。

小斑竹初来时只有四岁，在继父阴冷的眼光逼视下有些怯弱、害怕、畏缩，小小年纪便开始干活。继父从外面打工回来，天热的话，她手中必须持一把蒲扇，站在继父旁边为他扇凉。看着继父一口酒一口饭地贪婪的吃相，小斑竹站立的时间久了，眼睛便眯起来，蒲扇也慢慢不动了。"扇！"继父猛地一声吼叫，使得小斑竹惊恐中又挥起了扇子。

随着枇杷溪上的枇杷一年一度的金黄，像一个拖油瓶子被母亲带到了姚家的小斑竹，稍年长一点儿便在田埂上打猪草，在斑竹湖边捶洗衣服，在树林中寻找柴火，在斑竹坝自谦自卑地承受着人们投来的异样的怜悯目光。

第二章　蛤蟆溪人家

　　蛤蟆溪从八塘、九塘穿涧越沟流到了梳篦坝，在这里接纳了从华安煤矿那边淌下来的安溪，水量骤增，因着地形形成了约两米高的峭岩瀑布，梳篦坝就处在去八塘、九塘和华安煤矿分岔处的三角地带，就依着这个风水宝地，住下了一个以罗姓为主的家族。当初的罗家祖上请了钓鱼城有名气的风水先生，认真地用罗盘定了方位，取华安山上源源不断掏不尽的乌金矿藏，沾蛤蟆溪潺潺流水的运势在此安家。据罗家嫡传的罗富川回忆起的祖上延续下来的说法，罗家第一代祖宗一时心悦兴起，豪爽地给了风水先生二两白银作为报酬。

　　罗家源远流长，本就是湖广填四川时从湖南罗霄山脉那里迁到十塘镇蛤蟆溪这个好地方的。罗家在原籍时是做梳篦活计的，先祖当初选址时，也与这蛤蟆溪四周盛产茂密的青竹有关系。随着时光的推进，繁衍分蘖的罗姓各家也做起了制作梳子、篦子的活计，以养家糊口。但罗富川家并不做梳篦，而是将各户制好的成品收集起来，运到西边的成都及东南方向的重庆，坐庄做起了批发生意。往后罗家人又在蛤蟆溪有落差的瀑布上架了一架木轮水车，借以带动石碾、石磨，替十塘周边的村民碾米、磨面，也算罗家较为原始的加工作坊了。

　　罗富川有着一个五口之家。借着耕读传家的灵气，长子罗啸在新中国刚成立那会儿，由川大毕业被安排到了省城的一个部门，如今已是一个厅局级干部了，婚后很少回到故里。倒是父亲罗富川去省城见了几次，也放下心来，以后因着罗家地主成分的背景影响，再也不便去了。女儿罗梅已经嫁到邻村，偶尔可以回家照应。罗富川还有一个妹妹叫罗富英，小学毕业，在新中国成立初期也算是一个有文化的女性了，后又进了东津沱纱厂当了管理人员。1956年支援西北建设，随丈夫去了西安，因着交通不便，工作繁忙，除了经常写信给哥嫂，几乎不回来。罗富川的堂客刘桐花，多次唠叨嘀咕："不就嫌弃家里是个地主成分？儿子不回，小姑不归，净养了些没心没肺的白眼狼。"

　　罗富川说："不回来就不回来吧，咱自己也不缺什么，只要他们能把自己那一摊子打理好就行了。"罗富川嘴里说着这话,心里却是另一番惦记。罗家也多亏了有在外的两人干着国家的事,自己的这个地主,不在乎被政策制约着掉了一层皮囊,还远没有到伤筋动骨、大伤元气的地步,虽然他们在外叫喊着与自己的地主家庭划清了界限,血缘中的事,但凡有点人性的话,爹还是爹,娘还是娘啊。

所谓识时务者为俊杰,罗富川心中有了这番思量,很快便适应了社会的变革。

早先罗家梳篦生意做得很是顺当,用赚下的资金陆续在蛤蟆溪周边置了些田地。过去农村人的财富多寡是以土地多少来体现的,渐渐地,罗家的家景在几辈人的奋斗中,一步步地斗满缸溢地风光起来。然而到了罗富川这一辈,罗家再也没有置地了,除了供养子女上学外,深谋远虑的罗富川在一个月色朦胧、万籁俱静的深夜,将装满金银细软的两个瓷坛分别埋在蛤蟆溪边一棵歪脖子柳树和一棵繁茂的皂荚树下,并叮嘱自己的堂客刘桐花:"以后无论遇见什么天塌地陷、风狂雨骤的事,刀架在脖子上也不能说出去。无论啥时候,这些硬通货都是值钱的。"

最初的几天,两人不放心地白天、晚上借闲逛、撒尿的机会观望了多次,等到丘陵地带下了几场暴雨后,树下的土地上慢慢地长出了一丛丛麦冬草及新的绿苔,才放下心睡起了自己的囫囵觉来。

待在家中的次子罗逊,给人的感觉就是一个有文化的富家子弟,有着细腻健康的肌肤、宽阔的脸颊、高挑的个儿。一场突发的运动打破了罗逊美好的大学梦想,使得他不得不待在梳篦坝家中,田里的活儿都由他和母亲担当起来。有时在秧田困乏得腰骨酸痛的时候,农村乡下于他唯一能算作消遣的就是看书,有时候想什么是穷人、什么是富人,历史上未曾有哪个圣人能够做出完满的解释和明确的区分。他想起初恋的那个叫李雅琴的女同学,同是不光彩的地主成分使两人同病相怜,很快便走在了一起,同时也遭到了班干部异样的眼光,公开在班会上说二人是出身相同、臭味相投,导致两人之间感情瞬间即逝,政治偏见人为地为他们竖立起一道无形的屏障。

李雅琴各方面都很优秀,初中毕业后作为"不唯成分论"的典型被留校到校办工厂当了工人。然而就是这样一个纯洁得像水一样的姑娘,在春天柔和的气息中,被校办的工厂领导叫到办公室施以淫威,软硬兼施地蹂躏了。其后,那恶人妄想继续占有她,遭拒后,反污蔑其品行不端将李雅琴逐出校办工厂。这时的李雅琴已有身孕,人生前途被毁,在一个漆黑的夜晚,提了一桶墨水,在县委后墙上写下一条揭露恶人罪状的标语……回到宿舍，又用血和泪写下了一封呼天抢地的遗书："……给那些邪恶的歹徒报应吧！给一切善良的人们人格的尊严吧！让乌云过去，让苍天明朗起来吧！既然我已被迫做出决断，请不要怀疑无辜的人，这条标语是我写的……"待黎明时便在华安煤矿的铁轨上卧轨自杀了。

这件事像刀子一样在罗逊心灵上捅了一刀，一个弱女子无辜的生命就这样被卷入了邪恶旋涡中横遭吞噬。

事件过后，那个校办厂头儿也只是被开除公职罢了。

夜朦胧、月朦胧，川东的薄雾像轻纱那样一阵阵迷蒙起来，蛤蟆溪的青蛙在临近深夜时分，已息声于幽梦之中。罗富川夫妇白天到附近枇杷溪的橙子坝亲戚家参加订婚宴，二人将随份子吃酒后间生的心思搁到这晚上才吐了出来，刘桐花扳了扳丈夫的肩膀说："孩他爹，是该留个心眼儿了，咱这地主家的儿子订婚难，趁早谋算看看哪个川坝上的幺妹，有合适的瞅上一个，狠狠心多花点儿钱给罗逊将婚事先办了吧！"

"有点儿难啊，身背了这么个晦气的地主成分，影响的是咱罗家几辈人啊。可人要娶妻，娘要嫁人，这条路是迟早都要走的。你留意一点儿，世上贪财的父母有的是，况且咱罗逊除了披了地主子弟这张灰溜溜的皮外，各方面在男娃儿中，人才还是出众地好，我就不信给罗逊瞅不下一个出众的好幺妹来。"罗富川扭过头对妻子说着心里话。

月亮渐渐地西落，启明星已在东边天空眨巴着眼睛，将是黎明时分了。"今日十塘又要逢场了，你去一趟，找找说媒的三麻子，与他打打牙祭，打探一下是否有合适的对象。如有，张罗着给罗逊先将婚事订下来，了却咱一家的心愿。"刘桐花对丈夫叮咛道。

第三章　斑竹湖的眼泪

　　早上起来阳光很好，微风习习，吹着地面的草丛，小草吐出了嫩黄芽儿，竹笋尖尖也顶破地皮冒了出来。趁着难得的明媚春光，刘桐花将床上潮湿的被褥卷起来搭在院坝的晒绳上。蛤蟆溪的溪水泛起银白色的水花，向下方十塘镇淌去，这时从十塘方向走来一个姑娘，娉婷瘦削，肩膀上搭着一根扁担挑着两个箩筐，轻盈盈地从门前小径上经过，一双眼睛亮晶晶的似春水般顾盼着春日里的景色，黝黑的秀发被扎成一束马尾辫儿在脑后活泼地抖动着。刘桐花搭着被子的手待在空中，忘记了展开被褥。这么个幺妹子似乎见了多次，如今又突然望见，不由得脱口问道："幺妹子哟，这么早又上华安那边担煤去？"

　　"是啊，婶子，家中又缺煤了。这不隔上十天半月就要去华安一趟，真是累死人了。"

　　"家在哪个院坝子？屋中男儿呢，非得让你一个女娃儿去华安担煤吗？"刘桐花进一步探问。

　　"枇杷溪上边斑竹坝的，家中弟妹尚小，不去华安担煤，谁又能顶得了我呢？"斑竹有些无奈地说。

　　"看你一个好漂亮、俊盈盈的女儿身段，婶婶我真心尖尖刺得好痛啊，做爸妈的怎不心痛哟！"刘桐花感到很惋惜。

　　"谢谢婶婶的好心眼，我们家父母要是有你这样的善心，那我就不像空心的竹儿，爱无着落哟！"斑竹抬头望了望早晨冉冉升起的温暖太阳，对刘桐花说，"婶子再见！我要担煤去了。"她抬起一只胳膊轻轻向对方挥了挥手。

　　望着这个幺妹走远了后，刘桐花心中痒痒的，心里将儿子罗逊与这幺妹放在一处比了比，而后惊叹道："哟，天生的一对儿呀！这个幺妹不但模样俏丽惹人爱，又能下得苦力。看那一身寒酸简陋的穿戴，应该还未许配人家。"可很快，刘桐花心中又苦楚起来，地主成分像阴霾一样罩在心头，给她心中那一团刚刚燃起的炽热火焰，猛地浇上了一瓢冷水。

刘桐花不是那么容易死心的，多日来，她不断地惦念起那个枇杷溪斑竹坝上的幺妹子，并向路人拐弯抹角打听这个女娃的底细。方知这个幺妹子是斑竹湖上斑竹坝姚忙老爹的堂客带到姚家的女儿，名叫姚斑竹，脾性好得像棉花团儿。姚忙老爹日日在外挣钱，家中及田里的活儿多由斑竹一人担当起来。路人尚且心疼这姑娘生活在姚家，整天有做不完的苦活儿，刘桐花更是由衷地同情起这个姑娘来，连着几天闲坐在院坝上，饭不思水不喝的。为了儿子罗逊，也得主动地去争取，不争取哪知成功与否？她又想起了那两坛金银宝贝，忽然心中便有了些底气。

又是一个撩人心思的夜晚，赶场的日子已过去了几天，三麻子那边还没有一丁点儿消息，刘桐花在被中握着丈夫的双手说："我这心可是等不及了，三麻子那边到底怎么样啊？"

"这事能催得那么急吗？放心吧，三麻子可是将咱们的事搁在心上，当他自己的事办呢。"

"有那么热乎吗？可我已探听到并看好了枇杷溪上边斑竹坝起房子的姚忙师傅那女儿，不过是堂客带去的继女，一个叫斑竹的姑娘。模样俏、性子好，你添个劲儿，何不让三麻子亲自去一趟，探探水深浅，看能否结下这桩儿女亲家。"

"哎哟！你咋不早说？既然有我们看好的，何须让三麻子磕磕绊绊地满世界像个狗一样地瞅事儿？"

罗富川就是一个精明的生意人，很少有时间忙田里的事。十塘逢场的日子，那是次次必到的。罗家祖上的梳篦铺已改换成国营集体的门庭，每次赶场走到这里，罗富川心中总升起一种酸溜溜的滋味。他稳健地踏进烟火缭绕的聚友茶馆大厅，扫视了一下，便向厅中左上角的一张茶桌走去。早到的麻三爷看到了桌前的罗富川，忙站起来招呼道："罗掌柜的又有什么相托的事，今天一大早来茶馆？"

"上次托你办的事，暂时放在一边吧！"罗富川捧起茶杯喝了一口，看了看麻三爷脸上的反应。

"我这几天不是正在打听着呢，你这急乎乎又念起什么歪经来了？"麻三爷一脸疑惑地问道。

"那事不烦你谈了，今天倒是另有一件急事劳你跑一下。"不等说完转过头招呼伙计，"来一瓶涪江高粱烧、一盘猪蹄髈、一盘油爆花生米及一盘烧牛肚丝。"

这些酒菜一一上齐，麻三爷眼睛喜眯眯地成了一条线，摆了摆手说："你看看，也不知什么事，又烦你摆了这一桌，不知道的还以为让我去犯事呀！"说着，举起酒杯与罗富川对碰了一下，便毫不客气地一口饮下，"什么事你就明白吩咐吧！"

"我那堂客，早已看好了枇杷溪上边斑竹坝姚忙老爹的女儿。她瞅好了人物，可还得让你老弟顺风顺水地跑一趟，事成后定少不了你这酒钱的。"罗富川满怀着希望。

麻三爷眨巴了几下眼皮子，说："罗兄，不瞒你说，还真有这么一户人家的幺妹到了婚嫁年龄，人长得绝对不撇，品性好、下得苦力。只怕你这两家父母不是一条道上跑的车，那人是挺抠的，既然你愿摊上这事儿，要想成，只有……"麻三爷用力睁着喝得有些迷离的眼睛，望了望罗富川，大拇指压着食指抹了个响声，犹豫地说，"恐怕要多花些钱哟！"

"先别说钱的事，只要我那罗逊儿子满意，钱就是泼出去的水。再说了，就咱那背景多花点儿也是应该的。"罗富川说。

麻三爷将条凳向罗富川面前靠了靠，声音压低了许多："这事儿，就姚忙老爹那人，你可得访一下。他可是个各啬刁钻、能钻进钱眼里的人物，不过看远点，女娃可是踏实的一把好劳力。抓紧点儿，这可是丢一把银子换回一把金子的好生意呀，瞄着这个事的人还不少呢。还是一句话，就是多使一把银子的事情。"

"知道了，是我那堂客看好了这么个幺妹，且已访过姚忙老爹的家境，在斑竹坝挺不错，有钱但很贪财，心有些不地道。"罗富川先前已知晓了些信息，他露出心思，表明自己是一心奔着姚家幺妹来的，又说，"咱管他心黑不黑，咱要的是他那过继的女儿。人娶到家，好的话，这亲家多走几年，不好了，撇下这没良心的亲家，双方少来往走动罢了。"

"这可是你们早就瞅好了的，我这可是跑顺当的差事。就你们罗家，那是瘦死的骆驼比马大。其他的话，我也就不多说了。"麻三爷讨好似的说道。

罗富川在茶楼柜台上结了账，又取了两包"钓鱼城"香烟塞到麻三爷的衣襟内。

麻三爷不客气地收了，说道："罗兄，说实话吧，我麻三爷如果还有个儿子，送你一句话，你可是过了这个村就没有那个店了。就那个幺妹的好模样、好性子，我都想为自己儿子张罗回去的。"

罗富川笑了笑，听了麻三爷这话心里更舒坦了，又叮咛道："我罗家的事就托付给你了，这里边的深浅你就看着办吧。"

没等几天，姚忙老爹坐在桐油漆成的黑红色的四方茶桌旁，他今天是赶场吃请来的，请他吃酒的是坐在他对面桌，以为人做媒、卜卦风水为业的麻三爷。麻三爷秃额、瘦削的脸上爬着蚂蚁似的几多麻点儿，鼻子上架着一副浅茶色的石头镜，下巴颏一撮山羊胡须随着一粒粒花生米抛进口中，一耸一落地抖动着，不时拿起酒瓶给姚忙老爹斟满酒杯。

"姚老兄，那罗富川家里是地主不假，讲名声是有点儿不好听，可是土改时能分掉他多少？浮财虽都分了，可你觉得罗富川能让他分完吗？鬼才信呢，是兔子的都有着三个窝呢，就罗家那几辈的梳篦生意，那暗财多着呢。罗家长子在外，再不顶事也是省府里的官员，孩子的姑母姑爷都是支援西北建设的干部，就罗家这背景，上上下下巴结他家的还少吗？现在家中两口子守着这个小儿子罗逊，又是个一表人才的美男子。姚兄，罗家这亲事都让你摊到身上了，就是打着灯笼也难得碰上呀！"麻三爷扶了扶有些松动的眼镜腿子，看了看不动声色地一口一口喝着酒、一粒一粒嚼着花生米的姚忙老爹。瞧他这不慌不忙的样子，自个也只好耐着性子等着回话。

不多时，麻三爷站了起来，扫了扫四旁喧嚣的茶室，绕过茶桌走到姚忙老爹座位旁低语道："这可是机遇难得，那罗富川私藏的硬通货，就等着给儿子罗逊办婚事了。"

"麻兄，谈婚论嫁、说媒作伐，这是抬举人的事。老弟我还要感激你了，不过这事我还是很矛盾的。你不晓得，我那个女儿本不是亲生，是我那堂客改嫁后带过来的，说真的，我就是一个继父。也怨哪！这十多年我既养老婆又要养这个拖油瓶女儿，担子是没少挑的。何况如今这社会，孩子的念想都是端铁饭碗的职工、军人，最撇的也要嫁个不被政治上歧视，或是成分好一点儿的贫下中农依托终身。"姚忙老爹说完，脸上显出一种天然索取的表情，两只眼睛像带刺一样，滴溜溜地从麻三爷的头上扫到脚下。

姚忙老爹和麻三爷今天是半斤对八两，圆滑世故、旁敲侧击、察言观色，虚虚实实的招数尽数砸向对方，一对精明的老狐狸。

"这事就没有丁点儿余地了吗？"麻三爷回到自己座上，拿起酒瓶又给姚忙老爹斟了一杯，耐心地等着对方的回应。

"这么大的事体是急不得的，你也不必催得那么紧，从长计议。我还要回到家中同老婆孩子好好合计一番，这毕竟不是我的亲生女儿，该顾忌的事多着呢。"姚忙老爹像拉着弓、紧着弦较起劲来。

麻三爷是什么人，听话听音，说这么长时间，他从姚忙老爹的话语中也揣摩出了他拐弯抹角的真实意图。其根源还不是想从罗富川那里掏出更多的银子来？至于回家商量，鬼才信呢。姚忙老爹在他这个继女身上的谋算，可以说绞尽了脑汁。

"好事多磨，你就回家商量吧。不过这事拖的时间长了，被别家占了先，也不是不可能的，你好好地掂量掂量。成不成，罗家可就等你一句话了。"麻三爷不耐烦地说。

姚忙老爹知晓事成之后对各方的好处，权衡利弊，他心中对于此事已揣摩得差不离了，便端起酒杯站了起来，说："借花献佛，干了吧！兄弟下一次赶场还在这里，我请吃时再给你确切的回话吧。"

"下一次赶场？"麻三爷瞅了瞅姚忙老爹那张阴沉的脸上深陷的双眼，思索着这句话的深浅。

天气很热，热得趴在桉树梢上的知了停止了蝉鸣。斑竹一头秀发都让汗水湿得沾在脖颈儿上，她索性将背篓和镰刀放在湖边，坐在捶衣石上，脱掉鞋子，将一双腴白的脚放到湖水中，搅动了一番，看着展开的涟漪一圈圈地向湖中散去，她沉思起来。昨天晚上从十塘赶场回来的醉醺醺的继父和母亲悄声静气的谈话，从墙的石缝中传到斑竹的耳中，说要将她嫁给蛤蟆溪上梳篦坝罗富川家的二儿子罗逊。这使已是少女怀春时节的姚斑竹的心慌乱得像小兔子一样蹦跳着。卑微的身世使她的情感不易显山露水，她在脑海中回想着关于罗逊的一些细微的信息，这些信息是她从村中一同干活儿的姐妹口中听到的。她隐约记得两点：一是罗逊有着高中文化，是一个俊朗帅气的回乡知识青年；二是家在蛤蟆溪梳篦坝，是一个世代殷富的地主家庭。在如今，地主成分可是人人谈虎色变的话题，继父要将自己嫁与罗家，十之八九与钱财有着不可分割的关系。至于罗逊，姐妹们说他不像一个农村青年，更像渝州城那边下来插队的知青，长得有模有样的。斑竹思索了一整晚，不管继父和母亲怎么想，自己如果真的嫁了罗家，就凭着罗逊那文气俊朗的男子汉形象，也会令村中一起干活儿的姐妹们刮目相看，而羡之又慕的。地主咋了？地主儿子也是人啊！斑竹自己对此事本就没有什么过高的要求，只要他将来对自己好，在乎自己，其他的事也就不计较了。

自从随母亲进了姚家，多年来她太熟悉这个继父了，他好像只是为了钱才来到这个世界上。吝啬、贪婪，且又贪酒，醉酒后母亲和她便成了出气筒子。她从小就在继父虐待下长大，变成了温驯的小绵羊，懂得了逆来顺受般的服从，从来不敢有半点儿的反抗。她始终无法理解的就是继父那一对凹陷的眼中幽暗得不可测知的光，只不知那是不是姚家远时代的基因传承。

　　可怜的斑竹，聪明的斑竹，她言语不是那么活络，甚至于笨拙，而心底想得更多，但愿好的命运能够顾及自己。晚上母亲告知斑竹："家里的煤只能烧两天了，明天赶着天气好，抽空到华安煤矿挑两筐煤回来。"

　　机会来了，明天又是十塘赶场的日子。早上走早一点儿，回程经过梳篦坝，或许能碰到罗逊本人，如果能和他事先接触也就是天意了。又是一个孤独的夜晚，待斑竹闭上眼睛已是下弦月落下的时辰了。

　　起得很早的斑竹，从华安煤矿买到煤已是半早晨了，她没有久留便往回走。走在回程的铁轨上，快到梳篦坝了，她稚嫩的心开始怦怦地跳动起来，她想见罗逊，又怕见罗逊，心中很是矛盾。可又觉得就是见不到他本人，见见罗婶也好。她放慢了脚步，放下扁担，看着自己未穿袜子的裸脚，那里扑上了一层黑黑的煤粉，便脱下鞋子将双脚伸进蛤蟆溪中洗了起来。溪流很是清澈，色彩斑斓的鹅卵石也很好看。远点的积水潭中一对白色的幼鸭在扑扇着翅膀，搅起银白色的水花，溪边竹丛中不时有几只青蛙扑通扑通跳入水中。这一切让斑竹觉得十分惬意。她将洗净的双脚甩了甩，擦净脚上的水滴，又匆匆穿上鞋。梳篦坝就在前边，她心想这种机会是不能错过的。

　　说也巧，此时的罗逊正在院坝下溪中洗自己的衣服，急促跳动的心告诉斑竹，不要认错人，闹出笑话来。然而此时的罗逊正背对着自己，她想试探地喊一声罗逊，鼓起勇气来却呼不出声，羞红的脸滚烫，干脆无声地丢下扁担坐在上边，静静地等他回过头来。时间过得很慢，她等不及了，灵机一动，抓起一块小石子向溪水中扔去。听到响声的罗逊站起身回过头来，眼前猛然一亮，这么个亭亭玉立的川妹子站在眼前，罗逊愣了一会儿便走上塄坎，心情愉悦地探问："如果我没猜错的话，你就是斑竹坝上的斑竹姑娘吧？"

　　"嘻嘻嘻……"斑竹也没有料到自己会这样傻笑起来，赶忙又稳住情绪反问，"你怎么知道我就是斑竹呢？"

　　"错不了，也许是心有灵犀吧。"

　　"什么心有灵犀，不会有别人吗？"

　　"你误会了，"罗逊也笑了起来，"这是我的直觉，感应到你就是斑竹。"

　　"想不到你这样一个大小伙子，能勤快地在门前自己洗衣服。"

　　"自己的衣服自己洗，不也很方便吗？今天又去担煤了？上次听妈妈说起你，真不巧我没在家。今天逢上好机遇，我也洗完了，不妨到家中坐坐吧！"罗逊谦让道。

　　"第一次见你，我觉得还是不方便。"斑竹勉强推辞着。

　　"妈妈在家中，有什么不方便的？"罗逊抱起洗衣盆走上院坝，朝屋内喊了声，"妈，姚斑竹来了。"

　　罗婶赶忙从屋里走出来开心地说："斑竹，不妨到家里喝喝水再走吧！担煤担得脸上都沾上煤灰了，赶快洗洗，也方便歇歇脚。"说着赶忙端了一盆热水来。

　　斑竹没顾及脸上也沾了煤粉，羞答答地朝罗逊笑了笑说："今天真是狼狈到家了。"说着拿起毛巾细细擦洗了一番，心中只是嘀咕："该不是天意吧！今天怎么碰得这么巧啊！"斑竹不好意思再推托，便进了屋子，双手接过罗逊递过来的茶杯，借喝水的工夫扫视了一下整个屋子。房子是罗家上辈人盖的青砖瓦房，窗户阔大明亮。想起自己家石条垒起的小屋，比起川东罗家这有些奢华的屋子，很是寒酸，显然不在一个层次上，要不就不是什么地主了。斑竹不禁疑惑起来，这就是自己将来的家吗？她开始笨拙地为着罗逊的现在、将来想着，同时也为自己的归宿考虑着。虽然说不唯成分论，但现实是残忍的，升学、工作、参军、提干，"黑五类"子弟就是再优秀也会受到歧视或区别对待。斑竹喝光了杯中的茶水，告诫自己，想这么多干什么呢？这件事八字还没见一撇呢，她该担心的倒是父亲的意思。

　　"我叔怎么没有在家？"斑竹问。

　　"别提了。那几年被批斗闪了腰，落下了病根子，早上起来就到十塘按摩去了。"刘桐花看着斑竹说。

　　罗逊听见母亲唠叨上这话题，顿时露出自卑的窘态，很是尴尬地对母亲说："斑竹来了，有必要讲这个吗？"

　　斑竹觉得自己的问话引起了大家心情的不畅，很是自责地说："罗逊，真对不起，这话我是不该问的。你也不要在意这些令人心痛的事，久了便会淡忘的。"能淡忘吗？斑竹说完这话，倒是自己疑心起来了。

　　"斑竹，你回家经过十塘镇，恰好今天我要到镇上买些东西，我能陪着你走一段路吗？"罗逊探问。

　　斑竹脸上激滟出淡淡的羞意，她睁大眼睛轻轻地点了点头。二人走出屋子，罗逊帮忙挑着两筐煤，沿着蛤蟆溪向十塘走去。

　　斑竹眼睛不断地在罗逊身上扫视着，阶级烙印？不，一种血缘，罗逊身上多少有着远去的罗家少爷的气质、风度，这些是抹杀不了的。不容多想，此生嫁了

鸿
雁

罗逊如何？"罗逊。"她终于忍不住羞涩地叫了声，罗逊惊讶地回过头望着斑竹，只听她说，"你不觉得我那样的家庭可悲吗？我是一个被母亲带到姚家的继女，低微的地位值得你们怜悯吗？我那贪财的继父可是要在你们罗家狠讨一笔女儿的嫁妆钱的。"

"你怎么能这样讲呢？斑竹，撇开你的继父，你绝不至于是你父亲那种德行的人。"

"为什么？"斑竹反问道。

"因为你太美了，太善良了，朴素得像一株青竹一样。我也觉得你继父的做法是有些贪财，甚至于庸俗、世故。但社会就是这样，现实摆着哩！我父亲和妈妈同意咱们俩的事，就是罗家倾家荡产，也要满足你父亲的心理图谋，将你接到我们罗家来。"

"这是你的想法，我还得想想再做决定。"斑竹说。

主人物之一：姚斑竹画像

"那么借今天的这个机缘，我将自己的心扉敞开于你。我家就是贴着一个地主的标签，自我上学起，人们就用异样的目光注视着我。前几年高中毕业回乡，村上学校校长想让我去当教师，就因为这成分，无情地被拒之校门之外，再也不能干什么了。婚姻方面接触了不少其他女孩子，可都没有什么结果，这些够我难受了。这几日，我在心中一直为我们两人祈祷，你不是那样的姑娘，你是一个苦难的，但有着怜人之心的女孩。我将倾我终身所爱，给予你这个从磨难悲凄中走过来的姑娘。"

斑竹感到周身一阵温暖，感受到了一种信任，还有他那颗诚恳的心。

春天来了，柑橘花散发出阵阵芬芳的花香，蜜蜂在花丛中辛勤地采花酿蜜，紧张的劳作延续着生命灿烂的岁月。赶场的人很多，狭窄的街道很是拥挤，斑竹走到一个卖女孩儿饰品的摊位前，拿起一个蓝色隐现着金黄点的束发发卡，试了试夹住肩后的秀发，扎成一个马尾巴发束。斑竹照了照镜子，觉得自己丝毫不比那些从渝州城来插队的女知青差。

讲好了价钱，斑竹小心翼翼地翻出衣服口袋中的钱夹准备付款，早已候在一旁的罗逊，已迅速将钱递与货主手中。

斑竹推拒道："你看穷了我，我自己付吧。"连忙将自己要付的钱还给罗逊。

罗逊摇着双手推托着："千万不要误会，就当我送你的吧。作为朋友也应该这样的。"

两人走到肉摊前，罗逊给家中打了约两斤猪肉，斑竹看两人各自办完自己的琐事，便告辞说："我要回去了，你放心吧，我已经对你有了向好的认识和印象了。"斑竹挑起放在街头的煤筐向罗逊告辞。

"我能帮你挑一程吗？"罗逊说。

"不好意思，算了吧，不要太殷勤，反而让人低估了你自己。"

罗逊望着斑竹的倩影慢慢隐向去往枇杷溪的丘陵间的小路上，渐行渐远，两人的心却似乎越来越近。

天气是一天比一天热了。大男孩已经穿上裤衩子跃进斑竹湖游泳了，小一点儿的娃儿则是一丝不挂地露着屁股在湖边浅水区嬉戏着。在湖边洗衣的斑竹，有时瞅见大青年雄健的肌腱，挑逗得她的一颗芳心乱撞。夏日的时光很是漫长，好长时间没有罗逊那方的消息，她的心中有些怯怕，怕两人的婚约发生变故。

这天她去地里劳动，回来吃饭的时候母亲开口说："斑竹，罗家那里让你麻叔来了，问你心里是愿意还是不愿意，人家就等咱一句话了。"

"愿意怎样，不愿意又咋样？"斑竹这话让母亲听起来觉得有些戗。

继父闷头吸了一口烟，阴沉沉地说道："我和你妈的意思是能定下来就定下来，女娃儿，就罗家的家境，如果不好，我们也不会让你往火坑里跳的。"

"咱家究竟是看上罗家的人，还是看上人家的钱？我想为什么不将我嫁与一个贫农成分的人家，如今看上人家的钱，就是愿意，我嫁过去也是要过日子的，可不能要得太多。"斑竹心中对继父爱钱的心思很是不满。

"那我和你妈这些年难道白养活了你？你还未嫁过去胳膊肘倒是朝外拐起来了。"继父铁青着脸说。

斑竹顿时哑口了，知道这事不能再谈下去了，只得无奈说："随你们怎么样，当初没有问我，现在又想起来问我，到了这步田地，我又能怎样？"斑竹委屈地流出眼泪，想着这些年自己为这个家庭艰辛的付出，村中老少是有目共睹的，继父的良心又在哪里呢？能为她这个遭嫌弃的女儿谋划将来，哪怕有着一丝怜悯的想法也好，可是他永远都不会有的，想着家中无人关心自己，斑竹伤心地哭个不停。

站在旁边的大弟蜀新说："我反对将大姐嫁到罗家，就凭那地主成分，我今年当兵的事算是让你们彻底搅黄了。"

父亲无言以对，母亲更是说不出话来。但斑竹知道父亲最终目的还是要拿到罗家那一笔不菲的比命还紧要的彩礼钱。

"不要计较了，你们心中本就没有我这个女儿，答应罗家，把我早些嫁出去吧！"斑竹终于放出了话。

姚忙老爹终于松了口气。紧绷的铁青的脸随即松动下来，只有大弟蜀新用怨气十足的目光望着父亲。

这天晚上，一轮圆月静静地照在枇杷溪间的小路上，罗逊父母陪着麻三爷，高一脚低一脚地来到斑竹坝上的斑竹家，在杯盏磕碰之间，罗富川让妻子刘桐花掏出红布包裹的一万元彩礼，经麻三爷递到姚忙老爹手中。

姚忙老爹不客气地接过彩礼，在昏暗的灯光下，手捧着彩礼数了多次，然后放心地交与身旁的斑竹母亲。

昏暗的石屋中，斑竹从石缝中窥见了整个交钱过程，嗓子像卡着难咽下的稻糠一样恶心了一整个晚上，想着尽快地跳出这个家、这个灰暗的屋子，一心奔自己的日子去吧。

麻三爷掐着手，子丑寅卯推算了一下，便说："这个月初八是个祥瑞的日子，在十塘摆几桌酒席，大喜事呀，俩亲家是得去喝一下，两个娃儿的婚事已订，这个事我也就算跑到头了。"

罗富川和刘桐花随麻三爷从斑竹坝回到家中已是半夜了，罗富川高兴地对自己的堂客刘桐花说："将他麻叔好好谢一下。"说着双手将桌前的酒杯斟满端起来敬麻三爷说："老弟可是辛苦了，再喝一杯！"

刘桐花从内屋中走了出来，手在围裙上抹了一下，谨慎地从内衣袋中掏出一片朱红纸包就的红包，拿了一瓶涪江高粱烧，走进屋内喜笑颜开地捧给麻三爷。麻三爷打开红包，睁大圆鼓鼓的眼睛，十元一张的纸币，数了数总共十张，麻三爷醉醺醺地说："十张共一百元，不好意思，让你罗兄放血了，实实在在的罗大财东罗大掌柜，这些在外可值工人两个月的工资呢。"他很是知足地用红纸重新包好装入口袋，又将那瓶好酒揣进怀中。

"麻兄，这酒喝得上心，钱也花得值。不瞒你说，我那姚忙亲家铁公鸡一般，能在我身上割多少肉？我罗富川撑得住，扛得起。土改时，我听大儿子的，大儿子执行着国家政策，所有的浮财都让穷人分了，店铺让国家收了，我不在乎，心里也搁得下，但我对得起小儿子罗逊，就是死了也能闭上眼睛。我要让人知道，令人嫉妒的罗家虽背着地主成分，但也为儿子找了一个人尖尖般俊美的、心地善良的女娃儿。钱算什么？多了就是他娘的王八蛋。"

"醉得神经了，收敛一点儿吧，呼噜到外边是要挨批斗的。"刘桐花拿掉丈夫手中的酒杯，自斟了一杯对麻三爷说，"麻兄弟，嫂子就在这里权当谢你了，积善积德的事，你可是高抬我们罗家了。"

初八，正是赶场的日子。绿意盎然的丘陵间，吹着一丝丝凉爽的柔风。近水远山，有情亦多情，古色古香的斑竹湖饭庄，大厨郑老烧拿手的正宗地道的川东菜：涪江烤鱼、合川肉片、缙云山竹笋过油肉、嘉陵江跳水鱼等，是罗富川早几日就订好了的，酒订的是地道的涪江高粱烧。他要让姚忙老爹睁开眼好好长长见识。

十塘地势错落，修筑的街道本来就狭窄，赶场的人又拥挤，罗逊和母亲站在酒楼门前的石台阶上，两只眼睛眨也不眨地瞅着人群，希望能看到斑竹父母的影子。两人焦急地等待了好长时间，罗逊才好不容易望见了斑竹的影子。斑竹在前边引着斑竹坝上几个相好的川妹子，姚忙老爹身后是斑竹娘家亲属中的叔伯婶子们。正儿八经的一茬吃酒席的队伍。

刘桐花走上前握住斑竹母亲的双手，热情招呼亲家一伙。斑竹携村中的姐妹肖丽、陶红橘、陈默雁叽叽喳喳地随着罗逊进了酒楼。

斑竹激动中有些拘束，毕竟是人生中的第一次。随来的姐妹簇拥着罗逊讨要喜糖，放肆地将手伸进了罗逊的衣袋中，慌乱中手也未曾抓紧，糖果狼藉地撒了满地。罗富川站了起来，从堂客刘桐花手中拿过装礼品的袋子，递与未来儿媳斑竹，说："不用抢了，拿去给她们每人抓些吧。"瞧见这样，小姐妹们又将斑竹围了起来，气氛好是热闹。这时倒是刘桐花犯起愁来，对老公说："这可咋办？那些东西可是饭后给亲家往回带的呀！"

"犯什么愁？大不了散完再买些罢了，只要人高高兴兴就好。"罗富川兴奋地说。在杯盏交错中，罗富川站起来对亲家姚忙老爹执酒言谢："高兴呀，今天咱们两家终成亲家了，我代表罗姓家族，感谢你为罗家养了这样聪颖、乖巧、大度、漂亮的川妹子。"

罗家这样豪气的派头，让苦苦奋斗的石匠姚忙老爹心中觉得有些失落，他自愧不如地说："亲家客气了，小家的幺妹儿进了罗家，有礼节不周到的地方，还需你们多多指教了。"

在两个亲家寒暄中，罗富川突然悟出了什么事来，对姚忙老爹说："亲家公，吃水不忘挖井人，今日事成，多亏麻老弟跑腿，咱俩各自敬他这个当红爷的一杯吧！"两人走到麻三爷面前对着麻三爷抱拳相揖，各满满地斟了三杯酒，感谢他牵线搭桥。

另一桌中的罗逊和斑竹依次谢着同桌姐妹，一个斑竹坝上的川妹子戏谑地说道："罗逊罗伢仔，你是怎么搭上我们这个杨贵妃似的川妹子的呀？罗家少爷可赚大了，我们这个幺妹子可是既贤淑温柔又美丽多情，将来可不许昧了良心而移情他人啊！"随后你一句我一句统统灌进罗逊的耳朵。罗逊能和斑竹成为夫妻，心中如意，隐在心头，乐在眉梢。

宴席即将结束，客人离席时，斑竹似乎想起了什么，突然间神情忧郁，眼泪止不住地涌出来。姐妹们霎时也惊呆了，大喜的日子，是啥事能让斑竹如此伤心？

这样不正常的情景也是一瞬间的事，苦难中的斑竹又醒悟过来，今天这是什么场合，用得着思索往事儿这么伤心吗？她立即挥手抹去脸上的泪水，说："没有什么事，可能是我太激动了吧。"斑竹掩饰着说道。姐妹们又欢乐起来："罗逊，你看我们这么个幺妹子嫁给你这个罗家少爷激动成这个样子，以后从良心上讲可不要慢待她呀！"

其实斑竹此时内心的苦衷谁也不能知道，谁也不能理解。她想起了在八塘那边山上的懦弱忠厚的生身父亲和两个姐姐，在自己这一生重要的时刻，自己的父亲及两个姐姐又在哪里？多年在姚家孤苦伶仃中对亲人的思念，悄然涌上心头。

继父有一手很好的石匠技艺，人们起房子都要找他。家中的錾子、锤子、撬杠等打石工具放了一小间屋子，就是现在集体化了，但人们还需住房，盖房就需要找石匠。曾经有一段时间，继父还被当成黑包工，被当作新生资本主义，作为破坏学大寨的典型，被开大会批斗了几次。记得那年家中像遭了猪瘟一样，吓得胆怯的母亲像抖筛子一样颤了几天。最后村里让他继续领工盖房搞副业，账由集体结算，工资二八分，八成交村上记工分，余下的工钱属于个人工分。当然继父是技工，但又是包揽活的工头，能够多分一些，除了维持家中一家子生计外，节俭的母亲还能积攒起一部分来，比起村中其他艰难的村民可要强多了。有了这盖房的石匠手艺，姚忙老爹养就了在家中居功自满的派头，为了维护他的尊严，母亲、斑竹以及家中同母异父的弟妹，从未逃过挨竹竿的滋味。别人都得伺候他，从前，晚上继父打工回来，母亲急忙按惯例先泡一壶茶给他，幼小的斑竹手持一把芭蕉扇子在一旁不停为他扇凉、赶蚊子。继父打人下手可狠了，对待母亲也如此，令斑竹记忆犹新的是，初到姚家不久，还未泯灭良心的母亲惦顾着原夫家中的两个伢妹子，从日常开销中暗中积攒下几十元钱，去十塘赶场时悄悄地托人捎给八塘大安村的绵竹、楠竹两个女儿。后来，由于继父经常走乡串村地给人盖房子，一些闲言碎语便传到了继父耳中。那是一个寒冷的傍晚，继父收工回到家中，瞅见母亲便抓住她的头发在她脸上扇了好几巴掌，边打边吼："你这个野婆子吃里爬外，心在曹营身在汉的。说，这几年给了你那女儿多少钱？"只见母亲抖着散乱的头发，脸颊瞬间肿胀了许多，像一只被擒的兔子般沙哑地说："能有多少呢！赶场碰见女儿也就是十块八块地接济她们。"继父打石头的手，那可是有功夫的，就那几巴掌打下去，打得母亲鼻青脸肿的。母亲疼痛了好久，肿胀的脸才渐渐地恢复。如今忆起那些不能忘却的血泪往事，斑竹落泪了，她分明知道了什么是恐怖、什么是无情，她从心底怨母亲当初就不该分割开自己的家，抛弃憨厚老实的丈夫，遗弃自己的两个女儿，真是男怕走错路，女怕嫁错郎。斑竹又想起自己，但愿自己将来不会沦落到母亲这般地步。

此后，母亲每逢继父发怒，便会惊悸般地颤抖，不管继父对否，只是唯命是从，彻底地抹去了对两个还在八塘那边山上的女儿的惦记。这也影响了斑竹，使

鸿雁

她形成了一个乖巧、勤快、吃苦、温顺的性格。她从来不敢顶撞继父，懂得逆来顺受。那年她十二三岁，继父收工回到家中，也可能外边的活儿做得不顺，心情不畅，抓起杯子待饮几杯，可酒已经喝完了，继父烦躁起来，骂了母亲几句，回过头来吩咐斑竹去十塘打几斤散酒，母亲无奈地将钱交与斑竹。月亮还隐在丘陵下边，天地间是一片漆黑。她害怕枇杷溪路上黑乌乌的一丛丛竹林，但她更怕继父那双阴沉的眼睛，惧怕遭到一顿暴打。她畏惧地从母亲手中接过酒瓶，眼中忍住凄苦的泪花，迈出门时母亲叮咛："女娃儿，晚上小心点儿。"说着喊出屋内八岁的弟弟，弟弟也怕，想推托不去，但看着姐姐可怜无奈的神情，便说："姐姐别怕，我陪你去。"那晚，黑咕隆咚的丘陵间，只有星星挂在夜空中，偶尔溪畔传来几声蛙鸣，更增添了斑竹心中的惊恐。走到几座坟墓前，斑竹姐弟两人依偎着从旁边绕了一个圈走过。那时国营商店晚上是不营业的，斑竹几次都是在私人的酒作坊买酒，黑酒味道好，也较国营商店的便宜。到十塘五里路，待回程时晚上的上弦月已爬上东方的丘陵上边，路上也不是那么漆黑了，姐弟两人踉跄地回到家，将酒递到父亲手中，缓息了好久，周身才有了暖意。

至于同罗逊的订婚，她也曾思忖过，她早想跳出这个家门了。她上过三年的小学，曾听那些小混混叫她拖油瓶子，说她是妈妈从外边带到姚家的累赘。心中的悲愤使她变得坚强，准备为自己将来的家做出奉献，期望有那么一天她和丈夫罗逊不再在心理上承受阴影，不再承受被人歧视的刀一般的眼神。

第四章　川东情歌

夏季的天府川东闷热得像一个蒸笼，好多天未下雨了，白夜热得人缓不过气来。已是深夜时分，蚊子嗡嗡直叫，使人难以入眠。斑竹干脆坐了起来，没有月亮的夜晚死气沉沉的，一片漆黑，白天在村里田地上和那些姐妹一起运土搬石造田，累得骨头像散了架一样。白天劳动时出的一身的汗水到了晚上黏腻地散发出汗腥味，对她更是一种折磨。她悄悄地推开门，院外十分宁静，只有一只只萤火虫像流星一样穿来飞去，院坝下湖边草丛中偶尔传来声声蛙鸣。她拨开湖边的竹子，想在这深夜下湖洗澡。拨开竹子的响声惊动了草丛中两只正在交媾的青蛙，它们扑通扑通跃入水中。她静观四周，再没发现其他响动，然后小心地褪去身上的衣裤，仅留有贴身的内衣。未经阳光照晒的雪白的大腿、圆润丰满的乳房，没了衣衫的遮挡，使斑竹看起来更加凹凸有致。站在白天洗衣服的捶衣石上，手中毛巾撩起水花，斑竹用毛巾给全身涂抹上紫罗兰香皂，触动隆起的乳头、鼓凸臀部及大腿间敏感的部位时，心中升起一丝丝怪异的舒痒感觉。毛巾溅起哗哗的水声，在夜幕的笼罩下太刺耳了，斑竹干脆走下捶衣石，整个身子陷入齐腰深的湖中，她将头潜入水下，又伸出来涂上香皂，揉搓起秀发来。过了一会儿，一股冷飕飕的湿气钻入鼻腔，她打了一个喷嚏，她不得不轻快地走出湖面，站在捶衣石上擦干身体，穿好衣服，全身舒适了许多。

回到屋内自己房间，斑竹才大胆地脱掉全身衣服，抚摸着洁白的、带有浓郁香皂味的裸体。子夜时分，睡意全无，她想着罗逊、罗逊的家，从白天姐妹们之间的笑声朗语中，还是觉得罗逊家的地主成分似毒蝎子不停地刺扎着自己的心。唯一令姐妹们羡慕嫉妒的是罗逊身躯伟岸，温文尔雅，有着大家子弟的气质、男子汉的气概。

在斑竹朴素的心思中，早日抹去这令罗家没有尊严的标签，是她的期盼。

罗逊订婚后的好多个日子，美好和团圆的气氛令一家人又进入另一种境况中，整个空间骤然明朗起来。有一句成语叫蜀犬吠日，川蜀少晴日，长期的阴雨连绵常使人心烦气闷，若逢那乌云中露出一轮晴日来，狗也会面向太阳，欢唱起来。狗通人性，罗家的狗近日形影不离地在主人面前绕来绕去，摇头晃脑、扫尾舔膝。罗富川夫妇多年已习惯了这个时局赋予自己的生活。是的，是地主也要活，也要相夫教子，也要繁衍生命。如今两口子给罗逊办了这桩令人欢颜的体面事，往后奔日子的心劲是更足了。

人人生命中都有自己的一条路，至于这条路能够走多久，那就不大确定了。罗富川知道地主这个称呼不会长久存在，精明的他能适应这个逆境，他有着在逆境中生活的勇气和能力。他求财的门道和他新结的亲家姚忙老爹截然不同，外向型的性格使得他的嗅觉格外敏锐，应酬起来也是格外得心应手。

罗富川走了几趟成都，又去了陕西韩城，从那里将花椒批发过来，在三江城倒腾了几次，赚了几笔不菲的钱财。在那些跑动的日子里，他感到社会上的政策有些松动，再也不是割资本主义尾巴的时候了，成都那边已经有人在经营着私人餐饮生意了。终于有一天，他放开了胆量，在十塘街上盘下一处三米宽的店面，堂客刘桐花有些怯怕。这不是前些年所谓的复辟资本主义的现行吗？她劝阻丈夫说："你疯癫了？枪打出头鸟，这事别人干得，就是咱们干不得。就怕结果是鱼没摸着，倒惹得满身的腥气来。"罗富川对此满不在乎，他决定做堂客刘桐花在娘家铜梁旧县那边做豆花生意的老本行，两人商量后下定决心，让堂客重操旧业，利用地利在镇上开了家豆花店。开始时奔着本小利薄多销，味美量足，生意倒是春笋般一节节旺发起来。罗富川的人生从来都是自己为自己铺垫未来的路，精于算计而经验丰富的罗富川有着他的一套做事方法，表面上他温良恭俭而不强势，他知道强势就是一把双刃剑，伤着了别人又伤及自己，但他又深刻地领悟到，任何岁月，钱和德都是做人的根基，有钱有德才是爷们儿。

罗富川这次为儿子筹办婚事，他思谋了几晚，为了不引起人们的疑心和嫉妒，他满世界跑，东家借、西家凑，整个十塘镇都知道他为儿子筹钱办婚事。无疑证明了他家穷，穷得借钱为自己儿子订婚，为自己贴金显摆。岂不知往后的时日，他挖出院外暗藏的钱财，还清了所有外债。他为儿子看中了姚忙老爹堂客带来的女儿姚斑竹，脾性好、勤劳能吃苦，活生生一个旺家姑娘。罗富川想着斑竹嫁过来罗家会重新兴旺，也深知这个社会是会起翻天覆地的变化的，总不能一个运动接着一个运动乱糟糟地斗下去，想到这里心里便炽热起来。

姚忙老爹事后兴奋地让斑竹去十塘打了几斤十塘古镇酿造的纯高粱烧酒，在屋后自家盖房取石凿起的小池塘中捞了几条活鲜鱼，挖起竹林中冒起的嫩笋儿，乐滋滋地让老婆谢莲玉将乘凉的竹躺椅搬到院外的桉树绿荫下，顺意地品了几盅儿，便有些飘飘然起来。酒足饭饱后，为了平息儿子没法当兵入伍的怨气，对堂客谢莲玉说："斑竹的纠结事办完了，拿些钱给儿子，让他进趟三江城，给自己置办套新制服，穿得精神点儿。"

斑竹清理完继父喝酒吃肉后的一桌狼藉的碗筷，洗了锅并擦洗了厨房内一应灰尘，用泔水拌着剁碎的猪草喂着哼哼直叫的一窝猪崽子，回头厌恶地看了已醉得迷糊的继父一眼。她知道这一切都是罗逊家的付出，为父亲的钱匣子添进了一大笔丰硕的彩礼钱。

斑竹明白母亲和自己的生身父亲离婚，并没有给她母女带来幸福的生活，她不理解已有了三个孩子的母亲，怎么狠心背叛父亲。在新中国成立后，妇女地位有所提升，便急于挣脱所谓封建社会对妇女的禁锢，在赶场时结识了颇有心计的石匠继父而再嫁。

长时间没有下雨了，稻田中的秧苗正值授粉时节，如不能及时灌水，一切的劳作将化为泡影。漂亮的汲水车轮架撑在湖边，村上准备汲水浇田了。姐妹们都爱干这活儿。头顶一顶遮阳竹凉帽，肩搭一条彩色毛巾，说说笑笑地踩着水车，湖水中一股股清流随着水轮转动将水汲到坝上渠中，又缓缓流入干渴的稻田中。几个人轮换着踩水车，斑竹和队长的妹妹肖丽、陈默雁、陶红橘为一组。有些丰满的陶红橘是肖丽要求她过来的，就那体重，顶得上她们一个半人，干这活儿是顶有效率的。踩着水车的肖丽对斑竹说："斑竹姐，端午节快要到了，你准备拿什么招待罗逊那小帅哥呢？"

"咸吃萝卜淡操心，你想得多余了，谁在乎他来呢。你是知道的，我那个继父早盼着罗逊拿什么烟酒鱼肉来孝敬他呢！可我该拿什么来招待我那新郎官，还正犯难！"斑竹小心谨慎地说。

"鸳鸯鞋垫做好了没有？有了它铺在鞋中，你那罗逊向着斑竹坝跑得就更带劲了。"肖丽言语中挑逗着斑竹。

"就你这鬼精灵的懂事了，结婚的话，你可就是无师自通了吧。"

"行吧，你真损人哟！"肖丽不满地说。

"什么无师自通哟？"陶红橘呆呆地问。

鸿
雁

"你真昏糊了，斑竹姐在损人呢！"肖丽说着在斑竹臀部狠命地拧了一把。

"哎哟，疼死我了，你这个小幺妹子手真狠。"斑竹忙用手抚摸被拧疼的屁股蛋子。

正当嬉闹着，那边坝上的队长肖峰喊话了："下边的几个幺妹子快一些踩，渠里的水流到田中小多了。"

肖丽又在陶红橘肩上拍了一把："听见了吧，上边吆喝了，使劲儿踩吧！"

兴致已来的肖丽对着坝子上唱起了川东情歌：

> 妹妹踩水在湖边，
> 哥哥不知何日还。
> 待到家乡枇杷黄哟！
> 风风雨雨眼欲穿。

斑竹和陈默雁和着接下来：

> 水车汲水圆又圆，
> 哥哥远方打工难。
> 日夜盼见妹妹面哟！
> 水车更比明月圆。

肖丽与陶红橘放开嗓子又接唱：

> 栀子花开洁又白，
> 妹妹欲开一蓓蕾。
> 花开花艳当须折哟！
> 不折误期莫后悔。

斑竹和陈默雁跟着节奏对了起来：

> 见妹好比蜀道难，
> 岁岁想着把家还。

带上他乡定情物哟！
展翅白鹤飞你前。

干活儿的兴趣一起，渠中的水又满涨起来，肖丽拿起手中毛巾抹去额头上的汗水，放开嗓子：

日月两轮圆又圆，
甘蔗节节甜又甜。
青春岁月好时光哟！
哥哥回家好团圆。

激情唤起，斑竹和陈默雁接了下来；

三江岸边钓鱼城，
遥望哥哥在梦中，
西窗红烛何时剪哟？
漫漫相思到天明。

肖峰等一群男青年在坝上听到歌声也与众人投入对唱：

千里嘉陵千里湾，
千里水路多少帆？
心随夫君乘舟去哟！
回望渝州长江岸。

一片绵长悠远的情歌在丘陵间回荡，潺潺的湖水在情歌声中淌入又一片绿意盎然的稻田中。

就在这一年，斑竹评上了村里的"五好"社员，并加入了共青团。

鸿
雁

第五章　念想·期待

　　早晨，天幕阴沉地罩在丘陵上。待一阵微风从丘陵间吹过，川东坝上缠绵多情的秋雨便轻柔柔地落了下来。多雨的季节，川中农村的星期天，在柑橘林忙了多天的罗逊，终于能期待着歇息几天了。他掀开玻璃窗，看着屋檐下落下的雨点由小到大，打在台阶下芭蕉宽阔的叶子上，发出时钟般嘀嗒嘀嗒的声音。他想着高中回村时的同学，国家已经多年没有高考了。他高中上了两年，上高三时那场运动便开始了，大学梦彻底地破灭，想起这些来便有一种不甘心的遗憾。他从房间里的简易书架上抽出一本要看的书来，这是他之前隐秘收藏的法国巴尔扎克写的《高老头》，他热爱文学，尤其热爱法国文学。巴尔扎克刻骨描写的《人间喜剧》就像是法国社会的活字典，是剖析人的灵魂与人性的佳作，是培养人格和气质的养料。他还读了《少年维特之烦恼》及《罗密欧与朱丽叶》，但那都是情感上的东西。真正富家强国、回馈社会还是要依靠科学，数理化知识的学习需要老师的教授与辅导，不像文科，可以靠自己刻苦钻研获得成效。有时脑子就像凝固了一样，那些理科方面解不开的难题，他便奔许多路去请教老师，或求教于上届的学长。他盼着恢复高考。虽顾虑着家庭背景，但他知道天生我材必有用。

　　罗逊想起了未婚妻斑竹，她朴实无华、纯洁无瑕，说来必将作为一个贤妻良母而伴自己一生，而自己又能给予她什么呢？他在初订婚约的端阳节见到斑竹时，送她唐朝罗隐的两句诗："我未成名卿未嫁，可能俱是不如人。"几天后斑竹来家里问自己："只上了小学的我不知那两句诗是什么意思，特意请教了一位民办教师，他只对我说是同病相怜的意思，可那罗隐又是罗家什么人？"

　　罗逊笑了笑。

　　"笑什么笑！笑我无知？你写给我是对牛弹琴吗？"斑竹有些恼怒起来。

　　罗逊感觉这个玩笑是开不得了，便给她解释道："罗隐不是我们罗家什么人，他是一千多年前唐朝的一位诗人，是我的偶像。"

　　"偶像与对象又有什么关系呀？"斑竹越发糊涂了。

"唉！怎么讲呢，偶像与对象没一分钱的关系。但我讲予你这两句诗别有一番意思，比喻你我二人，同是天涯沦落人啊！"罗逊心中对斑竹是一种既怜又爱的特殊心态。这算爱得纯粹吗？罗逊在心中倒是问起自己来了。

"看你心野的，还想成名成家。就咱那成分，够咱们吃着兜着一辈子不买新锅了。"听明白后的斑竹深深地感慨道，也深知未婚夫罗逊的知识比自己深厚渊博。

"历史总在演变着，社会总在不断地向前发展。尽管它有时也会走几段弯路，但明天的月亮还是多情的月亮，太阳永远照在地球上。你没听说广安那边有个大人物，现在已经出来工作了？"罗逊话语中分明有着少许的神秘和自信。

"这些话咱们这些平民百姓也无法证实，还是不要随便说。你还是向爸爸学着点为人处世的方式。"斑竹叮咛自己的未婚夫，"人与人之间人为的纠葛，看了都让人心灰意冷。"

"那你是一个入团青年，更不应该有这些想法。"罗逊对斑竹强调起来。

川东的冬季特别寒冷漫长，腊月时节，天公也不作美，又落了一场在川蜀大地难得一见的灾难性大雪，冻坏了越冬的作物。大米产在四川，成了稀缺的粮食，人们主要靠玉米等杂粮度日。许多困难农户没有御寒的棉衣，穿着破烂的夹袄，一整个冬天便窝在家中无聊地烤火，华安的煤已经按户头凭票供给了。石条垒成的湿暗小屋，北风裹着寒气从石墙的缝隙中、从简陋的屋顶瓦片间一阵阵吹入屋内。

正是在这冬季寒冷的时光，家中小弟又生病了，母亲带他去村医疗站看了医生，当作发烧感冒给注射了一针庆大霉素，又买了吃的药物。可到半夜时分，病情并未减轻，反而更加重起来，母亲让斑竹用家中备用的体温计量了一下，已是三十九点五摄氏度了，还一直处在昏迷中。父母问斑竹怎么办，斑竹说："发烧是不能随便乱治的，最近听说有的医生将这当成普通感冒治疗而使病人丢掉了生命。"有着这样的担忧，斑竹说，"看来是非得进大医院看病了。"

"十塘镇医院不行吗？大医院在三江城那边，要走三十多里路，又隔着一条涪江。"继父姚忙老爹犹豫起来。

斑竹摇了摇头说："救人要紧，弟弟的命还要不要？"从不顶撞父母的斑竹焦急中冒胆吐出一句话来。斑竹知道继父心里就怕花钱，冒着投机的心理，想少花点钱对付着把病拖好了。

母亲不敢言语，只无奈地望着父亲，等他拿主意。继父在心中着实思索了一番，才对母亲说："好了，你准备三百元拿着。"回过脸叮嘱斑竹："你将大弟喊醒，再将工具间的那一片小竹床取出来，咱们就一起去三江城吧。"

　　茫茫黑夜中，一家四人踏着坎坷的小路抬着小弟到丘陵上边的公路上。这条乡间的公路，晚上拦住一辆过往的汽车都很难。四周一片寂静，远处有寥落的时隐时现闪动着的点点灯光。走到麻栗坡才走了一半路程，乏困的一行人稍稍缓了缓气，听到弟弟迷糊的呻吟声，四人替换着抬着弟弟又上路了。好不容易走到了涪江江边，那时涪江上还没有修桥，过江北去必须坐船，当寻到一条小船，继父和船夫讨价还价又耽误了一阵工夫。终于坐船到了江北岸上，到了江北医院已是黎明时分。斑竹持钱挂了急诊，医生采取了急救措施，并对继父和母亲说患了急性脑膜炎，多亏来得及时，再晚点小孩就没救了。这时父母才知事情的严重性，也想起了斑竹晚上对他们从未有过的顶撞，一家人揪着的心终于放了下来。早饭后四人将小弟从急诊室转到住院部，医生告知还须在医院住一些日子，父母回了十塘，留下斑竹一人照顾小弟，直到他痊愈出院。

　　这次风险过后，小弟还是留下了些许后遗症，以至于以后上学脑子一直不好使。但弟弟一直对这个同母异父的姐姐充满了尊敬和爱戴，感恩终生。

第六章　风波

　　这大集体的时光，什么时候种，什么时候收，以及什么时候灌水施肥，那都是队长操心的事。这个苦日子，吃的是差了一大截子，但心理负担小了许多。整个社会的观念是要穷都穷、要富都富。一个人一个心思，一茬干部一派做法，妇女们聚在一起，整晌干不了多少活儿，嘴上吃不好，聊起事来，东家长、西家短，有时言语不投机便吵嚷起来。晚上男人如何睡觉，女人又如何骚情，也不分场合、不知羞惭地吐出来，使得本已苦涩的生活中有了些笑料。肖丽的娘陈云竹这时神秘兮兮地对斑竹说："我娘舅家的侄儿在安徽那边当兵，说是那边农村穷得要命，已开始分地承包到户了。"斑竹惊奇又担心道："哎呀！这话可不是随便说的，小心被抓了现行，那可是要犯事的。"两人悄声细气地瞎嚷嚷，还是让在后边的华贞儿听见了。

　　人高马大、穿得有些寒碜的华贞儿说："分、分、分，分了好。我们家那根大木头棍子没心眼儿的分不下粮，又来不得钱。穿得烂，只要不光着屁股，还能混下去。没吃的，一家人只有喝西北风了。家中养了几只鸡鸭，拉下的蛋我赶场去十塘准备出手换些油盐酱醋钱，被那些市管人员收缴了。这些天全家人都在吃白饭呢。""这人饿急了嘴，什么话都能摆腾出来的。"陈云竹感慨道。

　　"省点儿心吧。你们说这话可不是拿纸杆子招鬼吗？"斑竹谨慎地说。可陈云竹的儿子肖峰是村中的小队长，说起话来几乎没什么忌惮。

　　"管他娘的好事。安徽那边就是分地了嘛，多好的事儿呀！"华贞儿又激动起来。

　　听着这平地一声雷的消息，从这往后的日子，村中就像起了一锅热水，惹得人人心中都不安起来，哪还有心思干活了？不外乎就为混着那几个工分。急得肖峰在地里将田块几人一组地分包起来，干不完就不准收工。下午肖峰就被大队传呼到十塘公社上，公社主任拍着桌子，狠狠地批评着肖峰："你贼大的胆子，直接分起田地来了，你想到后果了没有？一点点的火星星可以说烧得十塘全乱了路数。今天你就待在公社不要回去，反省反省，公社立马派人下去调查，看是谁在煽风点火地闹着分田！"

"你吼我干什么？我那是什么分田？她们几个妇女这几天心挠挠的，就是干不了多少活儿。我不就是想了个办法，让她们赶快把这些田中的活儿抓紧干完？我有什么错？谁分地了？有分地的账吗？你这是要害我关禁闭。那好，我早就不想干了，谁干得好让谁干去。"肖峰憋着怨气，比公社主任还暴躁。

公社主任回过头指着肖峰对大队书记说："你看你看，明显错了还不认账，嚣张得比我还蛮横。这样的泼皮是怎样领导群众的？需要深刻地反省反省。"接着又对大队书记吩咐，"这你也有责任，写一个检查报告，我还要向县里汇报呢。"大队书记愣了一愣，狠心地瞧了肖峰一眼："吵什么？真长出本事了！"一会儿工夫，公社主任带来两个民警，带着肖峰上了警车。

这一石激起千层浪，肖峰被监禁的事传遍了整个死气沉沉的十塘古镇。这钱越捎越没，话越说越多，外边的传言还真的说成了肖峰在斑竹坝分地了。

第二天一大早，没有人喊开工了，村民们纷纷聚在坝中心的皂荚树下，议论村中发生的事。公社的书记、主任早上碰头做了工作安排，准备去斑竹坝调查分地的谣言从何而来。陈云竹有些招架不住这阵势，后悔祸从口出。肖峰昨天去公社就没有回来，妻子锦娘哽咽着埋怨婆婆多事。正在这时，斑竹来到家中对锦娘说道："嫂子别埋怨婶子了。既然已是这样，也不要让这事将咱们压趴下。想法儿对付吧！"正说着，怨气冲冲的华贞儿已走进屋中："听说这事与肖峰本人无关系，把所有的姐妹召集起来，找公社去，怕什么？让他们看一下。斑竹坝的娘儿们是有担当的，要求放人。不放人咱们就不走，看他们能把咱们怎么样。"华贞儿理直气壮的话也正合了陈云竹的意思："那你们等着，我招呼人去。"

一会儿，便唤来了村中老少姐妹，几个大娘老婶子也来了。肖峰的妻子锦娘说道："已经是这样了，咱们兵分两路。你们去十塘，我搭车去趟三江城，我那娘舅舅是县委书记，叫陈云翔，我去找他反映情况，也只有这样了。"锦娘谈了自己的想法。

公社主任、书记的车已经发动，准备上斑竹坝去。未出公社大门，便被一群妇女围了起来，华贞儿更是连身子都靠在了车头上，使得汽车寸步难行。书记从车上下来，说："好！我正要找你们去，谁是代表？到里边办公室谈。"

"谈什么！先把人放了，弄不清楚凭什么抓人？"华贞儿说。

"谁说分地了？有什么证据吗？"陈云竹质问道。

"是的，有什么证据？这不是冤枉好人吗？"一个上了年纪的老太太拄着竹拐杖站在公社主任面前。

　　"分地是我要求的，可惜还没有分给我，要杀要剐随你们当官的吧。死活是我们一家没粮吃，没法活了。"又是华贞儿尖锐的声音。

　　"也不用进去了，我们把自己的事详细地写了一个报告，而且我们在田里干活的妇女，都按了手印，愿承担法律责任。"斑竹从衣服口袋中拿出了写有事实真相的报告，递给了书记。

　　这时公社的在场人员、到十塘前来说事的乡亲们都议论起斑竹来。她这一举动令在场所有人感到惊讶，谁也没想到在村中内向而谦卑的斑竹有这样的胆量，有这样的见识与行为，站出来为本队的事体理论一番。

　　斑竹当着这么多人又说道："公社的领导们，这样的报告我们写了多份，已同时报于县里各主管领导。想来很快你们都能看到一个结果。"

　　其实这个事件的详细过程，昨天晚上斑竹在肖峰家与锦娘商量已写好并誊抄了两份。一份锦娘已带到三江城去了，一份便由斑竹揣在怀中，递到十塘公社领导手中。

　　接到这个报告，十塘公社领导一同商量斟酌了一番后，认为所谓分地的风波，不要闹得太大了，影响不好。况且上边一直在询问具体的证据到底有没有，最后索性将肖峰放了。

第七章　求索·罗逊的梦想

冬去春来，川东也没有多大的变化。早晨，罗逊的母亲刘桐花推开房门，一片大雾带着早春的寒意扑面而来。看不见天，瞧不见水，整个丘陵隐没在浓雾中，院子已铺了一层淡淡的霜，湿滑湿滑的。石台阶上看家狗嘴巴畏缩在脖子下，呼吸的腥气与大雾融合起来弥漫着。冷飕飕的风吹在身上，刘桐花走进屋，套了件紫红色的毛线背心，坐在门阶上的条凳上。

罗逊白天在村上出工，晚上在家看收集来的书籍。包括社会上那些禁书，多少个深夜，他看了茅盾的《子夜》，看了周而复的《上海的早晨》，也看了《保卫延安》和《创业史》，看了特别能打动青年人的《青春之歌》。至于高尔基的《在人间》《我的大学》及雨果的《巴黎圣母院》，也是千搜万觅地从同学处借来阅读。除此之外，中学的理科科目也试着做出无师自通的提纲来。从内心讲，他对知识的追求从未改变过。

暮春是川东最让人舒心的季节了。寒冷湿潮得令人郁闷的天气已经过去了。湖水在暖融融的阳光下泛着波光，鱼儿不间断地跃出湖面，捣鼓起一层层的春水微澜来。整个天地间拨云见日般春光乍泄，一群蜜蜂飞落在白色的橘花间，勤劳地采着芳香的花粉。恢复高考了！当他将这令人兴奋的事告诉斑竹时，并没有引起斑竹多大的欢欣，倒是勾起了斑竹的忧思，女人的心既复杂又脆弱。斑竹想，夫妻困难中能共同面对，幸福到来时未必能共同享受。罗逊如果能考上大学，不知晓他能否守得住同甘共苦这一条底线，这一思虑倒成了斑竹的一块心病。一天，两天，日日牵挂着。

罗逊去斑竹湖约会斑竹的次数渐渐地少了。他除了白天干活儿外，更多的时间是待在家中查资料、做习题，复习以往学过的知识，做着高考的准备工作。熬夜已经成了常事。因长时间待在室内，人瘦了，皮肤也渐渐地白皙起来。

这个阶段，倒是斑竹去往蛤蟆溪罗家坝罗逊家多次。她担心罗逊夜以继日忙碌的身体，有时借着去华安挑煤顺便看望他。她给他带去了从三江城买来的红枣、山药和从八塘那里取来的莲子，叮咛未来的婆婆、罗逊的母亲刘桐花早上熬稀粥的时候放点儿，加强营养。

罗逊近来消瘦了许多，真让人担心。刘桐花听了斑竹的话，心中是喜滋滋的，这个儿媳真会体贴自己的未婚夫，将来儿子如果有出息，也不枉费斑竹的一片怜爱之心。

"天天熬到半夜，有时甚至到天都快亮了。就是上大学也要命啊，我和他爸常念叨这家里的电费也该省省了。"斑竹听了这话，知道她心中也是一样担心着自己儿子的健康呀。

大地就像突然间解冻了一样，所谓的地主、富农及其子女也有了自己生活的尊严，一个蓬勃发展的社会经济浪潮席卷而来。大包干包产到户的春风吹到川东丘陵，整个川蜀大地是一片生机盎然的景象。美丽的斑竹湖，也有几家人在抓阄，在湖边承包养鱼了。机遇对每一个人都是平等的。斑竹家除了分到几块秧田外，也分到了一些只能种小麦、玉米、蚕豆一类的旱田。富饶的川东，田地里一切生命的旺盛都寄托给了自己的主人。

青竹更加碧翠起来，柑橘园也更绿了，丘陵之间稻田埂上的桑树抽出嫩嫩的枝条，长出了肥厚的叶子。斑竹从楼上搬下十几个圆圆的蒲团，在湖边一遍遍刷洗干净，用喷雾器均匀消毒后又摆放在坝院上的阳光下照晒许久，迎接着一个养蚕季节的到来。这个把月夜以继日的辛苦，收获来的蚕茧将会给家中换来一笔可观的收入。姚忙老爹在自家承包的土地的田埂上徘徊，两只手抚摸着自家丘陵上的百余棵柑橘树，想着深秋的季节摘下的红橘将给自己带来多少财富，是得准备大干一场，因为这是关乎自己最直接利益的事。

是的，联产承包责任制彻底唤醒了农民的觉悟，是个体生产力的跨越和解放，怎样耙地、耕种、施肥和管理，都是自己说了算。人投百斤力，地献千斤粮，这才是实在话。除了喜悦激动外，姚忙老爹几个晚上都在算计对所承包土地的投入。姚忙老爹有着一个农民朴实的心思，自己的家就是一个国，生活节俭而勤劳付出，不愁这承包后的日子红火不起来。如今不在村上出工了，他思忖着将自己尘封的石匠手艺重新拾起来，那一把把的票子就会像蝴蝶一样翩翩向他飞来。想到这里，他阴沉沉的脸上便难得地隐现出一丝笑容来。

早上起来，斑竹听见继父对母亲讲："从现在开始，你将米饭做多些，隔天换换饭菜打打牙祭，改善一下生活。人都吃不饱肚皮，怎么干活儿？现在和村上大集体干活儿不一样了，得下实心眼儿念好自家的经。你在家除了管好一家人的吃喝穿衣外，抽空也要到地里帮帮斑竹做好田中的活儿，让我抽出身来做好老本行。人有了钱，地是置不成了，但盖房的事儿，还是家家要念叨的大事情。"

对于斑竹，姚忙老爹没有多说什么。总之，他对斑竹干活儿是十二分地放心，斑竹绝对顶得上一个强壮的男劳力。况且原来在村中干活儿，村中所有的女娃儿，还没人不服斑竹的。如今在自家田里干活，斑竹肯定会更卖力。

日月更替滚动着岁月的车轮，承包到户给一潭死水的农村经济插上了腾飞的翅膀，使亿万农民的日子发生了质的飞跃。天还未明，房门吱呀了一声，斑竹知道是母亲起来做早饭了，吃得早就出工早。继父的口头禅是："早起的鸟儿有食吃。"只有勤恳劳作，才有丰硕的回报。家中每人多出些力气，姚家的日子很快会兴旺起来。

可不是所有人都兴奋于这种变革，隔壁的幺爸一家四口，幺娘患有心脏病，整日里病恹恹的。家中两个男娃一大一小，都还未上学。集体大锅饭时挣工分，已透支了村上好多钱。如今分了地，本该欣欣向荣起来。可那么多地，靠着叔父一个人很难照顾过来，田里的杂草疯了一样长。这块还未除净，那块地里的草又倔强地冒了上来。这天叔父在院坝上对斑竹说："幺妹，你家的活儿干完了吗？如果干完了，请你过来帮我把秧田里的杂草除掉，草与苗争着长，稻秧已经蔫黄蔫黄的了。"

这时在屋中的继父听见了，便插上话来，对他这个血脉相连的兄弟讲："农村中哪有干得完的活计？不干才是完了。"直接封住了他这个亲兄弟的口。斑竹听见继父这样讲，一脸的不乐意。自那年她跟着母亲来到姚家，叔父从来没有歧视她，对她关爱备至。甚至于她受到委屈的时候，叔和叔娘便是她的一堵挡风墙。如今自己已长大成人了，帮困济危实属人之常情，何况又是叔父一家，能帮还是要帮的。念着叔父一家的艰难，斑竹扭过头对继父说："爸，咱那活儿我明天加点劲，赶快干完。幺爸家叔娘又患病，屋里田里他一个人疯忙着，实在是顾不过来。我就帮他干几天吧，又不是外人。"

继父当着他这个兄弟的面不言语了，而避过叔父，又对屋内的斑竹讲："承包了，现在都忙着发展自己的经济。帮工是要钱的，不行的话，你还是让他帮我们将坝下湖边的那块水田犁了吧。"

真是铁公鸡，亲兄弟的脸面都不给。斑竹心里暗自嘀咕着。

斑竹给叔父帮了几天工，在他家中吃了晚饭，回来时天已黑了。继父看着斑竹回到家中，便对斑竹说："幺妹子，你叔的活儿帮完了，明天你就给咱秧田里撒肥吧。我这几天不在家里，正忙着在那蛤蟆溪青蛙坝给李家院子盖房，勤快点，让你妈帮着你。湖畔的那块秧田缺少肥料了，抓不紧是要减产的。"继父的话就是命令，容不得抗拒，斑竹没有吭声，筹思着向秧田施肥，这是田间最苦的差事了。

隔日一早，斑竹挑着两大木桶猪粪走在湿淋淋渗水的田垄上，一不小心滑向满是积水的稻田中，站起来青泥沾在身上，简直就是一个泥蛤蟆。继父不久前在饭桌上当着母亲的面说过："我年纪大了，以后田里的活计就让斑竹一个人挑了。"家中承包着五亩水田，半年积攒的猪粪、鸡鸭鹅粪都要一担一担地挑到田边，站在田垄中使劲儿抛进田中。但斑竹还是在四五天时间里，辛苦地上完了肥，累得她肩膀上像被蝎子蜇了一样烧疼烧疼的，纤细的腰肢也挺不起来了。她为自己担心而怜惜起来："慎着点儿，千万不要劳出什么妇科病来。"这其中的苦楚，母亲看在眼中，又不敢搭言，有谁能理解斑竹其中的心酸呢？

也正是在川东农忙的节骨眼儿上，实行家庭联产承包制后，整个市场也跟着开放了。罗富川专心致志地做起了生意，在陕西的花椒之乡韩城坐庄收购起了大红袍花椒，带到三江城，在那里搞批发。这是一桩稳赚不赔的好生意，进货发货都是他一人操作着，做得风生水起。

家中只剩下刘桐花母子两人了。正值高考前紧张的复习阶段，罗逊的学习资料压摞着摆了一桌子。白天劳动，晚上学习，有时下工吃饭的半小时工夫，罗逊口中吃着饭，手中还要捧着书看。

这天下午，罗富川从陕西回来，在三江城发完货，回到十塘蛤蟆溪罗家坝家中，看到如此情况就考虑着让两个孩子先结婚。斑竹婚后过来，也是婆婆的紧要帮手，儿子罗逊也能一心一意地复习功课。

谁知刘桐花将此事告诉儿子时，罗逊毫不含糊地说："妈！爸！你俩心中犯糊涂了，这是万万不可的。"

两口子一沉思又哑口无言了，是呀！哪有结婚后又去考大学的？

这时刘桐花眼睛眨巴起来，沉默了一会儿工夫，活泛的眼皮又鼓了起来："这结婚的路走不通，不妨让斑竹常到咱家来，在田中顾个紧什么的，也该行了吧？"

"这农村都一样。忙的时候便都忙了起来，只怕咱那亲家公那儿说不过去。"罗富川说。

"你那亲家公爱钱，不然就给他些钱，让斑竹来帮我。多好的姑娘啊！有她

鸿
雁

在身边，我也能减轻些负担。"刘桐花固执地说。

"那就要麻烦麻三爷跑一趟斑竹坝了。"罗富川说。

"不用去，留个心眼儿，待哪天斑竹到华安煤矿买煤路过梳篦坝时，我约她谈谈。"刘桐花说。

田地承包到户就像一把金钥匙，打开了每一个人的心结。川东农村，万物复苏，斑竹湖的斑竹坝姚家，舒适温暖的阳光从潮湿灰暗的小屋狭窄的窗户及院门中透射进来，照着屋内挂着的黑里透红的熏肉，晾干了又返潮的梅干菜及泡菜坛中溢出的泡菜味儿，散发出特有的气味。屋外院坝下斑竹湖湖面蒸腾起的白色雾霭，像来潮般漫上了丘陵间的柑橘林，使其染上了一种玄秘的晖光。姚忙老爹是一个习惯早起的人，他站在台阶下的院坝上，沉思少许时刻。天气好，随着稻田中秧苗的迅速生长，野草也蔓生开来。他回过身对屋内的老婆谢莲玉说："上午让斑竹去坝下的秧田中锄草。我到三江城去一趟，批发些鱼苗回来，放养在稻田中一起生长，也能增加些收入。"

困倦了一夜的斑竹听到了继父的说话声，赶忙穿起衣服，梳洗完毕。揽起屋外台阶上的背篓，借锄草的机会，她还要顺便打一篓猪草回来，喂那几只小猪崽。多年养成的习惯，她在家中几乎没有闲暇的时候。继父说，过日子就要这样，万事酬勤，老天爷不会亏待每一个勤劳的人的。

来到田埂上，她挽起了裤脚。一双因长期在田间劳动而长得结实的脚板上，脚指头有些微微分开，膝盖下莲藕般光滑的小腿，白皙中透出淡红颜色。斑竹回想起闹分地的风波，着实让她暴露出自己的真实性情，证明自己随着岁月的推移，已经越发有主见了。她长大了，她不再是一只温驯的绵羊。

下午，川东的天气像川剧变脸一样，说变就变了。随着川西西岭上的西风吹来，又落下丝丝柔情的秋雨。这秋雨停停下下、下下停停，没完没了的，又令人心烦起来。罗富川和堂客相对着坐在屋内外房檐下，听着雨点滴在院坝角的一丛芭蕉叶上的滴答声，等天放晴后，他又要动身去陕西那边了。

这个时节对罗富川的生意来说太重要了，正是大红袍花椒上市的时候。俗话说：饿死胆小的，撑死胆大的。罗富川做生意的能力和胆量使他的生意越做越顺。从动乱纷扰中走过来的人们，还在茫然的时候，他首先感到要变革了。谁要在这时又唱着什么老调子，那真是固执得无可救药。他在商海中看好了做花椒生意的利好，稳妥地在秦蜀道上穿梭了几趟，捞到了第一桶金。待到罗富川将剥离本钱后的盈利交给堂客时，刘桐花还在胆怯地担忧着，怕有什么不好的影响。

刘桐花一门心思只想着斑竹能如何撇开斑竹湖上斑竹坝的家，到罗家坝来。她是太在意这个儿媳了，几天来她一直坐在屋外院坝台阶上，瞅着东西路上一拨一拨的来往行人，看来今天又没希望了。令人厌烦的雨还在下着，滴在湖面上的雨点似溅落在水中的银钿，白色的水花散落时激起一圈圈涟漪。她不耐烦地回过头望了丈夫一眼，想起儿子罗逊还在自己的书房中，她站起来在厅堂的方桌上倒了一杯水，放了些许绿茶，进了儿子的房间。

刘桐花终于在一个天已放晴的早晨的灿烂阳光中等到了斑竹。她忙从屋内唤出罗逊，当着斑竹的面劝他："罗逊，你休息个把时辰再复习吧。今天陪斑竹去一趟华安煤矿，两人替换着将煤挑回来。妈一个人在家为你们做饭，让斑竹在这里吃完饭再回斑竹坝去。"

斑竹深情地望了罗逊一眼，说："妈妈，就不必了吧，罗逊那学习可比担煤重要多了，何况我已习惯了，一个人就能担回来的。"

"你就让他陪你去吧。整天闷在屋子里面，像坐监狱似的，困都能困出病来的。"她从斑竹手中拿过扁担，递给罗逊。

两人踩在铁轨的枕木上，向着华安煤矿结伴走去。"土地承包到户，在家中很忙吧？"罗逊问道。

"累倒没什么的，但很枯燥。不像以前，姐妹们虽然吃不饱，可是在一块儿干活儿很开心。"斑竹随心答道。

"你想到将来了吗？"罗逊问。

"这还用想吗？将来就是奔着你们罗家来嫁给你了。"斑竹爽朗地笑着说，"你真是好坦率哟！我们的机遇还是不错的，你看现在人们已抛弃成分论了，那些阴影已远离我们，我们再也不会受人鄙视，可以挺直腰杆生活了。"斑竹接着说："像你如今准备报考大学，在过去那个年代，那简直是一种奢望。"

罗逊说："你说出了我的心里话。斑竹，前几天妈妈还准备托麻三爷去斑竹坝和你父亲商量将你嫁娶过来。"

"真的吗？"斑竹心内愣了一下，"这会影响你考大学的呀！"

"你想得没错。这事也就无从谈起，但母亲还是想要你过来帮衬着她干地里的活儿。父亲前天去了陕西，家中又指靠着母亲一人了。"

"你可以抽空帮伯母干些活啊，劳逸结合也挺好啊！"

"是这个理，但我是一心奔着上大学的前程去的。"

"我真担心你要去上大学，到那时，我们两人不是要天各一方了吗？"斑竹脸上一脸的无奈。

"你怎么往那弯道上想呢？到时我上大学带上你，让同学们看看我们川中的美女。纵使海枯石烂，我们也要厮守在一起。"

"可我还是担心，心里空空的，像竹节子一样，不踏实。社会在变化着，所有的人也都在变化着，想起来就像天空中的云朵一样变幻无穷。"斑竹心中的顾虑还是没有消除。

"你没上过多少学，哪儿来的这么多的瞻前顾后的心思？"前边拐弯处一丛青竹挡住了视线，罗逊放下扁担，温柔地望着斑竹，伸出双臂将斑竹强势揽入怀中，在她的脸上边吻边说，"斑竹，我爱你，恳求你也不要忘记我。前边的人生道路，需要我们共同铺就。"

斑竹突然被罗逊亲吻，脸上急速泛起红晕来，她用手抚摸着滚烫的脸颊，羞意满满地说："可我们现在的路又该咋样走啊？我可是第一次被你亲。"斑竹的心在颤抖，颤抖中又荡漾着一种满足感，满足中又怀着对未来美好的期望。不得不说，少年青春情意的萌生，对两人来讲弥足珍贵。罗逊知道这回家的路很短，可人生的路很漫长。路在脚下，而心在远方。两人已进入梳篦坝了，绕过那棵茂盛挺拔的香樟树，就是罗逊的家了。

母亲刘桐花已站在院坝上等候了："两人赶路不觉烦哟！这么长时间才到家。"她从儿子罗逊手中接过扁担，靠在院中的合欢树上，带两人走进屋中，一桌很是丰盛的川东家常菜已摆好了。"妈妈手艺很不错呀！"斑竹赞叹道。"生活不易，人们都很辛苦，如今生活一步步向好地发展起来，偶尔打打牙祭。快吃吧！可惜你爸爸又去了陕西那边，一家人难得聚在一起，斑竹整天辛苦干活，今天就多吃些吧。"刘桐花絮叨着。

"爸在外边奔波，妈在家中才是更辛苦了。"斑竹说着夹了一片香气怡人的家常卤肉放到未来婆婆饭碗中。

"妈，你和爸商量的事我看就算了吧。"罗逊停住夹菜的筷子，望了望母亲说，"斑竹是想到咱们家来的，可是她那里也是父亲不在家，里外的活计就指望她一人干了，比咱们还辛苦呢！况且她在家中乖顺惯了，不敢违逆岳父，我们这边，你万一忙不过来，我就抽出空多到地里去几趟，困难也就解决了。"

"我就怕斑竹她那个继父，何事何物都斤斤计较的，少了人情味儿，且担心斑竹在家中受那委屈。我让斑竹来咱家中，说穿了，斑竹已是咱罗家的人了，我才不想看见她在那个家中受苦受累，这对斑竹来说就是一种不公。"刘桐花说起姚忙老爹又是一番不满。

等斑竹将煤挑到斑竹坝，由于在罗逊家一番耽搁，已是下午了。继父今天没有出工盖房去，正在院坝中编着竹蒲笼，劈好的竹篾条纷乱地放在地上。看到斑竹此时回来，他低沉着嗓音问："挑两筐煤用得着这整整一天的工夫吗？"斑竹本想说在罗逊家耽误了些工夫，但又怕多事的继父再问些什么，要是被他知道不就更麻烦了吗？她只好不谈在罗逊家的事。

然而姚忙老爹四处包工打石盖房，信息是很灵通的。他从麻三爷那里听说了，亲家罗富川去了陕西那边几次，倒腾起大红袍花椒批发，赚了不少钱。近几日天还未放晴，拔腿又去了陕西。他这生意也做得太顺风顺水了，姚忙老爹心里便泛起酸溜溜的嫉妒来。他放下劈竹篾的砍刀，站起身来，对正在喝水的斑竹说："你挑煤回家也没顺便到你婆婆家看一下，她家中可忙不？"

既然继父有意地问了起来，这事也不必隐瞒了，斑竹喝完水放下杯子说："担煤从他家门前过，我那婆婆坐在院坝上看见了我，能走得了吗？她因我那公公不在家，罗逊又忙着准备复习考大学，想要我去帮她干一下田里的活。可罗逊不乐意，说咱家也够忙的了，说什么也不让我去。"

"罗逊他不乐意？文化人鬼心眼儿多，人家男娃谁不盼着女娃去他家？他倒不乐意，我看这门亲事八成不牢靠了。"

"爹，你又在嘀咕什么？我看人家罗逊和婆婆就没有那坏心眼儿、瞎瞎心肠。"

"你女娃见过什么？这人知面不知心的人多了。他将来是大学生，吃国家饭，能和一个乡下女娃相处吗？这不散伙才叫怪呢！"姚忙老爹叹了一口气，心里想着，但愿自己没想错，他有自个的一番筹思，他巴不得罗家解除婚约，那么再将斑竹嫁出去，不就又是一笔不菲的收入吗？

第八章　噩耗·英华殒身

转眼又到了夏季。丘陵上的柑橘花已开败了，枝头先后挂上了鹌鹑蛋大小的绿色果子。场院上孵化出的小鸭、小鹅扇动着小翅膀，在骄傲的老鸭、老鹅的带领下纷纷哗啦哗啦地扑向斑竹湖中。湖岸边系着一条小木船，在水中悠然漂荡着。从春天忙到夏天的斑竹，在辛苦劳累中，收获了新一季的蚕宝宝。望着满箩筐银白色的蚕茧，斑竹心中喜悦，笑容挂在脸上，她觉得有付出方有回报，有播种才有收获。

秧田中的稻谷渐渐地隐现出金黄的颜色，美丽的黄鹂鸟唱着"算黄算割"的歌儿。收割早稻的时候到了，接下来又要种玉米，栽中稻，人们又紧张地忙活起来。

天有不测风云，人有旦夕祸福。中午吃饭的时候，罗逊头就有些昏晕不适的感觉。刘桐花知道罗逊这几晚熬夜，睡得很迟，且没有休息好，叮嘱他吃了几片阿莫西林。然而到了下午，太阳即将落下缙云山时，罗逊突然感到一阵头痛。片刻后，人随着扛起的稻谷袋子一并倒了下去，不省人事了。刘桐花将儿子抱在怀中，大声呼唤在屋内囤粮的罗富川出来。罗富川看见儿子这样，感觉大事不好，忙唤来坝上的左邻右舍，将儿子放在一张竹箅床板上，抬起来，向着十塘医院火速奔过去。

院长带着仅有的几个医生，围着病人会诊了一会儿。说是有脑部溢血的迹象，但也没有确定，准确结果还要做脑部 CT 来确定。而这样的乡镇医院没有那样的医疗设备，需要抓紧时间，赶快送到三江城那边的医院，尽快检查治疗。医院院长赶忙拨打了急救电话。估计车到十塘还需半小时。

人们都在焦急地等待着，时间一分一秒地过去，刘桐花眼泪顺着脸颊流了下来。罗富川额上愁云满布，颤抖的心仿佛要蹦出胸口。医生和护士推开家属好友，迅速给罗逊鼻孔上插上氧气，以延缓病情的发展。

医院外大路上传来了救护车的声音，很快便开到了医院急救室外面。几个救护人员迅速将罗逊挪到担架上，随即抬到了救护车内，并招呼主要亲属，上车陪在病人身旁。救护车迅速启动，向着涪江那边开去。

　　越急越觉得时间难熬。待汽车开过了涪江大桥，到了医院，医院急救室的医生大概探问了病况。二话没说，先开了一张 CT 检验单。告知罗富川先做 CT，再决定病情的救治方案。护士给罗逊注射了延续生命的药物。跟随汽车来到医院的家属，都在室外等候着，等待 CT 检验结果出来。

　　给罗逊做完 CT 后，罗富川拿到 CT 检验单，双手颤抖着交给医生。医生皱着眉头详细地看了一遍，脸沉了一下，让患者亲属进入医生办公室，对两人讲："很不理想，病人患的是脑干大量出血，是脑出血中最致命的一种，我们医院缺少设备，做不了手术。做这种开颅手术只能到重庆第三军医大学附院，或成都的华西医院，而去那里路远不说，关键是这种病就是做了开颅手术，十之八九都是很难把握的事，活着的希望是渺茫的。"

　　刘桐花哇的一声："天哪！"放声哭喊起来，随即身子一软倒了下去，一口气闷着没提上来，昏死了过去。医生随即召唤护士扶着刘桐花，又为她打了一支强心针。作为父亲的罗富川，眼睛渗血一般红，牙齿紧咬着下唇，手指掐在自己的胳膊上，控制着情绪。大难当头，他只能挺身站起来，顶住塌下来的天。

　　空气像凝固了一样。无言、无措、无奈的亲属，守到午夜，值班医生传唤罗富川，对他说："作为农村人，你是花不起这钱的，且这钱只能起到心理上的安慰作用，无济于事。"

　　"别提钱了，只要能救活我儿子的命，倾家荡产，扔掉我这条老命我也心甘！就这样放弃治疗，我还是心不甘啊！"罗富川给医生跪了下去。医生赶忙扶起罗富川，说："老同志，你可不能这样。听我讲，作为一个父亲，你的心情，谁都能理解。可这种事情我在医院经历得多了，你就是搬一座金山来，都是花冤枉钱。"

　　"不行，既然这样，儿子这口气不能咽在医院，还是让他回家再拔氧气管吧！"罗富川已是无望而无奈，两个乡邻将他扶出了医生办公室。

　　救护车已停在急救室的外边，紫青了脸的罗富川对妻子刘桐花说："天不饶人，只能这样让逊儿回家了。"护士将患者连同输送氧气的设备又搬上了汽车。车向着十塘开去，夜是漆黑的，没有月亮。在遥远的夜空中，有几颗星星在眨巴着眼睛，路两旁墨黑色的丘陵就像一堆堆坟冢一样。

　　涪江！你流淌的是天下父母的眼泪呀！

　　车开到十塘蛤蟆梳篦坝已是黎明分了，医护人员拔掉氧气管，罗逊抽搐了几下，随即头摆向了一边。一个年轻的生命便这样令人惋惜地辞别了情意满满的人间。

噩耗传到斑竹坝斑竹的耳中，她的心顿了一下，撕了撕耳朵根子，怀疑自己是不是听错了。待到坝上的风闻已是人人皆知，斑竹幽怨地望着浓云遮蔽的丘陵上空，那纯洁的初恋和对美好未来的幻想，被无情地撕碎了。她撇下装满猪草的背篓，疯了似的顺着枇杷溪向着十塘上边的蛤蟆溪梳篦坝奔去。

罗家院坝上已站满村中男女老少，少丧不比老丧，尤其是像罗逊这样的优秀青年，更是令人心如刀割般伤痛。几个老妇人坐在罗逊灵前，像吟着挽歌一样诉说罗逊青少年的往事。

乍一见到如此悲象，斑竹凄惨地呼了一声："罗逊！"便一头扑在灵柩上，悲天呼地地号啕起来。她哭天天无声，呼地地无门，她心念着罗逊，那善德、善心、悯人危难的神灵又哪儿去了？为何容不得这样纯洁的生命？斑竹心里憋屈，几乎喘不过气来。她站了起来，凝视着未婚夫的遗像。这遗像的眼睛也在望着她，刺痛着她的心。于是斑竹又弯身趴在罗逊灵柩上，凄泣起来。

梳篦坝的两个同龄姑娘，挽起悲怆的斑竹，用毛巾将她的眼泪擦去，可那泪水立刻又落了下来。罗逊母亲刘桐花看到自己家未过门的媳妇斑竹到来，艰难地走到院坝上，伸出颤抖的双手，紧紧地搂住斑竹的双肩，便又哭了起来："苦命的孩子啊！人不长久，老天爷也没办法的事。天意如此，也是无奈。孩子，一句话，活着的人身体要紧啊！"

"为何就让我和罗逊摊上了？太让我心碎了，罗逊啊！你就不该这样走掉！"斑竹哭诉着心中的苦，怨恨着命运的不公。

"难得你对他一片真心，逊儿的魂灵知道，还有你在牵挂着他，他的灵魂在天上地下，也会有所安慰的。"刘桐花呜咽着说。

"真是红颜薄命啊！罗家订得这么漂亮的幺妹子太可怜了。"梳篦坝的人在议论着斑竹，"真是一个多情有意的好姑娘啊！罗逊就是这样没福气，太让人遗憾了。"

距落葬的日子还有两天。这两天，苦命的斑竹一直守护在罗逊的灵柩前，望着一缕缕青色的香火袅袅地向上飘去。她幻想着：那一缕飘去的香火，是否依托着一个早去的灵魂？罗逊，你要走了，天公啊，你为什么不让我随他同去另一个世界？

罗家坝的罗家族人在评论着：年轻人罗逊不在了，孝子少，死者更是悲凉孤独。好在罗逊还有斑竹这个未过门的媳妇，不畏不避，前来为未婚夫送终，情意真挚得比一些婚后丧夫的女人更厚德。

下葬之日，斑竹要求刘桐花给自己一身孝服，披麻戴孝前去送葬。刘桐花不答应，说："孩子，你对罗逊好，刘婶铭记在心。可你毕竟是一个未成婚的黄花大闺女啊！这对你今后各方面，说起来都是不利的啊！你能念及情意亲自来为他送葬，已让罗家感激不尽了。你如此作为，怕以后有人会说三道四。"

"妈妈，不管怎样你都是我的好妈妈。我是罗逊的未婚妻，有着珍贵的情意。罗逊已不在了，这些细节还那么重要吗？除了我和姐姐罗梅，也没人能为他守孝了。他的离去对我来说是一种伤痛，为他守灵也是一种情意寄托和安慰。妈妈你就答应我吧！"刘桐花含泪点了点头。

送葬完毕的下午，斑竹要回斑竹坝了。刘桐花和女儿罗梅送斑竹回枇杷溪的路上，罗梅对母亲说："斑竹是一个重情意的姑娘，你干脆把她认作干女儿吧，对双方也是一种心灵上的补偿。"

斑竹听见了罗梅的话，忍不住伤心不已，投入刘桐花怀中，说："妈妈，你就认了我这个无可依靠的女儿了吧！"

"好了，斑竹女儿。从第一次见到你，我的心中便有了你这个乖巧的女孩子，不过我有个祈求和愿望，以后不管大小事，有什么困难和憋屈，就不要客气，都对我讲，我会将你当作亲女儿一样爱护。"

斑竹在太阳落山时回到了家中，继父姚忙老爹阴声死气地对斑竹讲："幺妹，罗家发生了那事，你本不该去的，更不该在那里待了两天，毕竟没结婚。以后又让别人怎么说呢？我本想去梳篦坝将你找回来，又不愿和罗家人起纠葛。你往后又怎样嫁人啊？"

"嫁人！嫁人就是那么随便的吗？你是不是想着又能拿到一笔彩礼了？"斑竹心中有些不满。

这女儿长大了，一天比一天知道和父亲犟嘴了，姚忙老爹不愿与她纠缠下去。他想得更深远，斑竹说得不错，找个对象再嫁出去，不又是一笔收入吗？

第九章　凄凉的大雁·北飞

过了些日子，继父下了渝州，走水路到河南的一个远房亲戚那里去了。天很闷热，尘土和身上的汗水混在一起，黏腻得令人很不舒畅。中稻已经收割完毕，刚插入田中的晚稻渐渐萌生出嫩叶来。家中养的几只大白鹅嘎嘎地叫着，扑食着湖边草丛中的蚱蜢。一叶扁舟系在湖边的柑橘树桩上，身材丰满的陶红橘在院坝下的湖边小路上，向斑竹摇了摇手喊："斑竹妹子，要到十塘赶场，搭个伙一路吧！"

"不必了，家中走不开的。"究其原因，斑竹近来万般惫懒、散漫，对什么都是一种无所谓的心态，她人生所有的希望都随着罗逊而逝去了。两个多月来，她一直沉浸在对往事的苦苦追忆中。一股微风从湖面上吹来，拴系的小船在水边悠悠地漂荡着，太阳像一个火球一样，升腾在中午的天空。斑竹移了移放在桉树绿荫下的凳子。

真挚的情爱就这样远去了，为了一个远去的灵魂，斑竹一天天憔悴起来。母亲背过继父开导她："天命啊！有啥办法，你就心放宽一些吧，别钻牛尖角，难道要在那一棵树上吊死不成？"斑竹厌恶母亲这句话，母亲就是遵循着这句话，毁掉了自己原来的家，舍弃了结发丈夫及对三个女儿执着的爱，寻找了她那所谓的幸福。

斑竹将与罗逊的初恋，作为她自己曾经的拥有，而铭记在心头，时时刻刻在寻找着罗逊帅气的影子，回忆起两人难得的相逢。她在幻觉中倚靠在一棵挺拔的楠竹上，罗逊将她和楠竹一并紧紧地拥抱着，那情爱的景象，使整个竹林如海涛般回荡起来。她看着斑竹湖溢出的流水，流走的就是那情那意，还有那系在空际中的一钩金色弯月。

斑竹总待在黑暗的小屋中，个把月未去十塘了。躺在床上时间久了，整个身体酸痛而无力。逢着寂静的夜晚，独自推开房门，夜色中，斑竹湖那边古老的桉树枯枝上，夜猫子眼中发射出紫蓝色的寒光，向着苍茫的丘陵上吐出几声揪人心魂的鸣叫。白天的场坝上，也会听见那几个多嘴多舌的妇女令人心冷的闲言碎语："斑竹这个美人坯子，长得一脸的克夫相。""那罗逊也是个没福气的。"这些话就像一把把刀子向她袭来，她自卑起来，不禁会想：难道我真的是那克夫的命吗？可怜的罗逊，是我连累了你。

半个月后，姚忙老爹没有走水路，而是由北方的河南经陕西，坐火车走宝成线回到了家中。长途跋涉，姚忙老爹却并不是很疲惫，身子骨还是那样结实，脸上的神情依然是那么沉稳自信。

月亮升起来了，月光透过瓦楞的缝隙，照到了床上。小老鼠在墙上的石缝中窜进爬出，蚊子在蚊帐外面嗡嗡飞着。斑竹翻来覆去地难以进入梦乡，烦得她翻身又坐了起来。在这个并不安静的夜晚，斑竹静下心来，隐隐地听到了继父和母亲断断续续的嘀咕声，只听继父讲："幺妹子的事与河南那边说好了，一万元的彩礼。先给了五千，待将幺妹子送到那里，再给五千，这事就成了。"

"这事还不知孩子的意见呢，万一她不愿到那边去，这事怕又不成了！"

"啪！"正在商量的两人猛地停住了谈话，是老鼠撞翻了案板上的搪瓷盆。一会儿，两人又唠嗑起来："这事由得了她吗？我们养她这般大，也对得起她了。你回头告诉她，让她心里有个准备。"

"我还是怕，如这样，怕这辈子再也见不到孩子的面了。办这样的事，伤了孩子的心，恐怕她再也不想回这个家了。"斑竹听见母亲低沉地说着。

"舍不得鸡崽套不住狼，以后的路不都是人走的吗？凭得幺妹子的勤快劲，到外地也不会吃亏的。"继父看来是铁了心了。

斑竹的心在不断蹦跳："一万元，这不是将我卖了吗？"长夜中，斑竹的泪淌在了床单上。她想着，继父不费吹灰之力，就捞到了一个万元户的名声。

"也不知男娃儿长的什么样子？"母亲问道。

"我看了，那男娃儿忠厚老实，一个好干家子。就是没有上过多少学，可农村要那么多文化能当饭吃吗？当钱花吗？我看两人挺般配。"

一石激起浊浪，整个晚上斑竹再也没有闭上眼睛。一万元和一个人，一个人和一万元，斑竹恍惚地念叨着，像万箭穿心一样难受。她爱美丽的川东，爱可爱的故乡，爱这多情的斑竹湖。她甚至想了断自己的生命，扑入斑竹湖中，可那有用吗？难道这宝贵的生命就那样结束吗？失去罗逊的情痛还未消去，新的伤悲又接踵而来。一次又一次，击打得她的感情世界，仿佛要垮塌下去。而继父的狰狞面目又使她不寒而栗起来。

鸿
雁

继父和母亲已经两天没动静了。这几天中，父母也未吩咐自己干活。而提前得到消息的斑竹像一个囚犯一样焦急地等待着，等待着父母对自己的宣判。都说可怜天下父母心，可她就像一个弃儿一样，就要被这样坏心肠的继父，丢弃在遥远的异乡。

　　这天早上，母亲很早就做好了饭，并提早与继父坐在桌前。斑竹给他们逐个盛满了饭。这顿饭十分不寻常，一家人多天没有打牙祭，桌上此时却摆上了青笋炒腊肉，还有大弟蜀新在湖畔扣筐获得的一条大鲤鱼，盛在一个青瓷盘里。继父桌前摆上了一瓶来自河南的杜康酒。继父满足地饮了一杯酒后，拿起筷子的母亲没有夹菜，而是偏过头望着斑竹一脸愧疚地说："幺妹，你先坐下，你爸有话要对你讲。"斑竹眼睛开始湿润了，父母二人终于要对自己摊牌了。

　　姚忙老爹先是在斑竹脸上瞧了瞧，干咳了两声说："斑竹，罗家那事已过了，我和你妈还是要为你操起心来。这人生不容易啊！"说着满斟了一杯酒一饮而尽，又夹了一口腊肉放在口中，然后有板有眼地讲道，"三江城有个本家亲戚，他的女儿已嫁入河南南阳那边几年了。那里土地平坦，条件又好。我和你妈商量了，已在那里为你找下一门亲事，将你安置在那里。当然那里是好是坏，我不放心，前些时日，就亲自去了，实际地看了一次。条件比咱们这儿好，蛮不错的，就答应了那边的亲事。"说完又停了下来，借添酒的时机瞧了瞧斑竹的反应。而后，又望了望老婆谢莲玉，待她说出应说的话来。

　　"爸，你走时又不与我商量，你这不是将我卖了吗？这里距那河南山高路远，我不是你亲生，你们好狠心啊！"斑竹再也无法控制自己，泪水夺眶而出，泣声诉说道。

　　"怎么能这样讲话呢？"姚忙老爹把那酒杯在饭桌上像惊堂木般蹾了蹾说，"我和你妈养了你这么多年，也够你的了。将你嫁于河南也是无奈的事，这事已和河南那边说定了，你这几天在家里也收拾准备一下，什么也不需要干。到时让你大弟蜀新和你一起去河南，送送你，到了那里好好过日子，我们做父母的也就放心了。"

　　斑竹抬起头望了母亲一眼。而母亲瞧见斑竹愤恨的目光，头便避到一边去了。"只要拿到了钱，没有你们不放心的，也怪我命就如此，也没有什么路可奔了，那就听天由命吧！"斑竹讲完抽身离开桌子，进了自己的房间扑在被褥间号啕大哭起来。

　　失望的斑竹浑身没劲，骨头就像散了架一样，肌肉碰一碰都酸痛。她走出房间到了院坝上，抬头瞧了瞧晦暗的天空，又低头看了看脚下的土地，一切的一切将不属于她了。几天后都将辞别，她留恋地沿着斑竹湖转了几个圈子，湖对岸的那户人家，院坝上栽了几株栀子花，开着洁白的花儿。绕了一圈到了湖边小船旁，她解开系在岸边的缆绳，轻轻踩到了船上，船舱中放着一支小桨。她轻盈的双手一划，船便离了湖岸，驶向湖中央。一会儿天落起了绵绵的秋雨，雨丝渐渐地密了起来，像一片柔情的轻纱罩在湖面上。沐着多情的秋雨，她又将船驶向岸边。岸边湖畔上放着汲水的水车，那抗旱时节姐妹们一起踩水的情景如在目前。她曾在这里，浇灌了故乡的土地，也浇灌了自己有苦难也有欢乐的人生。

世事本就有些使人不可理解。过去原是湖广填四川，如今幺妹子却要远走他乡，离开破败的川东。前几个月，村中也有几个姑娘嫁往蓉城那边的川西平原去了。如今自己也要奔这条路了。三十年河东，三十年河西。斑竹期望三十岁后如能南归，当可依旧桃花满涪江啊！

斑竹特意去了趟八塘那边，看望了生身父亲和大姐绵竹、二姐楠竹，此去路途遥远，人生最难别离情。见面后又是一番肝肠寸断、撕心裂肺般的分别情景。

她问自己，还有将来吗？将来是天各一方，再见恐怕也是艰难的。自古便是"蜀道之难，难于上青天"，即便是一只北飞的鸿雁，也要在那秦岭之巅盘旋徘徊，再望归途。憨厚老实的父亲、贴心的同胞姐姐，这硕大的川东，也只有他们是她的亲人了。

令斑竹更惦记在心的，是离她而去的未婚夫罗逊，以及干爹干娘。她要向罗逊的魂灵做最后的辞别，那毕竟是她人生第一次纯真的爱。斑竹踏进罗逊的家，扑面而来的是一种肃杀伤悲的气息。她在供奉着罗逊的灵台前，点了一炷香，徐徐的香火缭绕在整个屋中，经久不散，这是不是罗逊对她的顾盼？

对于斑竹的突然到来，伤痛中的罗富川心中很是感激，他的鬓发白了许多。刘桐花苦痛中移情于干女儿斑竹，以寄托自己心灵中像星星一样的希望。看到干女儿斑竹，她赶忙倒了一杯茶递给斑竹。斑竹手握着茶杯，眼泪已落入杯中，艰难地告诉刘桐花，自己要远嫁河南南阳。刘桐花心存失去儿子的忧伤，听闻斑竹要远去河南的消息，双手揽斑竹于怀中哭诉道："天公啊！这剐人心的事，都让我们赶上了。孩子，罗逊不在，你就是妈妈的亲女儿了，原指望有一个念想和依托，谁知这也让我失去了啊！"说着撩起衣襟擦起了眼泪。

站在一旁沉默着的罗富川，看着自己堂客与斑竹的悲痛，恼恨地说道："罗逊不在了，我们的彩礼钱是一分没要回来不说，现在又盘算到女儿身上了，唉！

鸿雁

世上竟有这样蛇蝎心肠的父辈，将对钱财的企图，搭在一个养女儿的身上。河南有什么好呢？我是走南闯北的人，十年九灾的河南，比得了这天府沃土、物产富饶的川东吗？现在包产到户不久，这日子不一天比一天好起来了吗？林子大了，什么鸟都有，就是你这个养父心太黑了。"

"千里迢迢，路途遥远，你一个姑娘家怎么个去法呢？"刘桐花关心地问道。

"继父已安排好了。五天后，十月初九他说是一个吉祥的日子，让弟弟蜀新陪我去河南。送我到那里，钱拿到手后，我留在那个地方，蜀新一个人就回来了。干娘啊！我不想去，可已是无奈了。继父已经收了人家不少钱了。"斑竹心中很是苦恼。

"这出川的路有两条，一条是经渝州城走水路出川由湖北到河南，另一条便是到成都后经西安到河南。这山山水水几千里路途，人生地不熟，不是送孩子往火坑里跳吗？"罗富川焦心地摇了摇头。"难道再也没办法了吗？"刘桐花痴望着丈夫。

"有办法了。"只见罗富川眉结一展，用手捶了捶脑袋，说，"你们姐弟两人去河南，不是经过西安吗？看来只有求助他们相帮了。"

"是罗富英吗？"刘桐花醒悟了过来。那罗富英本是罗富川的妹妹，1956年支援西北建设，一家人由东津沱纱厂去了西安，现在唯一的办法就是寄希望于他们了。罗富川又想了片刻，很有把握地说："孩子，河南是坚决不能去了。我想了，这事必须瞒着不让任何人知道，看来现在只有罗叔我能帮你了！"罗富川沉思了一会儿说，"五天后，我就冒险送你一程先到成都，帮你买好车票，中途在西安下车，有你罗姑罗富英接你。千万记好，一定要在西安下车。陕西西安我是去了多次的，那边好多了，八百里秦川，也是富庶一方的繁华之地。详细情况，我会写信给你捎给你罗姑，相信她会照看你的。孩子，出远门不比在家，把命运揣在自己手里，由不得你那贪心的继父摆布了。"罗富川想得很是周到，也很有信心。

"只有走这无路可走的路了！"刘桐花终于放下心来。

希望稀释了斑竹脸上悲凄的愁云，仿佛跌入低谷的生命，又抓到了一根救命稻草，她流出热泪激动地说："干爹、干娘，你二人的恩情，斑竹是终生终世忘不了啊！"随即双膝一软，跪在了两位老人面前。

"快起来！上天还留了一条路于你，不要那样恓惶的了。"刘桐花赶忙双手扶起了斑竹。

罗富川胸有成竹地又多叮咛了几句。

心中有了希望，斑竹也有了一丝底气，心里惦记起离家的日子。

这之后的斑竹沉默地等待着，继父早已为她编好了一个崭新的竹背篓，看来以后的岁月，便只有这个竹背篓能陪伴自己的人生了。渐渐懂事的大弟蜀新，也算有点儿良心，他本就是母亲在腹中带到姚家生下来的，个头和相貌酷似斑竹。他本想对斑竹说，大姐别到河南去了，但父命难违。他感觉到姐姐斑竹要走，家中劳累的活儿又要摊在他的肩上了，便也想离开这个落后、愚昧、专制的家庭。心中盘算着将姐姐送到目的地河南，拿到一笔彩礼返回川东，也就是冬季招兵的时候了，这也是他一生中难得的机遇和出路。

时间像流水般流逝着，已渐近冬天，天气一日比一日冷了，家里的气氛也越来越沉闷了。到了十月初八，继父告诉母亲，明天就让他们姐弟二人出发去河南。

本在这个家中少有地位的母亲就是一个可怜的钱匣子，自己亲生的女儿如今要出远门了，要说不难过那是假的，好歹也是自己身上落下的一块肉。她也曾想过天涯相隔以后的日子，母女怕是难再见上一面了。一念及此，她心里空落落的，只能暗暗用衣襟抹去夺眶而出的泪水。在斑竹即将离去的前几天中，天还未亮，谢莲玉便早早地推开灶间吱呀的小门，将饭菜搞得丰盛一点儿，还将未长成的小鸭宰杀了，胆战地端到饭桌上，将鸭肉夹给斑竹吃。斑竹酸楚的眼泪落在漂浮着鸭油的碗中，恶心得要吐出来。可是，这是斑竹临走之前，尽可存于心中的一丝丝母爱的温馨。斑竹无法吃下去了，丢下碗筷走到门外院坝上，又一次望着门前的斑竹湖。斑竹湖畔拴系的小船，湖边墨绿色的柑橘树，微风中一丛丛青竹海涛般在摇曳，她的心在滴血。望着湖边淌出的枇杷溪，溪流中小鱼在悠然地游着。下边的十塘古镇，隐现在深秋、初冬的一片凄冷雾霭中。十塘那边的蛤蟆溪、罗家坝、八塘、九塘，还有远一点儿的华安煤矿。想到这里，她想，她永远也不会再踩在那个担煤的小道上了。

日落的夜色中，月亮很快地从湖那边升起来，使得湖面上映照出一弯上弦月来，一座座起伏的丘陵也漫上了淡淡的光亮。明天就要走了，在这星月相伴的夜晚，斑竹难以入睡，她早早地整理了几件随身衣物、几件简单小巧的生活用品。她心中万般憋屈，想在这万籁寂静的夜晚，大呼生身父亲一声爸爸，唤一声姐姐，她胆怯地鼓起劲来，却只有吐出的气，无呼出的音。

慢慢地，她在困乏中躺了下来，夜更加深沉起来，斑竹能听见小老鼠在石槽中偷吃猪食的声响。

鸿雁

清早，一夜无眠的斑竹听见厨房切菜和剁肉的响声，那是母亲在操持着她临走的饭食。斑竹在床上翻了翻身子，回想往事，枇杷溪、斑竹湖，成了一幅幅镌刻在心中的画卷，而永远留在她记忆中。

早饭上桌有些迟，尽管母亲早早就在厨房准备好了。斑竹在期待着半生苦乐年华中，存有山高水深情义的三个姐妹——肖丽、陈默雁、陶红橘的到来。肖丽拿出自己珍藏的一瓶紫罗兰护肤霜，陈默雁从包中取出绣着一对鸳鸯图案的枕套，陶红橘则拿出一片鲜艳的石榴红真丝纱巾，送给斑竹做离别的礼物。姑娘们大都不喝酒，但斑竹给每人都满满地斟上了一杯，站了起来说道："姐妹们，谢谢你们为我送行，今天这杯酒，为了大家相好一场，也为了我斑竹未来无可预知的归宿，干了吧！"肖丽、陶红橘和陈默雁也都站了起来，捧起杯子一饮而尽。姑娘们几多离别伤情，殷殷嘱咐、挂念、祝福、祈祷，脸上更是显出无尽的忧伤。

雪山之《鸿雁》手稿

继父没有到桌上来，母亲无言地站在桌旁。只有斑竹和弟弟蜀新，与斑竹闺中密友们吃了这辞别故乡的最后一顿餐。

斑竹哭了，三个姐妹也落泪了，这顿饭大家都食之索然无味。姐妹们帮着斑竹将路上所需的一应东西装入背篓中。家中那只温驯的小狗走了过来，绕着斑竹转着圈子，摇着尾巴，舔着斑竹的裤脚，也似在依依惜别。

送行的姐妹陪伴斑竹迈出屋子，背起盛满乡情的背篓，拉过手来依依惜别。站在院坝下，斑竹回望了一下石条垒成的小屋，母亲和继父站在大门外灰色的台阶上，斑竹看着母亲正用做饭的围裙的裙角擦拭着夺眶而出的眼泪。她放下沉重的背篓，走上院坝，在台阶下悲情地跪了下去，哭着说："妈妈！你保重……"

斑竹弯下腰，在小狗的头上抚摸了一会儿，硬着心肠推开了它。蜀新挎了一个帆布提包，又帮姐姐把背篓重新放在肩头。斑竹与姐妹们一一道了别。

别了！三江城、美丽的川东。别了！十塘、枇杷溪、斑竹湖，那绿色的丘陵，还有那青竹、柑橘林和那飞翔于湖上的白鹤。别了！故乡，隐在轻纱般迷雾中的村落、稻田和耕牛。斑竹的竹篓松动了一下，她挪了挪背篓，一步一回头，双眼两行泪。

姐弟两人步行二十里，走过丘陵间蜿蜒的小路，才走到三江城汽车站。罗富川夫妇二人，早已等候在那里了。刘桐花带了些蚕豆及一块腊肉，放在斑竹的背篓中，并从衣服口袋中掏出五十元钱递到斑竹手中。罗叔则递给斑竹一封信，说："到西安后，将这封信交给你罗姑，她知道怎么办，请代我向他们问好。"情深不言谢，因着罗逊的离世，同样的忧伤将他们的心和斑竹的心连在了一起。

车开了，斑竹向干妈摆了摆手，汽车很快便驶离了三江城，向着西边的蓉城方向开去。故乡熟悉的景色一一闪过，再往后便是川中一片弥漫的雾霭。汽车在丘陵间弯来绕去的狭窄公路上颠簸行进，从未坐过长途汽车的斑竹，中途停车歇息时呕吐了一次，冷得脸色青白。一路上罗叔照顾着姐弟俩，叮咛斑竹饮点水。

第十章　蜀秦道上

　　川西平原落日时分，斑竹一行到了蓉城。姐弟俩看到了高大的楼群、商厦临街货柜中琳琅满目的奢华商品、熙熙攘攘的人群，以及川流不息按着喇叭的汽车。外边的世界如此缤纷瑰丽，令她感到眩晕和压抑。罗叔接过斑竹拿出的路资去买车票了，并叮咛两人千万不要与陌生人搭话，不要乱跑，待在这里照看行李。

　　罗富川从火车站售票处排队买了两张开往西安的硬座车票，随后走到车站旁广场上的邮局发了一张加急电报：西安×区×厂×小区罗富英，人已乘15184列车午12时55分到西安，望接站。然后又回到了斑竹等车的地方，对斑竹姐弟二人说："让你两人等候好长的时间了，买票排队及发电报费了工夫。这是两张硬座车票，拿好票去候车室等候。进站的时候将车票拿出来，上车后再装好，防止丢失。"罗富川反复叮咛着斑竹。

　　斑竹小心地将车票装入贴身衣服口袋中，说："罗叔，坐了一天的汽车，不妨到街上饭馆去吃一顿便饭。"斑竹在掏口袋里的钱。

　　"等不得了，我还要到汽车站，搭下午晚班的汽车返回十塘，也只能送你们到这里了。记住路上不要与陌生人搭话，有事找乘务员。出站问路找警察，出站后机灵点，你罗姑会在站外等你的。不要胆怯，你会走好你自己的路，望菩萨保佑你平安到达。记着背篓中有吃的，上车坐稳后再顾着吃点吧。"罗富川拍了拍斑竹的肩膀，依依不舍地走了。

　　斑竹望着守护自己的罗叔走了，心里又是一番惆怅。她背起背篓，牵着蜀新的手，走进了宽敞的候车室。很快，斑竹拿着车票，姐弟俩跟着拥挤的人群进了站。第一次坐上了火车，好新鲜啊！火车像一条绿色的长龙，哐当哐当地驶出了车站，奔驰在川东北的原野上。蜀新坐在临窗的位置上，看着窗外疾驰而退的风景说："姐，太好看了，比坐汽车安逸多了。"斑竹没有吭声。她想着，虽然凄然悲怆地离开了故乡，但也跳出了那个灰暗的家庭、桎梏的牢笼。至于河南或是陕西，在她纷乱的心思中，还是一个个遥远的陌生的梦。

这是一趟逢站必停的慢客车，出成都后的第一站，停在了青白江站。青白江泛着鱼鳞似的浪花，在夕阳下像一条小白龙，淌流在成都平原上。这里的地势竟是如此平坦，和川东丘陵川坝地貌相比，完全是另一番天地。田间的晚稻已收割完毕，裸露的田垄透出寂寞感和苍凉感。铁道两旁栽植着常青的夹竹桃，在列车行进的冷风中颤抖着。

　　这趟车经过绵阳，到达江油站时，天已渐渐地黑了下来。车窗外黑咕隆咚的，什么也看不清楚了，只听见火车咣当咣当的声音，在有节奏地响着。车窗外，偶尔会看到一丁点儿的光亮，那是远处村庄的微弱灯火在闪烁。

　　夜晚，弟弟蜀新很快进入了梦乡。斑竹颠簸了一天，亦感到睡意袭来，但她不敢睡去，时刻注意着头顶行李架上的背篓和提包。车厢内的灯光在午夜中有些昏黄柔和，营造出淡淡的神秘感。车内坐着四面八方出川的人们，有醒着的，有昏昏欲睡的，也有年轻妇女搂着婴儿静静地喂奶。旅途上每一个人，都心存着一个梦想，心存着诸多的希望。从动乱中慢慢苏醒过来的川蜀大地，寥落、凄迷、渴望、索取，从这群出川人的脸上一看便知，或许和她一样有着共同的凄苦和希望，况且川蜀人本就有着一种洒脱、安逸的心态，若非遇上不顺心的事，少有远离故土的。

　　火车经过一夜运行，穿山越岭，黎明时分驶入陇海线，进入关中沃野了。蜀南秦北，换了天地一般，骤然冷了起来，正遇上北方初冬的第一场雪，整个车窗外大地白茫茫一片，显出一个银色世界来。斑竹打了一个寒噤，口中哈出的气都是白色的，她忙从提包中取出一件夹衣套在身上，借以抵御北方的寒冷。车窗外吹着凄冷的北风，搅起一片片飘舞于空中的枯草黄叶。

　　火车随着早晨的朝气加速奔驰前行，车未到咸阳，列车上的喇叭已告知终点站西安快要到了，车厢中的乘客随之躁动起来。没过多久，伴随着咣当的刹闸声，列车乏力地停靠在站台上。

　　斑竹唤起蜀新，从行李架上取下背篓和提包，随着蜂拥的人群走出了车站。广场很宽阔，积雪挟裹着废纸、果屑，被疾风吹起在地上打着滚儿。斑竹茫然四顾了一番，期望接站的罗姑到来。突然间，蜀新扯了扯斑竹的衣角，说："姐，有人喊你。"斑竹在拥挤的人群中搜寻着。

　　斑竹终于听见有人在呼唤："斑竹，四川十塘来的斑竹，有人接你！有人接你！"她循着声音看去，人群中有个五十多岁的女工和一个年轻姑娘呼唤着自己的名字，她忙壮起胆喊了起来："罗姑，我是十塘来的斑竹。"罗姑母女终于挤到了斑竹姐弟面前。

"你就是幺妹子斑竹吗？好不容易接到你们了！"这个对于斑竹来说还很陌生的慈祥女人，用四川话问候斑竹姐弟二人。

"你就是罗富英姑母呀！几千里路，终于见到你们了。罗姑你好！这是我弟弟蜀新。"斑竹愁云顿消，兴奋地对罗富英介绍着。

罗富英握着斑竹冰冷的双手，招呼旁边的姑娘，说："胡月，帮你这个姐姐接下行李。""不客气，还是让我来背吧。"斑竹看着眼前漂亮洋气的城市姑娘，心中怀疑她是否能背得起来。

"哎！忙乎得忘了向你介绍，这是你的大表妹胡月，以后便要在一起耍了。"

"表妹你好，真感谢你来接我们。"斑竹深情地望了胡月一眼。

斑竹姐弟随着罗富英上了开往厂区的汽车，到了工人住宅区，又跟着罗姑她们进了她家。整个房间挺阔大的，胡月从斑竹肩上取下背篓搁进存物间，随即倒了两杯水给他二人。斑竹瞧了瞧窗明几净的室内环境，家中开着暖气，她周身很快温暖起来。借喝水的空儿，她从怀中掏出罗叔的信递给罗富英。

"斑竹姐，大姐胡锦、二姐胡葶下农村插队去了，平时很少回家，咱俩睡在一个房间。蜀新暂时睡在我那个房间，妈妈早安排好了。"胡月对斑竹说。

"这样挺不错的！因为我们的到来，很是打扰你们一家了。"风雨坎坷中走入此地，斑竹心中很是歉疚和自卑。

没过一会儿，姑母罗富英做好了晚饭，因为斑竹姐弟俩的到来，饭菜做得十分丰盛。罗姑给斑竹碗中夹了块腊肉，说："你姑父最近去上海开会了，你那两个表妹在淳化下乡插队。家中连着你们姐弟就咱四个人，一家人也不要拘束。"罗富英从信中已知道了斑竹的遭遇，如何安排好斑竹成了她心中的一份责任和担当。

第十一章　温暖·城市梦幻

　　过了几天，斑竹慢慢地适应了这样的城市生活。但她冷静地想到，这里对自己来说终究只是一个人生过渡的地方，仅仅是自己生命的一个驿站。

　　初冬的北方已经很冷了。星期天，罗姑母领着斑竹去了商场，买了件棉衣给斑竹穿上。一身冰冷全消的斑竹，感到了一个温馨家庭赐给自己的温暖。

　　这天下午，姑父从上海回来了。因着姑母在电话中已告诉他，老家来了个幺妹，见到斑竹时他很是热情地招呼她："这就是我们接回的斑竹姑娘呀！好美丽结实的家乡川妹子哟！"说着从糖果盘中抓了一把上海金丝猴奶糖分给斑竹姐弟。

　　眨眼间半个月过去了，在这期间，斑竹姐弟二人由胡月陪着看了大雁塔，游了骊山华清池，参观了兵马俑，也算开了眼界。

　　元旦过后，胡叔这天下班吃晚饭时对罗姑说："厂里车间要招一批临时工，工资每天一元，一个月下来也就是三十元。我给那个头儿说了，不如让斑竹到车间去上班，一来可以缓解烦心，二来也可以给她自己积攒些钱以备以后需要。"斑竹睁大了她那双丹凤眼，觉得如今幸运事儿开始一件件向自己靠拢。一个月三十元，这在农村乡下要办多大的事儿。要知道，那时刚参加工作的工人也就拿这么多工资。再说了，自己长时间白吃白住在罗姑家，想想都觉得内疚得很。这样的话，也可向罗姑交一部分姐弟二人的生活费用。斑竹想到这里忙说："胡叔，太感激你为我操心了。你放心，我一定会干好的。"

　　在罗姑家待久了，蜀新对罗富英夫妇说："罗姑、胡叔，我明天要回四川了。赶在元旦前的冬季征兵回到十塘，报名当兵也是农村青年一次难得的机会。罗姑、胡叔，感谢你们一家人对我们姐弟的照顾，你们都是姐姐的恩人。姐姐的人生靠与你们，我也就放心了。"蜀新回过头对斑竹说，"姐你就放心留在这里吧，我回家说服父母，不让你去河南了，河南那里的烦心事让他们自己看着办吧！"相依为命的弟弟要走了，斑竹心里泛出淡淡忧伤，这一切应是会让继父失望的。斑竹将车票交给蜀新，又买了几样陕西特产装入提包中，将弟弟送上了回川的火车。

　　国家实行粮食定量配给制。逢着星期天，胡叔要到郊外的乡下去，以求买些

鸿雁

黑市的议价粮来，贴补因斑竹姐弟到来家中粮食的欠缺。当然这些是不会告诉斑竹的。

时间挨过冬至，也快到年关了，天气越发冷起来。这天罗富英休假，她让斑竹、胡月陪她去了一次市内，想在春节前给她们做一套新衣服。那个年代成衣是很少的，工人们时常要自己买些时兴的布料去缝纫店做。不过罗富英很有才华，几个女儿的衣服都是她自己买布料裁定，用家中的缝纫机做好，给她们一一穿戴起来，走到人面前那是一个赛一个出众。

斑竹初来乍到，勤谨地帮罗富英操持起了洗衣、做饭的活计。她吃苦耐劳的性格，很快得到罗富英一家人的喜欢。不久，罗姑便将家中钱柜的钥匙交给斑竹带着，以求买菜购粮方便。

经过多日颠簸，蜀新穿着罗富英买的红卫服上衣，提着挎包，回到了十塘斑竹坝。等姚忙老爹知道蜀新并没有将斑竹送到河南去，便抓起竹扫把劈面向儿子打去。蜀新偏头躲了，扫把打空，姚忙老爹歇斯底里地吼道："你这个蠢货！让你将你姐送到河南去，你把人给我送到哪里去了？让老子丢人现眼得能钻到地缝里去。"

"爹！你又没有损失什么，大不了将钱退给那人罢了。本来我就嫌丢人不愿去，你非让我去，车票都是别人帮着买的，但不是去河南而是到西安就下车了。接我们的是一位四川的工人阿姨，她是干部，是不会骗我们的。"蜀新望了望气喘吁吁的父亲又说，"姐在这个家二十多年了，凭良心讲给家中的贡献也够多了。我们弟妹都是姐看着抱养大的，如今姐在西安那里已经干着临时工了，每月三十元。那个阿姨分文不取，钱都与她攒着呢！人家外人都能这样对待姐，你这做父亲的心又在哪里呢？"

姚忙老爹傻眼了，听了蜀新的话，一辈子算计来算计去，还是算到自己头上了。他恼恨不已，狠狠地在自己狰狞的脸上扇了几巴掌："傻×！傻×！"

谢莲玉询问蜀新："你姐住在人家那里，还回老家来吗？难道她还要怨恨咱们一辈子吗？"

"回来时那个罗姑叮咛我说：'孩子，回去多和父母谈谈，让他们放下心。斑竹在这儿一切都好，不要忘记这个可怜善良的姐姐，她在这儿会有出息的。'只是姐在送我上火车时流泪说：'尽快回十塘吧！不要误了应征当兵，做一个有理想有作为的青年。'说完她便哭了，看来三年五载的她是不想回这个令她伤心的家了。"蜀新说罢，谢莲玉的心算是放了下来。

"唉！这个丢了良心的幺妹子。"姚忙老爹垂头丧气地在旁边说。

"妈，放心吧，姐在那里要交好运的。虽是临时工，可工资不低，那个胡叔在厂里也是个不小的官儿，我刚到那会儿，他才从上海开会回来。撇一点，也会在那附近的郊区农村找个好男人嫁了。"

"什么念想也没了，但愿幺妹能有个好命运吧！"斑竹的母亲在心中暗暗为女儿祈祷着。

"姐姐很招他们一家人喜欢，姐还拿着他们家钱柜的钥匙，那个罗姑可放心姐姐了。罗姑家还有三个女儿，姐现在和她们穿戴是一模一样，挺洋气的，已不像是我们乡下女娃儿了。"蜀新说得很诚恳。

斑竹母亲听儿子详细讲了他们在西安的日子，脸上紧皱的鱼尾纹渐渐地舒展开来。念起斑竹在家的日子，多好的一个女儿，如今远走他乡，她心里空落落的，心中便埋怨起自己的老头儿姚忙老爹来。

早晨起来，窗户玻璃上结起了一层厚厚的霜花，院外人行道旁柿树上吊挂着红如小灯笼的柿子。斑竹的手指肿胀起来，痒痒的，有些微痛；湿润的嘴唇由于受冷空气侵袭呈现出紫红的颜色。罗姑说："不要紧，初来北方适应气候要有一个过程。"说话间便在五斗柜抽斗中摸出一瓶獾油冻疮膏递给斑竹。

闲适的时光中，斑竹不由自主想起了故乡川东，想起了老实的生身父亲和糊涂的母亲，想起了两个苦难中的姐姐及村中苦乐年华中相伴左右的姐妹们。她想把自己目前平稳安适的境遇告知她们，以卸掉她们的担心和忧虑。可她没有动笔的能力，罗姑知道斑竹的心事后，说："让胡月抽出时间帮你写吧，她的作文写得可好了。"很快，胡月帮她写好信件。斑竹知道信放入邮箱中就像长上了翅膀，翻山越水飞到川东，飞到十塘，飞到姐妹们手中，一颗心也不由得飞远了。

八塘上边的楠竹收到了幺妹斑竹从西安发来的信件，很是惊愕地念给父亲听。方知此时的斑竹已到了西安，得知斑竹的遭遇，除了伤心惋惜，也有着兴奋。在他们心里，斑竹已远离家乡，如今天各一方，难免挂心；庆幸的是她没有去河南，且暂时有了落脚的地方。

收到信后的罗富川夫妇悬在心头多日的顾虑终于可以放下了，放下心后的罗富川又给罗富英写了一封信。信中告知罗富英侄子罗逊不幸去世，影响到了本就多遭苦难的斑竹。如今斑竹到了西安，就把她当作侄妻看待。

舒心的日子过得好快，一个多月很快就过去了。刮了一夜的西北风，天空乌

鸿雁

云黑沉沉得像要坠落到地上一样。罗姑说："天这样寒冷，恐怕又要落雪了。"果然，中午下班时便纷纷扬扬飘起了鹅毛大雪。斑竹站在门外雨棚下，望着铺天盖地的雪花在空中飞舞、盘旋，终落地上。对北方而言是瑞雪兆丰年，而在南国川东，若这样落雪那可要遭灾了，那些橘树、蚕豆，还有蔬菜都将大片冻死、毁掉。

下雪不冷融雪冷，隔日雪停了，又见太阳升起来，朵朵白云在天空中缓缓地移动着。小雀儿从屋檐下飞出来，欢快地在消融的雪地上觅食。斑竹这天中午随着胡月下班回家吃午饭，家中突然多了两个年龄相仿的姑娘，罗姑赶快给斑竹一一介绍："这是你的二表妹胡萼、三表妹胡锦，上午才从插队的农村乡下回来。"又回头指着斑竹说，"这是四川老家来的斑竹表姐。"

这两个表妹从插队下乡的农村回城过春节了。农村艰苦的环境使得两个表妹风尘仆仆的，比起大姐胡月显得更健康、更结实。

气候的变化使斑竹感觉到，北方的冷和南方截然不同。南方空气潮湿，而北方气候干燥，北方刮起西北风时，便像刀子削在脸上。

就在北方人不愿出远门的寒冬，罗富英家门外来了两个操着河南口音的陌生人，打听是否有一个叫斑竹的四川姑娘来这里投亲。罗姑一家正在吃饭，罗姑同胡月走了出来，对来人说："是亲戚家的孩子，姐弟二人在此住了几天，前些时候又走了。走时曾说去富平那边一个亲戚家的。"来人从开着的房门往内观望了一会儿，不依不饶地说："姑娘她父母说了，斑竹在你们这里。我们奔了一千多里路从河南赶来接她的。"胡月说："你们还不信，不然进来仔细瞅一下，看是否有你们要找的人。"听了此话，其中一个年轻人便走入屋内仔细观察着。屋里，胡萼、胡锦都在饭桌上吃饭，心中不安起来，倒是胡月挺身说道："谁知道你们是什么人？难不成我们几个姐妹都被你们赖成要找的人了？"胡萼放下碗筷站了起来说："快走！不走我可要报警了。"

来人只好又问："她姐弟去了富平，有那边的详细地址吗？"

"我们哪里知道是她的什么沾不上边的亲戚，你就直接问她的父母好了！"罗姑随口应着。

胡月走到来人面前怒斥道："到底走不走？不走的话我可要拉你们去派出所了，先查一下你们什么身份。"门外两人退到人行道上，无奈地呆站了片刻，快快不乐地走了。

"真晦气，吃饭都不安宁。也是运气好，恰好斑竹姐加班不在家中。不然，又是一场纠纷。"胡萼暗自庆幸起来。

经过这件事，斑竹在心里思量，这样天长日久地待在罗姑家，也不是个事儿。

罗姑家长期滞留一个农村姑娘，很容易引起人们的误解。斑竹该何去何从，便成了罗姑一家人心中极在意的事。河南不能去，故乡不能回，如何妥善安置斑竹便成了问题。

河南那边的人在西安罗姑家找寻不见斑竹，便直接赶到川东十塘斑竹坝，找到姚家姚忙老爹，说他拿着斑竹的照片骗钱，并愤愤地说："必须将所骗钱财一分不少拿出来，并负担我们这一来一回的路费，不然就到法庭说话。"斑竹坝围满了看热闹的男女老幼，有人便在心里责备姚忙老爹的歹心自私和没有人性，又惋惜同情斑竹这样好的川妹子的苦难遭遇。

姚忙老爹铁青着脸，两只凹陷的眼珠射出阴森森恐怖的光束，望着四周的乡邻，巴望他们站出来为自己解围。那河南人挺上来抓住他的衣领口让去法庭说话，让姚忙老爹胆怯了、畏缩了，像一个被打断腿骨的恶狼，在绝望中露出含着悔意的目光。他更憎恨起斑竹这个不孝的养女，不顾养育之恩做出如此令他不堪的作为。没办法，只有挣扎着推开来人的手说："我女儿中途悔了，我也是无法。这样，拿了你们什么还给你们什么不就行了吗？"姚忙老爹彻底软了下来。

"不行，耽搁了我们的事且不说，来往车费、误工费用统统都要承担。"那河南人喊着。

好在这时村中一个七十多岁的老人站了出来，讲："我并不想管这烦心的事，但我们也有村规民约。按理来讲，姚忙老爹确实收了你们的钱，如今人家女娃儿不同意，将彩礼分文不差退给你们就是。至于路途花费，追究起来，你们双方当初办这事，可是有违法的嫌疑，都有相应的责任。况且人常说，泼一碗水于地上，能收回一碗水吗？不现实的事也就不要想了。如你们同意，让当事人将拿你们的钱分文不少还给你们；如不愿意那就私事公办吧，到那时恐怕这彩礼钱也拿不到手了。"

那两人沉默了一会儿，又低声商量了一会儿，转过头恭敬地对老者说："老伯，我们也是明事理的人，这姓姚的可把我们亏惨了。咱们都是乡下人，这笔钱可是为了儿子娶妻攒了半辈子的血汗钱啊！真亏心。不谈这些事了，就按你老伯说的办吧！算俺倒霉了。"

老人回过头向还在犹豫的姚忙老爹吆喝了一声："不识时务，还不快将钱取来！"姚忙老爹醒悟过来，忙扯了扯堂客谢莲玉的衣角进了里屋。

伴随着人群叽叽喳喳是非曲直的议论，姚忙老爹终于将钱如数还给了那两人，并叮咛如无差错打个收条，防止以后再出现纠纷。这事才算了了。

第十二章　家·寻觅

罗姑曾问过胡锦，问她们下乡插队的地方是否有合适的对象能介绍给斑竹。可胡锦回道："那个鸟不拉屎的地方，交通又不方便，当地的好些小伙都到条件好一点的外地做上门女婿去了。"是的，应该找一家距厂区不远，且交通方便、生活富足的乡下，近一点照顾起来方便。罗姑想着。

"八水绕长安。"其中，浐河从秦岭北坡峪流出，沿途经过杨庄、汤峪，到神鹿殿已是很开阔的了。河两岸杨柳依依，田畴中栽着北方随处可见的麦子。纱厂里一个职工的家就在附近农村，罗姑托他为斑竹盘算了一门亲事。对象是一家四个兄弟中最小的儿子。见过面后，罗姑和斑竹想了多时，小伙长得一副憨厚样儿，话不多，穿着可能是其母亲亲手缝制的大裆裤。罗姑认为娃太守旧老实了，在家中应是一个毫无主见唯母是从的榆木疙瘩。斑竹觉得那里的地形、生活习惯和南方有点沾边，加之来罗姑厂区交通也较方便，但两人谈话时斑竹发现对方老是唯唯诺诺的，有些木讷，与已去的罗逊相比差远了。很有主见的胡月挑剔地说："这咋行呢？斑竹姐本就聪明能干，而那小伙子瞧着没担当得很，不般配！不然就拒绝了吧，婚姻大事容不得着急，且慢慢地找着吧。"

接着又见了几个大龄青年，三十五六了，出于各种因素耽搁了，都不甚合斑竹的心意。

这天，斑竹去厂里给正上班的罗姑送午餐，见到了同是支援西北建设的曾婶，言谈间说起了斑竹的婚事。曾婶私下和罗姑谈了，男方家在东郊骊山风景区那边的农村，路是远点，可有远郊班车从那镇上通过。小伙订过婚，不满意又退掉了婚约。可是订婚花了一大笔彩礼钱，当地的风俗讲究是如男方悔婚，彩礼钱是一分钱也不退的。他家在经济上不是很宽裕，倒是住房较宽敞，家中除了一个已出嫁的姐姐，就剩下男娃和他父母三人了，人口简单。斑竹听到曾婶对罗姑说："小伙子上过中学，一脸的书生气，与斑竹算是天作之合呀。"斑竹脸上泛红，心中憧憬起来，但愿这人不输于十塘蛤蟆溪梳篦坝已逝去的罗逊。

约好星期天中午男方到纱厂见面。斑竹这天早上与胡月去了市里，得下午方能回家，男方焦急地等到夜幕快要降临，烦心得决定要回乡下去，曾婶满怀歉意地劝他再等一下，男方委屈地说："我们那儿忌讳晚上见面的。况且我第一次失败的婚约，就是晚上在一个昏暗的窑洞中见的，女方脖颈有残疾，夜里瞧不清楚，后来才知道，就退掉了婚约。"

"孩子，放心吧！地方就在厂内大办公室，一定要让你看清楚，这可不是隔着口袋摸猫的诡秘事。"曾婶关切地说。

斑竹和胡月回来时路上堵车，天黑后才到家中。曾婶同男方走进灯光明亮的办公室内，罗姑早已等在那里了，只是要见的斑竹还未露面。罗姑看了小伙一眼，忙招呼二人坐下，又说："我那个侄女回到家中正在吃饭，一会儿就会过来。"接着几人寒暄了几句。说话间，胡月以要钥匙为借口先在男方脸上瞄了一眼走了，又过了些时间，斑竹低着头随着胡月走进了会议室。曾婶站起来将会议室的日光灯逐个打开，室内恍如白昼。

男方将斑竹从头到脚扫视了一遍，斑竹给他初次的印象就不是一个四川乡下姑娘，穿戴和农村姑娘截然不同。斑竹沾着南方川东水色的一种水润灵光，苗条结实的身段，一双玉臂白皙而修长，杏仁形的脸庞上露出些许温柔羞涩的笑意，那一对清泉般的眼睛似乎会说话般闪烁着。

在斑竹的眼里，对方是一个很前卫的男青年，比之前几次约见的男方亮眼了许多。细细观察起来，斑竹感到这种气质与罗逊有些相似，只是眼神不一样，这人眼中有那么一种强势的执拗与可挑战一切的无畏感。

斑竹收回目光，说："听曾婶讲你来得很早，让你久等了，真对不起！"

"不要紧，听说你叫斑竹，好文雅的名字。我叫夏临风，很高兴与你做朋友。"

"真不敢当，听说你爱读书，挺有文化的，我可是没有太多的文化，以至于写个信都要托人代笔，你会不会觉得咱俩不合适？"

"斑竹，不瞒你说，你一看就是一把劳动的好手。取长补短，要写信我不正合适吗？"夏临风说。

"我那是短吗？你是太高看你自己了！"斑竹嗔怪地看了男方一眼。

"你误会我了，我还是看好我们农村姑娘的，虽然穷，但朴实，吃苦耐劳，善解人意，甚至有着一种天生的美好单纯。"

"你家中富裕吗？我可是穷怕了呀！"斑竹很是担心地问夏临风。

"怎么说呢？只要我们能走到一起，相信将来能创造出属于我们自己的一片幸福天地来。"

"这句话我觉得听起来虚得很。"

夏临风从衣袋中取出一张照片递给斑竹，说："送你做个纪念吧！很显丑，让你见笑了。"

斑竹也不避让地接过照片，端详了片刻，夸奖说："这分明是一个很帅气的小伙子，看来还是我斑竹高攀了啊！"言毕她将自己在故乡斑竹湖上的生活照赠予夏临风，说，"看吧！土里土气的川妹子，可能会让你失望的。"

罗姑在外边陪着曾婶闲聊了很长时间，抬起手看了看表说："好长时间了，看来两个孩子有缘分，能谈得来，咱们也进去吧。"看到罗姑同曾婶走了进来，两人站起各自斟满一杯茶水，递给两个牵线的长辈。

"今天的情况很好，重要的是两个孩子能谈得来。下个星期天，抽空同斑竹去男方那边乡下看一回。老家的大哥大嫂，将这个乖巧能干的斑竹的终身大事托于我这个长辈，办不好心里不踏实，不能愧对于人，脸面上也说不过去。"罗姑对曾婶说。

曾婶连声应着，双方又商讨了去男方家的时间，便定在七天后。

七天时间很快过去了，斑竹每天白天在厂里打工，晚上闲暇的工夫便将夏临风的照片拿出来细细端详着，心中一遍遍念叨着照片背面夏临风的名字，直到困倦地进入少女怀春的美梦之中。

恰遇着一个风和日丽的日子，罗姑、曾婶偕同斑竹坐着通往骊山风景区的公交车，在古老的榴花镇下了车，穿过镇旁一条叫鹿溪的小河，就到了夏临风家所在的村子。经询问，在一个土崖下找到了夏临风的家。准备充分的夏临风一家人热情招呼着来客，将斑竹一行引入院内。斑竹左右扫视了片刻。这是有着关中平原特色的简陋的一坡盖的三间小瓷房，走入主屋里，蹲着几口盛粮的粗瓷大缸，一个放衣物的板柜、两个衣箱，再也没有什么可入眼的家当了。主屋旁是一间狭窄的小房子，那是夏临风的房间，放了张斑驳小桌，桌上随意摆放了几本书籍，抹平的土墙上贴着一张美丽少女拉小提琴的油画。斑竹盯着这幅油画多看了几眼，她想起表妹胡萼就有这样的小提琴，拉起来声音像枇杷溪流水一样悦耳而浪漫，这也是夏临风所追求的格调吗？她心中隐隐地感到，夏临风是一个有追求的农村青年。斑竹心中既喜又忧，念及自己没什么文化，只懂出苦力。夏临风的母亲看到这伙城里来的人很是腼腆拘束起来，慌忙中拿起杯子谨慎地放了茶叶，先给罗姑、曾婶各端了一杯，又给斑竹也倒了一杯。

几人坐着聊了一会儿，相处得很是融洽。该看的看了，该谈的谈了，罗姑又在村中从几个中年妇女口中探问了男方家中一些具体情况。夏临风父亲热情地邀请斑竹一行到镇上的饭馆吃了一桌饭，也算是很有体面地招待了，斑竹礼貌地借花献佛敬了夏临风父亲一杯酒。

饭后要走了，在将上汽车时，由牵线人曾婶对夏临风说："罗姑交代，真实的情况也知道了，回去再与斑竹商议一番，会很快回话给你们。这一趟让你们破费了。"

送斑竹一行上车后，夏临风心中很是不悦："这来来去去地一趟又一趟的，让人心中像揣着把拨浪鼓般七上八下的，捉摸不定。"

"好事多磨，耐心再等几天吧，我看这事差不多，没有成亲的那么点意思，还用得着坐在那里吃一桌饭吗？"父亲说。

夏临风没再说什么，感觉父亲的话也有道理，那就耐心地等待吧。

斑竹走后，夏临风苦苦等待着。一天，两天，又是一个星期过去了，还是未见音信，又熬过了半月时日，夏临风对这件事已不抱任何希望了，撩人心肺的事又要化为泡影。天有不测风云，或许斑竹已有了更好的对象。

夏临风想得不错，回厂后的罗姑又通过厂友帮斑竹相看了几个对象，却是一个不如一个。最后还是曾婶说："上次榴花镇那家，家里虽然穷了点，但地理位置相当不错，村中土地都能浇灌，起码吃饭不成问题，再说他们婚后努力点，这穷日子会翻过身来的。关键还是人，两个孩子情投意合，能走到一起才是幸福。"

"真希望那样，到那时，我也才算为斑竹这苦命的孩子尽了一份该操的心。"看来罗姑认可了曾婶的意见。

第十三章　家·幸福的港湾

一场春雨过后，喜讯终于降临到夏临风头上。曾婶捎话让夏临风抽出时间到纱厂罗姑家去一下，主要商量他和斑竹的婚事。

人生大事终于有了着落的斑竹，又托胡萼给川东老家的罗富川罗叔及生身父亲写了两封信，告知他们自己在罗姑家的经历。在罗姑一家和曾婶的热心关怀及帮助下，姚斑竹和夏临风的结婚庆典定在榴花似火红的五月端阳节举行。婚礼、婚宴由夏临风在家中安排，斑竹的陪嫁本不想讲究，可胡月对母亲说："斑竹父母不在身边，斑竹在厂中打工的这段时间已积攒了二百多元，咱们再帮一点，陪嫁几床被子。"对于这桩婚姻，夏临风心里像吃了蜜一样，为了表示对斑竹的在意和尊重，他从同学那里又借了一百多元，狠下心为斑竹买了块蝴蝶牌手表，这在农村已是很奢侈的了。谈到迎亲的事体，夏临风说："农村现时接亲都是借几辆自行车将新娘带回家就算完事了。"

"几十里路，太不方便了！骑自行车累，坐自行车更颠簸。"胡月很是叫苦。

"我和曾婶搭公交车去，其他人又怎么办呢？"罗姑很是为难。

旁边的胡叔沉默了一会儿，说道："看来需要想想办法。不如我去和厂领导谈谈，请求批准将厂里的北京吉普和那辆接职工上下班的大轿车借与我们为斑竹送婚。"胡叔随即便去了厂办公室找厂长谈了情况，厂长笑着说道："正好明天是星期天，都是厂里的老职工，何况你老胡还是我们厂的技术骨干，这个忙于公于私都是要帮的。只是有一个条件，需付一点儿油钱，于厂里也说得过去了。"斑竹兴奋地告知夏临风，当天不用骑自行车，约几个朋友来接亲就行了。两方面都紧锣密鼓地准备着，斑竹心中只觉舒心和满足。她把这些人对自己的恩情深深地记在心底，想着以后予以回报。

罗姑对即将婚嫁的斑竹说："孩子，人生不容易，而你更是一个从苦难时光走过来的姑娘，如今走到这一步，已是天意了。在农村，婚后的生活更是不容易。出嫁后两人一起多孝敬老人，共同承担家务，适应北方农村的环境，能顺心过好自己的日子，姑母我也就放心了。"

"罗姑，"斑竹眼睛湿润起来，"你对我的关爱和付出，令我终生难忘，只求以后有机会报恩于你，才能使我愧疚的心得以安宁。斑竹这辈子都忘不了你劳心劳力为我铺就这条通往幸福人生的道路的恩情。"

"姑母不企求你报恩，有怜悯心的人，都会施以慈爱而帮你。只是希望你在农村能靠自己的双手和智慧创造幸福。记住，勤劳才能换来好日子，这就是你们要为之奋斗的路。"

"知道了，罗姑，你的话我一定谨记在心，不会让你失望。将来，你会看到一个不一样的斑竹走到你面前。"

榴花镇烂漫榴花激情绽放的时节，在罗姑的资助下，在斑竹、夏临风的努力付出中，两人的婚礼总算风风光光办完了。他们的新生活拉开了帷幕，斑竹有了一个属于自己的安适生活的港湾。

客人走后，斑竹清理着锅灶间纷乱的碗筷，夏临风打扫着院子。新婚洞房是一间平常的小屋，里边有一盘睡觉的土炕，除了几件简单的箱、柜，两床仅有的新被褥和床单，再无其他。掌灯时分，劳累了一天的斑竹很早地铺好两床被子，羞怯地睡到炕里面的被窝中，丈夫夏临风看到斑竹如此模样，也熄灭电灯，钻进自己的被窝内。

月亮在空中移动着，月光穿过窗子照进了房子，夜已经很深了，新婚的两人还没有入梦。寂静中，斑竹逐渐感到丈夫的一只脚已试探性地伸进自己的被窝，她的心剧烈地跳动起来，像揣了一只小兔子那样惊惶不安。

探着斑竹没有什么反抗拒绝的意思，壮起胆的夏临风便抽出身挤进斑竹的被窝，斑竹已是少女怀春般期待一个莽撞的时刻的到来，突然感到一个男人在强势中要撕碎自己一样，她在尽力地迎合着……

第二天一大早，听见外边扫地的声音，两人迅速起床穿好衣服，脸上呈现出羞怯、喜悦的神色。斑竹在叠被子时惊惧地对夏临风说道："羞死人了，这可咋办啊！"斑竹指着新床单上少女落红的血迹说，"这可是咱结婚唯一的新床单啊，都怪你！"

夏临风慎思了片刻，说："对不起，是我昨晚太莽撞了。"话虽这样说，心里却是一番窃喜。

鸿
雁

第十四章　奋斗

婚后的夏临风讲，自己也在农村青黄不接时挨过饿，寒冬腊月也受过冻，可他还是长大了。他的学习成绩一直都很好，上学期间从没挨过老师的训。就是调皮捣蛋，也常被老师额外护佑着。但他父亲这人很是耿直，脾气急躁，因此人缘不是那么好。也正因为如此，无意中得罪了村中一户吴姓人家。吴家宗族势力强大，一直掌控着村中大权，而夏家只有父辈的弟兄三人，且还是从渭河岸边迁入的客户人家，在此地为生，忍气吞声地度着时光。日子长了，难免磕磕碰碰的，因地界桩基问题与吴家当大队主任的吴德结了仇怨。

夏临风初中毕业回到家中，就被村上的挚友叫到村中发了一杆枪当上了民兵，然而就在几个村的民兵合练时，被大队主任吴德发觉了，在众目睽睽之下收缴了夏临风手中的枪，将他逐出了民兵队伍。夏临风人生第一次被羞辱、被歧视，人格尊严被侵犯，他落泪了，这泪化作怨恨深深地隐藏于心底。

夏临风毛笔字写得不错，在榴花镇常被人看作业余书法家。镇小学校长看好他，要聘请他当民办教师，当校长向村中要人时，又被大队主任吴德一口回绝，并让吴姓门中他一个初中仅上了一年的侄子去学校当了老师。

改革开放的春风解冻着冰封的大地，这一年土地承包到户，幸福的喜悦展现在饱经苦难的农民脸上，这是一个是金子便要发光的年代。夏临风娶了四川妻子斑竹，通过双双的奋斗，改变了缺吃少穿的日子，过起了富裕的生活。但他不曾忘记过去岁月里的艰辛。

三四月正是青黄不接的时候，经过一冬无雪的干旱，土地在春日少雨的艳阳里焦渴地喘息着。村中几个老汉倚靠在黄土夯成的南墙下，晒着暖意融融的阳光。

丈夫夏临风从同学家中借来不多的玉米，同斑竹将玉米在村中大石碾上碾成玉米糁子，熬成稀粥，搭配着玉米面蒸成的发糕，凑合着度过这一天天辛苦而劳累的日子。灶房间缺了柴火，地里的禾秆已被干活的村民捎带着拾干净了。罗姑从城里捎来话，她那里煤本上还剩有几百斤，让斑竹拉回家烧饭用。

这天早晨起来，夏临风给架子车充了气，两人相伴到城里的煤店去买煤。赶到煤店已是中午，待称磅付过煤款，身上仅剩七角钱和四两粮票，又忍着饥饿返回。走了十多里，到了灞水镇一个小餐馆，斑竹掏出钱和粮票买了一盘炒粉和四两米饭，两人默默无言恓惶地吃完饭，又向服务员要了两碗米汤喝了，落日时分终于回到家中。

随着一阵阵的南风吹起，关中平原一垄一垄的麦子成熟了。夏临风家承包的八亩麦田已丰收在望，夫妻二人一早便赶到了田中。斑竹执镰在前边一把把割麦子，夏临风随后拢集打捆，沉甸甸的麦捆像士兵一样一捆一捆匀称地竖立在麦茬地上。斑竹挺起身，深深地吸了一口气，抹了抹额头上的汗珠，看了看后边结捆的丈夫说："不行就休息一下，头一天开镰，慢着点不打紧！"说着将地垄边的瓦罐托起喝了几口，又递给夏临风："这农田承包到户，今年八亩地的麦子，少说也能收下五六千斤，再也不用受那三四月青黄不接挨饿的罪了。"

"等新收的麦子入仓后，我们在石磨上加工几袋面粉，给城里的罗姑送去。这些年，多亏了他们一家的帮助，也到了我们报恩的时候了。"夏临风说。

"亏你还想着罗姑一家，想那结婚后辛酸的穷日子，生孩子的时候，妈去村中转了半个圈才买回八个鸡蛋，供我补养身体。亏得罗姑从城里来看我，在镇上买了两只大母鸡亲自宰了熬成汤，让我吃到孩子满月，就连孩子喝的奶粉都是从城里带来的。"想起往事，斑竹心里很是惭愧。

"这些年也真是难为你了。"夏临风抱起瓦罐解了解渴，望了望妻子如今渐渐丰满起来的身体。那薄纱小花格衬衫被夏日汗水浸湿紧贴着身体，促使他向斑竹身边凑了凑，伸开双臂搂住斑竹，在她脸庞上、脖颈儿上深情地吻了起来。

微风吹过水渠边的刺槐，飘来一阵阵槐花香气。大片还未割的麦子已是金波浩荡，给予辛苦付出的农人一种满足的愉悦。"这成熟的麦子就怕大风，吹得脱壳的麦粒落在地里，那这一年的辛苦就白费了。"斑竹忧心地对夏临风说。

"不行的话，就雇两个麦客，这样就省人省心多了。"夏临风建议道。

"要不得，这困难日子才过去几天，想起来都让人心酸。鼓起劲，再坚持几天，省下些钱来，家中以后花钱的事多着呢。"斑竹皱了皱眉头沉思了片刻又说，"这样吧，下午早点回去，吃过晚饭咱们再来，挤出时间继续割！"

"晚上黑灯瞎火的，不怕镰刀割破手？我真没那本事。再说了，这黑不当黑、明不当明地干起来，你一个女人家，能支撑下来吗？"夏临风有些不乐意。

"这几天前半夜有上弦月照着，还有晚风吹着，割慢些，比白天晒着焦灼的太阳，不停地抹汗水更能多干出一些活儿。"

"那就按照你的吩咐办吧，让妈照看好孩子，将饭食搞好点，这样我们就可以一心割麦子了！"夏临风说。

吃罢晚饭，夏临风在磨石上打磨着镰刀，斑竹回房内给孩子喂了奶，走到院中，将孩子抱给婆婆，叮咛："妈，孩子晚上哭的话，劳你哄着些。"

夜里的田野不像白天那样燥热，凉风习习，伴着一声声彼此起伏的蝈蝈鸣叫，斑竹夫妇二人挥动着镰刀，有节奏的嚓嚓声响起，身后的麦子不长时间便放倒一片。麦丛中不时地窜出一只无处可藏的土灰色野兔，蹦向远方寻找新的着落。

斑竹挺起发酸的腰，望了望后边已被她甩得落后好远的丈夫，想着家乡的中稻该收获了吧，也不知父亲的病咋样了，姐妹们各自出嫁了吗？罗叔、刘婶夫妇释怀了吗？这一切，都让她挂念。

斑竹回过头又帮着丈夫将剩下的半垄麦子收割到地边，两人坐在麦捆上歇息起来。月儿已开始西落，夜空也渐渐地暗了下来，只有稀疏的几颗星星在俯瞰着这个静谧的夜晚。"还是晚上凉爽，干起来出活儿，快割下二亩地了吧？"夏临风问道。

"不止，八亩麦田硬生生被咱们割一小半了，用不了几天，这烙人皮的夏收也就顺利结束了。"

"斑竹，命运使我娶了你这个坚强泼辣的四川妹子，人们都说我夏临风是沾了你姚斑竹的福了。"

"别这么夸我了，在你们这里，娶外地姑娘还是少数，你为什么退掉你在当地已订好的婚约呢？"斑竹毫不忌讳地问道。"我早就对你讲过了，那是一场骗局，我是被人晚上约去看走了眼订了婚，父母四五百元的血汗钱算是让我给打了水漂，但我也绝不后悔。咱们两人这才叫天赐良缘，酸甜苦辣都能共同面对！"夏临风向斑竹坐的麦捆间靠了靠。

"咱们也该回去了，明天还要继续割下去。休息不好，哪有力气干活儿？"斑竹提议道。

夏临风心绪翻涌，将夜色中愈显妩媚的妻子揽入怀中，双手捧着她的脸颊，说："斑竹，我是越来越钟情于你了！"情感的洪流无法阻挡，两人身下是广袤的关中沃野，斑竹心中翻涌的是携手共进的浓情蜜意。

第十五章　小石磨的情怀·创业

夏收结束了，望着晒谷场上那一大片金色的麦粒，全家人心中不禁升腾起幸福生活的希望。借着端阳节走亲的机会，斑竹在村里电磨上加工了两袋新鲜的面粉，给罗姑一家送去。听罗姑说，胡萼、胡锦还在淳化下乡插队，真希望两人返回城里，她惦念着罗姑那其乐融融的一家人。

看到斑竹日子一天天好起来，罗姑是打心眼儿里高兴。由于心里惦记着家中的活儿，吃了饭后斑竹便要告辞回家，罗姑无意留她，便说："斑竹，院外小柿树下的小石磨已闲置两年了，那可是1956年支援西北建设从重庆东津沱纱厂带过来的。如今市场开放，什么东西都能买到，看来这个小石磨在我这里已成无用之物，舍不得丢掉。你带回乡下，用得上便用，用不上权当个念想。"

斑竹朝柿树下的小石磨望了望，这小石磨她再熟悉不过了，在川东乡下是每家必备的生活工具。平常打磨个黄豆、葛粉、糯米、调料，做个豆浆、豆花、米粉和汤圆。特别是临近年关的腊月，家家户户在小石磨旁转悠，那奶脂一样的糯米浆顺着石槽流下沉淀起来，是春节做汤圆的绝佳原料。自家包好的汤圆，绵软糯甜，是盛满乡愁的家乡味道，要比商店中所卖的元宵好吃多了。斑竹对罗姑说："我早就想有一个小石磨了，这可真是送到我的心坎上了。"

"这么重，你拿得动吗？"胡月问道。

斑竹说："拿得动，在川东乡下老家常搬来搬去的。"

胡叔走出房间帮忙垫上棉毡打成包，斑竹喜悦地背起几十斤重的小石磨，搭车回到榴花镇鹿溪家中。

秋后西风雨，早上天空中飘着乌云，一阵西风吹过，便下起了绵绵细雨。这多情的雨断断续续落了几天，村道上泥泞起来。村前的鹿溪干涸了整个漫长的夏季，如今正涨满了水，从上游流到了榴花镇，淹没了溪中的枯草。夏临风的父亲因肚子憋胀得厉害，到医院看了医生，说是患了老年性便秘，医生开了几盒润肠通便的药物，但都没有起到什么效果。父亲下午便直呼肚子疼，疼痛得脸上渗出汗珠来。夏临风和斑竹二人忙用架子车将父亲送往镇医院，医生连用了几支开塞露，又挂上了吊瓶以缓解病情。

天渐渐地黑了起来，雨还在下着。半夜时分，夏临风的父亲病情加重了，两个值班医生做了会诊，告诉夏临风："需要赶快转院，估计是肠梗阻。"

又是一阵呼啸的大风，病室外边胳膊粗的榆树在瓢泼的大雨中随风左右摇摆着。斑竹和丈夫费劲地将父亲扶到架子车上，找了大片塑料膜布将车子蒙起来，在夜晚的风雨中赶了二十里路。到县城医院已是黎明时分，挂了急诊，医生边检查边说："须立即住院手术治疗，先交五百元押金。"二人听后惊慌起来，出门着急，只带了三百元。夏临风对医生说："能不能先动手术？我们再出去借钱。"

"不行，医院有规定，历来都是先交押金，再动手术。"丝毫没有周旋的余地。

夏临风焦急起来，突想起有个姓田的同学家就在这个医院，且其母亲主管着医院的财务，便对斑竹说："你在这儿照看着，我去找个人。"夏临风走到职工楼敲开门，恰逢同学的母亲正要上早班，夏临风迎上前去叫了声伯母，诚挚地向她诉说了情况。

"放心吧，早就听儿子说过他有一个品学兼优的同学叫夏临风，原来就是你呀！这样吧，我用工资帮你垫付着，先给病人动手术要紧。"同学的母亲和善地说。

"太好了，伯母的帮助真让我们感激不尽。"说罢，夏临风便与同学的母亲一起到收费室交了住院押金，开了住院收费单。

在夫妻二人的照料下，父亲很快做了手术，医生对斑竹夫妻二人说："你父亲这种病如不及时动手术，疼都要疼死人的。观察三四天，注射几天消炎药物，就可放心出院了。"

第三天早上，父亲病情好了许多。斑竹去外边的餐馆买早餐，买早餐的病人家属排着长队，好不容易买了两笼肉馅儿包子、一碗豆腐脑儿，心思活络的斑竹思忖着：这市场开放了，允许私人经营小吃，老板的生意又这么红火，我是不是也可以试一试？她思摸着用上从罗姑家带回的小石磨，做出川味的家乡豆花。那可比本地的豆腐脑儿好吃多了。这可是她在老家时的看家本领。她暗暗地下了决心，想闯出自己的一片天地来，也好还清父亲住院欠下的一屁股债务。

斑竹和夏临风等到父亲出院回到家中后，便谋划着办一个豆花店。斑竹对丈夫说："现在家中的粮食多得吃不了，卖出去值不了几个钱。爹这次住院，加上几人院外的花费，又欠下了五六百元的债务，这迟早是要还的。我已看好了卖豆花这桩生意，须尽快做起来。除还掉所欠债务，家里也能很快富裕起来。"

"谈何容易？这旧债未还，办豆花店只要动起来，就要借钱，这日子过得好累呀！能否缓一些时候？"夏临风犹豫着。

"世上哪有那么多顺心的事儿？趁着我们年轻，赶上市场开放的好政策，才要赶快动起来！至于启动资金，等下雨天抽出工夫，我到罗姑那里去借些钱来做本金，我想她会支持咱们的。"斑竹想得很是周到。

"我们已经麻烦罗姑一家人多次了，这次又要向人家张口借钱，何时能还呢？"夏临风还是存有少许的顾虑。

"小本生意，也借不了多少。咱现成有那小石磨，晚上磨豆浆，白天卖豆花，石磨磨出的豆浆可比钢磨磨出的豆浆好多了。相信传统的豆花做起来，再添加老家正宗的川味调料，吃的人不会少，这桩生意是稳赚不赔的。"斑竹信心满满。

"我真服了你们四川女人这种冲动劲儿，对任何事都是想到做到、说干就干，不惧任何风险。好了，就按你说的办吧！我支持你，不过豆花店一定要选个合适的位置，要人气好，没有人气再好的生意也不会兴旺起来！"夏临风叮咛。

"我已看好了，街道临近公路的弯角有一排店面房。原来有一个四川补鞋匠在那儿补鞋，兼顾着卖皮鞋的生意，后家中有事回四川去了。打听打听房主，尽快将那房盘下来。"斑竹说道。

"那房就是咱邻村一个乡党盖的，我抽空联系一下。"夏临风说。

"那地方地理位置优越，在公路口上，早晨人来人往，吃早餐特别方便。你就和房主商量尽快定下来，多出些房租无所谓。"斑竹再次嘱咐夏临风。

斑竹来到城里的纺织厂职工小区，罗姑和胡月还未下班，家里的门上了锁，她看了看腕上的手表，离下班还有半小时的时间。她放下扛在肩上的一袋面粉，端详着婚前曾经住过的房子。虽然近一年未来，但这里对她来说依然是那样熟悉、亲切。她弯下腰专注地看着屋前那一株和胡月栽植的勿忘我花，此时正绽放着。

"斑竹来了。"下班的罗姑老远就看见了斑竹，忙招呼道。

胡月同斑竹将面粉拿回屋中。

"胡叔人呢？"斑竹问胡月。

"上个星期到北京开会去了，说是代表厂里参加全国纺织大会呢，过些日子才能回西安。"胡月答。

"最近你家里过得咋样？"罗姑给斑竹倒了一杯水，问道。

"如今好多了！比起我才结婚那两年，农村就像换了一片天，如今土地承包、市场开放。"斑竹说到这里，觉得这可不是要谈的正题，便改口道，"说到这个，

鸿雁

罗姑，我这次还真是有事需要你帮一下。"斑竹喝了口水接着说："我与临风商量，决定在镇上公路边开一间豆花店，你看咋样？再就是缺少一点启动资金，想着罗姑能帮上这个忙。"

"好事呀！这边厂里有个四川老乡，就在市场上开了一家豆花店，生意很是红火啊！昨天忙得又雇了一个乡下妇女来帮忙。斑竹，你有这想法，罗姑是毫不含糊地支持你。你估计一下，大概需要多少钱。"

"有罗姑你这句话，那我就放心大胆地干了。小本生意，你原来送我那个小石磨，也派上用场了。房租费、桌凳购置费总的算下来得四五百元吧！"说完斑竹又问了胡锦、胡萼的情况。

然而这又惹得罗姑纠心起来："唉，我和你胡叔如今就操这两个丫头的心了。两个幺妹子放在淳化那个苦地方，生活特艰难，那些知青都说不够吃。胡锦那个知青点几个人合伙在一个锅里吃饭，男孩子吃得多，女娃儿吃得少。上次胡萼回到家就说，他们那一伙的知青正闹着要分灶呢！你说这让做父母的操心不操心啊？你那里我是少牵挂了，就是胡锦、胡萼，想起来让人老是牵挂。走时你胡叔又给了百多元作为两人在乡下的生活补贴。"

"听说到了淳化那里，就是上了黄土高原，可是真的？"斑竹探问道。

"咋不是？那里的生活条件比你嫁的地方差多了，交通也很不方便，不过听说政策变了，政府允许下乡知青返城工作，如果是真的，这的确是天大的好事。最近听说那里的知青陆续回城了，这消息着实让大家欢喜了几个晚上。"罗姑兴奋地说。

"真盼望两个表妹赶快回到城里，有一个好的归宿。"斑竹安慰着罗姑。

又聊了一会儿，罗姑看了看表说："上班时间到了，我把钥匙交给你。来了就别忙着回去，在这里住几天，休息休息，我和胡月要上班去了。"

"不了，谢谢罗姑！农村活儿多，也是穷忙穷忙的。家里爹的身体最近不好，还须赶快回去。"

罗姑回过头走进内屋，取了五百元递到斑竹手中，说："不够的话，可随时来取。"

斑竹的豆花店经过一个多月的筹备，终于开张了。随着一串鞭炮声响起，一块墨绿底色镌刻着"斑竹嫂豆花店"六个金色大字的牌匾醒目地挂在了店外门楣上。

由于刚开张，来品尝四川新鲜小吃的人簇拥而至，可是忙坏了斑竹夫妻二人。

小店能容纳的三张桌子早已坐满了顾客，无座的顾客便在店外台阶上或蹲或站吃了起来。新鲜细腻的豆花、正宗的川味调料，吃了的人放下碗走出店门回头望了望牌匾说："斑竹嫂豆花店，不错！川味石磨豆花，别有一番风味。"

头一天开张准备不足，算是试营业吧，主要是看看人气怎么样，谁知这一担两缸豆花很快卖完了。夫妻二人感到十分满意。为了吸引更多顾客，斑竹将小石磨搬到店前，做起了现做现卖的生意，顾客都围着小石磨欣赏起来，看着夏临风摇着小石磨，一股股奶汁般的豆浆流入陶缸中，真正是地道的石磨豆浆。一个食客说："这石磨豆浆点出的豆花绵柔嫩爽，送入口中，豆香气溢满心脾，回味无穷，吃后不忘。还是这老板娘斑竹嫂会做事。"

榴花镇斑竹嫂豆花店一传十、十传百，顺着镇旁的秦唐大道传遍了周边地方，那些有钱的主儿开车奔几十里路朝着豆花店而来。意想不到的轰动效应使得夫妻二人忙得不可开交，他们酝酿着何时雇一个妇女来店内刷盘子洗碗，以减轻二人的繁重负担。

早上打开店门，顾客便蜂拥而入，坐满了三张桌子。斑竹赶忙给碗里打着豆花，这时两个穿着工作制服、戴着浅灰色大盖帽的公务人员到了店前，一个年轻气盛的小伙首先问道："谁是这里的老板？"

忙乱中的斑竹回应："我就是，请问有什么事？"

"将营业执照拿出来！"小伙很强势地说。

"要什么执照？店开业不久，也不知在什么地方办照，今天正好碰见你们来了，那就麻烦你们帮我们将营业证照办了吧！"斑竹一只手拿着一个碗，一只手拿着一个不锈钢的小勺子，对公务人员说。

"说得轻巧，无证经营，立即停止营业！办照需要申请，工商、税务、卫生许可证少一样都不行。"

斑竹正在给一个老大爷盛豆花，小伙走上前在斑竹胳膊上一击，灼热的豆花溅了斑竹一脸。等在旁边的老大爷躁了，冲着这戴大盖帽的小伙说："哎呀！你这个小伙儿也太狂了吧！这一碗豆花我还未吃到嘴，就给你糟蹋了，你混账不混账？"说着上手抓紧这个公务人员的衣领不放。

"你骂谁？"小伙和老大爷撕扯在一起。

"我就骂你了，你不好好讲政策，动手干什么？"说话的工夫，店前聚拢起一片围观的群众，七嘴八舌嚷嚷道："就是嘛，有什么话好好讲，真不该对一个妇女动起手来。"

鸿雁

斑竹看着店前混乱的局面，撩起围裙匆忙擦了擦已被豆花溅得白是白、红是红的脸，走到店外摆了摆手让大家平息下来，伸手费力隔开正纠缠在一起的二人，说："对不起，执照我们马上办好嘛！"然后又对大伙儿说，"今天停止营业，希望乡亲们理解、见谅。"

"不行啊！我们已等了半天工夫，还没吃上豆花，明天给他补办吧！"

吃了亏还想捞回脸面的年轻工商人员固执地说："不要起哄，我们是在执法，必须先办照后营业！"

"执法？有这么'文明'执法的吗？你先给人家老板娘和老大爷道歉，不然，你们今天未必走得了。"另一位年长的工商人员转过身端详着说话这人，见他中等年龄，穿空勤衣服，八九不离十是个军人，赶忙解释："我们是镇工商所的公务人员，是我们的人不经意碰了一下勺把，也算我们工作失误，也请大家伙理解一下。"说罢又回过头对让豆花烫红了脸的斑竹说，"实在对不起，你就继续卖你的豆花吧，今天卖不掉，坏了也是损失。这样吧，明天上午八点后，抽空到工商所来，我帮你将执照办了。"

然而此时群众借势起哄起来，围着工商人员不让走："这咋行呢？热豆花喷了人家满脸，脸皮都烫红了，让他给人家看伤，最少也要检查检查。"

最后，还是这位军人说："小伙子，我看老板娘已无大碍。但你记着，你们穿这公务员的衣服，和我穿这军人的服装一样，无论职务大小，都是为人民服务的，可不能作威作福、高人一等，这大盖帽可不能戴得让你迷失了方向，要遭人唾弃的。执行公务也须文明执法，人家老板娘合法办照缴税就是了。好了，大伙该吃豆花的吃豆花，该逛街的继续逛街吧。"

众人散了，工商人员走到斑竹面前叮咛："记住，明天你来找我，我姓刘。"待斑竹回过头想请那位军人吃碗豆花，以表谢意时，军人已走远了。斑竹心中念叨，多亏了那位子弟兵，一片谢意也只能存于心中了。

第十六章　如日中天·拓展

街上的豆花生意日渐红火，姚斑竹借此积攒下了够盖一座新房的钱了。

待新宅地划拨下来已是中秋过后了，天气慢慢地冷了起来，旧房檐下的燕子已飞走多日，辽阔的碧空中大雁不时变换着雁阵向南归去。要拆除旧宅盖新居了，老宅虽然破旧斑驳却是自己初始的生活港湾、遮风避雨的地方。她在这里情恋繁衍、生儿育女、相夫教子、孝敬公婆，一家人在这里同甘共苦、相依为命的岁月令人顾念与留恋。

为了纪念这段时光，夏临风专门借来相机对老宅上的房屋、门楼、庭院上的一草一木拍了照。

划拨的新庄宅靠近榴花古镇的街道，对面是一个小学校。夏临风看的书多，他参照现代住宅做规划，精心画了图纸、设计了带有罗马柱栏杆的阳台，所有门窗上凸出的雨檐都是拉出斜坡贴上赭红色琉璃瓦的。这样在农村别出心裁的别墅式设计，算得上既新颖时髦而又不易落后于时代。听到丈夫对房屋设计的描述，斑竹不是兴奋，而是心中忌惮地怦怦跳了起来，这样的房子盖起来代价很高，钱又从何而来呢？

近来夏临风一门心思放在筹备盖房的事情上，他想着人生不易，盖好房子在农村也是一个男人甚至一个家庭成功的体现。燕子衔窝、老鹰筑巢、猛虎觅洞，每个人都想有一个好的着落。俗话说，娶妻盖房，费钱没王。夏临风作为一家之主，时刻都在盘算着花钱盖房的事，好在家里有着榴花镇的豆花生意，向人借钱便有了底气。家中现成的有三万块钱存在信用社，再在县城的妹妹家倒腾了一万，斑竹从罗姑那儿拿了一万，估计不足部分，再从银行贷上一万也不是什么问题。

终于动工了，斑竹拿起檀香、红烛、黄表纸，祭天、祭地、祭了祖宗，响了鞭炮。建筑材料乱堆在一起，让人无处下手，临风的老父亲在帮忙打理着。

斑竹嫂豆花店生意红火，不出半年，斑竹夫妇就还清了所有的债务，还攒下了一些线。店铺也逐渐正规起来，税务、工商执照、卫生许可证一应俱全，有人建议：如今生意这么好，人气又如此旺，不如将小石磨撤了，换成打浆机打浆做豆花，人也轻松许多。

斑竹指了指门外的招牌说："这不是要砸了自己的金字招牌吗？做生意赚钱事小，诚实、厚道是我们立足市场的根本。辛苦一点儿怕什么？雁过留声，人过留名，少赚点又能怎么样？不过，听你这么讲，也使我开了一窍，我可以找师傅将这小石磨改成大石磨，手摇改成电动驱使的，生产发展了，不讲科学是不行的，守旧只能被先进的生产方式所淘汰。"

斑竹将自己的意愿和设想说给了丈夫夏临风，由夏临风请来了一个老石匠、一个农械厂退休的技术员，把商量好的意图告诉二人："我们想将小石磨改成大石磨，用电机驱动替代人力或者畜力。如改造成功，不但能节省人力，更重要的是扩大了生产规模，到那时这个豆花店就更兴旺了。当然除了商议好的工钱外，还有礼品相赠。"

"你们的想法我们领会了。原来用牲口拉的大石磨就是一个半成品，如今要将大石磨改装成由齿轮助力的电动石磨，技术含量并不高。好在大石磨扇各个村庄有的是，主要任务就是找两盘石质好的原料简单加工，凿出内孔，再合理利用大小齿轮带动石磨运转，改装就完成了。"技术员讲了自己的设想。

过了几天，由电机带动齿轮驱使的大石磨基本改装就绪。夏临风在院中搭了一间石棉瓦工棚，里边放置着改装好的大石磨。经过技术员调试，在隆隆的转动声中，磨缝中缓缓地流出一股黄豆浆汁来。在斑竹对两位师傅敬酒致谢时，夏临风放了一挂鞭炮以庆贺石磨改造成功。

大石磨改装成功，小店面已不能适应逐步扩大的豆花生意了。经夏临风与房东商量，在旁边又加租了一间，扩成两间店面。重新装饰了店内外，设了雅间，营业方式和时间变换为全天营业。但只有豆花生意还是有些单调，满足不了顾客的需求。斑竹绕着大石磨苦思冥想，琢磨了好长时间，忽然斑竹豁然开朗，汤圆！用石磨磨出的米粉来加工四川的汤圆，岂不是更上一层楼了？

加工水磨汤圆的程序，斑竹了如指掌，因为每年端阳节、中秋节及元宵佳节，川东十塘家家都要用磨成的米粉包汤圆，这是待客、走亲访友必备的食品。加工水磨汤圆的米粉，关键的头一道工序就是选出优质的糯米，放入盛着清水的缸内，夏泡三天，冬泡六天，其间换水多次；待手指能将米粒捻烂时，再放入石磨上不停地注水研磨，米浆流出后经过沉淀，用农家土布包渗出水，便成了正宗水磨汤圆的外皮包料。内馅就更讲究了，黑白糖为主，冬天黑糖暖胃，夏天白糖解暑；其他珍稀作料繁多，又分核桃仁、花生仁、黑白芝麻仁、青红丝、桂花等，都可以包进去。老家乡下甚至将腊肉也包进去，成为咸香可口的肉馅汤圆。

这汤圆与元宵还是有区别的，元宵是把做好的馅放入盛有糯米面的蒲箩中洒水不断滚动，直到成形。下入水中煮熟后的元宵膨胀很少，特别是若裹的是未经浸泡而直接加工的米粉，口感便更差些。

夏临风定做了一幅"斑竹嫂汤圆店"的牌匾挂在了豆花店旁边，两桩生意合起来一起做。吃豆花的、品汤圆的，一天到晚顾客络绎不绝。日复一日，斑竹嫂汤圆的名气渐渐碾轧过斑竹嫂豆花，已是三秦大地颇有影响力的名小吃了。

斑竹的生意越做越红火，看着整天劳累的斑竹，家中婆婆顾惜地说："钱赚多少是个够？多留心自己的身体，要不在村中雇几个妇女来帮忙吧，你自己在店里尽心管理就行了。"斑竹觉得暖心的同时，也考虑起这件事来。

紧张劳作后，晚上闲暇之余，斑竹和丈夫商量："婆婆不是要咱们雇人吗？这扩展后店里也太过劳累了，我想着，四川父亲目前跟着大姐生活，不如把已经婚嫁的二姐楠竹从四川唤过来，她在八塘上边的山里也刨不出什么钱财来！"斑竹的意见得到了丈夫的同意，由丈夫向四川八塘写了一封信，顺便邮去五百元，一百元作为来时的路资，四百元安排家里一家人的生活。信中没有详细谈什么，只说这里有事要二姐相帮，让她尽快赴陕。

很快，斑竹接到了二姐楠竹发来的电报，提到了她到西安的车次、到达时间。斑竹想着，生父诚实、憨厚，虽能力有限，但能在母亲改嫁后将破败的家担当起来，将两个姐姐抚养成人并让她们上完小学。斑竹想尽力帮助自己的亲人，毕竟她也曾淋过雨，也曾在最难的时候得到过他人的帮助。

像那年冬月罗姑接自己一样，如今自己也站在火车站的广场上，于簇拥的人群中找寻自己的姐姐楠竹。

二姐乘坐的列车终于停靠在西安，出站的人群像放了闸门的洪流一样泄出站外。斑竹站在出站口，焦急的她从人海中搜寻到一个背背篓的中年妇女，正是二姐楠竹，此时的楠竹也在拥挤的人群中张望着。她呼了声："楠竹姐！"楠竹回过头，向着斑竹挤过来。

斑竹拉住二姐楠竹的手说："真不容易，总算接到你了！"恓惶的楠竹缓了缓气说："第一次出远门，路上担惊受怕的，磕磕绊绊终于来到西安，这下可以松口气了。"

斑竹从楠竹身上接过背篓，乘着远郊车回到榴花镇。楠竹和斑竹长得很像，个头稍高，很有精神，柳叶眉下一双丹凤眼。

楠竹随幺妹斑竹来到汤圆店中，才悄然领会，妹妹让她从川东老家来西安的用意。她喝了口水细细地端详了店内四周，几张小吃桌旁坐满了吃着汤圆、豆花的食客，好一派人气满盈、生意兴旺的场面。夏临风正在操作间煮着汤圆，斑竹介绍二姐和丈夫夏临风相互认识，临风微笑着朝楠竹点了点头。虽然店内熙攘得有些纷乱，但整体布置比较清雅，墙上的壁画是一丛迎风拂动的青竹，桌椅、摆设等乱中有序。一切都让她从心底感慨，斑竹出川到这异乡，打拼出了一番事业。

二人走到店后隔断的一间休息室，斑竹拿出一个苹果削好递到楠竹手中说："二姐，一路辛苦了。招呼你到西安，是想咱们姐妹俩共同管好这个店，亲姐妹也放心。你在老家八塘那个山梁上，与姐夫守着那一头老水牛、两三亩稻田，也折腾不出个什么钱财来。再说了，父亲那病恹恹的身体，是要靠药物来维持的，你和大姐一年积下的钱，多半也让他吃药了。要想在上边盖几间砖瓦房都难啊！"

"三妹子，那一年你不明不白地离开家乡，我和大姐绵竹伤心落泪哭了多日，以为这辈子恐怕再也见不着面了。谁知逢凶化吉、苦中藏福，如今变成了这样，如此看来，我们姐妹中只有你在不断地向好发展！真让我俩当姐的佩服和羡慕。"

"树挪死，人挪活。我也是被逼无奈踏上了远离家乡的路，走时心疼得滴血，但好在现在命运眷顾。在向好的时刻，我从来没有忘记父亲和两个姐姐，想让大家都尽快富足起来，所以便想到了你。"斑竹对楠竹深情地说。

"乡下环境闭塞，心里想下点儿苦多挣些钱，但无门路呀！三妹你可让姐开了眼界、长了见识，我就让你那姐夫在家照看好孩子，闲时抽出时间摆弄那两三亩秧田与几十棵柑橘树，我留在这里就在你的店里好好干下去了。"楠竹想着，这是关乎自己一家命运、摆脱贫困生活的机遇，心中很是激动。

"共同奋斗吧，今后的路还远着呢。"这正是斑竹的心里话。已扩展至两间门面的斑竹嫂汤圆店，依然熙攘得拥挤不堪，她计划着再扩大场地，增加人员，发展门店，规模化经营，使斑竹嫂汤圆更上一层楼。楠竹的到来，对于斑竹的事业来说正是如虎添翼。斑竹看着这一片自己初始创业的小店，想到更换门面，可是与房主签了三年租赁合同，这事也暂容不得多想。虽然楠竹现在有能力担当店面上的业务，斑竹因着经营规模的提升，又请机械师傅加装了两盘大石磨，再雇了村中两个身有残疾、家庭贫寒但极有责任心的村民，分别加工汤圆糯浆及黄豆豆浆，供应着店面所需。

第十七章　榴花红艳白鹿观

沿着榴花镇鹿溪河河谷东南方向蜿蜒而上的骊山北麓是唐代古刹白鹿观古遗址，旅游局协同开发商在遗址基础上新开辟了白鹿观旅游风景区，景区大门外广场上两排商铺正在向外招商，斑竹夫妇上去考察了多次，反复琢磨着这可能是他们可借靠的、一个大的、有着不错前景的发展平台。主意已定，斑竹算了算自己这几年存下的资金，加上通过多种渠道在银行贷了大额的贷款，经过与景区商圈的领导具体沟通，一次性购置了共二百八十平方米的三间商铺。

分店就要开张了，谁来主持店务成了当务之急。斑竹想了几个晚上都毫无着落，正在无奈时，夏临风突然说道："罗姑那个二女儿胡萼已经回城了，工作还未分配，正在家中待业，让她当分店经理，或许是个好事。"

"哎呀！我怎么没有想到？她虽然还年轻，但城市的女孩有文化、形象好、能担当，在实践中锻炼一段时间，定能有所成就的。让我同罗姑先谈一下，如果胡萼同意，就让她来吧！"斑竹坚定了自己的想法。

斑竹立刻与罗姑和胡萼进行了详细的沟通。胡萼愿意来工作，淌入改革开放的大潮中来。

斑竹首先在景区商铺外设置了一个大型的附有霓虹灯的"斑竹嫂汤圆"户外商业广告牌。广告牌上画着晶莹雪白、大如雪球的汤圆，以天府之国、美丽四川的青山绿水、苍郁翠竹做背景，上书"斑竹嫂汤圆"五个镏金颜体大字，下附一首广告诗：

> 斑竹汤圆大又圆，品入口中如蜜甜。
>
> 汤圆恰似一轮月，万里旅程宏图远。

这个大型户外广告，为斑竹嫂汤圆店注入了丰富的文化内涵。

水涨船也高，随着斑竹嫂汤圆档次的提升，开张这天，迎来送往的斑竹着实

鸿
雁

打扮了一番，乌黑柔顺的秀美长发上喷了少许上海贵美人香水，杏仁脸庞上略施粉黛，人美在脸，脸美在眼，一对秀眉下的一双眼睛像鹿溪上饮鹿泉泉水一般清纯明澈，一株青竹摇曳样的身段着一件湛蓝色作底、白色蔷薇花点缀其上的旗袍。今非昔比的斑竹嫂汤圆店的老板娘姚斑竹，神采奕奕地迎接来宾。

初始便呈现一派兴隆气象的斑竹嫂汤圆店，店外上空广告标语上悬吊着的气球随风舞动，八个生意界同人恭贺的花篮分列两旁，覆盖着一大片红色绸缎的牌匾在剪彩欢呼声中由斑竹轻盈地揭开，一幅红底金字的"斑竹嫂汤圆店"牌匾展现在人们的眼前。

一串挂鞭在店外响起，炮声响过的烟雾弥漫处，从一辆上海桑塔纳轿车上走下来一位风度翩翩、大气非凡的女士，另有几人从轿车后备厢中抬出一块镀金贺匾，上边题有"川东锦绣　蜀中名吃"八个颜体大字，其下书为"斑竹嫂汤圆店开业大吉"，字迹娟秀，正所谓温文尔雅与大气磅礴并存。斑竹凝神看了下面落款：白鹿观景区管委会主任吕琳。斑竹忙迎上前去："吕姐！吕主任，你莅临小店，使小店蓬荜生辉，斑竹我深感荣幸，快到里边落座喝茶。"

"早就听说榴花镇有一个四川来陕的奇女子，开了家斑竹嫂汤圆店，不长时间便风靡西京，如今生意又做到白鹿观景区。今日一见，果然是南国女儿北飞鸿雁，美丽大度，聪颖秀气。"见到斑竹，吕琳既是惊奇又是称赞。

"过奖！过奖！真羞煞你这个川妹子了。"斑竹忙摆手谦让道。

"雄关漫道的，千里创业，不容易啊！能迅速发展到如此规模，对于一个处于异乡的农村妇女来说，真不简单，你算得上女中豪杰了。"吕琳心中无限感慨。

"才慢慢地发展起来，正逢着今日开张，难得吕姐吕主任你来捧场，就像一缕春风吹入本店，以后还要在白鹿观风景区这棵大树下避风遮雨，求得你的帮助和支持。"吕琳的到来，使斑竹感到受宠若惊。

表妹胡莩怎么也没想到斑竹在这里已发展出如此令人艳羡的一片天地，心中亦激动不已。

傍晚，斑竹细细琢磨吕琳的背景，听到店中新雇的师傅讲："咱们可真幸运，借上了这一场东风，吕主任可是省上下来的大干部，本是上边白鹿观村人，退休后为回报乡梓，在家乡开发了白鹿观旅游景区。人中精英，就那一块贺匾也是千金难求，攀着那名声，生意便可一帆风顺做下去了。"斑竹听后心中兴奋不已。

第十八章　陕北女人阿玲

斑竹家对面隔着村道的是一户肖姓人家，娶了一个妻子叫阿玲，她早斑竹几年从遥远的陕北嫁到榴花镇旁的这个村子。

阿玲是穷苦人家的女儿，嫁人前住在高峁镇东南十多里的一个山坳里一孔破烂不堪的窑洞中。她哥哥应征入伍，当兵去了银川，复员后在当地做了上门女婿，从此再也未回过陕北。母亲已逝，家中剩下父女二人，还有一头已是暮年的老毛驴，与他们相依为命。

主人物之一：阿玲画像

陕北的冬天零下二十多摄氏度，异常寒冷，内蒙古草原上吹来的疾风在山峁上呼啸着，仿佛要撕裂整个灰暗的苍穹。这时的人们大都蜷缩在窑洞中，很少出

鸿
雁

门。阿玲爹赶着小毛驴，从附近小煤窑驮来大块大块的煤，搭起火炉熬着小米或高粱米稀粥，烤着地窖中冬藏的洋芋蛋，搭配上秋季用白菜、野芹菜、萝卜缨子等腌好的一大缸浆水菜，在家中熬过陕北高原凛冽凄冷的漫长冬季。

崖畔山梁上，寒风夹带着笛音，卷起已经枯黄的庄稼秸秆及枯草叶子，吹向毫无生气的天空，又落到裸露的黄土地上。

阿玲爹早上很早便爬出被窝，活动着枯瘦的身子，准备烧一壶开水，泡一杯劣质茶润润干燥的嗓子。水缸已没水了，待他从旁边小窑里牵出毛驴，搭上两只木桶，准备去沟下泉边驮水时，阿玲走出窑洞，浑身一颤打了一个寒噤，看到年迈的父亲牵着驮水的毛驴，伸出手来抓住缰绳说：“爹！吹着这么冷的风，你就待在家中，让我牵着毛驴到沟下驮水去吧。”

阿玲背过风，顺势勒紧脖颈上的羊毛围巾，牵着毛驴从弯曲的羊肠小道上慢悠悠地转到沟下泉边。几棵已经快要落尽叶子的柳树围着泉水，一条条干瘦的柳丝在风中摆动。泉水已结下一层薄冰，阿玲在泉边寻了块石头砸开冰层，用勺子一勺一勺地往木桶中舀水……

待到中午，阿玲将做好的洋芋糊糊端上桌时，阿玲爹说：“阿玲，家中粮食没有多少了，原本期待着你哥从银川那儿寄点钱度春荒，也未见动静，难！都难啊！他在那里成家，上了人家的门，也有他的难处。如今剩下咱父女二人，可不能眼睁睁地等着挨饿呀！小米没有了，高粱米也吃不了几天，咱父女俩这几年过得一年不如一年了。”阿玲爹心中很是熬煎。

“有什么办法？上边救济粮拨下来，也得先过了那些村上的干部家庭，说来说去，好坏咱还得靠自己。”阿玲心中有些激愤与不平。

“我想是这样的，女孩子的路还好走。你有一个远房舅家表姐，已在省城那个地方落脚几年了，听说那个地方挺不错，是一片好大好大的大平原，能吃到麦面馍馍。可惜，爹这一辈子也未曾去过。”

“爹！那里叫渭河平原，听老师讲，那里住过好多个朝代的皇上，好繁华的。”阿玲梦想着那个充满希望的地方。

“要不然，你就去省城那边投靠你表姐，或许能走出一条活路来。”阿玲爹似乎有了希望。

“爹，那你一个人留下来咋办呢？要不然，我们俩一起过去吧！不管怎么样，我们父女二人总不能天各一方地分离开来，这样会让我一直担心你的。”

“爹不会去的，也不想连累你，只要你将来的日子好起来，爹这把老骨头就算撂在家乡的黄土圪垯里也无所谓了。”

"爹！"阿玲哭了，说，"爹！你不去，我也不会去的！"

"孩子，爹是有安排的。你走后，爹还要到银川那边看看你哥去，几年了，也不知他现在生活得怎样了。去年来信说，也是一大家子人了。爹就是不放心你，一个女娃娃出远门，实在是让人操心。"

阿玲知道爹心里存有诸多挂念，便说："爹既然这样讲，也没有什么放心不放心的，好在我也上了几天学，一路走着、看着、问着，相信能安全地到达省城那边。"

"还是交通不便，听说从魏家楼搭汽车，由绥德到延安转铜川，再乘火车方能到省城西安。沿途坎坷艰难，真让人揪心。"阿玲爹忧心不已。

阿玲想，家里这般光景，要想走出困境也就顾及不了那么多了，且走一步算一步。"爹！不要顾虑那么多了，等我到那里落下脚，便接你去那儿共同生活吧。"阿玲呜咽着安慰父亲。

准备了几天工夫，阿玲在一片纷乱茫然中顾恋着。毕竟她自小生在这里，长在这黄土山峁上。逝去的母亲也长眠在荒凉的黄土高原中，伴随着塞外吹来的漫漫风沙，成为一个凄凉、孤独、让她牵挂的坟冢。纵然故乡贫瘠、落后，但始终有着一种乡土情怀在里面。

一个没有丝毫暖意的早晨，依旧刮着刺骨的寒风，阿玲爹牵着毛驴陪着阿玲走了二十多里山峁小路，下到大理河边，顺着公路到了魏家楼的小站。

阿玲深情地摸了摸小毛驴，又凝视了好久。阿玲爹从裹紧的破羊皮袄中，取出一沓卷皱的钱币放于阿玲手中，说："阿玲，这是家中仅有的一点儿积蓄了，爹祝福你往后的日子能很快光鲜起来。"

"爹！"阿玲哭着扑到父亲怀中。

"车来了。"阿玲爹忙将唯一的一件行李——印着"红军不怕远征难"的黄帆布挎包，搭在阿玲肩上，里边装着路上几天要吃的谷面饼子。

阿玲赶紧止住哭泣，抹去泪水，犹豫中被爹顺势推上了汽车。车在缓缓地开动着，此刻怀揣梦想的阿玲泪水扑簌而下，痴望着老迈的父亲。别了，故乡！别了，阿爹！但愿你能照顾好自己。

经过多日奔波，阿玲孤身一人来到了关中平原半塬区的表姐家。表姐家的生活并不怎么宽裕，全家就靠着崖下鹿溪小陶窑中烧制的瓦罐、瓦瓮、花盆等维持生计。

鸿雁

阿玲的到来直接影响到了表姐的生活，这一天天地住下去，吃饭就是个大问题。时间长了，表姐夫便斤斤计较起来，言语中多有不忿，阿玲处境尴尬起来。表姐便托人为阿玲做媒，寻一个好人家尽快将她嫁了，以免除一桩额外的负担。

阿玲见了几个人，却都不大中意。在一次又一次的相亲中逐渐麻木起来。一个雨过天晴的中午，阿玲随表姐来到榴花镇旁的村子，见到了一个名叫肖祥、长相挺帅气的小伙，因着父亲在外工作，家中经济上也比较富裕，且姐姐已嫁到附近的村庄去了。阿玲想有这样的男子陪伴自己，人生也是知足了，便很满意地应下了这门亲事。同男子谈了自己寄人篱下的处境，告知对方自己还有一个年迈的父亲在陕北孤独地生活，经济上急需一笔不菲的彩礼。谁知肖祥很是豪爽地说："不就是多要些彩礼钱？只要我们能走到一起，其他都不是问题。"

在谈话结束时，阿玲的表姐插了一杠子，说阿玲在她家吃住了半年，要求男方将这额外的花销贴补一部分。男方也应下了，可如此却让人不得不疑心，男方这样豪爽大方，背后是否藏着猫腻。

男方父母只说是看中了阿玲美貌俏丽，是个人才，这才满足了女方家的要求。

匆忙中，阿玲很快便结婚了，除了付给表姐半年的生活费用外，还将大部分彩礼钱寄给了陕北的父亲，余下少量的钱便置了嫁妆。

婚后，两人结婚三四年间接连生了两个如花似玉的女儿，生活很是和睦。四五年后，肖祥的患着遗传性肝病的父亲去世了，不到半年工夫，母亲也随之而去。失去了经济来源，家境很快破败起来。人言祸不单行，在阿玲两个女儿分别长到八岁、五岁时，丈夫肖祥也患病了，且患的又是家族中遗传的肝病，不断地吃药，不断地住院。得了这样的富贵病，出不得力、生不得气，肖祥陪伴着阿玲又在逆境中度过了几年，其间病情逐渐地加重、恶化，终于在一个夏日的黄昏撒手人寰，抛离阿玲母女而去，只留下阿玲母女悲惨凄凉地过活着。阿玲方知当初的婚姻草率，没有经验的她当初并不知丈夫家族中有遗传病。如今一个妇道人家拉扯着两个女儿，恓惶的日子又要怎么过下去？

第十九章　善心向行·怜念

　　丈夫去世两个月后，阿玲引着两个孩子走进了对门斑竹家，恰逢斑竹正在帮夏临风修理出了故障的石磨，修好的石磨研磨出的浆汁一股股流入浆桶中。斑竹望着阿玲引着孩子进了院子，忙用围裙擦了擦沾满油污的手，招呼道："阿玲姐，好长时间没见你们娘儿仨了，一直想到你家中与你解解烦心，就是抽不出空来，难得你今天来，快到屋里坐坐吧！"

　　"不进屋了，你俩这么忙，我来还真是打扰你们了！"阿玲说着，揣摩着斑竹的反应。

　　"自己人，没有什么打扰不打扰的，有什么事你不妨直说吧。对门的亲近人家，该帮的是一定要帮的。"斑竹热情地对阿玲讲。

　　"斑竹，看你们忙成这样，我也就直说了，你看我那个男人肖祥不幸亡故后，丢下我和两个女儿无依无靠，肖祥染上那病很难治好，也不是我未尽到心。有人对我说，那种病传男不传女，多亏生下一双女孩子，但还是担心孩子身上带有那种基因。许多人便对我建议说，现在科学发达了，在县防疫站给孩子注射乙肝疫苗，可终身顶事，这对于我们娘儿仨，可是件大好事。听说你家临风有个同学在防疫站工作，我思来想去了几个晚上，大清早地来你家，想烦请临风看在逝去的肖祥面上解一下困，同我带上俩孩子去一趟防疫站，尽快给孩子注射上疫苗，我这也便是去了一块心病。"阿玲说明了自己的来意，眼泪也随之落了下来。

　　明白了阿玲的意思，斑竹立即回应说："阿玲嫂子，请放心，肖祥不在了，搁下你们母女，这个忙我们一定帮。对着门，抬头不见低头见的，都要照应。"

　　修好石磨的夏临风从石磨后边站了起来，摸了一条毛巾，抹去满脸的尘垢，他已听见了阿玲与斑竹的对话，明白了阿玲的苦衷，坦诚道："阿玲，放心吧，明天我歇工一天，你带上孩子，我们搭车一道去县防疫站。"

　　"就这破事还真打扰你们的正事了，实在对不起！"阿玲拉过两个孩子，说，"肖琳、肖蓉，过来谢过你夏叔叔。"

"孩子的事才是天大的正事儿，家中有事尽管吩咐，不需要这样难为情。"
夏临风说。

　　第二天，阿玲起得很早，赶忙梳洗罢，携着女儿同夏临风在榴花镇乘上汽车，
八点准时到了防疫站，找到了刚上班的夏临风的同学。

　　这位同学听了夏临风的介绍，看了看阿玲和她的两个女儿，颇有感触地说：
"这种乙肝病毒遗传下去，对家庭、社会都是极大的负担。这样吧，先给孩子做
个初步检查，然后到注射室准备注射疫苗。每人连带检查费须交一百二十元，两
个孩子共须交二百四十元。检查费两人四十元我帮你免掉，你就交二百元吧，我
也只能帮你到这儿了。"

　　"要这么多！"旁边的阿玲迟疑了片刻，畏缩地从衣袋中掏出零零碎碎、皱
巴巴、大大小小的纸币数了数，拢在一起也就一百三十元，歉意地说，"钱不够，
能搭车回去再借些来吗？"

　　"来回四十多里路，折腾什么呢？亏得我多带了些钱，先帮你垫付了吧！"
夏临风拿出钱夹来，数出一百元，并接过阿玲手中的钱，从中抽出三十元交与阿
玲，说，"留着吃饭吧！"余下的二百元一并付与了这个同学。

　　待一系列的填表、检查、注射完毕，已是下午四点，早已过了吃饭的时辰，
夏临风说："压压饥渴，在外面小饭馆随便吃些便饭吧！"

　　"就剩下三十块钱了，吃了饭，四个人回去拿什么做路费呢？"阿玲担忧着。

　　夏临风淡淡地笑了笑说："我还有足够的搭车、吃饭钱，就是大人不吃，饿
坏了孩子也不该呀！"夏临风和阿玲拉着孩子进了大路对面的餐馆中。

　　这样隔了十天半月的光景，待阿玲给夏临风还钱时，夏临风说什么也不收，
并劝道："拿上吧！那一百多块钱，对于你娘儿仨来说还真是不容易啊！想当年，
我和肖祥出门花钱不分你我，好多回都是肖祥付钱的，这钱你就当肖祥与你母女
积攒下的！"

　　"快别这么说，应当还的，再说耽误了你一天时间，又让你垫付了路费，这
于情于理也说不过去。"阿玲又一次将钱向夏临风递去。

　　夏临风推开阿玲的手，说什么也不收。从那触碰中，阿玲体会到了一种异样
的感觉，阿玲收回拿钱的手说："这往后的路还长着呢，真不知道以后我又要如
何麻烦你们呢！"

　　又过了一年半载，这年冬月里一个没有月亮的晚上，凛冽的北风卷起漫天飘
舞的雪花，在灰蒙蒙的天地间旋转。斑竹和丈夫在汤圆店里送走最后一拨顾客已

是晚上十一点过后了，二人急忙关好门走出店外。飘舞的雪花被风裹着卷入脖颈内，寒冷彻骨，村里街巷中万籁寂静。遇着这样的天气，人们大都蜷缩着身子，躺在温暖的被窝里，很快地进入各自的梦乡。

偶尔传来狗叫的声音，斑竹听得出那是自家的狗在吼叫。打开院门，满院是狗在雪地中踩出的梅花状足迹。夏临风忙给狗倒下从店中拿回的狗食，狗在一旁欢快地蹦跳着。

走进屋内，困乏了一天的二人很快进入了梦乡。熟睡中的斑竹迷迷糊糊中听见院子内的狗叫声，院门紧接着啪啪地响了起来，她急忙推了推睡在旁边的夏临风说："有人在敲门，快起来看看去。"

夏临风很是不悦地裹了件棉大衣走出房门，先搭话问了声："谁在敲门？"话毕只听见阿玲急呼呼地在外面说："临风哥，我家二丫头白天感冒了，喝了包感冒颗粒不顶用，这深更半夜下着大雪，孩子又发起了高烧，额头滚烫滚烫的，真急死人了！"

"那就快送医院嘛！这可是耽搁不得的，是不是需要钱？"夏临风忙打开门。

"钱还是有的，关键是孩子大了，沉得背不动。下着雪，路又很湿滑，求你和我换着将孩子背到医院，这深更半夜没人相帮，焦急得肠子都要拧在一处了。对不起，这不又来麻烦你了。"

"没问题！你可别着急，先回家给孩子穿严实点，我回屋里给斑竹招呼一声，换套衣服马上就来。"夏临风站在冷风中恨不得一口气将话讲完。

待夏临风告知斑竹，换好衣服走进阿玲家院子，阿玲已抱着二丫头站在屋外台阶上了。他赶紧走上前，从阿玲怀中接过孩子，二人便冲入漫天飘舞的风雪里。也没有撑伞，在跨步越过鹿溪边一个坡道时，夏临风不小心脚下一滑，仰面朝天倒在雪地上。还好！孩子倒是毫发无损被紧紧地搂在怀中。阿玲惊悸地颤动了一下，急忙弯下腰扶起跌倒的夏临风，换过手抱过孩子。

"没事的，幸亏没有跌着孩子。"夏临风说着走上前又要抱孩子，"还是让我继续抱着吧！我一个男人不行，你就更不行了。"

夏临风和阿玲两人将孩子送到镇上医院时，值班护士正打着瞌睡，夏临风叫了一声，护士便醒了。夏临风这才将孩子放于阿玲手中，值班护士给孩子夹了支体温计，就去唤医生了。

医生来了，睡眼惺忪的样子，待他从孩子怀中抽出体温计看了看，惊叹道："三十九点八摄氏度，近乎四十摄氏度了。"医生皱了皱眉，赶忙开了张处方交与夏临风。

　　夏临风对阿玲说："你先看着孩子，我去交钱取药。"一会儿工夫，医生接过取来的药物交给护士，叮咛了几句注意事项。护士先在孩子屁股上注射了一支肌肉针，接下来又在手腕上挂了输液瓶。随着药液缓慢地顺着输液管输入体内，孩子的体温逐渐降下，二人焦急的心方才慢慢恢复平静。

　　伴随着岁月的流逝，人的情感浪花不时泛起。几年前，丈夫肖祥病情恶化，临终时，将阿玲母女托付给本族的一个堂哥照顾。这个堂哥当着村小队长，曾在肖祥困难时多次帮助他们，谁知他却生出了索取"报答"的邪心，肖祥去世后不久，就惦记起这个风韵犹存的堂弟妻。

　　在一个夏日的中午，这个堂哥趁孩子不在，来到阿玲家，霸王硬上弓强行撕下阿玲的衣裤……阿玲在失去丈夫的痛苦中再添寒霜，她穿好被撕掉的衣裤，悲愤地说："肖祥瞎了眼，将我们孤寡一家托与你照看！人在做，天在看，你却乘人之危，欺辱占有了我，禽兽不如……"

　　可生活还得继续，为了一家人的生活，阿玲需要招赘一个男人入户一起过活，只是几番探寻都无果。转眼，阿玲已到中年，加之女人四十犹如狼虎，对性事的渴望与需求炽烈起来。阿玲在危难中与夏临风的几次情感碰撞，已摩擦出点点火星，她没有什么资本再结良缘，只能在多次的梦中用自己的方式完成不可能的痴想。更是在一次和斑竹闲聊时口无遮拦地说出了心里话："家中已穷得什么也没有了，除了两个女儿以外，就剩下我这个身子能值几个钱了！"斑竹听了此话，心里纠结起来，惊愕中对阿玲有着一种慎觉。

　　丈夫去世三年后，阿玲招赘了第一个男人，只是时间不长，那人就一走了之了。

　　第二次招赘的是陕南的山里人，浑身山土气十足，老实木讷，不懂情趣，又是一场短命姻缘。

　　独守空房对于正值中年的阿玲来说就是一种折磨，情感的空虚让她越发觉得寂寞难耐，特别是冬季的夜晚，漫长而寒冷，在无形中撕扯着她。

　　孩子上学后，冬季的房内更显空旷，阿玲在屋内茫然四顾，无所适从。

　　斑竹嫂豆花店的生意，前半天售卖，后半天便在家中将早先浸好的糯米、黄豆捞起来，赶晚上在大石磨上磨成米粉、豆浆，以备第二天包汤圆、做豆花使用。对门阿玲在孩子上学后，无所事事，来到斑竹家聊家常，帮着斑竹浸泡糯米、黄豆，斑竹也会送几碗豆浆或豆花与阿玲拿回家给孩子吃。你来我往、来来去去之间，两家人情谊逐渐深厚起来。

阿玲看着乳白色的浆汁从磨缝中研磨出来，一股股流到青陶缸中，想着斑竹夫妇二人协同发展走着发家致富的路，日子是一天天变着样子，心中羡慕，或许还有少许的嫉妒。斑竹卖着汤圆，还兼顾着豆花生意，虽忙碌却踏实。这天晚上，斑竹照例清点着每天的收入，点钞时喜笑颜开地对丈夫夏临风说："临风，这冬季的生意比起夏季又好了许多，看来咱们兴旺的日子还在后边呢！"随着上下两个店的发展，斑竹夫妻二人马不停蹄地忙活着。"这样下去身体要累垮的，要不再雇一个人吧！"夏临风说。

"找谁好呢？这可需要找一个稳妥利索的人来！"斑竹强调道，"我本想去劳务市场雇个农民工，但雇来的人生疏且长期雇用又不放心，琢磨了多日，干脆让对门的阿玲来吧！肖祥不在了，两个孩子正在上学，经济上也较困难，也真该帮她一把了。"

"你这个想法很好，帮她脱贫，大家都好起来。"看来临风对斑竹的想法很赞成。

"抽出时间招呼阿玲，问一下她的意见吧。"斑竹叮咛道。

斑竹这天卖完汤圆，回到家中端起碗来正要吃饭，恰遇着阿玲又来到家中，斑竹想起雇人的事，便问道："阿玲，这孩子一上学，你也是闲待在家里。吃喝拉撒的都要钱，家中确也困难，我和临风谈了，想让你到汤圆店来做长期帮工。至于工资，绝不会亏待你的，不知你意下如何？"

突然听到斑竹谈雇工的事，阿玲兴奋地说："我不会听错了吧？这可是求之不得的好事呀，让我将家里的琐事安排顺当，明天就过来。"

因着阿玲的到来，斑竹夫妇二人轻松了许多。早上斑竹去了白鹿观旅游景区，看一下上边分店的经营情况。

景区正值冬天旅游淡季，园内游客稀疏，有些冷清。可斑竹嫂汤圆店内依然不时有顾客上门。看到姐姐斑竹来到店中，胡荸迎了出来，向斑竹汇报了店中最近的经营情况及每天的营业额，并将店内账本递给斑竹说："店内人员配置还是不够，几个女工上岗不久，操作起来手不太熟，顾客慕名来为吃一次大汤圆得等待好长时间。我想还是从下边老店抽个老店员给她们指导培训一两天，这个问题还是好解决的。"

"你的想法很好，终于能独立运行了。"斑竹拿起账本翻了翻，兴奋地说，"万事开头难，这边分店才开业几个月，日纯收入已近两千元。有什么困难动动

鸿雁

脑子，能自己解决就直接解决了，姐对你还是充满期望的。"

　　阿玲终于告别了在家里长时间无所事事的生活状态，开始在斑竹嫂汤圆店打工。夏临风在操作间忙碌地摆布着碗筷汤勺，楠竹在案板上娴熟地包着汤圆，阿玲则是将做好的一碗碗晶莹饱满的汤圆、一碗碗嫩白细腻的豆花，热情地端到顾客桌上。

　　阿玲的生活渐渐地充实起来，闲暇时就帮着夏临风添水加煤，或擦拭桌面。望着店内食客云集，看着夏临风不断将钱币塞进店内抽斗里，阿玲羡慕斑竹夫妇命运相济，财运满盈，一步步向着家道中兴的富裕路上奔去。一种凄凉苦楚泛上心头，除了失望，更有一种企望，盼望自己能有一个寄托，进而告别这充满悲情的日子。

　　一个月匆忙过去了，阿玲在店内整日忙到入夜时分，没有男人相伴的孤独忧愁自然淡去了不少。这天下着小雨，下午汤圆早早地售完了。回到村中，阿玲帮楠竹卸下三轮车上的豆浆缸等物件，用腰间的围裙擦了擦手便要转身回家给两个女儿做晚饭。站在屋外台阶上的斑竹看到阿玲要走，急忙说："阿玲，你先不要着急回家。到月底了，我想与你将这个月的工资结了。"

　　"才干了一个月，哪用得着这么急？"阿玲感到意外。

　　"你的情况不同于别人，孩子上学、穿衣、出门入户都指望这钱，早领早花。至于工资多少，我和临风昨晚商量了，干脆给你按男雇工开工资吧，你看咋样？"斑竹想听听阿玲的想法。

　　"斑竹妹子，这男工和女工市场工价我知道，差一大截子呢。那可是亏欠了你们夫妻俩，你能照顾我在这里干活已是不易了，再这样不显得我阿玲人穷志短了吗？"阿玲心中充满了感激。

　　"话不能这样说，你我都是远离家乡的女人。早年我从川东到这关中，也是穷得一片苦楚光景，东边日出西边雨，打墙板儿翻上下。谁也未能料定将来咋样！实心话，期望你一家能很快好起来。"斑竹将一沓钱币递与阿玲。

　　阿玲想起那次去防疫站给孩子打针，夏临风垫付的一百元一直未还，本想着让斑竹将这一百元从工资中扣掉。但心中又琢磨着，夏临风若并未将这垫钱的事告知斑竹，自己突然提出来，这分明是拿着纸杆子招鬼，反而让夏临风难做了。想到此处，阿玲抽出钱的手又缩了回去。

第二十章　饮鹿泉·云家逸事

日子日复一日地过着。一天，阿玲在店内收拢着散乱的碗筷，斑竹倚靠着店外的石榴树，正迎进送出。这时一辆锃亮的轿车停靠在路边，打开车门走下两男一女三人来，年长的两位男子长相很相像，鼻梁上架着同样的浅咖啡色玳瑁眼镜，露出知识分子的风雅气度。稍微年轻些的女士穿着很是时髦，周身散发着一种匈牙利玫瑰油的气息，两只耳朵下摇曳闪烁着宝蓝色光的宝石耳坠，晶亮晶亮的珍珠项链绕挂在脖颈上。她望了望店铺的招牌，举手指着招牌说："就是这家斑竹嫂汤圆店。"话音未落便走入店内，对着跟在其身后进入店里的斑竹说，"看样子你就是店老板，来三碗各四两的玫瑰汤圆，德懋恭水晶饼、平安里桃酥、胖麻子怪味蚕豆再各来一盘。"

"要得！"斑竹进入操作间，吩咐阿玲先备齐三盘精制点心小吃端了出去，又叮咛楠竹抓紧包好汤圆放入锅中煮。

不多时，夏临风先大火、后文火煮熟汤圆，盛在青花瓷碗内由斑竹一一端上餐桌。斑竹对客人说："很烫的，不着急，慢慢享用吧！"

客人悠闲地进餐时，这个穿着鸭蛋青素色连衣裙的女士放下筷子，用餐纸擦了擦嘴角，对斑竹说："吃得真让人过瘾，没猜错的话，店随人名，老板娘也叫斑竹吧！"

"这位客人猜得没错，我是叫斑竹，感谢你对本店的光顾。"斑竹回应道。

"老板娘客气，我叫云黛儿，本地鹿溪上边饮鹿泉村人，同来的两位是哥哥云山、云水。听闻榴花镇国道旁有家四川大姐开的斑竹嫂汤圆店，风靡关中古道，敢问大嫂可是从四川那里来的？"云黛儿好奇地问。

"四川三江城那边过来的，嫁来此地已十多年了。充其量也只是在家门口混混世道，艰辛地揽下这营生来。"斑竹回应云黛儿。

"川中幺妹闯江湖，不容易啊！"云黛儿发出赞叹，"今天总算是尝到了斑竹嫂汤圆店的汤圆了。"云黛儿在喜悦中拉开腰间挎包掏出钱来付款。

"哎！与妹子说话投机，好了，今天就算我斑竹款待三位贵客了。"斑竹执意推辞。

"那可不行！"云黛儿的大哥吃完汤圆站起来说，"我们兄妹商量好的，今天不但要吃饱，还要带些生鲜汤圆回去煮给孩子们尝尝，让他们知道这是四川石磨糯米粉包成的正宗汤圆。"

"带上三斤够了吧！"云黛儿向斑竹问询，"不知店内还有现包的生汤圆吗？"

"有的！有的！但你们无论如何不要付钱了，攀近求远，斑竹嫂汤圆店将来的繁华旺发，还要仰仗众位的扶帮呢！"斑竹坦言。

云黛儿非得让斑竹收了饭钱不可。

这云黛儿便是榴花镇鹿溪河上游饮鹿泉村人，其祖上最显赫时，曾是明末清初河南怀庆府任上的一任巡抚，辞官后回到长安老家榴花镇饮鹿泉村，怀揣的不是真金白银，而是在当官任上日积月累搜集的近百个秘方及单方，在家乡榴花镇上开了家名为饮鹿泉的中药铺，云老爷从此便当起了坐堂先生。

云家辈辈提及祖上在河南为官任上的许多逸事，颇有自豪荣耀的感觉。

那个岁月官场任上的云老爷早上正在伏案办公时，猛听得大堂外一阵急促的击鼓声，随着衙役的传唤，进来了一个着青灰色道服约三十岁的尼姑跪于堂下直呼："大老爷在上，贫尼蒙冤，望老爷做主，贫尼终生感激不尽。"

"啪"，云老爷将案右方的惊堂木拍了一下说："你已出家为尼，系何方人氏？又有何事何冤不能解决？可与本官从实讲来。"

尼姑抬起衣襟半掩脸面，羞怯中难为情地说道："回大老爷，贫尼系本府济源县西王屋山杏花峪人氏，久远的事，提起来真是羞惭难与人言，当时正值我豆蔻年华，随母上王屋山重阳宫焚香，夜宿庙里，当晚被一道家居士破身，遂怀以身孕。回家后一日胜过一日地显怀起来，愧以难言，无奈中独自一人又去了重阳宫，将致孕之事诉与那道家居士。我与他倚靠在庙墙外的古松下，绞尽脑汁相商了很久，堕胎已是不可能了。他想了想，从道袍内掏出少许银两，说，他愿意奉与我些银两，到偏远的地方租房住下产子，也算是我们露水夫妻一场留在世上的血脉吧！而后他又从道袍中取出一张附有字迹的金黄表纸说，那是庙内私藏的宝贵秘方，让我拿上这个秘方，以后我和孩子便可衣食无忧了。

"我默认了他的想法，顺着济河上行了三十余里，到了邻近山西阳城境外一个叫大峪的村子，租住在一孔窑洞里，不久便生下一个男婴，很快那些碎银花得剩下不多了，我只得将孩子寄养给村中一对无依无靠的老人家中，所剩银两一并留予他们，告知二位老人：我会再回来看望孩子，并将一串檀香木佛珠项链戴于孩子脖颈儿上。

　　"也是尘缘已尽，走投无路的我在距村子不远后山上一座叫悟真庵的小庙中削发为尼了。颓废的庙庵很是凄凉，天未黑便要紧关庙门，漫长的夜晚可听见令人毛骨悚然的狼嗥声。在长时间孤寂闲暇中，我便回忆起道家居士的话，拿出那张秘方仔细思索、揣摩。"

　　这个尼姑缓了缓气接着诉言："这是一个治中风的特殊秘方。我便借着日常布道施善的机会，不断地悟思索想，渐渐地给来到庵中焚香还愿的香客治起病来，没想到还真治好了不少的患者。一传十、十传百，逐渐地声名远扬，悟真庵香火也随之兴旺起来。

　　"等到手里有了少许积蓄后，我便多次抽出时间奔到大峪村将钱交与照顾孩子的二位老人。

　　"我们母子分离的痛，在一日日地煎熬着我的心，然而苍天给予人世间的，是永远也猜不透的隐患和魔障，在不测的风云中，烈性瘟疫侵袭着大地，村庄中每天都向野外掩埋死人，人们在恐怖中惊慌失措。

　　"晦气的一天终于来了，二位老人染上烈性瘟疫，托人捎话让我速去领回孩子。

　　"因着庵中有事耽搁了一天，待我第二日匆忙赶到大峪村，两个善良的老人已入黄土。而帮助料理的村民说孩子被邻村一个无子嗣的大户人家抱走了。我茫然地赶到邻村，寻到那户富裕人家，可是他们一口咬定没有收留什么孩子，就将我蛮横地赶了出来。还望青天大老爷为贫尼主持公道，使我母子重归团圆。"

　　"好了！本官终于听明白了，但不知你是用一个什么秘方在庙庵中行医布道，可否让本官看看？"

　　犹豫了半会儿，尼姑又从僧袍底衣内掏出来一张抄有秘方的黄表纸呈与老爷。

　　接过秘方，云老爷很仔细地浏览了一番，这似是一帖多年流传于民间的"经络通神丹"秘方，心里自是兴奋，不由得说："此方暂放这里备案，争究孩子的事，本官要亲访调查，如果属实，必要给你一个满意的答复。"说着，抓起惊堂木在案几上敲了下，高呼："退堂！"

　　退堂后，云老爷将尼姑呈上的秘方拿了出来，他边观览边思索，自古人言：铁打的衙门流水的官，官场上凶险，终究是不可靠的，而这秘方才是无价之宝，传与儿孙，辈辈受用。想到这里，便取出笔墨纸砚铺于案上，将秘方誊抄一遍。

鸿
雁

几天后，云老爷便差遣衙役传唤了原告尼姑及被告财主，公堂上打了财主四十大板，并为尼姑讨回了儿子，退堂后又将原秘方也交还与尼姑。

自此，云家从医的家风一代一代传了下来。

作为名医世家的云家历经百年传承，到了云黛儿父亲云中豪这一辈，已是家境富庶的一方豪绅。社会风云变幻，逐渐地兴起了西医，但靠着祖传的秘方，能够有效治疗许多疑难杂症的云家，并没有家道中落。后来，云家成了地主，饮鹿泉大药铺公私合营改成了榴花镇供销社药店，云中豪无奈地回到鹿溪河上游的饮鹿泉村过活。作为一代名中医的云中豪，多个地方医院曾聘请留用他，但他都委婉以拒。酒香不在巷子深，尽管处于塬上的饮鹿泉村交通不便，因着云中豪老中医的名声，四面八方的患者不辞艰辛，络绎不绝赶往云家老宅以求医治病痛。

云中豪有两个儿子、一个女儿，两个儿子因着祖上的传承很早被父亲指拨着，一个考上了省城的医学院学西医，一个考上了中医学院学中医，且皆品学兼优，一时算是有了正儿八经的从医资格了。

第二十一章　以书寄情·叛逆

云家的千金云黛儿，是父亲云中豪的掌上明珠，生得姿容姣美，颇有大家闺秀的风范和气质。原本在省城上重点高中，后因时局动荡辍学在家，整天钻在书堆里消磨着无聊的时光。

云黛儿是一个不安于现状的女孩儿，她有着自己的追求和理想。在她看来，云家历代的名声和财富皆是先辈奋斗的成果，而非什么剥削、昧着良心发迹的。其后的没落只能说气运不济，对此，她从无怨言，而是想着有朝一日重振云家。

云黛儿是在父亲云中豪去世三年后的忌日，回到了故乡榴花镇饮鹿泉村的。西京古道、榴花镇、鹿溪、饮鹿泉与其背后的骊山相依，像一幅幅水墨画扑面而来，云黛儿觉得此情此景既陌生又亲切。

踏着脚下这片黄土地，如同回到母亲的怀抱，云黛儿落泪了。已逝岁月唤起她对流年往事的追忆，在少女怀春的时光中，母亲托媒人到塬下榴花镇东廖家庄、自己读中学时的一个同学廖沫言家说亲，就因着廖沫言家有一个当贫协主席的父亲和当着妇女主任的母亲，又因着廖家清白的背景，廖沫言被推荐做了村里学校的民办教师。母亲看上了廖家不一般的家庭条件，就想拿着自己如花似玉的女儿去攀附廖家，结果却被廖家一口拒绝。云黛儿知道后，羞愤不已。

云黛儿认为爱情应像行云流水一样自然，恰有一次在古镇书店遇到一个从下边机场来购书的空勤兵，云黛儿主动搭话问他："冒昧问你，你看的是哪一类的书籍？"

"就这个小书店，除了有些政治书、理论书外，就是科技类的书，想寻几本文艺类的小说都很难。"他回头看了云黛儿一眼，谨慎且有分寸地问道，"请问，你也是来买书的吗？"

"没有书看真无聊，随便来这里转一下。这个小镇没有多少学生，文艺类的书少，不知你看过哪些文艺类书籍？"云黛儿探询道。

鸿雁

主人物之一：云黛儿画像

"像《三家巷》、激流三部曲《家》《春》《秋》，还有《子夜》写得都很吸引人，外国小说《巴黎圣母院》《呼啸山庄》《少年维特之烦恼》等都非常有趣，只是不易见到，偶尔觅得一本，便似久不沾荤腥而突然吃到了红烧肉一般兴奋。"

"听你口音，像是南方那边来的。"看来对方与自己志趣相投，云黛儿与其沟通起来。

"是的，老家福建，我家在距厦门市中心百十里地的海边。高中未毕业就失学了，渔村很苦累，没有什么出路，就报名当兵到了北方。"军人望着如花似玉的云黛儿满怀歉意地说，"对不起，忘了介绍，我叫麦海，偶尔请假出一趟军营，很幸运在小镇上遇到了你，敢问姑娘芳名？"

"叫我云黛儿好了，很高兴认识你。"云黛儿高兴地说。

"不知你收藏有什么旧小说、诗歌一类的书吗？不妨借我看看，一次就借一本吧！多了也不敢拿，你看行不行？"麦海主动地建立起二人之间的联系。

"不知你喜欢什么内容的？"

"《家》，巴金的《家》有吗？"麦海问道。

"有的，巴金的激流三部曲《家》《春》《秋》，一整套都有。"云黛儿望着这个个子中等偏上、海边长大的年轻军人，吹惯了海风的皮肤有些红润，眼中分明有着渔民经惊涛骇浪洗礼、与大海搏击求生的坚毅。云黛儿幻想着大海的辽阔、天地的博大，感觉到一种酒逢知己般的愉悦。

云黛儿忆起往昔岁月，尤其是与麦海在榴花镇这段因书而生情的这种浪漫邂逅，心里泛起少女初恋时梦幻般的美好感受。此后一切便像鹿溪流水那样纯洁多情，她和麦海之间的恋情逐步发展。有一天，云黛儿在鹿溪旁的石榴树下，问道："麦海，你读了那借去的许多本书，心中有什么感想吗？"

麦海思索了片刻，说："我真不敢说什么感想，但心里总觉得你就是巴金小说《家》中的主人公鸣凤，有着一种叛逆的性格。"

"你怎么突然联想到我？真让人不好意思！"云黛儿脸上泛出羞赧的红晕。

"不管是鸣凤，还是觉慧，他们叛逆的性格都让人印象深刻。"麦海说道。

云黛儿说："是的，其实我也不安于现状，也不会顺着一条呆板而规矩的路走。关于我，我能告知你一句话吗？"

"什么话？你说吧！"麦海听着。

"这也算赠予你的一句格言吧：路在脚下，心在远方。"

"很有意思，这句格言，算坦言，终于让我更加了解你了，云黛儿。"麦海有种心心相印的感觉。

云黛儿与麦海这种以书传情的纠葛，从冬季的寂寞落雪到春风中大地草萌花开，在静静的鹿溪边意来情往地延续了几个寒暑。直到又一年的初冬，麦海要退伍复员了，这对于二人来说无疑是一个严峻的考验。

冬季的骊山，强劲的西北风卷起枯枝残叶旋在空中，升起落下地舞动着，天空渐渐地暗了下来，黑灰色的乌云笼罩着静谧的古镇，街道上人很稀少。傍晚时分，鹿溪的上下游下起了冬日里第一场雪，使得远山、浅塬、河流、村庄隐于一片银色的世界中。

一棵两人合抱粗的皂荚树挺立在崖畔上，叶已落尽，高耸的树顶枯枝上盘架着一个硕大的孤寂的鸟巢，鸟巢是空的，它的主人已在深秋时节飞回南方去了。云黛儿与麦海倚靠着这棵粗壮的皂荚树，躲避凄冷萧瑟的寒风，两人的心如波涛汹涌不能平静。

鸿雁

麦海有些惋惜地说：“现在处于新老兵交接的阶段，这个月底，摘下帽徽、领章，我就要正式退伍回乡了。”麦海一脸的无奈。

“这么紧迫啊！我怎么觉得咱们的友情，仿佛才刚刚开始！”云黛儿心中有些遗憾。

“云黛儿，时光易逝，服役的这几年，你已融入了我的生活中。这不会是命运在捉弄你我吧！我要回南方海边了，似乎已听见了海浪潮起潮落的无尽涛声，可我的心恐怕为了你丢在这里了，云黛儿！”凄冷中，麦海抓住云黛儿依然温暖的双手，露出一种惋惜的神情。

此时的云黛儿正处在爱的旋涡中，双手任由麦海紧紧地握住，心中不舍的浪潮一阵接一阵地袭来。“还有什么办法呢？麦海，记得我赠予你的那句格言吗？那可是我们共同的格言。”云黛儿像是突然间悟出了什么。

“怎不记得？八个字啊：路在脚下，心在远方。有办法了！”麦海突然在寒冷的北风中用军大衣将云黛儿紧紧地裹入怀中，说，“云黛儿，跟我一同去南方的海边吧！你可有那个胆量？”

“这可行吗？”云黛儿脑子震颤了一下。美丽的鹿溪、饮鹿泉，就像母亲一样，她也舍不得。

“可行！云黛儿，我们还会回来。”麦海双手托着云黛儿俏丽的脸庞，两人长久地对视着，麦海缓缓地低下头来，与云黛儿冰冷香馨的唇吻在一起。

短短的几天后，一个消息不胫而走。鹿溪的上上下下、榴花镇的街头巷尾，男女老少言谈间说着同一个话题：饮鹿泉村一代名医云中豪的女儿云黛儿不见踪影了。猜测声纷然而起，有的说：这么个人尖儿的美女恐怕是被人骗走了；更有人不着边际地谈道：八成是因长得美遭人谋害了；又有人讲：这些都不是事儿，也不会发生，云黛儿那么聪明，又有文化，漂亮而又果敢，有主见得很，大家不要瞎扯。

云黛儿走时给父亲云中豪留下了一封信，告知父亲：爹！宽恕女儿不孝，女儿已随一个军人，就是我未来的丈夫到遥远的南方去了。你心中权当将女儿嫁出去了。家乡虽好，未必有我要走的路。女儿是心系着远方，相信我会好起来的。爹，你永远是我的父亲。为了咱家的名声，你可在榴花镇贴张寻人启事，找一下女儿，缘由也只有你老人家理解。这封信可让两个哥哥知道，不然，他们会因此事为我担忧。爹，保重身体！寥落寂寞的夜晚，你就望望天空的一轮月亮，那就如同我在大海边惦念着你。爹！我一定会回来的！

第二十二章 一弯新月·赶海

麦海的家乡在厦门那边闽粤交界处的海边，一个渔农兼顾的小渔村。渔村的生活并不是多么富裕，集体出海捕捞的鱼由国家收购了，村中极少的土地产出的稻谷吃不了多少时日，一部分口粮须由国家供应。云黛儿没有户口，随麦海到了家中，吃饭都成了问题，好在麦海的父亲在渔村是一个海捕渔船的小组长，人缘也不错，勉强能应付海边严格的户籍检查。家中尽管有些艰苦，但初到海边的云黛儿对新的环境感到既陌生又新鲜，呼吸着海风吹来的带有鱼腥味的咸湿空气，她对未来充满了期待。

麦海出海后，初来的云黛儿有着很多的闲暇时间，便坐在海边的礁石上看海。辽阔的蓝天碧海中，一波又一波旋起的海涛卷来，海浪哗哗像唱着歌儿，泛起白色的浪花，有节奏地冲击着岸边的礁石。

早上，海天相接处升起美丽磅礴的红日，麦海随着父亲驾着隆隆的柴油机帆船出海后，云黛儿就帮着阿婆在向着海边的开阔的院外，悠然编织着渔网，云黛儿即兴哼起了电影《海霞》的插曲："渔家姑娘在海边，织呀织渔网。"

出海捕鱼是一桩既艰辛又有风险的营生。碰到鱼汛期能多捕些鱼儿，鱼汛期一过，捕获量减少，收入就只能勉强维持家中的生活。这时节要想捕获更多的鱼，就只能去赶远海了。

出海的渔民要时刻注意着海浪预报与台风的消息，岸上的家属也一样，云黛儿每天打开收音机准时收听着各类气象预报；而阿婆则是每天很早起床，未吃饭前，就先给海龙王点燃三炷香，祈祷出海的亲人化险为夷、吉祥平安。

一年又一年。这一年，腊月将尽，春节快要来临，而闽南的春天似乎来得更早。庭院中一株蜡梅在残冬的日子独领风骚地绽放着，散发出淡淡香馨的气息。云黛儿正是在这充满生机的初春中生下了一个女婴，她长得酷似母亲，十分招人喜爱。

孩子满月时，麦海从集市上购得一棵红蓝相间、颜色鲜艳的珊瑚树，放在客厅的香樟木方桌上，云黛儿搂着女儿惊叹道："太漂亮了，到底是海边的人，能买回这么美的珊瑚王，在我们北方，这要值多少钱啊！"

"你没想到吧！我这是给女儿买回了一个名字。以后，我们就叫她麦珊了！好听吗？麦海、麦珊，海里长出了小麦珊。"麦海感到很得意。

"长本事了，十月怀胎，没有我云黛儿，保不准你那海里尽长鱼长虾了，我还想叫孩子麦海燕呢！"云黛儿说。

"有意思，但我还是觉得不完整，应该叫麦海黛，这就完全代表你我了！"麦海打趣着。

"真无知！你这榆木脑袋，海黛、海带，这谐音乍听起来就像卖海带的，一股脑儿的海腥味。好了，不要拿孩子的名字开玩笑了，就叫麦珊吧！麦珊，是大海的女儿。"云黛儿感到麦珊这个名字挺不错。

在海上漂了半月之久的麦海，跟着捕捞船队在日落时分靠在了渔港边。岸上的家属喜笑颜开地帮着将捕获的鱼虾等海鲜从船舱里卸到码头上。期盼了许久的云黛儿迎接着麦海，把鱼虾过磅交与渔业收购站，走入市场购得许多蔬菜副食，回家准备做一桌丰盛的晚餐。

晚上，海上的月亮多情地照在房内，麦海用剃须刀刮着胡须。望着刮掉胡须年轻了许多的麦海，云黛儿说："这趟好玩吗？远海的海浪很刺激吧！"

麦海笑了："比你想象的更刺激。"

云黛儿说："真的啊？在家里待的时间长了，真想随你出海去看看。"

"长时间停于海上，那可比陆上更加枯燥、无聊。经常就是夜晚与月亮相伴，白昼与飞翔的海鸥做伴。"

"寄情海浪间，劝君莫念愁。真该在花市购一盆勿忘我。我想到远海的世界去观海听涛，就一次可以吗？"云黛儿请求道。

麦海思索了一会儿，回答："待爸的心情好时，我借机会跟他说说，想他是会允许的。"

得了麦海这句话，云黛儿便一天天地惦记着能随麦海出海。可是他们一次次出海，却是留下云黛儿在家中。她的期待慢慢变成了失望。

麦海又一次出海回到了码头上，这次出海幸运地两次碰到了罕见的大鱼汛，捕获的鱼虾装满了船舱，阿公的心情也格外开朗起来。阿婆兴奋地取出一瓶珍藏的金门头曲酒，加了几盘下酒菜，一家人美美地开怀畅饮起来。

趁着父亲高兴，麦海拿起酒瓶给父亲斟了满满一杯，看着父亲一口口将酒饮下，方才说道："阿爹，云黛儿想搭船出海看看，只一次，可以吗？"

阿爹握着酒杯，望了望云黛儿，注意到了她祈求的目光，又将杯中酒一饮而尽，将杯子放在桌上，慢腾腾地说："按照旧时的说法，这女人出海是很禁忌的。但是既然是单纯想出海开开眼界，那就破例去一次吧！"

听到此话，云黛儿匆忙站了起来，借给阿爹斟酒的机会，欢喜地叫了声："阿爹，真谢你了。"

这天，天刚刚亮起来，微浪逐起的东方还是一片鱼肚白色。早晨，随着隆隆的声音响起，机帆船要出海了。带着一股咸腥气的海风吹来，感到丝丝凉意的云黛儿坐在船舱前面望着海天一色的景色，不禁心潮澎湃。阿婆将一沓人民币交与麦海说，让云黛儿带上吧！云黛儿不解，海上又没有什么商店，带那么多钱有何用？

机帆船在海波上犁出一条白色的浪花之路，向着深海航去，麦海叮咛云黛儿："注意点儿，快日出了。"

转眼，一轮金色的大圆盘一晃一晃地在波平浪静的远海喷薄而出。霎时，广阔的天空变为一片霞色，美丽极了。"太美了，可惜没有一架相机，将这一切抓拍下来。"云黛儿遗憾地对麦海说。

"要相机吗？有机会给你买个吧！"麦海很有信心地说。

船继续向着东南方向的远海驶去，云黛儿的兴致稍减了些，随着渔船在海浪中不断地颠簸，头也开始晕晕乎乎的，原先粉红的脸此刻煞白着。正要抛网拖鱼的麦海回过身呼喊道："阿爹，云黛儿晕船了，舱内有晕船的药，快拿给她。"

舱前掌舵的阿爹丢下船舵，从舱内放食品的小箱中取出药物，倒了杯水递给云黛儿说："没经验，这都是赶海的人必备的。"

"不行！要吐了。"云黛儿来不及吃药，立即趴在船沿上对着汹涌的大海天摇地动地呕吐起来。麦海也停止了撒网，在趴在船沿上的云黛儿背上轻轻地拍打着。很快云黛儿吐空了肚子，周身轻省了许多。阿爹乘这空儿忙将药和水杯递给云黛儿，又看着她服下，说："去船舱里躺会儿，果不其然让人担心的事来了！"他抬起头向儿子麦海望去。"不要紧，一会儿便好了。"麦海安慰云黛儿。

这片海域距海岸线约有四十海里，看不见陆上丁点儿建筑物，只听得见汪洋中海涛撞击船身的哗哗声。麦海的阿爹凭多年的经验，判断出渔汛就在这一片海内，围拢的船只也渐渐多了起来。旁边驶过的船上一位青年向麦海挥了挥手呼道："麦海兄弟，照顾好嫂夫人，祝你们好运。"

鸿雁

"谢谢，米虾小弟，海龙王会照应咱们，会有好运的。"麦海回应。

中午时分，抛撒了几网，船舱内陷入困境的鱼儿活蹦乱跳地挣扎了一会儿工夫，无奈地瞪着鼓起的眼睛，等待着不幸命运的降临。看着即将绝命的鱼儿，云黛儿心中升起一丝丝忧伤。

忙累中的麦海又将渔网抛于海中，船在缓缓地拖着渔网行进。阿爹看了看腕上的手表，停住船舵招呼："麦海，该吃午饭了。"

饭是阿婆早上开船前预备好的，赶海的人太辛苦，准备的饭菜比家中丰盛了许多。这时已缓过气的云黛儿将一盘卤鸭、几只鹅蛋、两条焖黄鱼、一盘青笋烧牛肉及一碟椒盐茄子分别置于船舱外甲板上，又用青瓷小碗盛了三碗白花花的米饭，配有一瓶阿爹独饮的高粱酒，三人便急匆匆吃起午饭。

正在此时，一艘迅疾的小货轮迎风劈浪开了过来，停靠在渔民们或吃着午饭，或稍做休息的渔船前，操着闽南腔问道："要家用电器吗？"

麦海忙站在船头问道："今天带来什么东西？不妨说来听一下。"

"电子产品、日用百货，应有尽有，看货出价……"未等货主讲完，麦海一脚跨到货船上，云黛儿也好奇地小心跨了过去。"哎呀！这里简直是个小超市啊！"云黛儿惊叹道。

"满船的走私货！注意点，看看有我们需要的东西没。"麦海凑近云黛儿说。

不多时，周围许多渔船向货轮聚拢过来。货轮在微微晃动着，麦海与老板窃窃私语一番。拿到十台饮水机、二十台小收音机，以及一架相机。相机并不便宜，但比起陆上还是相差了近一倍的价格，这可是为云黛儿购置的。麦海同货轮老板核了价，吩咐云黛儿将核计后的金额如数交给对方，这一桩"海上生意"便已完成。待麦海将所购物品递给船上的阿爹，云黛儿也跨了过来。懂一点儿外语的云黛儿望着商品包装上的日文、韩文等，方得知阿婆为何将这许多钱交与自己。同时，感到这次出海，不但身体不适，内心也有些隐隐担忧。

赶海的渔民趁着出海会捎带上做些小生意，借以改善拮据的生活状况。

开发较早的沿海地带，发展较早。随着一趟趟赶海，麦海家渐渐地向好转变起来。这种担风险地倒售货物，顶风逆水，直到在打假打黑、扫荡走私的风暴中，丈夫麦海及渔村不少渔民都被拘禁起来。除了船上的走私货物一律没收外，海警还围搜了整个渔村。各户藏匿的在海上交易的走私货，被搜缴一空。最终，麦海等十多人被判处五年有期徒刑。在海边七八年没有户籍的云黛儿被责令返回原籍，好在两人的女儿麦珊已经三岁了。

欲返回陕西的云黛儿想将女儿麦珊带走，千说万说阿婆就是不让，还是阿爹最后流着泪呜咽着说："云黛儿！好孩子，不幸啊！你走后，麦海还在服刑，我和你阿婆就更凄凉孤单了。有了这个孙女，也可抚慰我们老两口悲伤失落的心。这几年，我们也攒下了一些钱。你是一个聪明、善良、有才华的女人，又有事业心，相信你有能力自立起来。为了支持你，也为了麦海，为了一家人将来的团圆，让阿婆给你拿出一部分钱，小麦珊就让我和阿婆帮你、帮咱一家养着吧！五年时间，会很快过去。记住麦海，多惦念着他，也记着小麦珊，他出来还会去寻你的，相信你也不会弃他而去。"

阿婆从钱匣中取出一张银行支票，一行凄泪滴在拿着的支票上，伤心地说："孩子，这钱你就带上吧！往后要好好照顾自己。"

云黛儿哭了，推辞道："阿爹！阿婆！看来您二老比我还爱孩子，麦珊我是不忍心带走了，钱也留下给你们用吧！请你们放心，已经改革开放了，待我云黛儿回到故乡混出一片属于自己的天地，我还会回到你们身边。我走后，替我多探望麦海几回，告诉他，我会在陕西那里等他。"

看到云黛儿没有接那支票，阿爹从老伴儿手中拿过来又一次递给云黛儿，心平气定地说："云黛儿，这钱，不要嫌少，拿上吧！就当阿爹阿婆替儿子麦海拴系着你的一颗心了。"心情复杂的云黛儿终于接下了这张不菲的支票。

云黛儿走这天，海风在柔情地吹着，一波又一波的海浪亲吻着海边的礁石。云黛儿从阿婆怀中抱过女儿麦珊，深情地在她稚嫩的额头上吻了许久，恋恋不舍地递给阿婆，并从自己白皙的脖颈儿上摘下白玉项链，戴在麦珊脖子上。

火车缓缓驶出站台，云黛儿再一次向抱着麦珊的阿婆挥了挥手。此时心中深觉当年来时对故乡满腔不舍，如今踏上归途，又是满腹对这里牵肠挂肚的忧伤。

鸿
雁

第二十三章　归来兮·缘分

云黛儿千愁万感、悲喜交加地回到了榴花镇。多年前正是花季一样的她突然人间蒸发，谜一般消失于乡亲父老视野中，如今又返归故乡这片黄土地，像一钩弯月深情地映在鹿溪云家祖屋前。明净的饮鹿泉边，她随云山、云水两位哥哥拜叩在爹娘的坟茔前，眼含热泪看着焚化的冥纸徐徐地飘旋升空，飞向明朗、片片白云浮动的天际。云黛儿有感于自己多年漂泊在南国异乡，如今是有了自己的人生道路，可失去了陪伴父母的机会，她在内心责备自己，正是"人有悲欢离合，月有阴晴圆缺，此事古难全"啊！旁边的云山大哥按了按鼻梁上的玳瑁眼镜，扶起了妹妹云黛儿。

三人一同回到云家祖宅中，爹娘作古后房屋已多年无人居住了。两个哥哥也只赶着清明、春节回来烧纸焚香祭奠过几次，平常的日子更是难得回来。三人进入屋内，除了盘错的蜘蛛网外，房子顶梁上有着几个燕子筑成的窝巢，小燕子在巢内叽叽喳喳地叫着，几只老燕子从屋外噙着鸟食不断地出出进进，抚养着自己的子女。绕过客厅，是一个过年祭祀用的枣木大方桌；进入侧门小房间，就是自己当年的闺房，她在这里度过了自己的幼年和少女时期。

二哥云水看着情绪低沉的妹妹开了口："云黛儿，家里已是这样破败不堪了，不如我们一起回城，住在我那里吧！"

"大哥、二哥，看着我们云家凄凉破败的景象，仿佛绝了人间烟火，我能去城里吗？这鹿溪、饮鹿泉还有我云黛儿在。拿出几天时间，请两三个村里的瓦工将屋子该修的修、该补的补，一定让它焕然一新。金窝银窝已成云家的过往云烟，如今这穷窝，我应将它继承下来。"云黛儿说出自己的想法。

"云黛儿，你离家而走多年，如今回来抱着这种意愿，我也不多说了。逢着改革开放的好时光，以后你要发展事业，经济上当哥的义不容辞资助你，你身上寄托着我们云家的未来。"大哥云山对这个妹妹期望很大。

"大哥、二哥，你们知道，我是一个要强的女人。好赖这次回来带了些资金，我是想干出些事业来。人到这个世界上走一遭本来就要创造和付出，总之女子也当自强啊！"云黛儿很是自信。

经过瓦工师傅几天辛苦的修复，即将倾颓的云家祖宅焕发出新的光彩。所有门窗经过打磨重新涂上了油漆，装换上新的玻璃，桌椅床柜经云黛儿擦洗也变得明净起来。她在这里开始了自己新的生活，只是觉得内心空空，不时想起闽南的丈夫麦海与女儿麦珊，在思念中等待，她幻想着重逢的日子尽快到来。

斑竹嫂汤圆有着自己独特的风味，也有很多讲究。比如，胃火盛的吃白糖馅的，胃火凉的吃红糖馅的。在这两种甜料中又细分出许多种，如香气袭人的玫瑰汤圆，帮助消化的山楂、草莓汤圆，以及核桃、花生碾碎拌和黑、白芝麻做成的营养汤圆。这些迎合不同食客口味的馅料制作好后，分开存入冷库，以备取用售卖。

云黛儿又一次来到了斑竹嫂汤圆店，要了一碗玫瑰汤圆，斯文地吃了起来。

斑竹端了一盘怪味胡豆放在云黛儿面前说："好多天没来了，最近可有什么新的思路和想法？不妨讲出来听听。"

"生意，生意，有生便有意，就说这汤圆吧！斑竹嫂汤圆美味独特、名扬四方，不似市场上那些挂着羊头卖狗肉的冒牌货，大米、糯米掺杂在一起用磨面机磨成干米粉，粗制滥造的，消费者放入锅中煮上好长时间，捞到碗里瓷实得像石头块一般。话又说回来，别家哪有这'斑竹嫂汤圆店'的金字招牌？好名字啊，店美人美，汤圆更是鲜美，用陕西话来讲就是：嫽扎咧。"云黛儿说道。

"朋友，你这可是对本店过分夸奖了。"听了云黛儿毫不掩饰的称赞，斑竹脸上露出一丝羞涩的笑意。

"还不止这些，我斗胆给你一个建议。有着斑竹嫂汤圆的好名声，又有着绝佳的食品，这个老板娘当得可真委屈你了。不如将这店托与他人来经营，利用斑竹嫂汤圆的品牌效应，在工商所注册一个商标，将斑竹嫂汤圆发展成一个企业，规模化生产，全面打开市场，推向超市、商店。那样的话，你这老板娘可是观音菩萨诵经——念大了。"

云黛儿一番理论，搅动得姚斑竹心里扑通扑通直跳。斑竹心中动了念，脑子在急速思索着。看得出这云黛儿确是个有想法的，从她口中讲出来，真是个天大的好事情，便又继续问道："云姑娘，听你说来，现在讲发展才是硬道理，你好像挺内行的。"姚斑竹对云黛儿渐渐地佩服起来。

"人逢知己，不说假话，我是新近从福建闽南回到故乡创业的。凭着近十年在南方商海摸爬滚打的经验，十之八九没有错，你就大胆放心地干吧。我认识的斑竹是一个脚踏实地的四川辣妹子，更是迎难而上的女强人，一切都难不倒你哟。"云黛儿打心眼儿里认可斑竹。

"云黛妹子，你说得很中肯，可我是个没有多少文化的农村妇女，这件事对于我来说，毕竟是大事，无法轻易拿出决定来。琢磨着能否找一个像你这样有经验、懂门道的人，一起合作不更好吗？"姚斑竹看着云黛儿，突然灵光一现，兴奋地问道，"云黛儿！你能与我合作，共同把这个企业办起来吗？"

斑竹似拨云见日般，脸上红晕初起，云黛儿倒是沉着稳重、风平浪静地说："这事儿还需要多方斟酌，以后意想不到的困难定是层出不穷。就是摸着石头过河，也要有所准备。另外，就是我答应合作，我也有自己的想法和要求要提出来。"

"你不妨直说吧！"斑竹期待云黛儿说心里话。

"第一，你必须认识到，如果合作，这是我们共同哺育的企业，但大事上必须有一个主心骨，而斑竹嫂你就要担当这样一个角色。

"第二，你必须掌握住一个企业的命脉，就是资金链，健全的企业必须有自己的运作规划和制度。而我作为一个副手，只能给这个企业奉献正确的企业经营运作理念，解决企业经营方面的困难。

"第三，这是我最该讲的，也是合作的前提。为了企业健康成长和发展，投资比例为你七我三，这也包括现有场地及厂房的折价。你也许会问为什么这样，因为这样可以保证你的权利。所取得的利润，还是你七我三，详细情况可在双方协议合同中具体规定。"

云黛儿拿起杯子喝了口水，继续对斑竹说："以上是简单的想法，也不需要立马定下来，我们还得多探究、多琢磨。"

吃过晚饭，斑竹将白天在店中与云黛儿商议的事情一一说与丈夫，夏临风听在耳中，心里微起波澜。思索了一会儿，便忧心地对斑竹讲："这建厂投资该拿出多少资金，你想过吗？况且这庞大的规模，我们能应付得了吗？生产制作出来的汤圆进入超市、商店，还要照顾两处店铺……"夏临风逐项给妻子诉说，心中像被野猫挠了似的纷乱起来，经办企业这等大事对他来说无疑是遥不可及的。

"世上的事情都是开头起步艰难点，要是不难，人人都去办厂了。再说，如今的社会允许私人办企业。政策活泛，这不正好借了东风？咱们碰到了云黛儿愿意鼎力合作，而她也是看好斑竹嫂汤圆的品牌效应。"斑竹在丈夫面前态度坚决。

"多想一些风险，多看看企业成功或失败的事例和教训，想想事业运作成功的把握度，这才是我们目前需要认识到的。况且还有一个现实的问题，汤圆店本来就雇人应付着，卖豆花那事又咋办呢？你想过了吗？"夏临风心里满是顾忌和忧虑。

"这还真没想过，如果实在顾不过来，把经营的豆花生意打发出去，也好腾出手来，一心做大我们的汤圆企业。"斑竹细细思量了会儿又说，"不如这样吧，阿玲家里就那样儿，就将豆花店转让给她继续经营，好让她一家走出贫困。"

"这件事先别告诉阿玲，紧要的是先把汤圆企业办起来，再将豆花店转与她也不迟。"看来夏临风确有着他的一些顾虑。

"云黛儿近几天就会起草协议，复印好交与我们，到时我们再详细地斟酌斟酌，双双签字后就会很快运作起来。"斑竹说道。

"两人一条心，黄土变成金。斑竹，我相信你有这个运道。"对于夏临风来讲，斑竹就是他的骄傲。

两人唠嗑至深夜，柔和与静谧的月光从窗户玻璃照到床上，夫妻二人在困乏里相拥而眠，进入充满希望的梦乡。

初夏，沿着鹿溪河河谷，直到整个榴花镇塬上、崖下，火红的石榴花呈现在人们视野中，远远瞧去，烂漫的花簇仿佛是天际间一片片鲜艳的红色云霓，令人迷醉。斑竹与云黛儿经过多次商榷，在市公证处公证下，正式签下了《榴花镇斑竹嫂食品厂建厂合作协议》，终于成功拉开了一个私营企业的帷幕。

协议中双方商定：以斑竹嫂为注册商标，主打斑竹嫂汤圆，辅以胖仔怪味蚕豆和秦地食品美贵妃白皮点心、榴花水晶饼、平安里桃酥四样精制点心小吃。

创业初始，云黛儿开着自己的私家车，协同斑竹跑了好多上属主管单位，待将县企业局、税务局、工商局、土地局、镇领导及镇企办等跑完，各种公章像一朵朵石榴花一样镶嵌于文件之上。然而更难的还是建厂场地问题，斑竹和云黛儿商量，利用家里承包的土地，再和相邻的几户村民商量，租赁足够的场地就可以建厂了。好在和斑竹家相邻的土地恰好有着阿玲一家四口的二亩多承包地，斑竹找阿玲谈了，阿玲也是十二分情愿，并说："这地对无劳力的我们母女，够揪心的了，春种秋收，累死累活的也就够填饱肚子。租给你们建厂我打心底高兴，更何况我们一家受你照顾，也该报报恩。"云黛儿把几户面积加起来，共有五亩八分地，用来建厂房足够了。中途按政策又跑了村委会，到镇土地科办了土地流转手续，来来回回又折腾了多日，两人方才缓下一口气。

钢结构、彩钢瓦覆盖的厂房承包给建筑商，三个月便完工了。由夏临风负责厂里一系列加工机械的添置任务，除了原有的几台大石磨，还要在宽敞的厂房里再并排安装好几台。这些都在有条不紊地进行着。

云黛儿已好几天不在厂里了，由于分工不同，她又有着在南方打拼积累的商业运作经验，便肩负着斑竹食品厂收集销售信息、向外开拓市场的重任。斑竹对云黛儿抱有十足的信心。

而姚斑竹则是一心一意地制定着规模化生产工序，一一检查水磨汤圆糯米粉的加工程序，以及各种汤圆馅料的科学配比，并严格地核定下来，保证加工售出的汤圆具有绵、糯、黏、甜、香的特色。

由于分工不同，作为厂里的法定代表人，姚斑竹掌控着资金的收入与支出。云黛儿账面上看，只剩下两万余元了，下来亟须投入的资金包括广告设计、包装、灭菌机械等，很快这两万元就用完了。斑竹吃午饭时与云黛儿谈，亟须向银行贷出十万元备用。

等到这一切的一切安排就绪已进入初秋了，随着中秋节、重阳节、国庆节的相继到来，"斑竹嫂汤圆"开始面向市场跃跃欲试。

第二十四章　菩萨心肠

斑竹从厂中回到家时正是落日时分，她让女儿碧云去阿玲家唤来阿玲，直说道："阿玲，感谢你在半年多时间里照顾着豆花店的生意，使它能正常经营，收入也不错。往后的时光，汤圆厂要发展成一个上规模的乡镇企业了。这豆花店纵然是我长八只手也是无法顾及了，思量着将豆花店转让给他人，还不如直接留给你独自经营。这对于你已是轻车熟路，收入维持生计也不成问题。加之你那二亩地已租赁于我建厂，帮了我大忙了，为了感激你一家，想让你一手自负盈亏把豆花店经营下去。只有一点，那间房的租赁费你要付给原房主，只要有信心，会很快帮你和孩子走出困境。"

此事堪称意外之喜，阿玲缓过神来忙说："斑竹嫂子，那豆花店毕竟是你和临风当初创下的产业，这好意我阿玲承受不起。顶重要的是你看我们孤儿寡母一家，也付不起这笔不菲的转让费。你对我们一家的恩情我也知道，你有什么顾不来的事尽管吩咐，我还会像往常一样帮助你，也是帮我自己。"

"你说到哪里去了？不会讨你一分钱的转让费。平日里门对着门地端着老碗吃饭，我吃肉，你喝稀汤，我心里会好过吗？只要大家都富起来，什么事都好办。阿玲，你可不要辜负我们的一片心意啊！"善良的斑竹本以为阿玲会欣然接受的。

阿玲揉了揉湿润的眼睛说："斑竹嫂子，你知道肖祥不在后，我整天拜神拜菩萨。"阿玲想起家中供奉的神龛，情绪无法控制地落下泪来，说："你斑竹妹子，一个从四川山里来的女人，就是一尊有善心的活菩萨。"

"好了好了！不需多说了，豆花店中的盆盆碗碗、桌椅凳子都归你了。就是有一点还需要叮咛你，做豆花的黄豆须你买来浸泡好后再磨，让你临风哥先帮你几天，打豆浆、点豆花这些都教会你，往后他的事也多了，就全靠你一人来经营了。既然我斑竹要帮你，这忙就该帮到底。"

"谢谢你，斑竹。"阿玲从心底感激斑竹。

"这是豆花店的钥匙，这个豆花店今天就交与你了。从此，你就是一个名副其实的豆花店老板娘了。"斑竹交代着。

斑竹对阿玲的这些举动，使阿玲内心感到无地自容，也产生了一种人不如人的自卑，常常在叹息自己命运的不济。人说寡妇门前是非多。她不想乞求于人，总觉得别的男人为自己付出有不轨的企图。然而到了这一地步，除了身体，她还拥有什么呢？阿玲感到，自己缺少的不仅仅是经济上的救济，更有一种隐藏在情感上的空虚。

阿玲早上起来，先送孩子去了学校。新开张的第一天，天空万里无云，湛蓝湛蓝的。她将人力三轮车推到新建的厂子院内，夏临风已将两大桶豆浆打好，阿玲提了两次都没装上车。她慢慢地缓了口气，鼓起劲来，沉重的浆桶刚搭上车沿又落了下来，乳白色的豆浆溅了一脸。水龙头前正在浸泡糯米的夏临风，忙丢下米桶上前帮上一把，便轻松把两桶豆浆装入车内了。

"又让你帮忙了。"阿玲用手抹去脸上的豆浆，感激地望了夏临风一眼。

"只是举手之劳，你可不要见外。"夏临风说。

阿玲琢磨着夏临风的话："不要见外"是何意思？寡妇闲心多，阿玲禁不住便想多了。忽然又意识到自己是来拉豆浆的，在这儿瞎琢磨什么，慌忙中急将三轮车推出厂子大门外。

打开店门，阿玲很快点燃了炉子，夏临风帮着将豆浆倒入锅中，加热后又舀到陶瓮里，按比例放了石膏，只见豆浆慢慢凝结成豆花浮于瓮内。夏临风帮她点好豆花就走了，阿玲在一旁反复回忆着步骤。顺即在案头摆开香油、芝麻、辣椒油，以及酱醋盐等一系列调料。

大路上的人渐渐地多了起来，早晨散步的老人、着急去干活儿的农民工及不少学生，男女老少，人来人往。阿玲麻利地舀起一碗碗豆花，加上各种调料，比起往日更有干劲儿了。

一个吃豆花的大娘问阿玲说："今天斑竹也不来店里吗？这还是斑竹嫂豆花店吗？""大娘你问得不错，斑竹有事走了，换我来经管这个店了。照样叫斑竹嫂豆花店。"阿玲笑着说。"真辛苦，看你一个人也够忙活的了。"这位大娘从阿玲手中接过一碗豆花说。

"习惯了，也就顶着干下去了，这世上的事都是逼出来的。"阿玲信心满满。

这时一个曾对阿玲动手动脚的泼皮二流子递上话来："换了漂亮主人，这店应叫阿玲豆花店了。就阿玲这模样卖豆花，不吃瞅着都是香的。"

这句话恰被前来照看的斑竹听见了，随即回了那泼皮一句："吃完无聊回去瞅你娘吧！"旁边吃豆花的顾客哗然大笑起来。这泼皮回头一看竟是斑竹，便挤出店内灰溜溜地走了。斑竹即刻上来将吃完豆花的碗勺放入水池帮忙洗了起来，并感慨道："阿玲，你第一天当老板娘，我不放心，所以抽出空到这里看一下。行啊！新的一天，顾客还是这么多。顺利的话，今天又能早早地收摊了。"

　　"妹子，今天又麻烦你了，说到底，你还是对这个豆花店有感情，真不该将这么兴旺的店面转让与我，真不知该怎样感谢你。"

　　"俗话说：远亲不如近邻，况且咱们两家门对门住着，快别客气了。"斑竹说。说话间，几个顾客站起来要结账，阿玲伸出手接过钱，又找了零钱给对方。

　　"今天回去结一下账，每一天收入多少，逐日记在挂历上。做生意就这样，不过数钱这活儿，实话说，真是一种享受。"斑竹笑着说。

　　阿玲收摊回到家后，三轮车上的豆浆桶也不卸，匆忙走进屋子，将衣服口袋里的钱币散乱抖在床上，心情激动地数完了一天的营业收入。共计二百八十八元零八角，除去本钱，净赚了一百九十三元！泪水从阿玲眼中落了下来，财神爷终于眷顾她这孤寡的妇道人家了！阿玲顿时心胸豁然开阔了许多，看来钱财还是能给人长底气的。

鸿
雁

第二十五章　创新·坎坷前行

作为一个企业，榴花镇斑竹嫂食品厂在一日日、一步步地发展着。

阳春三月，天地间渐渐地温暖起来。萎缩一冬的小草缓缓地顶出土层、露出乳黄的嫩芽，杏树未长出绿叶便萌生出含苞待放的蓓蕾来。湛蓝色天空淡淡的白云在浮动，明朗的太阳照在肥沃辽阔的关中平原上，一切富有生命力的事物，都在强烈地呼唤一个五彩斑斓的世界。厂里生产进入正轨后，斑竹紧绷的心才稍许放松下来。但这还只是生产上的事，外界其他意想不到的事也接踵而来。关系到食品方面，厂里相继来了一拨又一拨戴大盖帽的，说什么食品法、城管法、卫生法、工商经营条例、税法，总之都说自己为人民服务，是来检查的，斑竹只得殷勤地递烟倒茶，生怕得罪了哪一路神仙。

端阳节到了，厂里加班加点忙碌着。中午时分，一辆面包车鸣响着停在办公室外边，又是几个戴大盖帽的从车上下来。斑竹听见车喇叭声忙迎了出来。一个矮胖的领导模样的人对斑竹说："我们是县防疫站的工作人员，夏季到了，到这里检查食品卫生情况。"斑竹客气地请来人休息喝茶，听着旁边另一个人说："不必了，先到厂里面转一下。"斑竹正要陪来人去车间，一个尖嘴猴腮的工作人员拉了拉斑竹的衣襟，于旁边悄然说道："过节了，你们也应该有所表示吧！"

"那就给上边领导带两箱，每人拿四五包也是个意思。"

"不行！人多，起码要带五六箱。"

斑竹愣了，心想："一百五十多元一箱，要带五六箱，七八百元，要割我们的肉啊！就我们这才开办的小企业，真没赚下多少钱！"斑竹拒绝了他的要求。

"不识时务！好了，那就给我们带两箱吧！"尖嘴猴腮的那人气恼地抱走两箱汤圆装上汽车，喊了在车间巡看的两个头儿，私聊了几句便驾车扬长而去。

事情远没有结束。端阳节过后不久的一天早上，制作车间的女工已开始了工作，几个防疫站的人员迅速跳下汽车，打开厂门粗略地在厂内例行检查了一通，告知厂长斑竹："生产环境脏乱，卫生不达标，暂时停产整顿。"言毕递过一张停产通知单。

斑竹愣了一下忙说："几天前不是刚检查过了吗？怎么今天就不达标了？你这不是给我们穿小鞋吗？"

"不要这样讲，达标不达标，我们是有标准的。态度放好点，停上两三天；态度恶劣还不整改的，那就难说了。"这个人在威胁斑竹。

"你们还讲不讲理？我们哪里不合格了？"斑竹满脸愤怒地问。

旁边一个戴眼镜的回过头对斑竹解释道："先好好地整顿吧！过两天我们再来检查，达标的话，就给你开复工通知，希望你配合我们的工作。"说完便拉下电源开关，贴上封条，繁忙喧闹的工厂瞬间归于平静。

逆风正遇顶头浪。下午，云黛儿回到厂里催货，告诉斑竹："咱们的产品端阳节前后几天便在省城打开了销路，从几个实体店反馈的信息分析，食客们很认可我们的产品。有个老家在重庆的老师傅还以为我们这斑竹嫂汤圆是从成都快递过来卖的，并说，来西安几十年了，吃着汤圆，想着家乡，难忘乡情、乡味啊。"

听完云黛儿的诉说，姚斑竹却高兴不起来，烦闷地叹了口气说："厂子被封，被迫停产了。"

"为什么？"

"我看就是节前没有送够五六箱汤圆给他们，节后便寻事来了，凶神恶煞要吃人肉一样。"

"正在节骨眼儿上给我们来这一套，这可是明目张胆地找碴儿呀！真是：大盖帽子满天飞，光坑农民黑脊背。"云黛儿气愤地说。

"可咱们也不能等着挨宰呀！我想国家改革开放绝不是这样的，我想写一份材料，找上级领导反映。我就不相信这种端着国家的碗、烂着人民的事业，目无王法的人能一直逍遥下去。"斑竹赌气道。

"不能再耽搁了，尤其厂子才开业，企业信誉是比什么都重要的。"云黛儿同斑竹写好一份材料，复印了多份，早上上班后，材料便被分别送到县信访办及各部门领导办公桌上。

焦头烂额之际，斑竹突然想到了往日结识的白鹿观景区领导吕琳。心中便想，碰到这种棘手的事何不请她帮忙，看是否能解决问题。想到这里，忙向云黛儿要了一份复印材料，急急火火地赶往白鹿观景区。

斑竹好不容易找到了吕琳，气喘吁吁地叫了声"吕姐"，便将材料递到吕琳手上，大概说了事情的经过。吕琳叫服务员倒了杯水递给斑竹，先让她坐下，拿着材料慎重地浏览了一遍，笑着说道："到底是顽强不屈的川妹子，发展到办起

鸿
雁

了自己的企业，不简单啊！放心吧，借机会我一定亲手将材料递上去，并请求尽快解决。不过，需要稍等几天，估计不会有什么问题。"

"那就要谢谢你吕姐了！"斑竹终于放下心来。

"斑竹，那天下去吃汤圆，和你坐在一起开心地聊了会儿，也算我吕琳没看错眼，结交了一个纯洁、善良、有魄力的四川妹子。"

"斑竹还是那句话，谢谢大姐能看得起我这个还有点幸运的外地女人。哪天，我一定带一箱大汤圆送与你品尝。"斑竹谢道。

"不要钱的话我吕琳可是绝对不收的，不能白吃白拿。这可是有言在先，请斑竹妹子千万要理解，我就是一个人民的公仆，得有一个公仆的行为标准。"

斑竹笑着应了。

事后第三天，厂门依旧紧闭着，厂内一片寂静。斑竹望着添置不久明净锃亮的不锈钢皿器，看着干净无尘的工作间，额上的愁云久久难以退去，焦急地等待着。

楠竹从斑竹手中接过斑竹嫂汤圆店独自经营了，虽然老板娘换了，以前的新老食客依然奔着这块招牌而来，店里照旧人气很旺。她明确地知道自己肩负的责任，这里就是斑竹嫂食品厂的一个窗口，代表了斑竹嫂汤圆的荣耀，时刻容不得半点儿马虎。

正当楠竹忙得脚不沾地时，一辆锃亮的黑色奥迪汽车停在了店外。车上走下一行三人进入店内，一个年轻小伙走到前台对楠竹说："每碗三两，来三碗黑芝麻汤圆，外加怪味蚕豆、平安里桃酥各一盘。"

这像是从西安来骊山旅游的，楠竹将小吃、点心和三碗汤圆端上桌。三人适意地吃着汤圆，年纪稍大的长者将一个黑芝麻汤圆夹入口中品尝片刻说："这汤圆不错，口味很有特色。斑竹嫂汤圆店，材料中写的是这个斑竹嫂吗？小杨，趁着吃饭时间可以找服务员打听一下。"小杨放下汤匙向楠竹招了招手唤道："服务员，麻烦你，请问一下，这个店的老板叫姚斑竹吗？我们领导找她调查一下斑竹嫂食品厂的问题。"

楠竹心中扑通一下，这不正是大家近日熬煎的事吗？忙惊喜地应答道："可把你们盼来了，这店里原来的老板就叫姚斑竹，是我的幺妹。不过今天她不在店里，新近同人合资办了家斑竹嫂食品厂，是专做汤圆的企业，最近被查封了。不过，你们先慢慢地吃完。一会儿，我领你们去厂里找她。"楠竹回过头对着豆花店的阿玲唤道："阿玲，帮忙照看着店内，待会儿我领人到厂里去一下。"

斑竹正在办公室忧心思虑着何时开工，不经意便看到楠竹引了人进入厂内，眼前一亮忙迎了出来。年轻人指向旁边一位身材魁梧、留着小平头、眼睛颇有神采的中年人，向斑竹介绍："这是市政府的刘晗副市长。"

刘副市长向斑竹伸出手说："没看错的话，你就是写材料反映问题的斑竹了。"

"我就是，农村妇女没有文化，让您见笑了。"斑竹很自然地走上前，握住刘副市长的手，感觉到这双手很有力量。

"是这样的，市政府去白鹿观景区检查工作，碰到景区主任吕琳同志。吃饭时顺便谈到你们厂子被封的事，并递上了你们的材料，当前正值深化改革开放时期，也一直在开展反腐倡廉行动。总有人知法犯法，顶风作案，把职责当儿戏。如果你反映的问题调查属实，必须严惩不贷。"刘副市长斩钉截铁地说。

"刘副市长，"斑竹感到心里踏实，说，"真没想到，我这微不足道做汤圆食品的小企业打扰到您亲自下来走访调查，为小企业解忧排难，感谢您。我们有时会遇到一些没素质的基层干部走到哪里吃到哪里、拿到哪里，略有不对脾气便关电闸、贴封条，为难企业。现在我们厂不能开工，伤心之余眼泪只能往肚里咽。实在是不得已，才壮着胆子给上级写了材料。"

"斑竹同志，你反映得好。我们政府工作人员，就是要倾听人民群众的声音，这才是最实际、最诚恳的意见和要求。开展反腐倡廉多年了，这股歪风邪气并没有彻底铲除。这些人对上面一套，对下面又是另一套，危害党和国家，危害政府和人民，在我眼里是容不了这沙子的。我们核实了情况，你这里卫生没有问题。"刘副市长回过头对旁边的小杨说，"你去将封条撕掉，推上电闸开关，立即恢复正常生产。另外，通知县里各有关部门相关人员在榴花镇政府召开会议，调查民营企业斑竹嫂食品厂被迫停产事件的真实情况和责任归属。"

斑竹嫂食品厂封停事件经省报报道成了秦唐古道上一个轰动新闻，因着这件事追根究底地调查，几个涉事人员被开除了公职，所属部门领导受到了不同程度的处分。封停事件的间接效应则是给斑竹嫂食品厂打了次无本的广告，斑竹嫂和云黛儿更是因举报材料成了正能量的新闻焦点人物。

撕去封条的第三天早上，斑竹让员工将装好箱的汤圆一箱箱搬往云黛儿的面包车上，装好后云黛儿说："斑竹嫂子，随着生意不断开拓发展，让你一个女人担起这么重的担子，真不容易！目光放长远一点，逢上这开放的好时光，虽然以后少不了坎坷，可我们走的这条路铺在我们脚下，只要脚踏实地，不必怕。"

云黛儿开着面包车走后，榴花镇镇长刘开源突然迈进了厂内，手里拿了一张报纸，见到斑竹笑言道："斑竹嫂，你这食品厂动静可闹大了。"镇长有时陪人到汤圆店吃甜食，与斑竹是早已认识的。

见到镇长，心中疑惑的斑竹忙招呼："难得您来厂里视察，我们这小厂子小打小闹地生产，哪有什么大动静？"

"你亲眼看看，今天市报一版大标题是：《副市长榴花镇调查访问民企，斑竹嫂汤圆"一枝独秀"秦唐古道》。细读上面内容可是赞誉不少，就这事儿，为咱榴花镇增色不少，也使我这个当镇长的脸上有了光。以前你在我心里不过就是个卖汤圆的，照顾关心不够，如果当时你及时打招呼沟通，也不至于在咱榴花镇地面上让人家将厂子给封了吧！"镇长说的也是心里话。

"刘镇长，您这好意我心领了。也怪我当时没有想到，当时如有镇长您出面，绝对不会让食品厂被封停产好几天。今后，倒是要借着你这棵大树乘凉了。"斑竹恭维道。

"食品厂有你和那云黛儿顶着，我想以后恐怕不会有人敢在这里给你穿小鞋了。不过，以后遇到需要咱镇上相帮的事，就言传一声。你这食品厂，也提高了咱榴花古镇在外界的知名度。"

接下来的几天，企业局的王涛局长亲自驾车来到食品厂，关切地对斑竹讲："企业局领导召开了会议，决定将'斑竹嫂食品厂'作为本县重点民营企业加以扶持，你与云黛儿在卖汤圆的基础上不断拓展创新，办起了有规模、有特色的食品加工企业，就是代表妇女创业的一个典范。"并感慨地说，"更何况你们企业女工占了多数。"

"只要领导能理解、关心、支持我们这些办企业的人，我们一定不会忘记国家，不会辜负乡亲，扶贫帮困，怜念弱者，继续发展、壮大我们的企业。"斑竹掏心窝子一般说道。

由电机牵动的几台大石磨隆隆地旋转着，沿着石磨流下的糯米浆汁顺着石槽淌入沉淀池中；另一个池中已沉淀好的米粉，通过输送带转入另一个工作台，通过等量器压成一块块均量的汤圆皮；再转入下一个工作台……经过十余名女工快速、标准、熟练的操作，五百克三十个的生鲜汤圆被装入精美的包装盒，十盒一箱，再一箱箱码堆起来，进入成品库房。

封厂事件过后月余时间，斑竹坐在办公室审核着车间月报，大门口的黄狗又疯了一样叫了起来。斑竹寻思着是又有什么人来订货了，忙迎了出去。随后两辆轿车停在室外台阶下，车内走出四五个公务人员。为首一个夹着黑色公文包，上前伸出手自我介绍说："你好，我们是县卫生局的。"随即指了指旁边年纪稍大一点的一人介绍，"这是我们局的韩为民韩局长，今天领大家来是为上次的封厂事件给咱们厂造成的影响和损失专门向贵厂致歉的。"

"真不好意思，上次的事我们领导感到十分抱歉，对局下属防疫站员工白吃白拿、刁难企业的恶劣行径感到耻辱，并对涉事人员做出了开除公职的处分，对原主管防疫站站长给予降职处理，由防疫站将收受的斑竹嫂食品厂两箱汤圆作价三百元补偿。今后我们县卫生部门坚决遏制这种不正之风，提高对领导干部及员工职业素质的培养，我们将为斑竹食品厂为代表的民营企业提供充分的支持。"韩局长诚恳地握住斑竹的手接着说，"看了你们的生产条件、产品质量，厂内和车间的环境已逐项达到或超越卫生许可要求。"

"谢谢上级领导对于我们工作的信任和支持，我们一定合法合规办企业，一定会对得起领导的信任！"斑竹真诚地说。

厂门外一辆大货车按着喇叭，是云黛儿采购的十多吨优质糯米送到了。

夏临风管理着厂内几台石磨及机械的正常运转，兼顾库房的进料、出料和制成品的出库，还要管其他杂七杂八的内务，每天忙完都筋疲力尽的，心情格外烦躁。即便这样辛苦劳累，每日还是去店里帮阿玲将那泡好的黄豆打成浆。

斑竹看到丈夫这样进进出出地超负荷劳作，心里既愧疚又担心，对他说："不行的话，干脆给你找个帮手，减轻你的工作量，不然照这样下去，累坏了身子骨可是得不偿失。"

"是需要雇个人来帮我了，可现在厂子投入生产不久，各方面都需要资金扶持，能省一点是一点吧。再坚持些时日吧！我思索多天，这样每天帮阿玲打浆也不是个长久事，不如将咱那个小石磨让给她，这样她每天卖完豆花就可以在家里自己打浆。"夏临风这是为了阿玲，也是为了自己。

"小石磨给阿玲？我才舍不得呢。"斑竹抬起手挠着头皮说，"那可是罗姑从四川家乡带来的老古董，睹物思人，它牵系着我与家乡，也成就了一个企业。让出去，那不是要了我的命吗？"

"算了，算了！就当我没说好吧！"夏临风顿觉失言。小石磨留着吧，权当是为了抚慰斑竹的思乡之情，自己就再辛苦些继续帮着阿玲吧。

鸿雁

第二十六章　萌情

逢集的日子，阿玲很早就将两陶缸豆花售完了。正准备回家泡上两桶黄豆，待天将晚时用扁担挑到食品厂内。正要进家门看到对门夏临风穿着脏兮兮的衣服，一个男人整天忙得顾不上洗，斑竹嫂更是腾不出时间，而自己又有空余的工夫，何不帮他洗洗衣服？就算是为了报答夏临风每天不辞辛苦抽出时间，帮着自己打豆浆。于是，阿玲便对夏临风说："临风，看你衣服脏了，斑竹又抽不出时间，就让我抓个空儿帮你洗了。你经常帮我，也算是一种回报吧！"

夏临风抬头望了阿玲一眼，没说什么，又沉默地低下头，心里说不上是什么滋味。

夏临风没有拒绝，脱下外衣，里边久未换洗的衬衫散发出一股汗臭味，一并脱了下来。男人赤裸着上半身，宽阔的胸肌、发达的肌腱、结实的臂膀，呈现在阿玲面前。阿玲脸上迅速浮起两片红晕，旋即快速将夏临风脱下的衣服卷起，跑回自家院子洗了起来。

阳光温暖地照在院内晾衣架上，待到下午时分衣服已晾晒干了。阿玲从晾衣架上拿下衣物，一件件叠得平平整整给夏临风送了过去。夏临风已换了一件旧衬衣，他默默地从阿玲手中接过衣物，回过身指着两桶打好的豆浆说："豆浆已打好了，你可以担回去了。"

夏临风作为阿玲丈夫的同龄人，对于肖祥的英年早逝，心里一直觉得是一种遗憾，对于阿玲则有一种怜惜和惦念的情感，本该是受人呵护的美人儿，却如此命运不济。

早上阿玲起床推开院门，一眼看见自家的母狗花儿正在和斑竹家的公狗豹子交合在一起，两个上学的小孩儿嬉闹着用砖块扔去，两只狗的下身仍然紧紧地交合在一起难以解开，转着圈儿躲避着砖块的袭击。阿玲吆喝了一声，小孩儿连忙跑走了。

一个年轻俏丽的寡妇，在没有人生另一半陪伴的时光里，便是偶见动物交合都难免有些心潮起伏。并且，她如今和夏临风长期接触，发展到喜欢上了他。但他是有妇之夫，是斑竹的男人，她这种单相思逐渐演变成一种痴心的妄想。

一个多月了，斑竹里里外外忙得昏天暗地，而丈夫夏临风也被厂里的烦琐事缠着，搞得他如吹鼓手一样，顾事上上下下紧赶慢赶不得闲。两人近乎一个多月没有亲近了，一方面是劳累；另一方面，压力大了，夫妻二人也没有心情。

无法满足的夏临风，在心里有些怨怪妻子，他不由得思索起阿玲来，如是同阿玲做爱，那又是怎样的情形呢？他极力克制自己，但是他无法不想，越想越急、越急越躁。那阿玲就是一株美艳的罂粟花，有毒，也有芳香。

云黛儿这几天忙着跑推销，斑竹赶早搭班车到西安粮食市场采购糯米去了。夏临风一早提前半小时打开库房大门，等装卸工上班，让其搬出当日所需的糯米粉及各种馅料分发给各生产车间。不久，上班的女工像归巢的鸟儿叽叽喳喳陆续进入操作岗位。夏临风拉上电闸开关，机械的运转声有节奏地响了起来。待将一切有条不紊地安排就绪，夏临风额上已渗出了汗珠。

夏临风用毛巾擦掉脸上汗水，歇下来刚缓口气，便瞅见阿玲推着三轮车进入厂内，又赶忙上前帮阿玲将早已打好的豆浆轻松地放到车上。

"最近生意咋样？"夏临风顺口问道。

阿玲望着夏临风说："有你们夫妻二人帮着，好着呢。临风，这天长日久，这样下去，让我怎么还你们这人情债呢？想给你买两条烟你又不吸烟，想买两瓶酒你又不喜欢喝酒，真是让人无处下爪。你想一下，我孤寡的一个妇道人家，又能给予你什么呢？"这几句话是阿玲筹思了一夜想要说的。

夏临风本要说"无须什么报答，就你们娘儿仨穷得叮当响也没什么可报答的"，又觉得不妥，话到嘴边咽了回去，说："就我们两家，说这话也没有什么意思。斑竹说了，可怜你们一家，也确需我们扶帮一下。谈到报答你是心有余而力不足，心意我领了，但愿你能过好自己一家的日子，我们也能放下心了。"夏临风这样说着，目光却流连在阿玲耸动的胸脯上，透过单薄的涤纶衬衫开阔的圆领似乎可以望见羊脂玉般的肌肤。随即，出于好意，忍不住提醒道："天不怎么热，为何不穿胸衣啊？"说出口，夏临风才觉有些露骨。

"你往哪儿看呢！"阿玲嗔怪着，丝毫不感到拘束和脸红，没有羞意地心里一阵阵欢喜起来。

"千万别误会，我只是提醒你注意一下。"夏临风极力辩解。

"就你注意到了！临风！"这句话在夏临风听来有一点甜甜的味道。然而已无话可说的夏临风本不该说，偏偏又说："你这不是在有意让我看吗？"

"那你说是我在诱惑你吗？说心里话，我就是让你看，只有你能看，是别人我还不让看呢！"阿玲近似撒娇般说道。

夏临风头一次和女人这么耍嘴皮子，三两句就脸红得像熟透的西红柿一样。胆怯地四下瞧了瞧，车间那边的女工都在忙顾着手中的活计，无人关注他们，便放低了声音："真庸俗！你就这样报答我吗？"

"我想这样，也只能这样，我还有什么呢？"阿玲似一只狐狸狡黠地微笑着。

"你就这样无聊？"夏临风有被阿玲捉弄了的感觉。

"你还要怎样？"阿玲逼问。

"你又能怎样？"两人较上了劲。

"临风，你不要瞧不起人，我能报答你的多着呢，只怕你有那贼心没有那贼胆。"阿玲话音中分明含有诱惑挑逗的意味。

"我想试试看，真想揍你一下！"激情让夏临风的脑袋嗡嗡作响，他用手指在太阳穴上使劲揉了揉，赶忙催促说，"时候不早了，快走吧！不要耽误了卖豆花。"

"真的，我的心里很记挂你，临风，你看着吧。"阿玲骑上三轮车轻快地向豆花店而去。

第二十七章　情回巴蜀

　　星期天的早晨，楠竹刚打开店门，新的一拨食客便在店内凳上坐下。她知道今天逢集，够自己忙活一阵子了。好赖刚卖到中午，镇上邮电所邮递员将一封加急电报送与楠竹。楠竹拿在手中看了起来，未看完已知其大概：年迈的父亲去世了！她顿觉天旋地转，忙唤隔壁的阿玲帮她一下。阿玲放下手中的勺子，赶紧扶楠竹坐下，拿起她手中的电报瞧了瞧："哎呀！这可是天大的事，要不要告诉斑竹？"阿玲问道。楠竹伤心落泪，点了点头，说："阿玲，你那边结束了吗？"

　　"快完了，马上就要收摊了！"

　　"那你帮我照看一下店面，我需要赶快去一趟厂里，告诉斑竹，父亲不在了！"楠竹心里有些纷乱。

　　"快去吧！这里的事你就放心交给我好了，我会尽心处理好的。"阿玲催促道。

　　斑竹看到二姐楠竹急匆匆来到厂里找她，就知道有什么大事发生了。待楠竹把电报递到手中一瞧，才知道父亲已不在人世了。可怜的父亲，长年患病又抚养大两个姐姐，没有过一天好日子，也太悲苦了。她痛苦地落下泪来，对丈夫夏临风说："老家父亲不在了，你赶快打电话让云黛儿回来，安排一下厂内的工作，顺便让她在西安买两张特快火车票拿回来。"

　　夏临风拨通了云黛儿的电话，告知了事情原委，让她买好火车票后速回榴花镇厂中。

　　下午四点，云黛儿回到了厂内，忙安慰了斑竹两姐妹。斑竹逐渐镇静下来，方才嘱咐道："想必大家已经知道了，厂里忙成这样子，老家父亲又去世了，我要紧着回四川，这些个日子厂里就靠大家了。"斑竹回过头又对云黛儿讲："云黛妹子，这几天先把跑销售的事儿停了，和临风一块儿支应厂里的生产。估计这次回去要多待几天，毕竟十多年未回去了。这厂里的烦心事就靠你们支撑了。楠竹姐也和我一块儿走，下边汤圆店就暂停营业吧！"

　　要回四川了，斑竹的心情既悲伤又沉重。物是人非，多少个想家的日子，对梦里故乡的万般萦怀，酸辣苦甜，痛惜、欢欣，一切都在梦中千回百绕地变幻着。

"楠竹姐，咱那汤圆店最近赚得下万八千元钱来吗？"斑竹探问道。

"有的，足有两万余元吧！"楠竹答道。

"你带上一万元，我再拿上三万元。本该多带些，可厂里现在投入大，资金紧张，也就只能带这么多了。十多年未回家，最怕让人说三道四的。"斑竹感慨地说。

"斑竹，现在回忆起老家的那些时光，咱们三姐妹，还有咱爹，吃、穿、住，那才叫寒酸呢！别说被人说三道四了，根本就是瞧不起咱。不如让我将那两万元全都带上，让他们知道，我们逢上了好机遇，凭能力把爹的丧事办得风光一些，也算我们三个做女儿的为爹尽了孝心。"楠竹说道。

"风光大葬是有钱有势有地位的人家做的，我们这些人才奔上好光景，要办的实际事还很多很多。首先我们没文化，就是打肿了脸也充不成胖子，也不怪人家瞧不起我们，一口饭吃不成一个胖子。乡下的教育太差了，积攒些钱，为了子孙后代，回头捐出去，先将我们的学校建好，这可是为人向上的善事。"斑竹想办的事情还很多。

火车是晚上九点北京经停西安到成都的特快列车，两人在汤圆店门前搭市郊汽车到火车站乘火车，估计明天早上方可到家。斑竹想起当年无奈别离故乡，跨越千里川蜀路途，一路风雨、一路凄凉，如今返回故乡，心情更为复杂。

天未亮二人便下了火车，转乘汽车又是翻山越岭一路颠簸，终于在十塘停了下来。黎明时分丘陵间落了一场小雨，空气格外清新宜人，斑竹姐妹二人即刻下车。斑竹心情忧郁地拂了拂额前的头发，深深地呼了口气，顾盼起这既亲切又陌生的家乡十塘。古镇依旧、乡情浓浓，顺着蛤蟆溪向上沿着蜿蜒在丘陵间的小路行三里，然后再走二里坎坷山路才能到八塘大湾村。一别十多年，印象中的情景仿佛就在昨天，这常走的路，承载着自己的童年、少年和青年。记忆中的蛤蟆溪依然流水潺潺，溪流边的稻田、田埂上的桑树、碧绿的柑橘林、新发的竹笋……别时悲凄，归时亲切，斑竹不禁落下泪来。

到得家中，大姐绵竹已是孝服在身。见到两个妹妹，三人相拥痛哭起来，有失去父亲的悲痛，也有三姐妹再见的欢欣。院中站满了前来吊唁的亲朋和帮忙的乡友，几位年长的老婆婆对斑竹指指点点，在叨咕着："这就是当年随母去了枇杷溪的幺妹子斑竹，听说这些年落脚到秦岭北边的西安成家了。血缘牵连，千里奔丧，回来为父亲尽孝心，也是相当不容易了。"可有谁知道斑竹心中的遗憾呢？

子欲养而亲不待，她心里头十分愧疚。

斑竹穿戴上大姐绵竹递来的孝衣孝巾，庄重肃穆地为父亲点上了三炷还魂香，望着父亲老实憨厚的遗像，泪如泉涌，忍不住又哭了起来："苦难的爹啊！十多年了，再也不能见上你老人家一面了。如今阴阳两隔，就此永别，爹呀！求你最后睁开眼，看看你无法舍弃的幺妹儿斑竹，天界虽远，血缘相连，亲情难断，再叫一声我的亲爹啊！斑竹回家为你送行了！"听着斑竹哭喊，绵竹、楠竹也跪在灵柩前，号天呼地哭成一片。

"幺妹子，也不要过于悲伤。这爹还没入土，且有不少的事还需咱姐妹商量着办呢！"过了一会儿，绵竹停住哭泣，拉着斑竹的孝服袖子，凄然地劝阻她。

父亲出殡的日子到了，随着一声送灵炮声冲天响起，倒头碗被人在棺木上猛然一摔，磕得粉碎。唢呐的哀号伴着孝子凄怨揪心的哭泣声，纸钱落雪一样回旋在空中，一行送葬的队伍行进在乡间小路上。坟茔选在山后一个相对开阔的地方，依着不高的苔绿色山岗，面向岗下的蛤蟆溪。

总算将父亲风风光光地送走了。父亲这一辈子没有儿子，给大姐绵竹招赘了一个上门女婿，在山城重庆打工，丧事完结后姐夫又出外打工了。绵竹、楠竹、斑竹三女送父的事情也传遍了十塘地界。几天来累得昏昏沉沉的三姐妹，大姐绵竹留在家中是顶门的女儿，二姐楠竹昨天便回了枇杷溪上边铜梁的家里去了，家中便只剩大姐绵竹和斑竹二人。

早上的天气有些阴，但很凉爽，丘陵处于一种迷蒙的意境中。绵竹同幺妹斑竹早早地吃了些素餐，桌前姐姐问斑竹："今天十塘逢场，要不要去转一下？"

斑竹几天来一直都心情郁闷不畅，本想推辞，在家里歇息一阵，又想到自己好不容易回来一趟，真该陪大姐绵竹去十塘转一圈，给她买些日用品，顺便购些四川当地特产带回西安，便同意了。斑竹心里还藏着另一件事，她准备到蛤蟆溪梳篦坝走一趟，看望罗富川罗叔和刘桐花干妈。没有他们的帮助，自己是走不到今天这条路上的。也想到罗逊的坟头奠祭一下，告知他自己这些年过得还好。

看着姐姐绵竹将背篓挂在后肩上，斑竹忙上前攀住背篓说："姐，让我来帮你背吧！十多年没背这个物件了。"触景生情，斑竹想起了当年在家打猪草的岁月。

"幺妹，咋能让你背呢？你现在已出息成一个女老板了，背着这个碍人眼的东西，羞煞人了。"可斑竹硬是将背篓搭在了自己肩上。

黄鹂鸟像在唱歌一样鸣叫着，天气是一天比一天湿闷，稻田中金黄的稻穗已沉甸甸地弯下了头，再过不久便要割早稻了。赶场的人很多，商户起劲的叫卖声、顾客唠叨不休的讨价还价声、竹笼中鸭子嘎嘎的嚷叫声，旁边大白鹅耐不得寂寞挺起长长的脖子应和着引吭高歌起来，美丽的十塘一片繁荣兴旺。

在一个卖鞋的摊位前，斑竹停住脚，看了看绵竹经常在稻田中劳作、五指分明的大脚片儿，穿着一双沾满泥痕的黄色解放鞋，鞋前大拇指的地方已磨破了，心里思忖着，大姐虽说是李家顶门的长女儿，不辞辛苦任劳任怨地留在父亲身边，姐夫挣不来几个钱，支持着给父亲看病买药，家里一直很穷。好在有着斑竹这几年不断接济，一女一男两个孩子吃穿虽没什么条件，但在学校里却表现优秀。听绵竹讲女儿李姿能已在川东名校嘉陵中学上高中了，就因着两个子女的优秀，消除了绵竹身上不少的寒酸和自卑，苦累岁月中闪现出一线希望的曙光。

斑竹在摊位上拿起一双皮鞋，先在自己脚上试了试，大了一个尺码，穿在大姐绵竹脚上便正合适了，斑竹问了摊主鞋价。"一百八十块，正儿八经的牛皮鞋。"摊主回应道。

斑竹将鞋放在旁边，拿了一打十二双质量偏好的袜子问摊主："这一打袜子要多钱？冬夏季各来一打一共需多少钱？"

摊主瞅了瞅斑竹说："实价！冬季一打十二双三十元，夏季一打十二双二十元，共计五十元。"

"行了，那双皮鞋一百二十元，袜子两打二十四双四十元一块儿算，付你一百六十元，再不还价。行就买了，不行就拉倒。"斑竹说着抬脚就要走。

摊主犹豫了一会儿，心里着实不想丢掉这个买主，急忙回话："拿去吧！看你是个实心买主。"

斑竹付了钱，将鞋和袜子放进绵竹的背篓中。

"幺妹，你买那皮鞋及那么多袜子，回西安买不好吗？几千里路沉甸甸地带着，也不嫌麻烦！"绵竹疑心问道。

"大姐，我就怕你不让买。这鞋和袜子，够你穿两年了！"

"什么？"绵竹回过神来，"早知道我就不让你买了。这次家中送走咱爹这么大的事，你个人付出近乎两万元，我和楠竹两个当姐的已是内心有愧了。况且你从小就没在家中长大，小小的便随妈去了斑竹湖姚家，让我这个李家长女怎么过意得去？"

"大姐，穷日子过到头了，再也不能穷下去了。我现在发展得确实比两位姐姐强一点，我不能让大姐穿得破烂寒酸，那样我心里也不会好受的。待会儿，咱俩去趟服装店，试几件衣服，给你和孩子都买上，好好地改善一下。这些年我离家在外，好不容易能回来一趟，就让我尽点心吧。"斑竹坦言道。

"要不得！实在是要不得了。如果这样，大姐就无地自容了。"绵竹不愿意让斑竹破费。

"大姐，要说苦难，我斑竹也是从苦难走过来的。上天让我有两个诚实、忠厚、善良的姐姐，我不帮你们，谁又能帮你们？看这几年的发展，国家都在提倡帮困济贫，况且咱三姐妹本就是一家人，何必分彼此呢？"姐妹二人最终在服装店花五百元试挑了几套时兴服装。

"幺妹，该买的东西也买够了。咱再往东边的食品市场转一下，我打几斤大肉，再买几斤时鲜蔬菜，家中稻田又养着鱼，不妨在家里办一桌酒席。捎话让楠竹也过来，咱姐妹几个好好地坐在一起打打牙祭，为这多年难得相聚摆摆龙门阵。"借着斑竹这次回返川东十塘，处理父亲的后事，绵竹心里筹思了好久，准备好好答谢一下两个妹妹了。

斑竹看着绵竹将打来的肉和买来的菜一一放入背篓中，本想自己付钱的，可又一想，让绵竹掏钱付了更好，自己做得太过，反而会更添她的伤心和自卑。

两人在拥挤的人群中抽身出来，猛听得有个熟悉的声音在呼喊："幺妹！幺妹……"斑竹回身四周寻看了一番，才瞧见喊她的正是自己的母亲。斑竹愣了稍许工夫，待反应过来立即叫了声"妈妈"。斑竹没想到会在赶场时遇到母亲。斑竹赶忙走到母亲身边，未语泪已落下来，双手扶住她，问道："就你一个人来赶场了？吃过饭了没有？"斑竹想着先给母亲买些饭吃。

"我是早上赶早就赶场上来了，一直在瞅着寻你！"母亲已经衰老了，布满皱纹的脸上已生出些老年斑，一双瘦骨嶙峋的手紧紧地抓住她的手腕，生怕她飞了似的。

"你怎么知道我回来了？我正准备着明天或后天回家看望你和弟弟。"斑竹心想自己回十塘不过三两天时间，这消息怎么如此快地传到母亲耳中了。

"咱们村娶的一个媳妇娘家在大湾村，前几天从娘家回来说，你现在可有出息了，已经是什么厂的老板了。这次从那么远的地方回来，风风光光埋你那病疙瘩爹，整个大湾村都为他感到荣光。凭什么？我生你养你，倒像喝西北风的被撇在一边！"

斑竹听着母亲的唠叨，安慰道："妈！你老糊涂了，我已经回来了，过两天我就回家里看望你，在家里待几天便要回西安了。"

"这么紧的，还记恨妈爸呀？你爸那个挨千刀的得罪了你，妈可是不忍心你去外地的。自你走后，妈暗自流泪哭泣了多日，这眼睛便落下个见风便流泪的毛病。"

"过去的事，不要再提了！妈妈，你将你的身体照顾好就行了。我如今远在千里之外，万一你有个头疼脑热的疾病，我不在身边，也是难以照顾。"

"你是要忘了娘啊！"谢莲玉忧心地说。

"没有的，那可不是一回事。"斑竹怕引起母亲的误会，便说，"妈，忙着和你说话，大姐绵竹还在那边等着，我喊她一声。"斑竹向路那边的绵竹挥了挥手，"大姐，我和妈在这里，快过来吧！"

绵竹早已看见了斑竹和母亲在说话，但她和楠竹是由父亲做爹做娘、艰辛备尝地拉扯大的，与母亲生疏，迟疑着不想过来，但碍着斑竹的情面还是赶到跟前，怯生生地叫了一声："妈妈。"

"绵竹女儿，看来妈是将你们姐妹都得罪下了，妈好后悔呀！"说着便当街哭了起来，周围赶场的群众纷纷看向她们。

斑竹急忙掏出手纸给母亲擦掉眼泪，羞红着脸劝阻她："妈，不要哭了。你看满街道赶场的人，都在看着咱娘儿仨呢。"

母亲接过斑竹手中的手纸，停止了哭泣，擦掉眼泪说："幺妹，你今天就跟妈回家。近乎十多年了，你那狠心的继父也老了，还得望着你能原谅他呢！"

"妈，今天是没时间过去了。我从北边来时带的行李还在大湾村大姐那里，二姐楠竹也回来了，她现在也在那边帮我干事。改天瞅个好日子，我同大姐、二姐三人一起顺着枇杷溪走到斑竹湖斑竹坝家中看望一家人。"斑竹说。

听说三个女儿一起去，母亲谢莲玉脸上愁云顿开，仿佛心存着一种希望。"那我就放心回去了！"母亲走了几步又回过头叮咛，"可不敢着急赶回去，忘了娘啊！"

望着母亲蹒跚地走着，斑竹伤心的眼泪一涌而出，爱恨泯然，酸辣苦甜，泛上心头。她觉得这个混沌世界是一片汪洋，是是非非是无法理清的。

看着远去的母亲，斑竹对大姐绵竹说："大姐，妈是委屈我们姐妹了，可如今毕竟已过去这么多年，便放下吧。我这次回来时间紧，还有几件事等着要办。你知道的，我原来的未婚夫罗逊的父母，虽然罗逊不在了，罗叔和刘妈一直对我不薄。明天抽出空来，无论如何要到那里去一趟，看看两位老人，顺便奠祭奠祭罗逊。十多年了，他一直在我心中，我惦念着他，惦念着他的灵魂。你等一下，我在那边捎买些冥币及香烛。"

斑竹早晨起来洗过脸，便来到了蛤蟆溪和安溪交汇处的梳篦坝，原来罗家加工粮食的水磨房早已没有踪影，只有两棵合抱的香樟树浓密叶子覆盖着罗逊家的祖房。宽阔的院子中，当年那棵桂花树已碗口粗了，只是秋季还未到来，闻不到花香；婆娑的合欢树罩在厨房前的青石桌上，屋下台阶上那株栀子花散发出一阵阵幽香。刘桐花正在吆喝着将门前的鸭子赶到蛤蟆溪水中去，斑竹走到旁边喊了声："刘妈妈！"

听到有人唤，刘桐花忙抬起眼瞅了片刻后脱口叫道："斑竹，十多年了，变化真大，一脸富态，不仔细地瞧几眼，真是认不出了。"刘桐花将赶鸭的竹竿抛到一边，赶忙搬过一把椅子，沏了一杯茶递给斑竹："早就听你罗姑母说，你在西安东郊靠近旅游区的农村安家了，且近几年来顺着好时运，过得不错。我还和你罗叔商量，准备到西安你罗姑母那里去一趟，去看你一回。你知道的，就咱这农村，鬼使了绊子般一直走不开。早上布谷鸟还叫着：贵客到、贵客到，谁承想斑竹你真的回来了。"

"咋没见罗叔他人呢？"斑竹问道。

"到十塘按摩去了。人老了，这样的麻达，那样的绊磕，都结伴一样来了。就这样还穷忙得闲不下心，忙完屋里的，又捞起地里的活儿，农民一辈子就这样。"刘桐花说。

"老年人不比青年人，干不动就不干了，多少也没个够。"两人正闲聊着，罗富川从镇上回来了，走起路一颠一跛的，听到斑竹呼："罗叔！"回过神的罗富川瞅准斑竹惊讶地说："这不是斑竹吗！昨天大湾村有人到十塘赶场，路过梳篦坝时闲叨嗑说大湾村三女葬父的事儿，我就想八成是斑竹回家了。"

待刘桐花将茶壶端到浓荫遮蔽的合欢树下，三人聊起斑竹这么多年在北方那边的日子来。斑竹谈起了自己的婚姻，谈到了自己的事业，她历数罗姑母一家人对自己无微不至的照顾，也忘不了罗姑母送给自己一台小小的手摇石磨，开始做起豆花生意，帮她走出了贫困，又用它做起了水磨汤圆，以至于发展到如今办起了斑竹嫂汤圆厂。

"斑竹，你那年一走，这一路苦苦追求、不懈奋斗，历尽坎坷、力搏风雨的人生真是令人敬佩。我也经常和你刘妈念叨你，说斑竹这孩子吃苦耐劳、心地善良，到了哪里都会闯出一片天来。如今真是证明了我们没看走眼。"

说话间，刘桐花愁苦地说道："惋惜的是我那可怜儿子罗逊没有这样的福分，舍你而去，这成了我们大家终生剐心的事，但苦痛中难得还有你这么个女儿惦记着我们两个老人。"

"罗叔、刘妈，我这次回来也停不了几天，过些时日便要返回西安了。也是紧迫中抽出时间来看望二位老人，顺便奠祭一下罗逊，他在我心中是一辈子也难以忘怀的。"斑竹借机谈起了罗逊。

吃过午饭，斑竹拿出备好的祭奠物品，在院内的栀子花丛中折了几枝含苞欲放的花蕾。在罗富川、刘桐花的陪同下来到丘陵下的罗逊墓前，她摆上了从北方带来的苹果、石榴，将洁白的栀子花放在上面。斑竹在坟前简陋的土坛上插了三炷檀香，相继点燃了白色的蜡烛、冥纸、冥币，她注视着灰烬在天空飘飞。

四野间十分寂静，听得见刘桐花的低沉泣咽声，她在泣咽中呼唤着："逊儿啊，你看见了吗？斑竹看你来了，她没有忘记你，她还在念着你。"随即，两行凄泪如雨般落在坟茔边。

其后，斑竹又絮絮叨叨在罗逊坟前说了会儿话。

这天路过十塘，未逢场的古老石条铺成的街道上，人迹寥落。斑竹走进一家食品店，在琳琅满目的食品中看到标有酥蓉津的一种糕点，浅淡咖啡色中微呈出金黄色，诱人色泽。她让店主称了半斤试尝了一个，香、甜、酥！她立刻问道："有盒装的吗？""有，带盒子加一元。"斑竹合计了一番道："来五斤盒装的酥蓉津。"待包装好后，她特别留意了生产厂家：三江城东津沱食品厂。斑竹心中思忖：东津沱，不远啊，就在十塘下面的涪江边。

斑竹搭上了开往三江城的汽车，到东津沱下了车，走到东津沱食品厂门前，便有门卫问找谁。

"找你们生产厂长。"斑竹说。

"请等一下，我帮你打个电话。"少时，走出一个中等个儿的女人，问道："请问这位女士找我有什么事？"

斑竹望了这位女厂长一眼，惊讶道："你莫非就是当年在斑竹湖插队的知青邓蓉儿？"

这邓蓉儿也吃惊地端详着："你是斑竹湖斑竹坝的姚斑竹呀！近乎二十年了，一直没有你的消息，快到办公室慢慢聊吧！"

邓蓉儿给斑竹递上一杯茶："多年不见了，变化大得在街上就是碰见也认不出来，说吧！这几年在哪里发展？"

"如此说来，我们念的可是同一个经。不然，碰在怀里也不会在这里见上一面。"斑竹喝了一口茶，详细给邓蓉儿讲述了自己辗转落户西安后的发展情况。

"明白了，还是因这个酥蓉津，将你我连在了一起。不知你此次来这里有何想法？不要见外，直说吧。"邓蓉儿热情地问道。

　　"不好意思，我已看好了酥蓉津这个品牌，想将它当作斑竹嫂汤圆的一个佐餐食品引入我们厂里生产。至于你的专利和配方，采取合资方式或有价转让都行，不知你意下如何？"这样的想法讲出来，斑竹自己都感到难为情。

　　"看来你真是真心喜欢这个产品，配方就无偿让你们使用了。说到底我们也有缘，同是发展食品企业，相互之间也是一种支持。不过说到专利，永远都是我们所有，且必须签订专利使用合同，加以详细解释，防范未经授权的第三方使用。"邓蓉儿讲得合情合理。

　　很快，邓蓉儿拿出了一份配方使用权协议，看着斑竹爽快地在下方签了字，就将厂内配料技师唤了进来，叮咛了一番。两人又等了稍许时间，配料师傅送来配料单后，邓蓉儿将酥蓉津配料单郑重地交到斑竹手中。

　　感激不已的斑竹在东津沱涪江畔的江上楼酒家宴请了邓蓉儿，同流互融、商海相邀的二人举杯豪饮起来。席间邓蓉儿说："斑竹，为了我们的结识，也为了我们之间的合作，再干一杯！"

　　末了，斑竹邀请邓蓉儿抽出时间到古都西安，以尽地主之谊答谢于她，并把自己的名片留给了她。

　　故乡的一山一石、一草一木都牵动着斑竹对过去的回想，家乡门前的斑竹湖还是那样多情，湖边当年和村中姐妹踩水的水车寂寞地倒在湖畔，家中曾追在自己左右的那只狗早已终结了生命。屋还是那座阴暗潮湿的小屋，风依然从石缝中吹进去，太阳依然能从瓦楞间照进去。门前晒谷场旁边高高的桉树、屋后碧翠的青竹在倔强地伸向空中。这一切无不勾起斑竹对二十五载家乡岁月的追忆。

　　妈妈和继父姚忙老爹及已复员退伍的大弟蜀新早已站在屋前石阶上眺望着，妈妈的目光是何等焦急和迫切，姚忙老爹眼中再也找不到那犀利得令人胆寒的光，变得混浊起来。

　　当苍老的妈妈谢莲玉看到已成家立业的绵竹、楠竹以及在她身边长大的斑竹同时站在面前时，泪如泉涌，伸出两条枯瘦的手臂颤抖着想同时攀住三个女儿。她哭了，这种情感有着时光的积累，是复杂的，既有愧疚、苦痛，又有幸福、满足。

　　斑竹望着自己从小照看大的弟弟，是陌生又亲切。

　　吃饭时，妈妈谢莲玉不断为绵竹、楠竹、斑竹添酒加菜。

　　当斑竹给继父姚忙老爹斟满一杯酒捧上时，姚忙老爹接过酒杯站了起来，一

鸿
雁

滴滴老泪滴在杯中一饮而尽，忏悔地叹了句："斑竹，爹对不起你！"

斑竹又站了起来，给母亲斟满酒说："妈妈，这次回来不能在家多住了，后天我就同二姐楠竹回西安了。"她从楠竹手中拿过包，从中抽出一沓钱递给母亲谢莲玉，"我从那边回来时很仓促，也没有准备什么。那边厂子刚起步，急需资金的投入，这是五千元，你拿着。除了给弟弟们买些衣服外，剩下的你就留着花吧。"

斑竹又握住大弟蜀新的手语重心长地说："蜀新，现在家里你就是顶梁柱了，替姐姐多担着点。"说着回过头又让楠竹从包内取出三千元递给蜀新："这点钱不多，拿上在外面学一点儿技术。这个社会充满竞争，有了技术，便有了机遇。"想着当年在家里及秦蜀道上的悲凄往事，斑竹抹去了脸上的眼泪。

"姐，我服役时在川藏线上就是一个汽车兵，如今在三江城给一个私企老板开车，能挣钱。听妈捎话说姐回来了，十多年未见，今天专门请假到家与你见上一面，这钱无论如何是不能要的。"由于激动，蜀新说话有些哽咽。

"姐十多年没回家，今天就是给你一分钱也要高兴地拿着。不然，就是嫌弃你这个漂泊异乡的姐姐了。"斑竹说话也开始哽咽起来。

"斑竹，你没忘记娘和爹，还惦记着弟弟，妈有你这个在外干大事、存善心的女儿，也知足了。这钱你还要顾大事，我和你爹凑合着还能过得去，只要你心顺家顺事顺，妈就高兴了。"谢莲玉只一心为孩子好。

"人上了年纪有钱放在身上心里才踏实，钱就给二老留着吧！妈妈、爹！照顾好自己的身体，吃完饭我和二姐楠竹就要走了。"

"一千多里路，回来一趟不容易，就在家里住一晚吧！"母亲露出渴望的眼神挽留着。

"不能耽搁了，明天我就同楠竹姐搭火车回西安了，望一家人多保重。"斑竹辞行道。

这顿饭吃得并不愉快，大家的情绪都很低沉。

回西安要从十塘搭汽车到重庆北碚转火车，当大姐绵竹背着背篓、拿着行李，送斑竹和楠竹上汽车时，斑竹深情地回望故乡明净的天空下碧绿青翠的丘陵。

车在丘陵间狭窄蜿蜒的公路上行进着，一帧帧牵动乡情的美丽景色向后退去。斑竹就像春风里北归的大雁，想着自己北方的家，想着丈夫夏临风，想着厂里的一切。

巴蜀美丽的风景在汽车缓行中闪过，斑竹很困乏，将视线移入车内，她瞅了瞅货架上既新鲜又熟悉、盛满乡情的背篓，是姐夫费了不少时间用门前的老竹劈出一根根篾条，一手编成的。背篓里有大姐送的腊肉，有楠竹从家中带的蚕豆与糯米，楠竹想带到榴花镇与广西的糯米比较一下，好的话，将来做汤圆就用四川家乡的糯米了。手提包内装有斑竹购进的川味特色的酥蓉津等多种糕点。

又要走了，忆想当年自己就像寒风中飘飞的树叶，悲怆的心儿悬在空中，任由命运摆布。那年从秦蜀道经成都越宝鸡到达西安，哐当哐当逢站必停的列车慢腾腾行进了三天三夜才到终点。如今秦蜀通途，从北碚上火车经安康，穿越巴山、秦岭隧道直接进入关中沃野也就十小时左右，斑竹和二姐楠竹两人在早晨的阳光下心情沉甸甸地回到了西安远郊榴花镇。

鸿
雁

第二十八章　躁动

　　春光烂漫的季节很快地过去了，而酷热的夏天正是一切生命躁动不安的时节。

　　早晨来斑竹嫂豆花店吃豆花的顾客特别多，阿玲也分外忙碌。待两桶提前点好的豆花一碗碗地卖完后，她赶紧收拾了桌上凌乱的碗筷。缓息中瞧了瞧腕上的手表，已是十二点多了。匆忙回到村中的阿玲推开院门，看家狗伸出长长的舌头在喘息，她赶忙在缸里打了瓢水倒在狗食盆中。

　　进入室内的阿玲感到周身不爽，湿透的真丝挑花短袖衫紧紧地贴在有些黏腻的胸前，浑身散发着汗臭味。阿玲迅速从床底下拖出一个椭圆形塑料浴盆，从院外提了一桶凉水倒在盆内，于梳妆台上取了一瓶沐浴露放在旁边。褪去衣裤，白皙的肌肤一览无余。先用清水将全身上下连浇带冲洗涤一遍，再用沐浴露细致地从脖颈儿、隆起的胸脯、肚脐、大腿一一擦洗。擦洗完的阿玲走到穿衣镜前欣赏着自己白玉一样的身段，缓慢地抚摸自己滑润的肌肤，心里忍不住与斑竹比较起来。她自认为她长得并不比斑竹差，至于本事，那还是要有机遇，自己必是没碰到人生的好机遇。想到此处，阿玲便萌生妒意，自己凭什么过得不如斑竹呢？思来想去，无非是自己命运中没遇到一个好的男人。

　　斑竹回了川东故乡，厂里便由夏临风和云黛儿两人盯着，忙得不可开交。中午时分，云黛儿对夏临风说："县城那两个店紧催着要货呢，快没啥卖了！尤其那黑芝麻馅的汤圆，已经没有了，要按时给对方供货，这可是诚信问题。"

　　夏临风听了云黛儿的吩咐，正要开着小货车去库房取货，汽车一边的轮胎却蔫得不像样子。他从库房拿来充气筒充了不多，可充气筒由于发热砰的一声爆了，筹思着只有借阿玲家的充气筒了。

　　他推开阿玲家院子大门，走到房前台阶下唤了声："阿玲在家吗？"喊出口才感到这不是傻问吗？忙改口说："充气筒坏了，想借你家气筒用一下。"边说着边推开了虚掩的房门走进屋内。夏临风霎时惊呆了，逢着阿玲正在洗澡，勾魂的身子一丝不挂地裸露在眼前。他神经质地颤抖了一下，此时的阿玲忙用毛巾遮住肚脐以下紧要的地方，一对挺耸的乳房暴露无遗，慌乱失措地望着夏临风。夏临风忙收回目光说："对不起，实在是没有料到你在洗澡。"边说边要回过身子退出房间，谁知阿玲突然跑到将要走出房门的夏临风面前，伸出双臂搂紧夏临风说："慌什么，既然来了，这就是天意，你还能走吗？"

夏临风一愣，顺势抱紧散漫出沐浴露香气的阿玲……

鸿
雁

第二十九章 故乡揽月归

经过一个多月的川蜀之行，斑竹终于风尘仆仆回到家中。缓过一阵气便来到了厂里，看着厂里的生产在有条不紊地进行着，一颗心才放了下来。

看到妻子斑竹回到厂里，临风忙迎上前去："回来也不打声招呼，好开车去接你。一个多月了，可把大家忙得够呛！"

"这一切都还很正常呀，就是让大家辛苦受累了。"斑竹又问，"云黛儿去哪里了？"

夏临风便说，云黛儿前两天说是要去省城一家连锁超市联系一下销售业务，顺便催一下几个商家的欠款。

斑竹又问女儿和儿子的情况："碧云和思蜀最近在学校里生活与学习怎样？""碧云每星期回家一次取些生活费，在家也未停多久，说今年课程很紧，就走了。思蜀每天下午回家，倒是很用功地看书写字，很少让人操心。"夏临风说。

下午五点，斑竹进厨房麻利地蒸上米饭，捞起炒锅炒了蒜薹烧腊肉、笋干爆烧合川肉片两盘地道的家乡川菜，并从橱柜中拿出一瓶涪江情途的高粱烧，与丈夫夏临风一人一杯对饮。

饭后，十多天未洗澡的斑竹感到身上尤其不爽，便进入洗澡间冲了一阵澡，洗去了多日奔波的疲倦。劳累了一天的夏临风拉了一条毛巾被困倦地躺在床上。斑竹落下玫瑰色的窗帘，关掉节能灯，打开床头柜旁浅淡柔和的昏黄色台灯。夏临风并没有进入梦乡，回过身来看到妻子斑竹只披着浴巾，伸出双臂揽住妻子，将其重重地压在了床上……

早上，夏临风早早去了厂内，斑竹拢了拢散乱的头发，匆匆漱洗罢，来到厂内和云黛儿谈了生产上的事及以后工作上的安排。

"这次老家有事回了趟四川，在外许多个日子，每天都在牵挂厂中诸事，思索着厂子的发展。处理完父亲丧事后，剩余时间便留意考察了那里的市场和一些食品生产企业，有了不少的感想和收获，也有了新的思路。我们目前的斑竹嫂汤圆产品太单一了，尽管包含的品种不少，但实质上还只是一个汤圆。另外几样点心在关中也随处可见，没什么特色。我回乡后注意到涪江边的东津沱食品厂生产的酥蓉津糕点，地道的四川风味。"斑竹说着，从挎包内拿出一盒包装精美的酥蓉津递到云黛儿手中说，"就这种糕点，你先品尝一下。"

云黛儿接过酥蓉津，拆开盒子，取出一块含在口中。只觉用牙齿轻轻一触，便酥脆得像开了花，绵、柔、酥、脆，口感甚佳。云黛儿细细地接连尝了几块，方才心满意足地惊叹道："斑竹嫂，你的家乡不愧是天府之国，人杰地灵，食料丰富，做出来的食品就是有特色，真是与众不同啊！"

"云黛儿，我是看好了这个食品，顺便将它的配方也带了回来。你觉得如果我们开发生产酥蓉津，它的前景和效益又如何呢？"斑竹探问。

云黛儿连连称赞："这的确好吃，也十分有特色，肯定没问题。你这次可是给咱厂里另辟路径，开发新的产品找到了门路，凭我在外的推销经验，抓紧生产出来推向市场，绝对能轰动整个食品市场。"

斑竹将糕点配方交给夏临风叮咛道："这个事就交给你了，先按配方小批量生产出来，并在我们的几个实体店里试销一段时间，看看反馈。效果好的话，再投入规模化生产。"

不几天，斑竹嫂汤圆店及白鹿观斑竹嫂汤圆店分店便推出了酥蓉津这种来自川蜀的特色糕点。一碗热腾腾的汤圆搭配一盘酥蓉津，使爱吃甜食的顾客食欲大开。第二天就有顾客未吃汤圆，单点了酥蓉津带回家去慢慢品尝。

斑竹兴奋地对云黛儿说："根据市场反馈的信息，我们可以规模化生产了。看来我这次川蜀之行，还有意外收获。"

就像陕西传统名小吃凉皮配肉夹馍一样，自斑竹向餐饮市场推出了斑竹嫂汤圆配酥蓉津等的就餐模式，很快得到了消费者的认可，取得了相应的效应。

业务销售更加紧张了，云黛儿同斑竹商量："根据销售业务的需要，必须添置两辆小型货运汽车，以方便及时向市场供货。"站在旁边的夏临风插言："早该再买几辆小货车了，忙时总是雇用货车到处送货，既麻烦又耽误时间。"

难就难在牵扯到大笔资金，斑竹沉思了片刻说："车买了，开车的人还是个事，在外发货、收款兼顾推销，一人当着几人用，这一系列的事需要人担当。容我好好琢磨琢磨。"

晚上下班后，斑竹躺在床上思索着。夏临风回过身来，拍了拍斑竹的大腿说："还想什么？听你说，我那大舅子复员后在当地给一个私人老板开车，何不让他辞掉那边的事，过来帮咱们？"

鸿雁

"你说得也对，我怎么没想到我这个娘家弟弟呢？"斑竹想让蜀新来西安帮厂里发展，可这是用自己人，还得征求一下云黛儿的意见。

当斑竹将自己的想法告诉云黛儿，云黛儿沉默了一会儿方才说道："按理说用自己人大家感到放心，但事情都有两面性。你离开家乡已经十多年了，人都在变化，这招聘的人于我们的企业尤其重要，人的品性怎样？这一点你一定要考虑到，经济上乱了套，出现了问题，处理起来便更复杂了。"云黛儿表明了自己的想法，又说，"话又讲回来，如你这个兄弟没有其他不良的毛病，我还是欢迎他来加盟的，相应地也能减轻你我不少的工作量。"

"谈不上什么加盟，充其量只是一个工作人员，这是我对我弟弟的定位。你讲的话，下去我再考虑考虑，用人就要注意人的品性，感谢你的提醒。"斑竹谈了自己的意见。

斑竹通过各方面的途径知道了弟弟蜀新的信息，军人出身，已经给老板开车一年多了。蜀新对于姐姐斑竹招聘的事，直接说："按说，要辞掉这儿的工作，到了新的地方，一切都要从头开始。"蜀新又说，"姐，如果你实在需要我，我可以辞去这里的工作到西安去，全为着姐的一份情意。"

斑竹将蜀新的情况向云黛儿做了详细介绍，云黛儿听到蜀新和自己的丈夫麦海同为军人出身，疑虑顿消，说："看来这事也是一种缘分！"

坐了一夜火车的蜀新终于在黎明时分到了西安，望着今非昔比的古城，仿佛又是一个新的天地。与当年同姐姐在凄冷的西北风中走出车站截然不同，广场上金菊绽放，湛蓝色的天空不时有几只白色的鸽子在飞翔。

开车接站的云黛儿看着长相酷似斑竹的姚蜀新，心里揣测自己要接的人八九不离十就是他，便问道："这位同志，请问你可是十塘来的姚蜀新？""我叫姚蜀新，请问你是？"蜀新说。

看来是问着了，云黛儿高兴地说："我是斑竹嫂食品厂的云黛儿，专门开车接你到厂里去的。"

车开出熙攘繁华的市区来到榴花镇食品厂内，等待姚蜀新的是一个充满了光明与希望的世界，一切都蒸蒸日上表现出不凡的活力。

天高云淡的古城，美丽如锦的中秋时节前夕，斑竹同云黛儿和蜀新驱车来到了五彩缤纷的西部车城。走马观花般从一个个汽车品牌经销厂商店前看过，斑竹留意到一辆重庆造的长安牌小型客货两用车，出于连接两个城市的情怀，斑竹买下了这辆重庆产的长安牌客货两用车，并由蜀新开回了榴花镇。

第三十章　情殊

秋后西风雨，早晨天空便灰暗起来。斑竹从衣柜中拿出一件奶黄色的马甲穿在身上，丈夫夏临风匆忙吃过中午饭去了厂里。

女儿碧云已在县城上高中了。儿子思蜀在榴花镇初中上学，成绩仅仅是中上游水平。自己没有闲工夫与他们沟通，只是有时间见了随便问问孩子的学习状况，说一两句鼓励的话来。可比起小时候的自己，她觉得他们现在条件好多了，生活是越来越幸福了。

外面开始落雨点了，渐渐大了起来，吹着微风，雨点密集如线，形成一帘轻纱雾帐。雨滴落在院外小路及两旁草坪上，溅起一片银色的水花，低凹的树桩间已积满了一坑雨水。

夏临风冒雨来到厂内，那些女工已开始工作。夏临风进入水磨糯粉加工车间，几台大石磨在正常运转，他一一检查了供电系统的电路及电闸开关，未发现什么问题。他走出车间，站在雨檐下，雨下了很长时间，天空是越来越昏暗了，使人感到有些压抑。豆大的雨点溅落在地上，响起砰砰的声音。夏临风想起了阿玲，下这么大的雨，阿玲也该趁早打烊收摊了。他偏过头向斜对门的阿玲家院门望去，门没有上锁，阿玲回来了。他想这会儿厂内应该不会有什么事了，便不由自主地向着阿玲家走去。

夏临风推开院门进入院内，顺便插好门闩，悄无声息推开房间门。阿玲才从豆花店回到家中，正在换已被大雨淋湿的衣服。他早先送给她的漂亮的胸衣刚从浑圆的双乳上褪下，血液沸腾的夏临风走上前，双手有力地摁住那一对如小白兔般跳动的双乳，尽情抚摸揉搓。屋外的大雨噼噼啪啪打在窗户玻璃上，掩去了两人急促的喘息声。

天又落起了秋雨，斑竹想到厂里瞧一下大雨是否会对生产造成影响，她从门后衣架上取了一把伞，步入正在疯狂下着的暴雨之中。

瓢泼似的暴雨像要拴住天和地，随着灰暗的天空划过一道金色的闪电，便传

鸿雁

来轰隆隆的响雷声。春雷麦谷堆，秋雷气死人，看来这秋十月的响雷是有些不吉兆相。随着空中又一声炸雷响起，紧接着一阵疾风席卷着暴雨倾盆而下，厂房围墙外的鹿溪涨水了，大水裹挟着上游漂来的瓜果、朽木、枯叶在水浪中滚动着向下游泄去。

斑竹转到库房处，看到一页彩钢瓦已被大风吹落到厂区人行道上，她意识到库房漏水了。斑竹紧急招呼厂内几个男工架上梯子，将被风吹落的彩钢瓦搭上去。风太大了，彩钢瓦刚递上去，即刻又被吹落下来，反反复复折腾了几次。待风稍减的瞬间，大家齐心协力一鼓作气借着风势搭好了彩钢瓦。

雨还在烦心地下着，安下心的斑竹看着冒雨帮忙的女工问道："正在这个节骨眼儿上，夏临风应该在厂内，这关键时刻跑到哪里去了？"

女工们相互对视了一下，诡秘地笑了笑，一个快嘴的年轻女工不知深浅地说："是不是跑到阿玲那里去了？"

斑竹突然有种预感，夏临风恐怕隐瞒着什么见不得人的事。她转过身向阿玲家走去。阿玲在家，门却推不开，她使劲地拍了拍门环，还是无人应声，这使她更加疑心起来。虽然脑子在嗡嗡作响，但她又怕是自己多疑了。夏临风是否在里边还须证实，可是一颗心七上八下的，她反身又走回自家门前，盯着阿玲家的大门，等待丈夫夏临风从里边出来。

正在阿玲肚皮上欢愉的夏临风，猛然听到有人敲门的咣咣声，下身立马疲软下来。夏临风急匆匆穿上长裤，连声说道："坏了！真他妈的坏事了！"惊怕的夏临风奔出院子，拉开大门一看，斑竹正在自家门前恼怒地望着自己。

看着丈夫夏临风从阿玲家大门内做贼一样探出身子，斑竹觉得什么都不必幻想了，身体难以支撑地倒在大门槛上，天旋地转一样昏厥过去。

过了许久，斑竹从昏厥中醒了过来。身边围拢了许多同情地看着她的乡亲，她极力忍住羞恼，被从厂内赶来的云黛儿扶着站起，失望地向候在身边的丈夫夏临风瞥去一眼，浑身哆嗦着进入屋内，扑在床上大哭起来。

第二天，依然下着雾蒙蒙的连阴雨。斑竹精神萎靡，像被抽了筋一样，不管别人怎么说，整日里沉默着。昨天心中憋着的一团火，在沉静中慢慢地冷却下来。大多时间只是呆呆地看着一家四口的照片，夏临风说了许多忏悔的话，斑竹还是无动于衷，似乎什么也没听见。

斑竹一个人躺在床上，想着自己从前的不幸遭遇，到如今，本以为一切向好发展，可到底还是不幸。满屋寂静中，只有心脏跳动着。怨阿玲吗？她本该知道可怜之人必有可恨之处；怨自己的男人吗？他怎能如此下作，简直浑蛋透顶。

雨后的夜晚，一弯新月照入院内映在窗前。阿玲来了，提了一箱奶，愧疚地站到了斑竹面前。阿玲明白事已败露，她亏心得像做了贼一样，扑通一声跪在地上，哭着说："斑竹妹子，我阿玲不是人，是一只猫，一只偷腥的猫；我阿玲是一条狗，但不如一条狗，恩将仇报，我贱！贱！斑竹，那些见不得人的事，不是人做的事，我也不敢乞求得到你的宽恕与原谅，你要怎样，就怎样吧！只要能使你解恨，我阿玲死不足惜……"

一直背对阿玲的斑竹转过身来愤慨言道："什么也不要说了，我也不想听。我本以为你失去了丈夫，一家人无所依靠，实属可怜，而如今你反而使我更可怜，回去吧！我恼恨你，恨不得杀了你！"斑竹歇斯底里哭出声来，"赶快走吧！我真想将我那大门朝后开，不想再看到你了。"

紧接着在一个有着上弦月的夜晚，阿玲的两个孩子来了。姐姐引着妹妹，大女儿走到斑竹身边胆怯地说："婶婶，妈妈让我们把豆花店的钥匙还给你。妈妈说，她有事不能到豆花店去了。"

"造孽！"斑竹接过钥匙说，"好孩子，婶子知道了。"斑竹心酸地落下泪来叮咛，"天黑了，你们两个快回去吧！"

多日的秋雨终于停了下来，初放晴的阳光慵懒地洒在潺潺而流的鹿溪上。斑竹四肢无力地睡在床上，头晕目眩，神情憔悴忧伤，仿佛生了一场大病。夏临风坐在床边愧疚地说："斑竹，这剜心的事，以后再也不会发生了。"

"还有以后吗？"不待夏临风回答，斑竹又说，"我也无话可讲，思索了几天，我们干脆离婚吧！我们两人的缘分看来是走到头了。"

"我不会的！我对不起你，对不起孩子，对不起这个家，我有必要挽回这个家。"夏临风知道这个家对自己来说十分重要。

"这一瓢水泼到地上还是一瓢水吗？挽回，有这个必要吗？"斑竹狠心道。

"可我们还是一家人啊！我们还有两个孩子。"夏临风强调起来。

正在两人辩驳时，阿玲的大女儿跑进房内哭着喊道："叔叔！婶婶！妈妈喝药了，快救妈妈呀！"孩子哭着喊着跑出门招呼别人去了。

斑竹电击似的立刻下了床，夏临风惊得在地上直跺脚，连呼："完了！完了！这是不要命了。"

"傻子，站着干什么？还不赶快救人？"这可是人命关天，斑竹忙招呼夏临风，"赶紧将车开到阿玲大门前，我先去看一下。"斑竹光脚套上一双便鞋急匆

鸿
雁

匆去了阿玲家。

现场已经围了五六个人，正在焦急地商量办法，满屋散发着农药味。斑竹走近，看到阿玲已紧闭双眼，口角流出白沫，全身颤抖着像抽筋一样。一个农药瓶子扔在地下，斑竹忙对已赶来的夏临风说："还愣着干什么？快将人往车上放！"侧过身子又对阿玲的大女儿吩咐，"快上车送人去医院，待我从家里先取些钱以备急用。"

待夏临风将沉重的阿玲抱上车，等了约一分钟，拿到钱的斑竹回到车上说："朝东开，去县医院！"

夏临风将车直接开到了医院急救室门前。医生、护士迅速行动起来，先注射了一支强心针，接着进行灌肠，紧急抢救了好长时间。可是阿玲没有丁点儿恢复的迹象，监测仪表显示心脏已停止跳动。

医生无奈地说："通知家属料理后事吧！"

斑竹傻了，她沉痛地说了句："完了！谁造的罪孽啊？"便昏厥了过去。

肖祥的本家族人先后来到医院急救室，望着已死去的阿玲哭泣了会儿，便询问起事情原因。夏临风简单谈了事情经过："阿玲在家喝了农药，女儿跑着呼喊救人，我开车同斑竹及阿玲女儿一起把人拉到医院了。"至于事故起因，夏临风没有提起。

"那斑竹为何昏厥过去了？这事恐怕没有这么简单吧！"肖祥的本家族人质问道。其实阿玲与夏临风之间的龌龊事大家早有耳闻。

"我也没办法说！你们要是不信，就报警吧！"夏临风觉得自己实在是扯不清了。

肖祥的本家族人报警后，公安人员偕同一名法医到了医院急救室。检查后，一个警员做了检查记录，站在旁边的警员询问："死者家属是哪位？"

旁边一个老汉应："我是家属代表！"

"死者配偶在场吗？问的就是死者的男人是谁。"警员又一次问道。

又是肖祥的本家叔伯回答："没有男人，阿玲是一个寡妇。"

"寡妇？是谁送到医院的？"警员继续询问。

"我们在家突然听到阿玲女儿说她妈妈喝了药，这同村邻院的救人要紧，便直接将人拉到医院来抢救。"斑竹醒后说。

看到斑竹从昏迷中苏醒过来，警员回过头探问道："你是什么人？为何昏厥在这里？"

"阿玲是我们对门的邻居。"斑竹说。

"她是个寡妇,根据检查,死者已怀有身孕,而一个寡妇又如何会有身孕?有身孕为什么还喝农药寻死?这事你们知道原因吗?"警员的话听得斑竹脑袋一蒙。

警员与女法医商谈了片刻,然后对家属说:"死者先放太平间吧!我们还须详细调查,但你们谁能告诉我一个寡妇为什么肚子里有两个月的胎儿?"

听到警察这样说,在场的人谁也没有说话。

事情发生后的第二天,公安局办案民警到了村里。先在阿玲家查看了事发现场,又详细地调查了一些情况。

警察又叫来夏临风说:"这件事你是最早到现场的人之一,你知道的情况应该很多。要明明白白地讲出来,以利于办案工作的顺利进行。"警察似乎已掌握了夏临风同阿玲不一般的关系。

"绝不是我逼迫阿玲喝农药的,至于她为何喝药,我就实话实说吧!"接下来夏临风便将他和阿玲之间的纠葛一一道来。随后女法医抽取了夏临风的血液,以备与阿玲肚内胎儿进行基因比对,并嘱咐他最近不要外出,待在家中随时等候传唤。

几天后的中午时分,办案人员将阿玲孩子的姑母及本家叔伯和夏临风召集到一起,宣布处理结果:一、阿玲的死与她自己作风不检点有直接的关系。二、阿玲肚中胎儿与夏临风是亲子关系,夏临风对阿玲的死,应负间接责任。三、姚斑竹系感情的直接受害人,不负任何法律责任。四、考虑死者阿玲遗留有两个未成年女孩无人抚养,夏临风对事故方应做出相应赔偿。至于多少,双方可私下协商解决,如有争议,死者家属可委托其监护人诉诸法院,以法庭判决为准。

第三十一章　多情亦无情

阿玲已随秋风去，化作一片白云，飘向遥远而苍茫的陕北黄土高原。

面对这突如其来的变故，慌乱的夏临风想寻求妻子斑竹的主意，但羞愧之余难以启口，当他终于鼓起勇气张嘴时，斑竹便说：“我太幼稚了，如今又能怎么样？你们两个演的这场悲剧，以阿玲的悲情离去结束，太惨烈了！可让我怎么办呢？当然我也曾反思，如果我再善良一点，言语上不对阿玲那么刻薄，阿玲也不至于走向这条不归路。在这个世界上，做人怎么就这么难啊！”

“再说了，阿玲这个孽障自己死了不说，可她怎么忍心丢下两个无辜的孩子？孩子以后怎么办呢？夏临风，你存心要把我们都毁掉吗？”斑竹控诉着。听了此话的夏临风又傻愣地无言以对了。

夏临风万般无奈，阿玲的死使他良心难安，斑竹的痛苦，也使他愧疚不已……

思来想去，夏临风在无可适从中想到了云黛儿。她是个见多识广、处事灵活的女人，如今家里遇到这么大的事，可以问问她的见解和看法。

由夏临风的感情纠葛惹来的这场风波，使厂里的生产受到了很大的影响。夏临风已是鸡爪爪缠上麻丝丝脱不开身，在厂里的工作暂时由蜀新来做。斑竹是一厂之主，被自家后院烧起的一把火熏得六神无主，好在还有云黛儿顶着。

夏临风把这事谈与云黛儿听，云黛儿长长地“唉”了一声说：“夏哥，这情情爱爱的事是古往今来最令人伤脑筋的了。事情已经发生了，公安说的两个办法我也想了，干脆私了吧！上法庭，如果不得已要走这条路，你与阿玲这事定比掏钱打广告还传得快，负面的影响就更大了。阿玲就不说了，对活着的人，比如对斑竹的伤害就更深了。为了赶快消除那些负面影响，私了吧，就阿玲那两个女儿，不管公了还是私了都是要钱说话的，你考虑了吗？”

“到了这般地步，云黛儿，你看咱们能拿出什么具体办法来？”夏临风探问道。

“找个人同阿玲孩子的监护人谈吧！我们吃点亏，这事处理得越快越好！”云黛儿讲得挺干脆。

"我已想过了，斑竹对我是心灰意冷了，她绝不会出面。你是否能同我一起，与阿玲那边的人商量商量，拿出具体的赔偿方案。"夏临风央求道。

云黛儿想了想，还是应下了。

云黛儿和夏临风与对方沟通得很艰难，就各种问题扯了近乎一个晚上。夏临风感到这两个孩子与自己没有血缘关系，要他来抚养实在委屈，想一次性了断，可对方不答应。关键时刻云黛儿站出来调解说："公安的案情处理结果大家也明白。阿玲家困难，我们厂长斑竹将豆花店那么好的生意让与她，助她脱贫。至于她与夏临风的事，夏临风应该承担部分责任，阿玲又是自杀，要是诉诸法庭，还不一定是什么判决结果呢。咱们双方不如各退一步吧。"

最后的结果是：孩子交由肖祥的妹妹，即两个孩子的姑姑照顾，由夏临风每月拿出三十五元，作为孩子的抚养费，直到年满十八周岁。另外，念及对孩子们生活起居的照顾，每年再拿出三百元给其姑姑，作为补贴。双方签了协议。

当云黛儿将协议结果告知斑竹时，斑竹强忍着心中怨气，恼怒地问道："这钱谁出呢？是我出，还是夏临风出？"

"我想了好久，要不还是从厂里月付吧！"云黛儿说。

"这样的话，那就更不该了。没听说寻花问柳闯下祸端由厂里出钱摆平的，传出去那不成了天大的笑话了？你告诉夏临风，他造下的冤孽，本应由他赔付，可我与他还未离婚，也只能从家里拿钱了。"斑竹又接着说，"不过要从家里出钱，必须将我们二人的事处理了。这几天我一直在思考着，阿玲没了，我和夏临风的夫妻情分也算到头了，剩下的只有离婚了。"

云黛儿感到很惊愕，心想，但愿这不是斑竹真实的想法，便劝阻道："斑竹嫂子，好坏阿玲这事已过去了，也断绝了夏临风的坏心思。给他一次悔过的机会，离婚的事你还是再考虑一下吧。"

"好马不吃回头草。云黛儿，望你替我告诉夏临风，碧云和思蜀两个孩子随我了，家里的一切包括房子我都不想要。唯一要说的是厂里的事，以后与夏临风没有一点儿瓜葛，包括他自己必须彻底退出这个厂子。你也不必再劝我，对于这个决定，我是慎重的。我受的伤害够大了，不想再继续下去了。"

听到斑竹的诉说，云黛儿知道，她是铁了心了。

经云黛儿告知，夏临风这才觉得事情远比想象的更加严重。斑竹态度坚决，他无可奈何。

鸿
雁

第三十二章　凄情凋零时

两人在表面的平静中默默无言地办完了离婚手续。回到家中，斑竹泪流满面地看了看这两人在苦难岁月造就的一份家业，在云黛儿的帮助下，她携着被褥铺盖、生活用品和那个难以丢弃的小石磨，住到了厂子里。那只狗，留在院内惶惶无措地望着斑竹离去。

斑竹走后，夏临风瞅了一遍这个冷清的家，一切依旧，就是少了人。夜晚，夏临风像掉了魂的老鼠龟缩在床角难以入眠，想到自己和阿玲龌龊的往事毁了两个家庭的幸福，想去死，想去殉情，但他没有阿玲那样的肝胆、那样以死殉情的气魄。他甚至怀疑自己是不是一个男人，他抓住下身那个蔫不拉唧的孽根，企图割掉它，但他怕疼，更怕以后被人瞧不起。

夏临风早晨起床很迟，头一阵阵眩晕，他想喝一粒镇痛药。拉开床头柜抽屉，一串钥匙下压着五百元。钥匙是阿玲早先送来的，他落下苦涩的眼泪，低声在家里哭泣着。

斑竹还是那么善良，她把豆花店也留给了他，只带走了她在意的小石磨。夏临风擦干眼泪走到院中，台阶下家里的那只土狗已好几天未吃东西了，看见了主人，摇尾乞怜地舔着夏临风的裤脚。他烦躁地抬起脚踢在狗身上，土狗汪汪地叫了几声，跑到院内角落里伸出长长的舌头，睁着两只眼睛忠诚地望着主人。夏临风既愧疚又怜悯，他怜悯狗，也怜悯自己，如今就剩这只狗和自己相依为命了。

斑竹住到厂后边的一间小房子内，开始了自己独居的生活。

路还要走，人还要活，好在这件事对斑竹嫂食品厂的影响很快就过去了。恢复元气的斑竹又忙起了自己的事业，厂里生产的斑竹嫂汤圆、东津沱牌酥蓉津两个品牌已打入市区许多超市、门店，成了畅销品。

好多天未干活了，夏临风睡到中午，推开院子大门，揉了揉惺忪的眼睛，瞅到阿玲家的那只狗正卧在大门外。它已经失去了主人，多少天未有人喂食了，成了一只失去主人的流浪狗，瘦骨嶙峋地蹲在门口等待着，希望主人回来。它懒洋洋地抬起头，露出遭人嫌弃的目光，有气无力地吼叫了几声，又似乎是在呼唤同伴。随即，夏临风家的土狗从院内跑了出去，绕着阿玲家的狗转了一圈，吐出舌头舔着它乱糟糟的狗毛。夏临风恼怒地唤了声土狗，但它无动于衷，他走上前要踢开它们，抬起的脚又落了下来。夏临风想到自己落魄到这般地步，自然又想到了斑竹，念起了阿玲，自己毁了阿玲的家，伤害了斑竹善良的心，导致如今狼狈得如一条丧家犬一样。

厂里是回不去了，正当它向着一片兴旺繁荣发展的时候，自己不争气，被隔拒在外。忆起他和斑竹婚后一路孜孜不倦艰辛创业、同舟共济，能一起改变困境，却不能共度辉煌。他很怀疑，这就是自己的人生吗？想着今后的岁月，他又能如何呢？夏临风想着斑竹的离开，想着斑竹留下的五百元，更想着那一串豆花店的钥匙。斑竹似乎是在告诉他：你的人生要向回走了，豆花店或许是你的归宿，自己可怜自己吧，也用不着别人的同情。

夏临风伤悲地换下"斑竹嫂豆花店"的招牌，挂上"临风豆花店"牌匾，在西风吹起的秋天，一人操持着卖起了豆花。在独自经营中，便有多位食客对自己指指点点，不外乎冷嘲热讽，涉及他与阿玲的事分明已成了别人的谈资和笑料。

令他顾惜的是两个孩子，放学回家都在厂里随斑竹吃住，平时很少沟通，倒是女儿碧云逢星期天回家，来过几次，很懂事地问父亲："一个人怎么生活？""吃过饭了没有？"让他感到了一丝亲情的温暖。夏临风牵着女儿的手说："孩子，爸对不起你们，对不起你妈妈，对不起我们全家。"他把最近卖豆花赚来的钱拿给女儿，可女儿谢绝了，说："爸，这辛苦钱你就留着照顾自己用吧！"说什么也没接过钱。夏临风人生第一次感到了无形的自卑。

鸿
雁

第三十三章　豆花结梦梅花开

　　豆花店又一次易主到了夏临风手上，夏临风一人苦苦撑持着。这天，夏临风正忙着，听见有人喊："老板！来一碗豆花。"一个穿着普通的农家妇女坐在饭桌旁，观察着店内，又对夏临风说，"卖小吃，一个人也够忙的了。"看来来客是有意搭讪。

　　"卖豆花这种早餐也就是前半天的生意，穷忙着时间长了，也就习惯了。"夏临风随意地回应着。

　　"家里就剩你一个人吗？"来客继续询问。

　　夏临风很不高兴地看了这个妇女一眼，羞愧自卑地"嗯"了声，表示承认了自己的窘境。

　　"也不雇个人帮忙吗？"来客探问道。

　　"哪有人看上这破事？再说雇人干也就赚不下多少钱了。"

　　"如果需要人来帮忙，我想在你这里干下去，工资低一点无所谓。"

　　夏临风明白了来人的真实用意，这才仔细打量眼前妇女模样。十分朴素的一个中年妇女，头上梳着两条不合时宜、长长的辫子，搭在背上；脸上麦色的皮肤不甚细腻，但很干净，吃着豆花的手背很是肥厚，这在农村便是那类干活儿特有劲的女人。夏临风的心开始松动了，掂量着每月付多少工资给她，思忖了片刻说："二百五十元一个月，小本生意，再说真正干活儿也就是多半天工夫，如果同意，明天就来店里上班吧！"

　　"大哥，二百五，多难听啊！这对做生意可不利。每个月二百八，逢八必发，图个吉利，我也不多强求了。"

　　夏临风听了此话，感到这人蛮通情达理，又心思活络，便说："好！那这事就定了。"

　　早晨的天气很宜人，凉爽的风轻柔地吹着，一朵朵白云在湛蓝色天空中像一只只小船悠然地划过。店里多了一个女人，便多了几分和谐的生气，这个女人是干活儿的好手，面对众多的顾客，端饭、洗碗、擦桌、扫地，有条不紊地忙着。在两人的合作下，两大桶豆花不到十二点就已卖空。夏临风觉得轻松了许多，打烊收摊的间隙，便问："大妹子，这忙累了一天，还不知你叫什么名，具体住在什么地方。"

"大哥，俺叫江晓云，家在秦岭那边的汉中。丈夫多年前打工去了新疆，死在那里的一个矿山上，丢下一个男孩儿，母子多年相依为命地生活着。去年孩子争气考上了西安的一所大学，山里的地产不出钱，为了供养儿子上学，便翻山越岭到了西安。在这儿打工供养儿子上学，真让你见笑了。"

"没想到，又苦又累的，你还有着这么大的闯劲儿。但不知你现在住在哪里？"夏临风似乎发现了什么。

"昨天在镇后边的村子里租了一间小房，算是有了落脚的地方。"江晓云穷困中有着失落感，但也有着满足和向往。

夏临风心里想，家中现在只有自己一人，为何不让江晓云住到家中？省去了房租，等于给她加了工资。这种想法闪出时，他惊悸地想起阿玲的悲惨结局，这样的善怜之心再也不该生出，话到嘴边又咽了回去。

一个月眨眼间就过去了，到了月底，夏临风看到一个寡居女人供养一个正在上大学的儿子实属不易，以奖金为借口发给江晓云整三百元工资。

逢着星期天，店中来了一个学生模样的年轻人，江晓云忙放下手中的活计，对夏临风介绍："这就是我儿子龙凌。"回过头又对儿子说："孩子，这就是店主，叫夏伯伯。"

"夏伯伯好！"龙凌文质彬彬地问好。

"对不起，你一个人先忙着，我出去会儿将孩子送上车。"

江晓云与儿子走到店外的汽车站牌下，把领到的工资送到儿子龙凌手中，叮咛："孩子，这钱够下个月的生活费了，节省点儿，农村娃儿上大学不容易啊！唉，等到你大学毕业，为你逝去的父亲争口气，也为妈妈减轻些负担。"

"妈妈，我明白。你放心，多注意顾惜自己的身体。困难的日子会很快过去的，我有这样的信心。"龙凌安慰着母亲。

听了儿子的话，江晓云用手擦了擦湿润的眼睛，将儿子送上了去学校的汽车。

繁忙的日子总是过得很快，时间又向前推进了两个月。这天卖完豆花回到家中，夏临风歇息了一会儿，便在陶缸里浸泡上黄豆，以备下午时磨豆浆用。下午开始磨浆时，江晓云来了，两人换着摇小石磨，换着加水，家中的土狗在两人间窜来窜去地摇着尾巴。有了称心帮手，夏临风的豆花生意较之以前有了起色。

相处的日子久了，两人都产生了异样的情愫，在一片沉寂无言中都有着自己的企图和梦想。

这天，夏临风卖完豆花回到家中，两人磨完豆浆，江晓云卸下围裙，掸了掸身上的灰尘准备走时，夏临风唤住她说："晓云，这事我思索了好长时间，你在外边租的房子不如退了吧！这里房子空落的又闲着，搬过来一切方便不说，还能节省下房租费给孩子。"

江晓云的心怦怦直跳，既有些惊喜又有些为难地说："夏大哥，你孤身一人，而我又是一个携子打工的苦命寡妇。你心里多想想，这样的两人住到一个院子，能不引人说三道四吗？"江晓云想套出更多的话来。

"这个事我不是没想过。斑竹已离我而去，人生往后的路还长着呢，我是该为自己想想，也该为你想想了。我琢磨了好多天，若是我自作多情，你可以拒绝。如你心里不拒绝的话，往后你就是我的女人。俗话说，不是一家人，不进一家门。往后我会好好待你，咱俩踏踏实实地过日子。当然，这样也有利于你上大学儿子的将来。"夏临风说。

一轮圆月慢慢地升起来，静静地映在温柔的鹿溪上。月光通过稀疏的枝叶投在院子内，祸中倚福的夏临风酸辣苦甜的人生又遇到了江晓云，温柔体贴的江晓云依偎在他怀中。动荡的一颗心有了倚靠，有了知音，失去的早已于风里雨里无情地消逝了，该珍惜的是当下和眼前的人。

两人不声不响地去民政局领了结婚证，终于走到了一起。直到有一天，在隔壁斑竹嫂汤圆店忙活的楠竹，听到夏临风同龄好友说到夏临风结婚请客，楠竹才知道两人的事，心里恼恨着又是这恼人的豆花店使他们走在一起。楠竹为妹妹斑竹感到不平，下午便跑到了厂内，将此事告诉斑竹，愤恨地提出："斑竹，你就不该发善心将豆花店给这个没良心的东西，不如将豆花店收回来，让他们喝西北风去！"

斑竹听了淡然一笑说："过去的事就不要争了，于人于事，宽容一点。愿他能有一个家，有一个好的归宿，毕竟是孩子们的父亲。"

夏临风想低调一点，推辞不过众人的请求，细想这好坏并不是见不得人的事，两人商量后定在这月初八于秦唐人家酒楼包四五桌酒席，这事就算正经办过了。

初八这天，风和日丽，朋友给屋内房子贴了"红梅白梅梅开二度新家庭，圆月弯月月映中秋好时辰"的对联。横幅为：豆花结缘。又在酒楼门前放了两串鞭炮。正在碰杯交盏一片欢庆氛围中，姚斑竹平静地迈进了餐厅，径直走到新郎、新娘桌旁，说："不知道你们办事，还是来迟了，祝贺你们喜结连理。"又从挎包中拿出红包递给江晓云说道，"这点礼金，虽然微薄，但请笑纳，也祝福你们今后和睦美满。"斑竹说罢向江晓云摆了摆手说了声"再见"，回过头快步走出了餐厅。

坐在旁边的朋友，从江晓云手中拿过红包打开一看，厚厚一沓百元纸币，数了数共计2178元，颇感不解，倒是江晓云念叨了两遍，先悟出："2178，两人齐发。"吉言吉利吉祥，大家很受感动。

夏临风的嘴里有些发苦，默默地想，斑竹有着这么宽广的胸怀，就像一块发光的金子、一块明澈的宝玉，都怪自己，不懂珍惜，失去了她。

第三十四章　雨夜

　　整个渭河平原凉爽的秋季，一阵西风扫过，便下起了缠绵的秋雨。这个时节生产出来的食品，在连阴雨的天气里是极其容易霉坏的。斑竹每天都要进一趟自备冷库，检查恒温条件下食品的储藏情况。

　　外面的雨又下大了，黄豆大的雨点打在彩钢瓦上，噼噼啪啪响成一片。低凹的地方已形成水池一般的水坑，雨点溅落其中，激起一个个水泡。傍晚时，雨停了，天空依旧是乌黑乌黑的，令人窒息，随着又一股强劲的秋风吹来，雨滴又烦人地落在厂区水泥路上，溅起一串串雨花。

　　将近半夜时分，阴沉沉的天空突然爆起一连串轰隆隆的炸雷声，大雨像瓢泼似的从天空落下，村内狗吠的声音相继响起。正在厂里值班的蜀新披了件衣服走出屋外，紧接着又一声响雷在头顶的空中滚动，闪电瞬间的光亮使他看到厂子后边靠河的围墙在雨中坍塌了，鹿溪中的水冲破河堤从倒塌的围墙外涌进厂区。蜀新首先打开厂区电灯，歇斯底里地大呼起来："厂里进水了！快些出来堵水啊！……"

　　厂子晚上人不多，云黛儿开车回了处于饮鹿泉的家中，只有看大门的韩老头、住在厂内的斑竹及恰逢星期天回家的两个孩子。熟睡中的斑竹听到喊声，忙唤起两个孩子，又匆忙从工具房取出三个铁锨拿给自己和孩子，而后火速奔向坍塌处，蜀新蹚在倒塌处的水中，韩老头在旁边不断地递砖块，斑竹和孩子站在高处向下铲土……

　　厂房挨着村子，住在隔邻的夏临风和妻子江晓云夜里很早就进入了梦乡。在雷鸣闪电的大雨中，院内的土狗先叫了起来，夏临风惊醒后仔细一听，忙摇醒江晓云说："晓云，快醒醒，你听，隔墙的厂子进水了，有人在喊堵水呢！"

　　江晓云迷糊中听明白丈夫的意思，坐了起来急忙说道："快穿好衣服，快去堵水！"黑暗中摸不见开关绳子，越急越慌，越慌越乱，江晓云光裸着身子在夜色中乱摸着问："你把裤衩扔在哪里了？咋摸不见！"

"还穿什么裤衩？先套上长裤凑合一阵吧！"夏临风在焦急中呼喊。

听了此话，江晓云光着屁股穿上长裤。两人打开房门，一股大雨随风卷了进来，雨刹那间便淋湿了全身。夏临风从院中抄起一把圆头锹对江晓云说："手电筒在灶房，快拿上。"两人旋即从后门奔进了厂区。

毁堤的鹿溪河水像发怒的老虎一样从墙的倒塌处灌入厂区，蜀新同斑竹几人忙活了一阵也是无济于事。扔下的砖瓦石头，铲进的黄泥土块很快就被洪水冲走了。后赶来的夏临风仔细观察了一会儿说："这样的堵法不行！大家暂缓口气，歇会儿，容我想想办法。"他将铁锹交给江晓云拿着，转身又回到家中，从屋后台阶上扛了一扇旧门，又回来走到坍塌的豁口急流处，用门扇横着，忙令其他人纷纷抛下砖瓦石头、投入黄土泥块堵住门扇。经过一番紧张的抢救，终于堵住了豁口。

大家紧张的心情松缓了，夏临风对韩老头说："韩叔，这里暂时还不能离人，继续加固坍塌的豁口，防止松动，不然就更麻烦了！"站在前边的斑竹听到夏临风的话，明白这是在给自己叮嘱。

黑暗中，远处山头上闪过一道电光，接着又是一连串轰隆隆似要撕裂天一样的雷鸣，雨又下大了。斑竹在暗淡的灯光下望着大小七个人，都成了落水的泥鸭子，在这冷凄凄的秋夜里，下牙顶着上牙直打战……

骊山东绣岭已泛出朦胧的末夜曙光，天快亮了。夏临风看着涌进厂内的洪水已被拦住，险情已经排除，便扯了扯江晓云的衣襟说："这里没事了，咱们还是回家吧！"

斑竹看着夏临风这对夫妇满身泥水走出厂门，心灵深处涌出复杂的情绪，怜之、思之、念之、恨之、想之、恋之、爱之，说不清，道不明。

天开始明亮起来，下了一夜的雨逐渐小了，但还在无休止地下着，看家狗卧在房檐下斑竹的脚旁，仿佛在沉思着什么。

眨眼间春节临近了，汤圆在这寒冷的时节里进入了销售的旺季，厂里的生产也忙碌起来。除了及时供应市场所需，还要积蓄更多的货以满足春节前后的大众需求。汤圆汤圆，团团圆圆，春节走亲访友，汤圆已经成了一种时兴食品。紧接着就是元宵节，家家户户欢度元宵佳节，汤圆更是供不应求。

斑竹同云黛儿做了生产计划，原来招聘的女工已满足不了生产所需，又紧急雇用了一批临时女工，由原来厂里技术熟练的工人一个带一个投入生产。

鸿雁

楠竹的汤圆店作为厂里一个对外销售生熟食品的窗口，在店内繁忙，难以应付的情况下，楠竹便又从四川家乡叫来两个川妹子，一个包、一个煮，现做现卖，配合得十分默契。楠竹除了招呼顾客外，还兼顾着收款找零。每天忙下来大家都感到很累。但这累，累得满足，累得甜蜜，楠竹的脸上充满了笑容。

寒冬腊月时光，一阵呼啸的北风送来了满天的雪花。雪花由灰暗的天空飘落下来时，使得整个世界一片银色，银色的院落、村路、树梢，远处的山峦亦是一片雪白。棉絮般的雪纷纷扬扬地飘了一夜，有些树枝、雨棚都被压坏了。

"太美了！"早起的斑竹望着几年难得一见的大雪，心情很是舒畅。她给弟弟蜀新交代："今天迟点儿开机，让来厂的职工先铲雪扫路。"说着从门后拿出一把铁锹铲起雪来，不一会儿额头上便渗出了汗珠。她拉下脖颈上的羊毛围巾，擦了擦汗水。这时阿玲家的那只黄狗和原来家中的土狗在厚厚的雪地上追逐嬉戏，不一会儿又于雪中滚成了一团。斑竹皱了皱眉头，移开目光回望他处。

迎着北国冬雪，迟到的云黛儿手持一把雨伞，身着一件咖啡色雪花呢大衣，在寒风中颤抖着同哈着一口口热气的斑竹走进了办公室。

雪地中，开来一辆公务车，停在厂大院前。车上走出一中一青干部模样的人，年轻的小干部向斑竹探问："阿姨，这厂里的老板在哪儿？请帮忙找一下。"

斑竹笑着幽默地说："这里没有老板，找厂长的话，我就是。"

"哎呀！对不起！还是一个女厂长。"小干部惊讶地介绍说，"这是我们县民政局的赵副局长。"

斑竹忙走向前："是赵副局长啊，欢迎你们！天这么冷的来厂里，快进屋里坐吧！"

办公室暖和多了，赵副局长接过斑竹递来的茶喝了一口，说道："听说咱们厂生产斑竹嫂汤圆及酥蓉津等食品，我们是慕名而来，这厂规模不小呀！"

"这都是在政府的支持和领导下逐渐发展起来的，政府给了我们大力发展的空间。"

"斑竹同志，先前就听说榴花镇一个妇女办了一家食品企业，安置了农村闲散妇女就业，帮助她们脱贫致富的事迹，很感人啊。今天来看一下，也顺便给你们带来一桩生意，算是政府对斑竹嫂食品厂的支持鼓励。是这样的，春节快到了，咱县上驻军单位多，像野战军军部、空军飞行基地、各军区疗养院都需要慰问。拥政爱民，军民一家，这都是我们的老传统啊。再说年后的元宵节要开大规模的军民座谈会，需要招待，先订二百箱大汤圆、一百箱酥蓉津。如不够的话，随时打电话告知你们。不过强调一点，要提供优质的斑竹嫂汤圆及酥蓉津，一定要让咱的子弟兵喜逢新年吃了都说好！毕竟我们是军民鱼水一家人！"赵副局长嘱咐得十分细致认真。

"请上级领导放心，我们生产的食品无论是品质还是卫生都没问题。况且，如果赢得部队官兵的认可，那就是为我们斑竹嫂食品厂打了不掏钱的广告，诚信赢天下呀！"斑竹充满了自信。

旁边的云黛儿与斑竹耳语了一小会儿，说："感谢赵副局长对我们的关怀和支持，经我们商量，除了为政府精加工三百箱慰问食品外，再由厂里另外赠送五十箱斑竹嫂汤圆、二十箱酥蓉津给子弟兵，也算我们为落实拥军政策尽一份力吧！"

赵副局长高兴地说："我代表民政局、代表政府感谢斑竹食品厂的慷慨赠予。你们这样支持我们，表达的是对子弟兵的敬意和爱戴，值得赞扬啊！"

北方人常说，下雪不冷融雪冷。上午消融的雪已在瓦楞下冻结了长长的冰凌，斑竹坐在火炉旁取暖，办公桌上电话响了。她拿起话筒，传出了云黛儿的声音："斑竹嫂，时近年关，我们在西安的商户，包括甜食店、超市纷纷要求为春节订货。鼓足信心，多生产些，我们的产品不愁卖不出去。你在厂内主管生产，心中要有个准备。"

"没想到今年的市场形势这么好。"斑竹在电话中感慨道。

"是啊！说起来我心里都为我们的企业感到骄傲和自豪了！"云黛儿回应道。

斑竹觉得，在这个关键时候，应该开个全体职工大会讲讲厂里的大好形势。打打气，鼓鼓干劲，该奖的还要奖。再就是质量问题，推出"以质量求诚信，以数量求发展"的理念，打造"斑竹嫂汤圆"和"酥蓉津"品牌的良好形象。

鸿
雁

第三十五章　新来的检验员

　　这年冬天，天气格外寒冷，但对于斑竹嫂食品厂来说，却是一个收获丰硕的季节。厂里全年的产量同比增长百分之一百二十，全厂上下都充满了干劲。有着可观的产量及令大伙欣喜的效益，斑竹嫂食品厂已正儿八经地算是一个有规模的企业了。县食品、药品监督管理局下了一个通知说，鉴于厂子的生产规模，有必要设置一个食品质量专职检验员。斑竹与云黛儿商定，由云黛儿借在外推销产品的机会设法招聘一个有魄力、有志向的"多面手"担任此职，一人可多用。

　　下午，一辆公务车开进厂内，下来了两个人，一个是食品药品监督管理局的小干部，一个是在县城经销斑竹嫂汤圆的老客户。两人从车上搬下两箱斑竹嫂汤圆来到了厂办公室，当着斑竹的面打开一箱食品，里边的汤圆有些发霉变质，闻起来有一股霉味。斑竹愣了会儿，她搬起箱子看了看出厂日期，还在一个月的保质期内。心里想，按说冬季寒冷不用冷藏应该没啥问题，可事实就是它的确坏了。斑竹问道："这些货拉回去码起来，箱子有被挤压过吗？"

　　"没有，绝对没有的事。这几箱放在最下边，今天打开往锅里下时，才闻到霉坏的气味。细看已经有些发霉发绿，所以拉来调换。"客户强调着。

　　"进货后，未卖出前你将箱子放在什么方？"

　　"冬天嘛，当然是放在操作间煮汤圆暖和的地方。"客户不以为然地说。

　　"明白了，这水磨汤圆如不能及时卖掉，绝对不能放在温度过高的地方。我们向外发货前，也都在冷库中堆藏着。今天就不说谁的责任了，我们是经常合作的，作为厂方，损失是难免的，这两箱汤圆就与你换了吧！以后，多注意存放温度，再发生此类事，你们只有自己销毁了。"斑竹耐心地叮咛着。

　　旁边的食品监督人员看着斑竹处理了与客户的纠纷后，说："这食品箱子上彩印的食品保管方法，以及注意事项说明，都模糊得看不清楚，客商容易忽视，造成不必要的损失，要注意箱子包装的印刷质量。今天看厂方的态度不错，人也挺忠厚，所以就不罚款了。不过请注意，若食品不达标就销售，是要罚款的，这是很严肃的事。我们前些日子向你们下了通知，这么大规模的厂子，该设一个正儿八经的检验员。"

斑竹沉思了一下，说："请领导给我们半个月的时间，这检验员可不是随便能找得来的。"

"这倒可以，但这事我们已多次给你们打过招呼了。再退一步，这半个月内如不能落实，那就是你们的责任了。"

又是一件烦心的事儿，但人家讲得有道理，必须去执行。斑竹将此事再次告知云黛儿，云黛儿想了想还真是这码事儿，便谈及自己的意见："要找就找一个懂得食品生产程序的角色，不但要有文化，更要有担当，我看就在轻工业学院食品专业找一个吧！"

"用点儿心找个家在农村的男学生，有担当、出得力、吃得苦、事业心强的年轻人。乡镇小企业，就这么大个厂子，检查化验用不了多少时间，工资给高点，闲下来也可以帮忙发发货、进进料，彼此都有好处。"斑竹谈道。

六七天后，云黛儿从市人才市场带回一个叫叶青的，已经一年多没工作了。家住秦岭深山中，又有两个年老多病的父母靠他赡养，急于找工作，待遇要求也不高。斑竹询问了一些其他问题，便决定留下来。

第二天，云黛儿同叶青去了市内，购置了食品检查化验所需的仪器设备。

说实在的，斑竹招聘了叶青这个检验员，不如说招聘了一个勤杂工、一个装卸工，检验的活儿很快便能干完，他大部分时间帮着蜀新一起装货卸货，无事还兼顾办公室的卫生。时间长了，斑竹越发觉得叶青踏实肯干。叶青毕业于轻工业学院食品专业，可如今大学生要找合适的工作很难，他找工作也很困难。先前勉强在一个县办食品厂找到对口工作，待遇一般不说，埋头苦干了将近十年时间，厂子却因经营不善倒闭了，吃饭都成了问题。人总要有一条活命的路，以至于走上了打零工混饭的道路。时运不济，前途渺茫，更要紧的是如今已是三十四五的年龄，还没成家。老家在秦岭深山，父母为了供养自己上学，经济上一穷二白，现在已是年迈多病。自己工作不济，而现在娶个媳妇，要车、要房、要三金、彩礼，他心有余力不足。眼下顶重要的则是要有一份属于自己的工作，认认真真挣钱，还能有一线希望，否则一切都是奢想。

眨眼间一个月过去了，正是春三月桃花烂漫的时节。拿到上个月薪金的叶青很是惊讶，比招聘议定的工资多了一半，他猜想着厂里多付工资的原因。

这天下午，斑竹到办公室向云黛儿要月结出勤报表，叶青上前请求道："斑

鸿
雁

竹姐，我想请一天假，明天回一趟山里老家，给父母捎一点儿钱，也将这里的情况告诉他们，免得他们担心。另外，我想把咱们厂的大汤圆、酥蓉津各买一斤，送给家里父母。"

"买什么？难得回家看父母，就凭你这孝心，让蜀新从成品线多取几斤带着就行了。"斑竹很是宽厚地回应。

叶青觉得这样有些不妥，且又难为情，便说："不收钱的话，那样我就不带了！"

"你这人咋就这样生分见外呢？不收钱就不收钱，厂里还指望着你有更多的担当。"斑竹走出办公室，朝着库房那边的蜀新招呼了几声。

蜀新来到姐姐斑竹面前，问："姐，有什么吩咐？"

"你从成品线将汤圆及酥蓉津各取三斤拿到办公室来，叶青回家看望父母要用。"

叶青从斑竹手中接过沉甸甸的礼品，他感到这里虽然是一个民营企业，但这里有着让人感觉温暖的人情味。尤其厂长那夹杂着浓重川音的话语，使自己一颗长期冰冷无助的心感到了温暖。一个多月来，他从与蜀新的交谈中，了解到了斑竹不幸的人生情感遭遇，以及她的宽容、善良，他能感觉到斑竹的刚毅和绵柔，她要强而又心软，是个让人心疼的女人。

第三十六章　善心向行到莲座

　　一天忙碌后，在漫漫长夜中，斑竹没有忘记剖析自己。她历过凄风苦雨，一路坎坷滚爬过来，始终有着自己的坚持。

　　斑竹思索着与自己同甘共苦过的前夫夏临风，他辜负和欺骗了她；阿玲也辜负了她，枉她对阿玲多有照顾，可阿玲最终陷于情网毁灭了自己。她也曾听到人们私下里说什么家花不如野花香，无非就是风流男人寻求刺激的借口。可最终如何呢？伤害了这么多人，甚至害了阿玲和她腹中胎儿的性命。

　　可似乎一切又起源于她对阿玲一家的怜悯与照顾。如此说来，她是不是也错了？想到此处，斑竹忆起普陀山的一首拜佛诗：

> 可曾东海念弥陀，
> 碧波万顷驱邪恶。
> 虔诚涉水拜观音，
> 善心向行到莲座。

　　人世间必定有一群受苦受累受穷的人，渴望走出穷困，希望有人帮他们一把。斑竹想，自己并不曾做错什么。

　　春天来了，去年深秋随老燕飞往南方的小燕如今又飞回北方故乡。它的前辈或许再无力飞回故地，只有它，借着年轻的翅膀又不辞万里飞临自己出生的地方。在岁月中经历繁衍，孵化出新的生命来。这样循环，一年又一年，一代又一代。看着雌雄成双的燕子辛勤地在添枝搭草修复着去年的燕窝，斑竹猛然间醒悟起来，是时候搭造自己人生的巢窝了。

　　顺着鹿溪吹来的下山风格外清爽温柔，厂内道路两旁，女贞子枝头开满一团团白色的花朵，散发出沁人心脾的香气。叶青入厂半年多了，每月按时领到丰厚的薪资，虚空的心里充实了许多。当初云黛儿将他带来厂里时，看到这个厂的条

鸿
雁

件简陋，说实话心里好似十五个吊桶一样七上八下地犹豫不决，自己原来就业的国有厂都倒闭了，这个民营企业又有什么奔头？惦顾着自己前途未卜，小心谨慎地踏着每一步。渐渐年迈的父母、已过而立之年的他，都在期盼着有那么一个救星，使他拥有一片光明的前景。

厂长斑竹在闲暇时与叶青谈了几次，对他的怀才不遇很是惋惜，可有什么办法呢？如今社会竞争激烈，自己也没有什么背景，想到这里，他觉得自己还是要实实在在、吃苦耐劳，细心周到地干好这份工作。改革开放后，私企如雨后春笋般建起来了，自己的顾虑看来是多余。他的眼前亮了起来，得凭着良心走以后的人生路。

云黛儿早上来到办公室，叶青已拖洗完地板，正拿一块抹布擦着办公桌面。桌上的办公用具摆置得井井有条，窗户玻璃一尘不染，可以清楚看见外面的车间。"厂长怎么还没有来？"云黛儿问叶青。

"上班时间还差会儿，她应该快来了吧！"

两人正说着，斑竹从屋外走了进来，坐在办公椅上对云黛儿说："明天县乡镇企业局要开企业发展改革规划会议，你代表厂里去参加那个会议吧！"

"明天？我今天寻你还有个私事呢！"

"什么私事？"斑竹感到很奇怪。

"大老板，我这么长时间心里一直思量着，你和两个孩子长年累月住在厂里，简陋得也不像个家。原来的房产一寸没要全扔给了夏临风，往事不必提起。可现如今经济条件许可了，也该给自己安排一套住房，过上正常的生活了。就算不为自己，也要为了孩子想想啊！"云黛儿劝斑竹道。

"你还有什么想法，不妨都说出来。"斑竹觉得云黛儿话还没说完。

"我昨天回了一趟饮鹿泉的家，中途路过一处楼盘，顺便下车看了看，那里的高层住宅楼，贵是贵了点，估计我们还承受得起。买一套吧！说句丑话，狗也得有自己的窝。"云黛儿说。

斑竹两手抱头沉思了许久，望着云黛儿说："我们的钱都投到厂里去了，买房势必影响厂里的正常运转。毕竟是你我两人奋斗办起的厂子，那样不合适呀！我想，要买就买两套，你我一人一套，面积小一点儿，能住就行了。"

"斑竹姐，你又见外了。我有饮鹿泉的房屋住，也不需要买房，就是将来，麦海和孩子从闽南到了这里，我会利用那个地方，修建一套别墅。还是多想想你自己吧。你先将厂里安排好，你、我、叶青，咱们三人去看一下房。这买房不容易，里边的套路多着呢！什么朝向、采光、通风，周围的配套设施，比如医院、学校等，比学数学还复杂呢！"

三人乘车到了骊山附近一处新建的住宅小区售楼部，叶青仰头望着，直呼："这楼真高啊！高上了云端。"

云黛儿说："人往高处走，水向低处流，这回可要听我的，靠最东边的第九栋三十三层，视野很开阔。"

"对不起，九栋三十层以上的住房全部售空，还是选其他的楼层吧！"导购小姐温馨提示。

扫兴的云黛儿将手指移向楼盘向南的二十八栋一单元三十二层，问导购，导购摇了摇头抱有歉意地说："三十一、三十二层也已售出。"

又一次的失望使云黛儿改变了方式："请问姑娘，你觉得还有哪个较符合我们意愿的楼层可买？楼层稍低点也可以。"

"向西南方位的十八栋二十七层一单元有一套一百二十平方米的，位置较好，可以带你们上去看一下。"导购小姐很有诚意地介绍。

三人同导购来到十八栋楼一单元，乘着电梯上了二十七层。走进房间，斑竹和云黛儿首先来到窗户玻璃前，开阔的视野中，远处八百里关中沃野一望无际，渭水如练东逝而去，十三朝古都长安就在眼前，美丽的景观一览无余。"谢谢你姑娘，这套房子我们要了！"斑竹高兴地对导购小姐说。

九百八十元一平方米，一百二十平方米近乎十二万元。斑竹狠了狠心，来到售楼部签了购房合同，交了首付六万元。

房子是买下了，斑竹心中却不踏实，丝毫没觉得欢喜。以厂里的盈利先给自己买下这套房子，她总觉得对不起云黛儿、对不起厂里的每一个员工。这些都是大家共同奋斗出来的血汗钱，真心盘算起来，这些钱到底该归谁？她想起那些经常做慈善的企业家，他们是怎样做的呢？

将近初夏时节，由斑竹和云黛儿商量着把厂里所有账务交与叶青管理，当然他还要兼顾着食品质量的安全检验。为了与云黛儿在资金的投入保持股份平衡，斑竹安排叶青根据云黛儿掌控股份的百分之四十按近年的盈利结算，将一百万元资金转于其私人账号。过后不久，斑竹、云黛儿两人商定，在端午节来临之际，按所有员工本人的工资比例，厂里给每人发一笔奖金。斑竹购房的心理压力在一步步缓减着。

鸿雁

第三十七章　凤求凰兮

　　要说云黛儿是一只燕子的话，那么斑竹就是一只大雁，无论是从北往南飞还是从南往北飞，不外乎都依靠着一对"翅膀"。在飞翔的过程中，二人同频共振，成就了一番事业。

　　云黛儿近几个月意识到，由自己招聘到厂里的叶青，已自然地融入这个企业的管理层。而按照常规来讲，这个位置原本会天经地义地落到斑竹弟弟蜀新身上。她心里又思考起叶青来，当初在人才市场上，她看叶青只是一个家在农村、老实本分的二本大学生，是她接触的几个大学生里月薪要求最低的。在她看来，这样的人吃得了苦，能担当，对事负责认真且好管理。如今再看，却发觉他不仅踏实肯干，也确实颇有才能。

　　这天，斑竹去县企业局开会去了，饭桌上剩下云黛儿、蜀新、叶青及做饭的厨师老王，四人围坐在一起吃着饭。饭间，云黛儿边吃边望着对面的叶青说："叶技术员，家中给你找对象了吗？"

　　谈及此事，叶青瞬间便涨红了脸，心中埋怨着，云厂长这不是哪壶不开提哪壶嘛！又一想，她或许只是出于对自己的关心，便随意地递上话："感谢云姐的关心，就我那个家，是个女人都不会愿意跟我进山的。想在山外谈一个，可如今，女方要房、要车、要彩礼，没个几十万元妻子是进不了家门的。实际点儿，看来只有在当地招赘做上门女婿了。"叶青感到很没有颜面地叹气说，"今年就不想了，待多积攒一点儿钱再说吧！"

　　"哎呀！大学生怎么这样说话？抓紧点先谈吧！谈好了，厂里支持你赶快将事办了。不然，过了年可就三十五了。"云黛儿很为叶青担这份心。

　　"不容易，没那么对卯眼的事。我心里还想托斑竹嫂从四川找一个姑娘，时运不济，真不敢提起。"叶青的心情很纠结。

　　"你说这话才说对了。四川女人会当家，讲究实干。娶一个四川女人做妻子，可是一辈子的福气呀！"云黛儿很赞成叶青的思路，又转念一想，眼下不就有个现成的吗？遂说，"行了，不用找斑竹厂长了。我给你介绍一个不要车、不要房、单等着你娶的新娘。"

"云姐，你这不是寒碜我吧？不会是让我白做梦吧！"叶青惊讶不已。

"桌上无戏言！不过，是媒不是媒，须请两三回，最少也得买一斤奶糖先贿赂一下媒人吧！"云黛儿嘻嘻笑着，又说，"不用担心，这件事我记在心上了，俗话说肥水不流外人田啊！"

"不就是一斤奶糖的事嘛！"叶青说。

这天午饭后，云黛儿将车停在办公室外的庭院中，对着办公室内大声唤道："叶技术员！劳逸结合，一块儿去鹿溪上边的塬上看看秋景吧！"

叶青听懂了云黛儿的意思，受宠若惊般忙将桌上的资料放入抽斗内，跑出去坐到副驾驶位上拉上了车门。

汽车沿着清凌凌的鹿溪水旁的公路缓缓而行，凉爽的秋风从打开的车窗吹了进来，路边的石榴已是硕果累累，柿树上青里泛黄的柿蛋子压得枝头低到快要碰上汽车顶。鳞次栉比的人家，山环水绕，青竹摇曳，极富诗意。待车开到了路尽头的崖畔上，兀立着一座坐东面西的古老庙宇，历尽沧桑的几棵古木仍焕发着生机。叶青细瞧庙门上的匾额，隐约能辨出"女娲娘娘庙"五个欧体榜书，落款为杜如晦。叶青暗忖，这竟是出自唐代宰相杜如晦之手，随即对云黛儿说："这可是一座不凡的古庙，别看它目前破败成这个样子，唐代建筑啊！"叶青赞叹道。

"碰到识货的，才是一块金子。好了，就在这里透透气吧！"两人坐在庙门前的青石台阶上。庙前有一块祭祀的地方，平坦开阔，站在石阶上很容易就能看到古都长安高耸的楼群，渭河似一条长龙在夕阳余晖的照耀下悠然地向东流去。

云黛儿拧开杯盖饮了口水清了清嗓子，问坐在旁边的叶青："叶青，上次吃饭时请你买奶糖的事，你忘了吗？"

"早几天的闲话，还以为云姐同我开玩笑呢，还真没当一回事。实在太抱歉了，看来这奶糖的确需要买了。"

"如果你现在有可谈的对象，我就不打扰了，不过办喜事实在缺钱的话，斑竹厂长会拿出一笔钱来资助你的。"云黛儿说道。

"没有的事，钱也就不需要了，谢谢大家的关心。如果急需用钱，我会张口的。可我如今在厂里上班，婚姻的机遇难以求得，再等等机会吧！"叶青感激地说。

"我相信你说的是实话。有一桩现成的姻缘，只是不知你怎么想。这只是我自己私下想的，如果你觉得不行，我也就不提了，当作没有那回事儿，可不能影响你的工作情绪。"云黛儿口里像堵着一河水。

"云姐，哪有那么神秘兮兮的？你就放心讲吧！"叶青期待地看向云黛儿。

"你觉得咱们厂长斑竹人怎样？"云黛儿鼓起勇气来猛然吐出此言。

"什么？我不会听错了吧？"叶青感觉平地里响了一声闷雷般惊愕起来。

"这是我的真心话！先不要紧张。"云黛儿倒显得很平静。

"不行！不行！我这是癞蛤蟆想吃天鹅肉啊！"叶青惶恐地说。

"你不要自卑，也先不要说行与不行。斑竹是比你年长了七八多岁，可她人好、心善。我在心里权衡了好长时间，你二人各有所长、各有顾盼，而且时代不一样了，我觉得你二人挺合适的。这事我暂时还没有向斑竹讲过，只是先探探你的意思。"云黛儿办事有着自己的分寸。

叶青的心绪如海浪一般翻涌着，纷乱的心内有兴奋、希望，也掺杂着莫名其妙的困惑。叶青思忖着，此前就是天崩地裂，自己也不敢想会与斑竹有情感纠葛。他稳住奔腾的情绪，对云黛儿说："云姐，要说实话，斑竹厂长各方面我都没资格挑剔。四川的一方风水，养就了她，她不仅人长得漂亮，保养得也年轻，看起来最多四十。最要紧的是她为人心地善良、勤劳肯干，平时能理解我们，还能为我们这些打工族着想。云黛姐，你这不是拿我开玩笑吗？我叶青凭哪一点能攀扯得上身为企业老板的斑竹姐呢？到头来，还不是剃头担子一头热，令人难堪吗？"

"叶青，你来厂里已近乎一年了，也多少知道斑竹嫂的不幸往事。我们且不看斑竹嫂的长处，从她的短处看，一、她是一个因情感破裂离异的妇女；二、她已有两个孩子；三、她已是四十出头的年龄。另外，她也需要一个男人来依靠，携手过下半辈子。"在叶青听来，云黛儿说得似乎也有道理。

"可我叶青除了人什么也没有啊！一个混得没有人样的穷大学生。我想即使你给她提起此事，她也会摇头回绝的。"叶青无法抹去内心的顾忌。

"这么说来，她如果愿意，你就同意了？"云黛儿想要套出叶青的真实想法。

"不会的，斑竹姐她绝对不会同意的。再说，这么长时间接触下来，她对我来说，就像大姐姐一样。"这才是叶青的心里话，是他真实的感触。

云黛儿笑着说："叶青，放心吧！我要在不现实的现实中导演一场体现真情真爱的情感逸事了。"看来，云黛儿是胸有成竹了。

此时的夕阳已经落到了渭河那边的嵯峨山下，天边留下一片灿烂的火烧云。

一石激起千层浪。对于云黛儿为叶青、斑竹两人牵线做媒的事，叶青坐卧不宁地焦虑了几天。既是欢喜也是愁，喜可是喜美了，感觉吸入的空气也一丝一丝甜蜜起来。脑海中时时刻刻都是斑竹的身影，鸭蛋形的脸上一对明眸，胖瘦适中，高挑的个头，翘起的弹性十足的丰满臀部……在陷入爱恋的男子眼中，对方的短处也会变成长处。叶青那往时不敢妄想的情感，如今被点燃，初始萌发便是翻江倒海般欢腾，一切都还在梦中，他却时时刻刻、分分秒秒希望美梦成真。

云黛儿是在一个晚霞照耀的下午，同斑竹驱车来到了鹿溪上边崖畔上的"女娲娘娘庙"前与斑竹闲聊了一会儿后，云黛儿望着远方的风景感慨道："这个世界是越来越美好了，日月多情、云水有意。看着这一切，斑竹嫂，你不觉得你在这美好生命的氛围中欠缺了什么吗？"

"我已是一个失去爱情、没有配偶、不完整的女人，对我来说，爱情和婚姻似乎永远不再完满。这揭人伤疤的话，快别说了。"斑竹的情绪低落起来。

"如今不要提当年的往事了，丢掉这种遗憾，重新建立对生活的信心吧！我们的事业如今一片大好，人的感情也该相应美好起来的。"云黛儿想勾起斑竹对美好感情的向往。

"夏临风、阿玲已抹去了我对美好感情的追求，我如今和这庙中的尼姑一样，将人间的美好布施于苍生，对于自己则是无所希求。"斑竹说。

"我不相信你不需要一个男人陪伴着继续生活，特别是一个有文化、有素质的男性，你不觉得这样的男人正在向你走来吗？"云黛儿像在布道。

"谁？"云黛儿的话使斑竹感到疑惑。

"先不管是谁，如果有这样的男子希求与你厮守一生，做你忠诚的伴侣，你心中能不泛起浪花、为之动容吗？"云黛儿一步步引导着斑竹。

"云黛儿，请你不要讲这些逗弄人的话了。"斑竹无奈道。

"如果你身边有一个你熟悉的人，他很在乎你，愿意照顾你，你能接受他吗？"云黛儿问。

"我有那么大魅力吗？"斑竹疑心地问。

"有！相信自己，你斑竹嫂放在哪里都是一轮皓月般明亮迷人。"云黛儿说。

"你讲话越来越不沾边了，我已不是小姑娘了，你想逗弄我，看我的笑话吗？"斑竹灰心中夹杂着恼怒。

"别恼怒了，我说出来是谁你会更惊讶的。"云黛儿知道时机到了。

"谁？"斑竹感到云黛儿不像在开玩笑。

鸿雁

"这个人就是咱们厂里的叶青，他真心爱着你。"说完话，云黛儿望着斑竹，等待着她的反应。

斑竹低下头，抬手扯了扯耳朵，她方才听到的确确实实是叶青的名字。她沉默了很长时间，而后慢慢地抬起头，望着夕阳落下的地方。这件事突然被提出来，搅动得斑竹心绪起伏不定。又过了一会儿，斑竹终于回过头大笑起来："真好笑啊！云黛儿，你为我讲了一个天大的笑话，也给大家制造了一个莫大的笑料。"说完在云黛儿肩上拍了一下，又弯腰失态地哈哈大笑起来。

倒是云黛儿惊愕着害怕起来，这事让斑竹内心毫无准备，不会是发起神经质来了吧？

斑竹笑了好长时间才平静下来，但声音依然很亢奋："叶青他爱我吗？爱我这残花败柳的半老徐娘吗？爱我这带着两个孩子的中年妇女吗？云黛儿，叶青是一个老实的、从农村来的大学生，我敢料定他至今还是一个处男。他没有那个心思，也没有那个胆量来爱我，这都是你云黛儿虚构出来逗我玩的吧？"

云黛儿知道在这个时候多说无益，只能说："好了，话已至此，我也不多说了，望你冷静下来多想想……"

"天将晚了，咱们开车回家吧！"斑竹先上了车。

冷静了几天的斑竹，见了云黛儿只是很平常地谈了谈厂里生产上的事。对于自己与叶青的事儿，根本闭口不谈，叶青本人也是按部就班地正常工作着。云黛儿留意观察了好几日，斑竹同叶青之间没有不寻常的表现，云黛儿自己倒是奇怪起来，莫非自己点了一个塌火爆竹？

然而云黛儿无论如何也未想到，斑竹和叶青两人再也不像从前那样坦然了。在叶青眼中，斑竹再也不是从前的斑竹，美如天仙，怎么看怎么仰慕。而在斑竹眼中，叶青就像杏树上熟透的杏子那样，酸甜诱人，令人心神为之迷醉。

在两人的情感悄然变化的过程中，二人心中都燃着一团火，燃的时间长了，必然要烘出一片火焰来。

已是秋风吹起的八月了，天气也逐渐地凉了起来。午饭后背过云黛儿，斑竹神秘地对叶青说："叶青，一会儿到我房间来一下。"说完便回到她与孩子一起住的房子去了。

叶青整理好办公桌上的资料，待走入斑竹的房间，斑竹正背对着他在衣柜中寻找着衣物，叶青试探着叫了声："斑竹姐，有什么事要帮忙吗？"

斑竹头也未回，说："我在寻个东西，你先在沙发上坐会儿。"声音很是绵柔甜蜜。

少许工夫，待斑竹回过身来，手里拿着一个成品衣袋，撕开袋子，取出一件精品羊毛衫递给叶青，说："秋天了，该加衣服了，我给你买了件羊毛衫，你先试一下，看是否合适。"

叶青大感意外，他哆嗦着伸出手，不知道该不该接，感到十分难为情，说："斑竹姐，我有衣服，让你破费了，怪难为情的。"

"让你试你就试吧！合适的话就送给你了。"

待叶青将羊毛衫套在衬衫外面，斑竹又前后左右地审视了一番，满意地说："很帅气啊！看来，我选的这件衣服还挺合你的身材。"

叶青待在斑竹房中，觉得很是拘谨，站也不是，坐也不是，直到斑竹将一杯热茶递到他手上，他忙说了声："谢谢！"

"最近厂里很忙，适逢中秋节，正是销售旺季，订货很多，你可要多担当点。"斑竹借故叮咛道。

"没问题！斑竹姐，现在厂里就和家里一样，我终于在这里找到了人生归属。"叶青感到信心十足。

"你准备永远在这里待下去吗？我这儿可只是一个民营企业啊！"斑竹向叶青探问道。

"我觉得这里无论是生产环境，还是工作氛围，倒是都挺适合我的。"

"听云黛儿讲，你对我有一些想法或看法，不妨放开谈一下。"斑竹终于切入了正题。

"斑竹姐，这话我真是羞于说出口的。云厂长让我跟你表明心意，这不是赶着鸭子扑向凤凰台吗？我心里爱慕你，可这爱真让我自卑，说真的，我自己几斤几两，我还能不清楚吗？自她向我提起此事，我也曾在夜深人静时反复掂量自己，觉得这是癞蛤蟆想吃天鹅肉，不着边的幻想。充其量，一直跟随着你，已使我觉得很荣幸了。"叶青壮着胆子说出心中的话，脸上已是绯红一片。

"叶青，如果我这个当姐的有意于你，你心里怎么想呢？"斑竹觉得两人既然有意，也不必那么遮遮掩掩的。

"姐，我感到头脑发晕，心里装的尽是你啊！"叶青说着，热泪盈眶地赶忙将斑竹拥入怀中，此时的斑竹已泪如泉涌，张开双手搂紧叶青的双肩。叶青痴望着斑竹，在她美丽的脸上深情地吻了一下。

早晨，待蜀新从库房装满一车为中秋节特制、精品包装的汤圆及酥蓉津，开车前往西安南大街金星食品店送货后，斑竹进入办公室，准备找叶青处理一下这几天的账务。办公室内，只有云黛儿在做着厂子发展规划报告，斑竹便问："叶技术员到哪里去了？"

"刚才骊山温泉小区售楼部打来电话，今天办理交接房手续，我让他代你收房去了。"云黛儿回话。

"这么快啊！你告诉叶青，接下来的装修简单一点，住着舒心就行了。"

"厂长啊，半辈子好不容易买一套房，不至于咱们买得起马备不起鞍吧！"

"云黛儿，你看看你写的厂子发展规划报告，我们目前急需一大笔钱扩大生产呢。顾此失彼的事，这不是自己为难自己吗？扩大生产，要再盖一个车间，将汤圆生产与酥蓉津分开来。原来条件不允许，整个放在一个大的车间里，也不科学，你觉得呢？"

"我觉得你首先要顾及的不是此事，扩大生产是大家的事，你的终身大事才是最迫切的。看一下人家夏临风的老婆，江晓云的肚皮都撑大了。叶青不在这儿，我就明说了吧！你就是棵铁树，也该开花了。"云黛儿的话听起来很诚恳。

斑竹一反常态，喜笑颜开地说道："非常感谢你，我的好云黛儿，我这铁树新花，不但要开，且还要开得更鲜艳。"

云黛儿微愣。

"云黛儿，这几天你就守在厂里搞规划。我看好了厂旁边村组长的一块承包地，规划厂房需要土地，抓紧点租赁过来扩大再生产，可就这手续，村上镇上县上路路神仙都要敬到，等他们研究后一个个将一枚枚红色印章按在白纸黑字上方能动工，那又是猴年马月了。"斑竹抬起手腕看了看手表，又说，"已经十二点了，厨师今天有事请假回家了，咱们到外面街道吃顿便饭吧！"

"吃什么？"云黛儿问斑竹。

"简单点，两碗荞面饸饹，再要两个肉夹馍，够了吧？"

"饸饹我不想吃，不如吃羊肉泡馍，有营养又能吃饱。"云黛儿建议。

两人走进泡馍馆内，待两碗热腾腾的散发着鲜嫩羊肉香气的羊肉泡馍端上桌时，斑竹搅了搅碗中羊肉汤汁说："这些天厂里虽然很忙，但还是觉得日子过得挺舒心。"

"还舒心，就你那事儿不解决，我就舒心不起来。我看人家夏临风那两口子才舒心呢。"云黛儿很不服气。

"不要提那件事好不好？今天告诉你，你交代我办的事我可是办好了。"斑竹话说一半，听得云黛儿有些挠心。

"交代？我能交代你什么事？"云黛儿迷惑起来。

"真健忘，不是你在'女娲娘娘庙'让我多想想吗？我可是照你的吩咐，给你完成了。"斑竹话说得还有点神秘。

云黛儿想了一会儿，突然站起来用筷子在桌上嘭地敲了一下，惊喜道："好个'老实'的斑竹嫂，这些日子被你蒙在鼓里，还在为你担心。你们俩倒瞒着我这个红娘搞起了地下活动，事情办得也太不地道了吧！不行！就是请客也不能这么寒酸，就拿一碗羊肉泡馍打发我，这顿饭不能吃了，我太亏了嘛！"云黛儿嘴里这样说，但心里对自己精心策划，促成两人水到渠成地喜结良缘感到十分欣慰。

"今天可不是请客，将就先吃了。待哪天寻个好日子开车到县里的如意酒店为你设宴，好好感谢你，这该行了吧？"斑竹笑着说。

"到时招呼叶青一块儿去，好好地庆祝一番。"云黛儿坐了下来，心里琢磨着，自己歪打正着成就了斑竹、叶青两人的好事。这还须让夏临风、江晓云两口子瞧瞧，斑竹就是不平凡的斑竹，不只是梅开二度，还让别人眼羡心慕地结交上一个读过大学的知识分子。

叶青近来很少待在厂内，忙着骊山温泉小区新房装修的事儿。有时抽空回来，也是匆匆忙忙地将多日堆下的账务一处理就又返回上面去了。碰到云黛儿，有时她打趣地说："叶技术员，赶快干吧！你那婚房装修的工程何时能完工呢？"

叶青只是淡淡地一笑，回应道："云姐你悠着点吧！到时少不了打点你这个当红娘的姐姐。"

待斑竹将租赁土地的手续拿到手，就在办公室开了次会议。列席的不外乎她和云黛儿，还有蜀新和叶青二人。会议主要商议新车间厂房修建的事，商定先由甲方厂长斑竹及副厂长云黛儿，与乙方工程承包建筑单位签订施工合同；然后由云黛儿主管工程施工质量，蜀新采购钢梁、钢筋、门窗、砖瓦及水泥等建筑材料，叶青提供后勤资金，保障财务上的支持，争取在冬季到来之前完工。

会后，斑竹对云黛儿说："要不将新房子装修的私事先停下来，管理人员不多，就这么几个人。"

考虑到斑竹与叶青要赶在中秋月圆时结婚，云黛儿说："上边的事不能耽搁，厂里的事大家都鼓鼓劲多担当点儿，相信可以扛得过去。"云黛儿笑了笑，又说，"再说，全厂职工还等着中秋节喝老板的喜酒呢！"

"云黛儿，你先准备着吧！到时我斑竹一定要好好敬你一顿谢媒酒。"

很快就到农历八月了，斑竹始终淡定，倒是云黛儿心焦不已，既要忙活新厂房的事，又计算着中秋节的来临，正应了一句话：皇帝不急太监急。可就在这个节骨眼儿上，斑竹又匆匆地让叶青停了新房子装修的事，守在厂里一步也不要离开。为什么？中秋、中秋，厂里最繁忙的时候。蜀新早上去工地盯了会儿，回来又开着小货车到外边送货，斑竹分管着生产，每个人都忙得不可开交。

还好新厂房的建设并不是多么复杂，钢梁结构架好后彩钢瓦一搭，工程提前了三四天结束。几十串鞭炮响过，就算庆祝新厂房落成了。

随着中秋节的临近，云黛儿督促着厂内的生产，给工人提出的口号是：完成中秋生产任务，庆祝厂长结婚愉快！当要放出时细思又觉得不对劲儿，我云黛儿也是厂长呀，忙改成了"庆祝斑竹新婚愉快"。改是改了，男女职工们还是捂着肚皮笑个不停。气恼得斑竹责骂云黛儿没正经事儿可干。可云黛儿却觉得这是激励大家干劲的幽默方式。

叶青加紧完成账务上的事，又抽样仔细检查了几箱食品，都达到了优等品质，便又去骊山温泉小区忙着装修那套房子去了。

斑竹的婚礼庆典，一切由着云黛儿安排。职工加班加点完成了节前的生产任务，估计能够保障节前节后的发货需求。叶青也结束了新房的装修回到厂内。

距斑竹大婚的时间还有两天，云黛儿胸有成竹地将准备好的婚礼流程写在一张纸上交由斑竹过目。斑竹看了很不乐意地说："太张扬了，你这样安排也不与我商量一下。我真不理解，这是我在结婚，还是你在结婚？"话一出口，斑竹立刻觉得有些伤人，明知道云黛儿的丈夫还在遥远的南方服刑，这样的话是绝对不能说的，连忙改口说："对不起，是我不注意说错话了。请你看在咱们亲如姐妹的分上，千万不要记挂在心。倒是我和叶青的事，让你费心了，你的好意我们两人记挂一辈子。"斑竹想了想，又说："云黛妹子，我这事你就帮到底吧，只要顺着咱姐妹的意愿，你就直接办好了。你我之间，钱就是一张纸，姐是千百倍地相信你。"

"你的人生大事，大家欢喜一场，这个忙定要帮到底了。以后生孩子的事，斑竹姐你就是燃起香来求，我云黛儿也是撒手不管的。"云黛儿打趣着。

这天早晨，厂门外两个大红灯笼高高挂起，像两张笑脸在迎着宾朋的到来。红的、黄的、蓝的和绿的，各色气球在空中飘动。从村委会借来的锣鼓放在一辆卡车上，迎亲接客的大巴小巴及新郎新娘乘坐的小车排了一行。厂内百十名员工穿着印有"斑竹嫂食品厂"的工作服，在等待新的任务。这时云黛儿穿着一件华丽的金黄色锦缎旗袍惊艳绝伦地走出办公室，招呼所有的在场人员，敲鼓的、放炮的、收礼的、陪客及迎亲的，一一安排到位。云黛儿站在婚车旁高声宣布新郎新娘由大家及亲属陪送至骊山温泉小区旁石榴花酒店举行婚礼庆典仪式、婚宴及庆祝演出活动。

随着一声声礼炮冲向云霄，喜庆的锣鼓也撼天动地地敲起来。斑竹像灿烂的朝霞，身穿石榴红杭锦旗袍，白玉般脖颈儿上佩戴着一串晶莹的珍珠项链，挺起的鼻梁上一双丹凤眼更显柔情妩媚，旗袍开衩处隐露出白皙的长腿更是绰约迷人。人们不禁诧异：这哪像已是四十余岁的人。旁边的叶青更是风度翩翩，一身白色的燕尾西服，胸襟上扎一束红色的蝴蝶领结，焕发出英俊帅气的不凡气度。

骊山温泉小区旁的石榴花大酒楼已是宾客云集，人声鼎沸。已年迈的罗富英姑母和胡叔在胡月的陪伴下从西安市区赶来，脸上挂着欢欣的笑容。斑竹邀请的主婚人、骊山白鹿观景区主任吕琳也来了，还带来了一幅长安名家的画作：百川归海的国画。夏临风与后妻江晓云不避前嫌也早早来了，两人帮忙招呼着村里的乡亲们。宴会大厅的舞台上，长长的一条横幅写着"叶青先生、斑竹女士婚庆典礼"，熠熠夺目，两旁的一副长联是：

爱是高山，爱是大海，山水相依，地久天长
情似太阳，情似月亮，日月相随，龙凤呈祥

在司仪庄严宣布新郎、新娘亮相时，随着悦耳迷人的小提琴协奏曲《梁祝》悠扬响起，叶青由蜀新相伴，斑竹由云黛儿相伴，踏着红地毯走上舞台。大厅内人群簇拥，喧闹一片，为这一对新婚夫妇送上美好的期望和吉祥的祝福。

在喜庆的婚宴上，斑竹和叶青在云黛儿与蜀新的指引下向所有的亲朋、来宾一一敬酒，致以谢意。

婚礼渐近圆满结束，人们开始缓慢散去，斑竹和叶青相邀罗富英和胡叔、吕琳及云黛儿，还有蜀新来到了骊山温泉小区十八栋二十七层一单元的新房中。

姑母罗富英走出落地式玻璃门，站在阳台上极目远眺，一番美景，尽收眼底。罗富英为斑竹过上了好日子而感到自豪，回过头感慨地对吕琳说："斑竹这孩子走出了苦难，走出了我的希望，走出了我的预料，长江后浪推前浪啊，现在我们已经老了！"

吕琳也很有感触地讲："是的，艰难的苦水浇灌的花，这个川妹子可算是闯出了属于她自己的一片天地，也创造了属于她自己的美好生活。"

　　紧要的客人——辞别，斑竹和叶青依依不舍地乘电梯送他们到骊山温泉小区外，致以深切的谢意。

　　其后，斑竹同叶青二人乘电梯又回到了新房中，感到客人走后房间似乎大了许多。忙碌几天了，唯有此时此刻时间属于他们二人，两人内心情感在期待中又一次爆发。叶青凝望着新婚中更加不一般美丽的斑竹，倦容中露出少妇一样的妩媚，兴奋的泪珠在眼眶内打转，酥胸微微颤动，他鼓起劲来勇敢激情地叫了声："姐！"走上前伸出两臂紧紧地搂住斑竹说，"是你给了我这样令人羡慕的人生，我会永远钟情于你，爱你胜过爱我自己！"

　　"叶青，你终于成了我斑竹的男人，我以后的人生就傍依于你了！"她羞怯的双手攀住叶青的脖子，彼此痴狂地吻着，脸上已分不出是谁的泪水。这样长时间搂着、吻着，脚一步步向婚床移动，终于倒在床上，陷于情海之中……

第三十七章　凤求凰兮

第三十八章　再接再厉的时光

时光很快进入了冬天，办公室外，灰沉沉的天空正在飘着鹅毛大雪，天地间一会儿工夫便成了一片银色的世界。斑竹倚靠在门框上，听着雪花落地微小的窸窣声、几只麻雀在屋檐下叽叽喳喳地叫着，胆大的老麻雀跃入雪地中，用那梅花似的小爪儿，刨着很厚的落雪，在辛勤地觅食，偶尔碰巧啄到几粒谷子或冻僵的小虫子，便迅速腾起飞到屋檐下的鸟窝中，哺喂小麻雀。

婚后的斑竹和叶青为了工作方便，仍然住在厂内。斑竹将两个正在上中学的孩子，安排住在骊山温泉小区的新房居住。姐弟二人每星期五下午从学校回家，星期日下午又要返校，在家里只待两天。这两天下班两人必须回到小区的住宅内，和孩子一起生活，度过一家人难得相聚的美好时光。叶青作为继父，在生活中尽量弥合与姐弟二人之间的隔阂，每星期天下午孩子要走时，叶青必会在小区超市买大包小包的水果及小食品给姐弟二人，这样无形地拉近了他与姐弟二人之间的距离。

做食品行业很少有闲下来的日子，几场落雪过后，便将近年关了。云黛儿已将销售网圈扩向西安以外的几个地市了，而叶青已购置了电脑，建立了自己的网络销售模式。随着新车间的投入使用，工人也逐步增加，年产量也在不断增加。云黛儿曾多次讲："糯米、黑糖、白糖、桂花、玫瑰及工人工资等均已涨价，水涨船高，我们是否跟着涨，这有待商议。"

"让叶青具体核算一下，写个详细的报告单，大家再商议吧。至于工人的工资，该涨就得涨，这都是附近村子下苦的乡亲，站在他们的位置上想一想，我们就不觉得心亏了。再说了，人都是凭着一颗良心干活儿的。"斑竹与云黛儿商量。

"斑竹嫂，这样吧，采取措施，将一线的生产人员的配置再规范化一点，计件工资标准再详尽一些，从勤杂人员中选出两人，调到生产一线。这样，我们的损失就在可控的范围内。"云黛儿说出自己的方案。

"还是那个话，你和叶青把这一切都估算在内，等数据出来，我们再一起定夺，好吗？"

"只能是这样了。"云黛儿同意这样的方式。

"临近腊月，是我们的销售旺季，加紧生产，适当延长加班时间，不要再出现像去年春节那样食品脱销的现象。人人都要过年，我们的生产，一切以满足消费者需求为核心。其他食品企业都在年关涨价，我们在春节期间却要稳定价格，同时对残疾人、低保户实行买一赠一春节慈善销售活动。"斑竹说出了自己的策划。

"这样操作起来，我们可就损失大了。"云黛儿很担忧。

"短期是损失一点，但长远的影响却是无法估量的。"斑竹解释。

这几天个体户、商超进货逐渐多了起来，一个六十多岁的大叔开着电动三轮车向云黛儿抬了抬手说："今年要多进些年货，往年春节进货往返来几次，就那样，临近元宵节已销售一空、无货可卖。陕西人讲究实惠，不缺斤少两，赶着节日市场上食品纷纷涨价，而你们的畅销产品汤圆及酥蓉津坚持不涨价，方显出企业的良心。"云黛儿照着大叔手中的发货单装了一百八十箱。

之后来的是一个县城的老客户，原来就是县食品加工厂主管生产的副厂长，厂里破产后在县城自家的商铺办了个食品、烟酒小超市，每次进货都对斑竹嫂汤圆和酥蓉津食品啧啧称赞："斑竹嫂汤圆和酥蓉津食品，老人、青年及小孩儿都很喜欢吃，走亲访友、招待客人很有人情味，销量一直都不错。"他参观了厂内生产车间，对传统的老工艺做法很是称赞，私人企业科学生产，灵活经营，自有其优长。依他原来的心思，也想办一个私人食品厂子，但人已过了创业的年龄，心有余而力不足了。

"老师傅，今年发三百箱够销了吧？"云黛儿问。

"不够！不够！这一次只能拉这么多了，抽出时间还要来的，商店大，存货自然要多点了。"

紧接着是一个西安市内开着大货车拉年货的大商户，他对云黛儿说："云厂长，今天来进货，顺便提个建议，这也不纯粹是我的意思，我的那些消费者也都有一致的想法：这么货真价实的产品，就是包装跟不上档次，原本想春节多买点走亲访友，现在这包装就有些太简单了，送人不好看。说实在的话，实惠是一个方面，有钱人多了，要讲究面子，如果在包装设计上大气漂亮些，那可会大幅度提升产品的市场竞争力。"

"感谢你，你的建议可是市场最直接的信息反馈，听取你的意见后，我们会立即着手这方面工作，让我们的斑竹嫂汤圆也提提档次。"

"我们可是经营了斑竹嫂汤圆多年的老客户，"一个女客商说，"太实惠了，逢着春节旺季，你们不涨价，又对残疾人、低保户推出买一送一的春节慈善销售活动，将利益直接让给消费者群体。我难以理解，你们这是什么样的经营理念和运营方式？走亲访友，其他的不说，客人到家，就这斑竹嫂汤圆和酥蓉津两样斤是斤两是两的。水煮上汤圆，佐以美味的酥蓉津，吃起来既美味又实惠。消费者都是奔着这实惠来的。"

　　忙忙碌碌了一整天的厂子渐渐静寂下来，斑竹留住下班要走的两个车间主任到办公室说："你们今天就不必回去吃饭了，我要亲自下厨为大家做几盘正宗川菜，我们边吃边开会叙叙厂里生产上的事儿。"

　　云黛儿帮着斑竹将炒好的菜肴一一端上餐桌，叶青拿出一瓶二十年的西凤老酒，气氛开始热烈起来。厂长斑竹、副厂长云黛儿、叶青、蜀新及两个车间主任围拢在一起，叶青先给每人斟满一杯酒，斑竹端起酒杯站了起来说："从今日起，已是腊月了，眨眼间便是春节等一系列的传统节日，所以事先将大家约到办公室互相沟通，也算安排厂里工作吧！开会前，为了咱们共同的事业，先将这杯酒喝了！"说着大家纷纷举起酒杯一饮而空。放下酒杯，斑竹继续说："大家喝了这杯交心酒，就洒脱随意地边吃边喝，借此机会，先由云黛儿同志针对春节前后厂里工作的想法及安排，给大家简单说一下。"

　　云黛儿放下筷子站了起来："打扰大家了，最近我不是在厂内帮着发货，就是在外忙着订货推销，直接掌握市场动态的第一手信息。接下来我们的工作任务主要有两点：目前销售批发已进入旺季，我们的库存已剩不多，市场所需极大超过了我们的预料和计划。为了避免脱销，汤圆车间由杨晓玲任主任，酥蓉津车间由周虎军主任负责，具体情况我们下来和两位主任再详细研究。两位主任是我们厂中最可靠的生产主管，相信在二位的安排下，我们厂将产出可观的效益来。当然了，辛勤的付出和收获是成正比的，厂里将给生产一线上的员工发放相应的奖金。另外，还有一件要紧的事就是提升我们产品的外包装。人凭衣裳马凭鞍，这是俗话也是实话，现在我们厂里生产的斑竹嫂汤圆和酥蓉津，要更换漂亮、美丽的包装，将更能彰显食品的品位并提升食品的档次。这件事交给叶青技术员负责落实。联系一家广告策划设计公司，按我们的想法，再结合产品的文化内涵，设计出大气美观的外包装盒子，争取赶在春节前，将新包装的斑竹嫂汤圆及酥蓉津食品推向市场，做到花儿还是我们的红。"

　　听着云黛儿讲话，大家忘记了进餐，难掩激动的心情。斑竹对云黛儿条理分

鸿雁

明又有激励性的讲话很是赞许，接着又补充了自己的意见："下来，我还想听听两位车间主任的想法和要求。"

二车间主任周虎军站起来讲道："请厂领导放心，人为财死，鸟为食亡。看到厂里的兴旺局面，我们会按时、按质、按量完成春节生产任务。"

"我可不爱听你那句'人为财死，鸟为食亡'，我甚至不希望大家因忙着干活将自己的身体赔了进去。我在这里告诉大家，生命安全、身体健康要永远放在第一位，也是厂领导第一时刻想到的。"斑竹说出自己坚持的想法。

"厂长讲了安全生产，顾惜大家的身体健康，作为一名员工，我很是感动和赞成。我在这里建议：厂里能不能在大家晚上加班时给每人备一份简易晚餐，比如说方便面一类的，饭钱可在工资内扣除。"一车间主任杨晓玲说出自己的要求。

斑竹同云黛儿耳语了一番，回过头对大家说："感谢杨晓玲主任为厂里工人着想，提出这一建议，这也是厂领导应该为大家想到的，厂里决定每晚免费给大家提供一份晚餐。"

第三十九章　母亲

　　刮了几天寒风，天气又冷了起来，随着一团团乌云卷过，天空又落起了纷纷扬扬的雪花。斑竹嫂汤圆店内餐桌上，零星地坐了几个人在吃着汤圆，中间的炉子燃起蓝色的火焰，热浪袭人。为数不多的汤圆在滚沸的水中漂浮着，楠竹不时向锅里添加少许冷水。又等了一会儿，楠竹将煮熟的汤圆分别盛在几个碗中，又拿起盘子夹了十多块酥蓉津，一一放在食客面前招呼了声："慢用。"

　　正当此时，店门遮挡寒气的帘子从外掀开，一位头上缠着层层青布头巾，背上背着一个竹篓，身上落了一层厚厚的雪花，穿着褴褛的年老妇女走入店内，痴呆麻木的目光绕了一圈，直到确认无误时才凄冷地叫了声："楠竹！"

　　听到有人带着四川口音叫她，楠竹回过头吃惊地打量了一阵儿，她突然感觉到，面前的女人就是生她而从未养她，从十塘老家过来的母亲，她忙走上前叫了声："妈！"卸下她身上的背篓，扶她坐在火炉旁边，从锅中舀满一碗热气腾腾的汤圆递到母亲手上说："妈！这么冷的天，先吃碗汤圆暖暖身子吧！"

　　借母亲吃饭的空隙，楠竹忙打电话给斑竹："幺妹子！妈妈独自一人从老家赶过来了，才到店内，你赶快同蜀新到店里来一下。"

　　正在办公室核算生产报表的斑竹，听到姐姐楠竹的电话，忽地惊慌起来。待冷静了一会儿，赶忙走出屋外，向正搬着成品箱子入库的蜀新喊了声。蜀新忙锁上库房大门，奔到斑竹面前，看到姐姐脸上神色不对，急问："姐，出了什么事？""妈独自一人从老家赶来了，现在在二姐店中，咱俩赶快过去。"斑竹猜想：该不是继父打发她来这里讨钱了吧？心里是直犯嘀咕。

　　待斑竹掀开汤圆店门帘，看到神情凄苦、衣衫褴褛的母亲，忙握住她骨瘦如柴的双手说："妈！这几千里路的又是冬日时光，爸和弟弟妹妹也能放心让你一人来陕西吗？"

　　"你那老爸已去世两个多月了，在家里找不见你这里的电话号码，只能将人草草埋了。他死后的这几个月，家中闹得简直鸡犬不宁啊！就为留下的那些钱，

鸿
雁

兄妹几个吵翻了，全然不顾我这个老太婆。我实在是无处可去了，想起你大姐绵竹那里或许有你这儿的地址，还好，绵竹将地址给我并送我上了火车，我这才一路找到了这里。"母亲悲伤地说。

斑竹强忍住心中的感伤，等母亲唠叨完，便对楠竹说："二姐，妈几千多里路的来了，咱姐弟商量一下，不如让妈住到我那里去。那边地方大，环境也好，妈住在那里也舒心。星期天孩子放假，给他们做做饭，也有个事做，你看这样安排是否合适？"

"也只有这样了，可你需要跟叶青招呼一声，不要闹出矛盾来。"楠竹心里有些顾虑。

"什么矛盾不矛盾？孝敬父母天经地义。我先让叶青把车开过来，再告诉他详细情况不迟。"斑竹说道。

等车的工夫，楠竹又将煮好的汤圆分成两碗，一碗端给母亲，一碗盛给斑竹。斑竹一边吃着汤圆，一边询问着母亲谢莲玉老家的其他情况。

汽车在店外按着喇叭，斑竹知道是叶青来了，便一人先走出店外，对叶青大概说明了情况。其后，二人又一同走入店内，等着母亲将汤圆吃完。蜀新先把母亲的背篓放入车内，楠竹安排了店内的事后，又同斑竹一起，扶着母亲坐到后排，蜀新和叶青坐在了前排。漫天飘舞的雪下得更大了，通往骊山温泉小区的道路湿滑一片，斑竹一行人于大雪中将母亲接回了家中。

这天晚上，叶青和蜀新开车返回厂内，斑竹和楠竹陪伴着母亲絮叨着故乡的日子。

从母亲的口中，斑竹了解到，继父亡故后，蜀新的妻子尚锦鲤一直住在娘家八塘上边，闲时就近到东津沱打打零工。母亲本想叫她一块儿过来，又担心找不到斑竹，只得作罢。她不禁想起令她愧疚痛惜的往事，叹了口气，说："好了，现在你们姐弟三人终于走到一块儿了。这些年来，还有一件事憋在心内一直没法讲给你们，也是老天给了我机会，不妨就告知你们。"母亲缓了缓气接着说，"那时我与你亲生父亲离婚，是怀着身子领着斑竹到了姚家，五个月后便生下了蜀新。说白了，你们三姐妹和蜀新就是亲姐弟。"母亲谢莲玉如释重负地说出了她想说的话。

可谢莲玉这话对女儿斑竹已不是什么秘密，只有楠竹方才明白，怪不得蜀新那眼睛、脸型同她三姐妹十分相像，也算是李家唯一的男丁了。

三人吃了顿简单的晚饭，斑竹招呼母亲洗了温泉澡，安排她在另一个房间就

177

寝。夜已经很深了，一路颠簸的母亲已进入梦乡，斑竹的心还余波未平。她原本想回一趟四川将母亲接过来，但还是碍着在世的继父又打消了这个念头。如今这样也好，母亲来了，自己也可好好尽尽孝道了。她将母亲所有的衣服打包在一个大塑料袋内，又从衣柜里取出适合她穿的线衣、毛衣、围巾和轻暖舒适的灰色羽绒服，放在母亲床前，以备她早上起来穿戴。

天慢慢地亮了，飘了一天一夜的大雪在黎明时停了。早上天空是难得一见的万里无云，明朗的苍穹下是一片银色的世界，凄冷柔弱的阳光照在雪原上很是刺眼，被这白雪包围的骊山温泉小区的住宅群似琼楼玉宇一般。谢莲玉醒了，刚醒来时迷迷糊糊地以为自己睡错了人家，自己的衣服也不见了，待看到了斑竹，才醒悟过来，昨晚自己睡在了女儿家。待她询问衣服时，斑竹说："妈，你脱下的衣服实在是脏破得不能穿了，床头柜上这些衣服是我给你预备的，凑合着先穿上吧！等哪天天气好了，让叶青把车开上来，我们一块儿去市里好好地买几件适合你穿的衣服。"

听到此话，谢莲玉落泪了，她说："幺妹，妈对不起你啊！当初就不该同意你爸那瞎主意要将你嫁到河南那边去。"

"妈，不说那些破事了。反过来想，那也不完全是坏事，我如今在这里生活总算好些了。"听到此话的谢莲玉才慢慢地抹去眼泪。

母亲谢莲玉将斑竹准备的衣服一件件穿上身，虽然大了点，但感到又轻又暖和，感激道："幺妹子，不！我的闺女，你看我要是将这衣服穿回老家去，人们怕是都认不出我这个阔绰的老太婆了。"

"怎么就是老太婆了？妈，你还年轻呢。再说了，只要你心情好、心态好就能更长寿了。"斑竹心里很是愉悦。

"长寿、长寿，我老太婆要那么长的寿命干什么？长成一块榆木疙瘩就只能烧火了。"

吃过早饭，谢莲玉在房内转悠起来。她走进两个小房间，见里面摆满了书籍，其中一个房间有汽车、飞机、坦克一类的模型玩具，另一个房间还有布偶娃娃、熊猫一类的布艺制品。书桌上一个小镜框中一男一女两个孩子的照片令她端详了很长时间，她指着镜框问斑竹："这两个孩子是谁呀？"

斑竹笑着说："那是你的外孙和外孙女，他们已在县城上中学了，星期五晚上就能看到他们姐弟。"

"长得这么俊俏！真不像咱农村的孩子。"谢莲玉在心里赞叹。

斑竹本想将自己以往实际的情感遭遇告诉母亲，但想着主动说还是不妥。等时间久了，她自然而然就会知道的。

楠竹起床后从另一间房子走出来，见到母亲就打招呼："你和三妹住一些日子，一会儿叶青开车上来，要接我到店里照顾生意，改天抽空才能上来看望你老人家。"

斑竹给云黛儿打了电话，告诉她自己要陪母亲在家里多住几天，直到星期五孩子回到家中。

星期五下午，斑竹下楼去超市买回了许多菜、肉和其他食物，两个孩子也相继回到家里。斑竹介绍母亲和两个孩子相互认识，又做了一顿丰盛的晚饭招呼母亲和孩子们一块儿吃。吃饭时对母亲叮咛："妈，你就住在这里好了，冰箱里什么也不缺，老家的烦心事不要多想了。两个孩子星期日下午去学校。你一人寂寞了看看电视，如果心里还闷的话，乘电梯到下边的广场、超市转转，自己照顾好自己。千万要注意安全，这里不比农村，时间一长也就习惯了。我在下边厂里，逢着年节还是很忙，但抽出空就会上来看望你和孩子。"

斑竹吃完饭就走了。两个外孙围绕在外婆身边，打听着南方的好多稀奇事儿：问缙云山高不高，问钓鱼城有没有鱼、涪江里有没有轮船、外婆家的斑竹湖边有没有斑竹林，问那里的柑橘林有没有这里的石榴园大，问如果暑假同妈妈回去能否吃到舅舅家池塘养的鱼……问得谢莲玉又想起家里面那些悲情事来。

第四十章　索取·奉献

迎春的鞭炮声响在北方广阔的原野上，把冰封的大地唤醒。在这家家户户吃着香气四溢的饺子、品尝着绵软香甜的汤圆的春节，斑竹嫂汤圆作为优秀食品品牌，已经家喻户晓。电视台采访车走进斑竹食品厂，斑竹食品"逆向销售"，坚持销售旺季不涨价的商业运作模式，使销量有了新的突破。而取得这一业绩的正是农村中两个具有创新意识的普通妇女，并且与人为善地无偿提供给民政部门五百箱，作为对部队驻军、贫困群体的节日慰问礼品。电视台在黄金档的节目中以《一只南国北飞鸿雁》为题对此做了详尽的报道。

元宵节过后，忙碌了一段时间的工人们终于放松下来，大多数工人开始补休年假。厂内叶青忙着在汇总节日前后销货的资金账目，蜀新领着几个男职工检查维修着机械电器设备，以便收假后生产正常开展。

天气渐渐地暖和起来，随着一阵阵慵懒的春风吹起，鹿溪边的枯草开始复苏，慢慢露出嫩嫩的芽尖。崖畔上一丛丛迎春花不惧早春料峭的寒意开出金黄色花朵，地丁草也露出紫色的花蕾，一派生机萌发的景象。

安静的厂办公室里，云黛儿对斑竹讲："叶青的总账项中，除掉原材料、职工工资、国家各种税费等支出，本年度企业结余盈利已突破两千万元大关。这也是大家辛勤拼搏奋斗的结果。"云黛儿有些激动。

"好的企业总是在不断地积累、发展、壮大，有了这些资本积累，我对我们企业以后再发展、再壮大的信心也就更足了。在新一年到来之际，你可否谈谈你对这些资本以后的投入有什么想法？想当初如果没有你云黛儿的建议、合作、加盟，办起了食品厂，我哪能取得如今的成果？"斑竹还是将企业希望和发展寄托在云黛儿身上，她毕竟比自己更有文化和见识。

"要说想法，这话可就长了。当初我们两个女人一台戏，瞅准了'斑竹嫂汤圆'这个品牌，及时引进了'酥蓉津'食品，以此为平台规模化生产，取得如此喜人的业绩，更加激励我们要百尺竿头更进一步。在瞬息万变的商海中求发展，

鸿雁

接下来如何创新，如何决策，大家要好好想一想。"云黛儿认真地说。

斑竹说："女娲送给人类两只脚，就是让我们来走路。如何另辟蹊径，走出一条属于我们自己的路，需要大胆正确地选择一个为之奋斗的项目，这是比女人怀胎还难百倍的。"

"斑竹嫂，要说新项目，我还真绞尽脑汁悟出了一个吃的项目，但它是吃的又非食品，你可绝对想不出来。"

"是吃的又非食品，这又是什么东西？"斑竹心中盘算了许久也未猜出是个什么样的东西，只得说，"我还真猜不着，云黛儿，你就说出来吧！"

"那我就说了吧！"云黛儿道，"这是吃的又非食品的东西，就是药。"

"药？"斑竹惊愕地睁大眼说道，"你是想制造药品吗？"

"是的，斑竹嫂，你知道的，制药可是一个比汤圆、酥蓉津发展空间更大的事业。云家本来就是一个中医世家，到了我们这一代，云家已有百年中医传承的历史。父亲在世时说，云家早三辈的远年祖宗，可是狠下心抛弃了官宦仕途，搜集到民间存世秘方和许多单方，另辟蹊径走上了悬壶济世的从医道路。医生这个职业是个良善的职业，不用攀附巴结权贵，不用看人眉高眼低，凭着一技之长就可以安然地处世为人，以至于其后云家的子弟：大哥云山考取了医科大学，二哥云水本着云家的中医传承考进中医学院，始终崇医尚德，为人驱除病痛。我从闽南回到故乡、回到饮鹿泉，一直在苦思冥想着：这条路能否走得通？为什么以前的云家门庭若市？医术高超是一方面，另一方面就是好药，好药可成就好的医生。我在上学时就留意到，父亲凭着那张发黄的秘方配制的药丸，治好了许多病人。而制造这种好药，对我来说就是一个梦想。"听这话，云黛儿想制造药品这件事，藏在心中好久了。

"云黛儿，你谈的这些，我也听明白了，制药绝对是一个好的项目。可要制什么药，药方哪里来，这都是问题。"斑竹有些泄气。

"唉！"云黛儿叹了口气说，"父亲去世时我还远在闽南的海边，两个哥哥至今也未透出丁点儿关于我家祖传药方的消息，估计父亲精明了一辈子，他辞世时也不会带着秘方去见菩萨吧！这个事也着不得急，我也想好了，只要制药有更好的发展前景，我那两个哥哥肯定会加入的。"

清明时节的这场春雨是柔情的，一丝丝落在千里沃野的关中平原上，去鹿溪上游饮鹿泉的黄土路很是泥泞。云山、云水兄弟两人，将泥地里打滑的轿车停在途中一户人家庭院内，与妹妹云黛儿一同走到了饮鹿泉后边云家祖坟前。坟茔上的翠柏苍郁肃穆，云黛儿摆放着祭奠用的果蔬食品，云山、云水将冥纸、冥币一沓沓放在祭台下。待云山将冥纸、冥币点燃，那灰烬随着热气打着旋儿向骊山上边飘去。沉默着的兄妹三人怀着一种对逝去先祖的深切追忆，陷入了各自的沉思中。

回到已被云黛儿整修得清幽雅致的云家祖宅，这青少年时代一起成长的家，轻易便勾起兄妹之间的情意。三人各自叙说了目前的境遇。云山意气风发地说："父辈没有遇上改革开放的好机遇，这样的好机会给我们碰到了！"

云黛儿听着两位哥哥各自诉说着自己的生活，想着已去的父母，作为云家的女儿，到如今也没能重振家业，心绪不畅，情绪低沉起来。

大哥云山看到妹妹云黛儿如此模样，忙说："云黛儿，有什么不顺心的事，直接对哥讲，不要客气。父母不在了，兄担父责，你就别见外了。"

"哥，想着咱爹咱娘去世时你们都在身边，而我这唯一不孝的女儿，却在老远的闽南海边。如今凄然一人事业无成地返回家中，守着云家的这个老宅，仿佛爹娘的魂灵就在身边，反而更觉愧对他们。有几个晚上梦到爹娘在哭，我想，他们一定还有未竟的心愿。可我再怎么说，孤掌难鸣也只能寄希望于两位哥哥了。"云黛儿说完，又悲凄流出愧疚的泪花。

"云黛儿，你从闽南的海边辞别丈夫，丢下女儿麦珊，已是极大的不幸。云家就你一个女儿，如果你有什么难处，尽管说就是了。对了，不知你同姚斑竹合办的那个食品企业怎么样了？"大哥云山关心地问道。

"虽也经历了些磨难，但企业整体来说发展蛮好的。那个叫斑竹的川姐，人实诚、忠厚、开朗，很少有狭隘和偏见，是一个理想、可靠的合作方。这几年已共同积累了约两千万元资金。"

"什么？两千万，这么多啊！这可令当哥的刮目相看了。"二哥云水瞪大眼睛说。

"不问不知道，一问吓一跳，好妹子，真不愧是云家的女儿，爹娘在九泉之下也该欢笑了。"云山的态度从怜念变成了赞许。

"可要发展创新也不能叮着一朵花儿采蜜，我们那企业虽然风生水起地兴旺着，但也是一花独放，在一个台面上是哼不出什么令人喝彩的调子。借着有那么些资金积累，我们商量再次出手，创办出一个企业来。"云黛儿停住了自己的话语。

"又捣鼓着办什么理想的企业？"云水好奇地探问。

"我想制药，在榴花镇办一个制药企业。"云黛儿鼓起心劲，直率地说出了自己的由衷。

"制药企业，那可不容易啊！你知道吗，一个药物，从研发到生产，直至推向市场，那是要上报一系列有关单位审批，就是艰难地生产出来，还有着漫长的临床观察试验期、药理化学分析等程序，那是我一个从医多年的科班医生，想都不敢想的事。制药、制药，莫不是让自己吃错药了吧？"云黛儿的想法和企图，让大哥云山挠着两鬓稀疏的头发惊愕起来。

"是不容易，但是我想将父亲一生从医收集的家传秘方用科学的方法制成中成药，正规化、批量化生产，尤其是让独特的治心脑血管疾病的秘方重见天日，发扬云家善医、善德，以利患者的博爱精神。只要有那秘方在，我就能让它作为治心脑血管疾病的特效药物发展起来。更重要的是，让云家济世良方去帮助万千心脑血管疾病患者。"云黛儿信心满满地说出了自己的设想。

作为承继祖业学中医的云水做梦也没敢往建药厂的路上想，世道到底是不一样了，既然妹妹提起秘方的事，这话可是不得不说了："云黛儿，你说的这个家传秘方，爹在病重时我和大哥就在床前，他唯一挂念的就是这个治心脑血管疾病的秘方，这是云家的立根之本，传承了几辈人，也赡养成就了云家的几代子孙，说穿了就是云家世代子孙的傍身之物。可是爹最后的心思你知道吗？就是传男不传女。而且，爹还费尽心思地用毛笔将秘方写在一张生宣纸上，并从中间一分为二，我和大哥每人拿了半张。现在时代不同了，大哥在爹病故后，因着他是学西医的，将那半张秘方给了我。如今这个秘方我一直用着，治好了许多心脑血管疾病患者，为此，医院特为我开了专科门诊。"二哥云水斟酌再三为妹妹云黛儿讲起这一切隐没于岁月中的秘方的去向。

"当然是时代不一样了，我是一个西医大夫，云水承继祖业学了中医，如今是一个中医大夫，这个秘方对他来讲才是最重要的。如今妹妹云黛儿有了建药厂的想法。看来咱们兄妹需要慎重地斟酌一番了。云水，为了成就妹妹的事业，也为了云家的祖传秘方能发扬、造福于人类，你要好好考虑呀。"云山的话对于云黛儿是赞成和支持。

"感谢大哥、二哥的大度和慷慨。放心吧！为了传承祖业，也为了未来更广阔的事业，我们会借着秘方创造出属于自己的一片辉煌。"云黛儿一点点地看到了希望。

看到大哥云山的态度，云水想了又想，这个流传了几代的秘方，可以助力自己成为一代中医名家。然而这种传承有它的局限性。在自己手中，只能造福少部

第四十章　索取·奉献

分的患者。而云黛儿所做的事业拥有更广阔的发展空间，可以造福更多患者。云水托起脸腮沉默了一会儿，说："大哥、云黛妹子，我心里很是纠结，爹是为了云家子孙而多思远虑，有他老人家的苦衷，可如今的情形又是大不一样。这样吧！还是让我考虑几天再答复吧。"

这件事真是错综复杂，云黛儿想了想，说道："能不能在不影响或少影响二哥利益的情况下，我们兄妹拿出秘方合作开发，利益均享？当然斑竹不能排除在外。"

"云黛儿，谈到利益，可是羞煞我这个当哥的了，钱对我来说就那么重要吗？要知道这不仅仅是钱那么简单的事了。好妹子，求你让我再思索几天回你话。"云水说。

下午，云山、云水兄弟一同回省城。在车上，云山放慢了车速，说："二弟，那年云黛妹子与麦海私奔去了闽南，如今又回归故乡，而且又要干一番大事业了，她那闯劲我倒是很佩服的。如今你我人生的道路已是风生水起名利双收了。可云黛妹子目前的处境——丈夫刑期未满，一个女儿麦珊还小，又在海边渔村，她现在一人守着咱那故土故宅——想着也是让人心酸啊！"

"大哥，我为什么难以讲出自己的想法？毕竟兄妹一场，我也不愿看着她落泪。细想起来，如果爹娘还在的话，看着咱兄弟事业上一路坦途，也会为云黛妹子考虑的，这张家传秘方多半也不会给到咱俩手里。"云水的内心松动起来。

"云水，你说得很对，在这个物欲横流的时代中，兄弟之间、兄妹之间、夫妻甚至父子之间，为了利益，亲情疏远、爱意分隔的还少见吗？云黛儿是你我唯一的妹妹，我想你不会为了那一张秘方毁了咱们兄妹之间的亲情的。"云山刻心掏肺地说。

"大哥，放心吧！我们也算云家新一代有文化、有教养的知识分子，我会处理好与云黛儿的兄妹关系的。"

云水趁着市中医院休假期间，又专门回了趟饮鹿泉，去了斑竹食品厂，看着厂里一片兴隆景象，心里很是为云黛儿高兴。

云黛儿正与斑竹谈着白鹿观景区斑竹嫂汤圆店最近经营的情况，看见二哥云水走了进来，连忙给斑竹介绍："这是我二哥云水。"转身又给云水介绍了斑竹。斑竹给云水递上一杯茶说："难得你们兄妹见面，我就不打扰了。"便走出了办公室。

云水放下茶杯，讲："云黛妹子，清明回去后我静心考虑了多日，咱们是亲兄妹，没有很好地照顾你，哥我很是惭愧，我同大哥商量，决定将家传秘方转交于你，支持你的事业做大做强，也能让云家的祖业发扬光大。但是为着咱爹那最后的心思，我专门写下了这份云家家传秘方的转交协议，你可详细看一下，谈谈你的看法和意见。如果没有什么异议，便可在上面签下姓名。"云水说着从包内取出协议递给云黛儿。

云黛儿眉眼之间露出笑意，忙伸手接过协议，走到窗前光亮的地方看到以下内容：

一、云家祖传"心络通安神丸"中药秘方，由云氏家族传承人云山、云水兄弟二人各执半页，现合为一页，内容完整无损，原始秘方由甲方云水悉心保存。誊写"心络通安神丸"一帖转交家妹云黛儿悉心收藏。

二、交接人云黛儿可在此秘方基础上研究创新成胶囊或片剂，以利企业规模化生产。云黛儿本人无权将此秘方传与或外泄与他人。为了确保云家秘方不会失传，为了企业利益考虑，生产厂家应专门设置一间配药室，由云黛儿本人按秘方随量配药，严禁外人接触。

三、原始传承人甲方云水本人在行医中有使用此秘方为患者治病的权利。

四、鉴于此秘方用于大规模生产，为了体现此秘方的传承价值，每年从企业所得利益中，提出盈利的百分之一交与云山、云水二人，用于公益事业。

五、为了"心络通安神丸"二百年传承的声誉，建议此药物的商标以云家所在的"饮鹿泉"来命名。

> 甲方：云山、云水　乙方：姚斑竹、云黛儿
> 二〇××年×月××日合议

云黛儿看后，欣喜地说："二哥，你想得再好不过了。"云黛儿从外边唤回斑竹将协议递给她，说："斑竹嫂子，你再看一下，有什么需要补充的内容好加进去。"

斑竹接过协议从头至尾阅了一次，高兴地讲："很全面啊！五项协议顾及了各方的要求。咱就把字签了吧！"说着从办公桌内取出笔和印色盒，签字，按下了指印。

第四十一章　路漫漫其修远兮

签订秘方协议后，云黛儿专心致志地投入建设药厂的前期筹办规划工作。头一件难事就是药厂的用地问题，要取得土地使用批复需要漫长的时间，也困难重重。斑竹思索了好多日子还是无计可施，抽空便在鹿溪边闲转。正是山重水复疑无路，得来全不费工夫。她发现与食品厂一河之隔的黄土崖下有一座废弃的砖厂，那里遗留有一个大约二十亩的大土壕。斑竹赶忙回到厂办公室告诉云黛儿，两人一同来到土壕前，目测了这块地方，土壕很深，里面疯乱地长着野生枸树，也填满了许多建筑及生活垃圾。

"这么大的坑，租赁一辆挖掘机填埋平整，垫成一片厂地是可行的，加之地理位置也挺不错，与咱们厂很近，在河上架一座便桥相互管理起来也容易。"对着这么大的土壕，云黛儿有了自己的设想。

昨晚下过小雨，早上便晴朗起来，云黛儿开着自己的私家车，拉着斑竹和本村的村主任以及村文书来到开设在白鹿观景区的斑竹嫂汤圆分店。旅游的客人很多，店内纷嚷成一片，看到斑竹和云黛儿走进店内，经理胡萼忙将一行人招呼进一雅间内，不多时便将一碗碗白晶如珠的汤圆端到各位面前，随即又上了一些佐餐的酥蓉津、桃花饼、水晶饼、麻雀蚕豆等。

趁着吃早餐的工夫，斑竹同村主任谈起长期租赁村上废弃土壕的事。村主任讲："国家土地使用有严格的政策，尽管是一块废弃的地方，要利用起来建厂，最简单的办法就是将废弃土地转换利用，采取长期租赁的方式运作，可以省去许多麻烦。而且斑竹又是本村村民，要在本村建药厂，作为村委会领导，应当尽力地支持。但是咱们应当按正规程序，签订废弃土地修复利用的租赁合同，上报有关部门审核批准，以利于合理、合法地建厂生产。"

斑竹说："感谢村主任为我们建厂提供方便，厂子建成后，也会从多个方面给咱们村上做出贡献。"

鸿雁

最后，村主任提出建药厂中一些基建项目可以交由村上承包，给村民们带来一些收入。云黛儿表示："在保证工程质量的前提下这样也可以，另外厂里建成后所需的勤杂工作，可以聘用咱村的村民来干，也为村民的谋生提供了路子。"

　　饭后，趁热打铁，在村主任和斑竹的共同倡议下，由村文书和云黛儿起草并签订了建厂基建项目施工的详细合同。然而，这才是万里长征的第一步，使两人忧心的事还在后边。

　　对斑竹和云黛儿来讲，制药不是那么简单的事。斑竹考虑了几天，对云黛儿讲："云黛儿，咱这条路是摸着石头过河，为了少走弯路，我们能否正式邀请云山、云水两位大哥做我们制药厂的技术顾问？他俩虽然不是制药专家，但也是医科大学毕业的，又当了多年医生，懂得基本药理知识，有临床经验，比我们内行得多，你觉得怎样？"

　　"当然可以啊！俗话说能人多担当。大哥在省医院任内科主任，二哥在市中院当主管医疗的副院长，忙得像吹唢呐一样，可咱们这事，还是得专业的人来做。亲不亲，故乡人，何况又是亲兄妹。放心，我来和他们说。"云黛儿倒是信心十足。

　　云黛儿迫不及待地去了趟市中医医院，见到了二哥云水，在一起吃午饭时，提出了自己的困难和想法。

　　不用说，云水非常关心妹妹云黛儿投资制药厂的事，他直接谈自己的看法："云黛儿，待厂房建起，那些制药设备是首先要购置的。中药生产的设备仪器，是最大的资金投入。至于买什么，你也不用担心，我会抽出时间为你列一个清单，只要有资金，这些都好办。唯有药物申请生产是最大的麻烦，待厂里一切准备就绪，先小批量生产一些心络通安神丸，向药监部门申报请求临床试验。这是必走的重要一步。至于药的临床试验医院，像我们这里的三甲医院就可以。到时我和大哥会为你联系。但是，五千至一万例的病患试验药物都要由你们无偿提供的。经过科学的临床试验和验证，检测出有无副作用，明确禁忌事项等。不过请你心理上不要有过大的压力，新药上市本来就是一个风险极大的投资。可是，一旦成功，回报也是惊人的。"云水好似在给云黛儿上课。

　　在二哥云水详尽的讲述中，云黛儿用笔逐条记录，总算有了一个清晰的发展方向。

　　云水同云黛儿在医院餐厅吃过午饭，又引着妹妹云黛儿走进医院后边附设的制药厂。一进制药车间，便闻到一种浓厚的中草药气味，粉碎研磨机械在嗡嗡运转着，浸泡池旁热气腾腾的锅炉煎熬好的药汁流入密封的冷却罐，药剂和药用淀粉融合分别产出胶囊或片剂，经过仪器检验的合格成品药物在分装线上被贴上商标整装入库。云黛儿赞叹道："真是让我开了眼界，长了见识。"

好像从梦中走过一样，通过实地参观药厂的生产，云黛儿那竹筒子般虚空的心开始充实起来。

斑竹踏过鹿溪上新建的简易桥，走到制药厂工地。从春天溪边老榆树吐出榆钱儿，到夏天沿河道的溪旁石榴树挂出红艳艳的果子，短短几个月的时间，几座钢结构的厂房已矗立在美丽的鹿溪之畔，厂门内一条笔直的水泥路连接着车间、库房和生活区。几个民工正在挖埋着供水管道，十几台还未启封的机械设备暂放在人行道旁。斑竹未曾接触医药这个行当，特别是对制药这种专业性强、要求高的行业，更是无从下手。但是，她朴素地坚信有文化、有阅历的云黛儿能帮自己将食品厂经营得如日中天，也能凭借坚韧不拔的毅力把制药企业完满地建设起来，成功生产出合格的药品。她理解云黛儿在制药的一系列运作中所承受的多方面的压力，这更体现出她尚德、尚善的人生追求，凭借云家几辈人百多年借以生存的秘方"心络通安神丸"发展创业平台，去实现自己的人生价值。

正当家乡柑橘开花时节，已在女儿斑竹家住了近半年的谢莲玉，看到斑竹的生活这样完满幸福，又感受着女儿一家无微不至的照顾，使她初来时凄怆的心得到充盈。然而，时日一长，她又生出一种叶落归根的情结，觉得已是暮年的她不能再麻烦女儿，应该回到四川老家去了。

周末，待斑竹回到家中，吃晚饭时，谢莲玉说："幺妹，妈在你这里住了半年时光，该吃的吃了，该看的也看了，应享的福也享了，瞧着你如今这样好的光景，我也就放下心了。这些时日，就是想家，想回十塘去。"

"怎么想到了回去？有蜀新和我在这里照顾你，你要回去，不又要受人嫌弃吗？再说了，他们能好好地照顾你吗？"斑竹不舍地问道。

"我不需要他们的照顾和施舍，尽管这里很好，是家里不能比的，但我还是想回去。斑竹啊！在这里停久了，就惦念着那个穷窝，真担心我这把老骨头留在这里，对你和蜀新都不好啊！"母亲谢莲玉又唠叨起来。

"你这是年龄大了睡不着觉吗？老想那些提不上串的闲琐事。好了，不要心烦，星期天让叶青开车把你和孩子们拉上，咱们一家到法门寺玩逛一天，心情自然就好了！"斑竹感觉老年人免不得有点固执。

鸿雁

母亲不言语了，待到星期天在扶风法门寺旅游了一回，老人的心情安宁了半月，谢莲玉又向斑竹提出："幺妹子，你尽的孝道让妈今生也知足了，只是我还是挂念那个破家，也该启程回去了！"

　　"就那么有决心，回去有什么好处，用得着那么多牵挂吗？"斑竹想着母亲这一生命运坎坷，她与生身父亲离婚再嫁，并没有找寻到属于她自己的幸福。如今老年后经历不幸，晚景凄凉，做女儿的哪能放下心让她一个人生活呢？斑竹隐约可以体会那年冬天自己同大弟蜀新出川时，母亲的痛苦的心境了。"既然挽留不住妈妈，那就随她心意吧！"斑竹想。

　　"幺妹子、斑竹，释怀吧！有时候痛苦也是苍天大老爷的一种赐予，妈就是这个命，你也不必强留，还是让我回十塘吧！"听到此话的斑竹内心愣怔了片刻，母亲归去是再也不会来了，她好像在向着这个世界辞别！

　　谢莲玉在晚年最惦念的事，就是赴陕来看望自己最诚实、最苦难、最勤劳，如今也是最为人称道的女儿斑竹了。谢莲玉想起斑竹在花样的年华被迫离开了家，自己一生最难以面对的就是这个幺妹子了。在女儿家里住了半年的时间里，谢莲玉看到了女儿通过不懈奋斗创造的幸福，而自己有幸在晚年能够度过一段女儿和外孙相伴的温馨时光，她为有一个心存厚德、博爱善良的女儿而自豪。斑竹使她在暮年之际看到了幸福之光，而这一束光可照亮她走完人生最后的一段路。

　　斑竹见无法说服谢莲玉，只得说："妈，再住几天吧！既然你回家的心意已定，我和蜀新商量一下，我还有个打算，过几天孩子们放暑假，让蜀新带上他们陪你一块儿回去，让他们在四川多耍几天，十多年了，孩子们时时念叨着，外婆家是个什么样子，要去看一下。"

　　听到斑竹这样说，谢莲玉眉结舒展开来："这样更好嘛！"

　　谢莲玉开始一心一意地等待两个外孙放暑假。但是斑竹心里又为难起来：俗话说出家容易进家难，母亲到十塘后进谁家的门，又交与谁来赡养呢？面对这个棘手的问题，谢莲玉有自己的主意，说："回去后让他们挪出一间房来，我一个人生活吧。"

　　"妈，这怎么行呢？你是年近八十岁的人了，身边没个照看的人，有个意外咋办？这样是万万不可的。"斑竹的态度是坚决的。她打电话让叶青下班后叫楠竹、蜀新一块儿到家里来商量。

　　夜已经很深了，斑竹姐弟三人谈了好长时间，都觉得将母亲托付给老家那几个弟妹不妥，思来想去三人约定，还是将母亲交给大姐绵竹照管。加之绵竹的婆婆、公公已经去世多年，还有些精力去照顾母亲。

斑竹对蜀新说："你回去好好地做大姐的思想工作，大姐也苦啊！如今还待在八塘的山上，住的还是那石条垒成的小屋。我们如果能在经济上帮帮她也是应该的。"

站在一旁的楠竹说："不合适的话，让我带妈妈回去，住在我那里，我就留在家中专门照顾妈妈。"

"那汤圆店交与谁呢？不至于关了门吧！那可是我们起家的根据地呢！"斑竹不乐意，楠竹也不好意思再说什么了。

斑竹喝了一口茶，说："蜀新，我想了，你这次开车回去，我交给你三十万元，这里面拿出二十万交与大姐绵竹，给她盖一座砖混结构的二层小楼房，在农村估计也就够了。走时再给她五万元，作为妈妈一年的生活费，以后还会慢慢地接济她，及至过上幸福的好日子，也请她好好照顾妈妈。剩余的五万元，你拿出两万资助一下家里那几个弟弟妹妹。再就是我在村里相好的那几个姐妹，麻烦你买些礼品代我向她们问好。唉！我就是担心大姐绵竹不能接受妈妈。"一件件事情使得斑竹忧心起来。

"三妹，你不要唉声叹气的，有你这菩萨心肠，大姐就是个石佛也会感动。"二姐楠竹安慰斑竹。

好不容易等到两个孩子放了暑假，斑竹将一张存有三十万元的银行卡交给蜀新，并叮嘱路途上千万注意安全。一行老少四人终于在西安上了火车，穿秦岭，越巴山，向着天府之国四川驰去。斑竹望着逐渐远去的四人，想着已年迈多病的母亲，抑制不住地潸然泪下。

鸿
雁

第四十二章　车祸

夏临风续娶的妻子江晓云是一个很聪明且能干的女人，做起生意来头头是道，对夏临风的照顾也是无微不至，近年来也渐渐地知道夏临风与姚斑竹的往事纠葛。她甚至替夏临风情感上的遭遇感到不平，在如今的年代何必那么较劲认真，也暗自庆幸，自己能在合适的时间遇到夏临风。

可夏临风在闲暇时间常常做着思悔的梦：当初谁都不怪，就怪自己，自己和阿玲那事，如果没有两条人命的祸延，使得斑竹彻底对自己失去了希望，又怎么会离开？然而就是在那种情况下，斑竹依然显示出不一般的宽容，将豆花店留给自己并留下五百元作为做生意的本钱，还把两人共同奋斗盖起的房子一寸不留地给了他。这一件件事搁在哪个女人身上都难以做到吧。只是今生悔之晚矣。

他悔恨自己喝了什么迷魂汤傻到走到这般地步，以至于隔壁汤圆店的楠竹经常形同路人一样露出憎恶的眼光而鄙薄他。

下午收摊回到家中，江晓云开始泡起了黄豆，瞅见库房内存放的黄豆已所剩不多了，便叮咛丈夫夏临风："时间还早呢，你蹬上三轮车，到粮食交易市场批发些黄豆回来吧。"江晓云从卧室衣柜内取出进货款交给夏临风。为了赶时间，夏临风随便套了件衬衣穿在身上，急匆匆地蹬上三轮车向县城奔去。

到了市场，恰逢老板出去办事，店外还有一个顾客在等待。待夏临风将称好的黄豆装上车，天已是黄昏将晚，着急回家的夏临风蹬着装满黄豆的三轮车行至鹿溪桥时，恰逢南北相向而行的汽车让道，右边的汽车在行驶中突然咣的一声将三轮车侧撞了一下，车厢闪电般反弹过来打在夏临风的左腿上，他被甩出三米多远，而汽车毫无察觉地扬长而去。恰好在这时叶青开车送货回厂经过此处，看着黄豆撒了一片，三轮车厢与车轮已分离两处，感觉似乎眼熟的叶青停下车，走近一瞧，夏临风仰面倒在地上痛苦地呻吟，腿上的血流在路上。叶青转身将停在一边的小货车开到夏临风身旁，匆忙地打开后车门，同路人合伙将夏临风抬上汽车，向着医院驶去。

叶青想，不管怎样救人要紧，好在还有送货收来的万把元钱揣在身上。他一手操控住方向盘，一只手拨通了斑竹的手机，告诉她夏临风出了车祸，自己现在正在将人拉向医院，让她赶快告诉江晓云。

接到电话的斑竹愣了瞬间，直呼："真是冤家！"忙派人去给江晓云捎话告知危情。回过头对坐在办公室的云黛儿说："夏临风出车祸了，快把你的车开出来，一块儿去医院。"

一路上，斑竹的心里像是火煎般焦急，待赶到急救室时，急救台上已站着医生与护士，正在处理伤口，值班医生又开了CT与X光检验单交给待在旁边的叶青。叶青转过身看到斑竹和云黛儿便招呼："你俩先看着，我去交款。"

等叶青交完款，云黛儿已帮着斑竹将夏临风推到影像室外等候，待一切检验过后，医生详细看了检验结果说："左大腿骨骨折及腿韧带受挫，需要住院动手术治疗，先交一万元押金，安排明天上午八点做手术。"说完将住院通知单交给叶青。

听到医生的诊断结果，斑竹才放下心对着云黛儿说："太让人担心了！还好是骨折，韧带没啥大问题。"

猛然听到夏临风出了车祸的江晓云，吓得脸上顿时没有了血色，失措无策的她惊慌中连门也未锁，疯了似的跑到公路上，挥手挡了辆出租车赶到医院，流着泪，说："都怪我傻了，下午就不该让他去买黄豆，人现在到底是啥情况？"

叶青将住院通知单递给江晓云说："出车祸时是将近晚上，光线最差的时候，肇事汽车已跑掉，恰遇着我送货回返，没啥说的救人要紧，我先把人拉到了医院。"

江晓云听完叶青诉说事情经过，方才拿起住院通知单一看，犯难地皱起眉头，在衣服口袋乱摸一阵，也只是掏出几十元揉皱的纸币说："真是羞愧，我咋这么糊涂，忘记是干什么来了！"露出一脸无奈的窘态望着斑竹说："斑竹，求你们谁将我拉回家把钱取来，免得误了住院动手术。"

斑竹回过头问叶青，"你身上还有多少钱？"

"白天送货收款带有一万多元，急诊急救及各项检验付了两千多，还有七八千。"叶青告诉妻子斑竹。

斑竹对江晓云说："够了，我来时还带了五千元，不用折腾了，医生已经通知明天上午准备做手术，你还是在这里照顾他吧。"斑竹向急救室里躺着的夏临风望了望。

交过费后的夏临风由急救室转到了外科住院部，此时只有斑竹的内心是复杂

鸿雁

的，出车祸的毕竟是她两个孩子的父亲，与她有着十多年风风雨雨坎坎坷坷共同走过的情感经历。阿玲走后，她曾想把两人过去的岁月一起抹掉，彻底地忘却。可是她做不到，夏临风与江晓云的任何动静都会轻易地扰动她的心绪。等待吧！或许哪一天自己能放下这段过往。

夜深了，众人有些疲倦，江晓云的到来让斑竹觉得自己已无必要再待在这里了，她想了想说："晓云，这里已经安排妥当，我们要回榴花镇了，明天上午还要动手术，你就多担待吧！"斑竹摆了摆手招呼叶青、云黛儿离开了病室。

在充满了消毒水气味的外科住院部，江晓云忧心地靠在病床边，看着药液通过输液管一滴滴地注入夏临风体内。等到疼痛昏沉的夏临风醒来，江晓云忙打开一包牛奶，插上吸管送入丈夫口内。八点一刻，护士推着手术车进了病房，江晓云忙帮着护士将夏临风扶上车送进手术室。

在外等候的时间里，江晓云回想起这次车祸的前后过程，这是天意吗？救人之危的善事怎么偏巧又让斑竹这个女人搭上了？这件事情的发生确实让江晓云感激斑竹夫妇救了自己的丈夫，可是，她也担心夏临风在斑竹的宽容、博爱中，心中又升起感激之外的情感来。她察觉到丈夫是一个感情丰富的人，他会以什么方式来报答这种恩情呢？况且他们本就是原配，还有着两个孩子。

经过一个多小时，手术顺利做完，护士推着夏临风出了手术室，陷入沉思的江晓云忙站起来帮护士将丈夫推回住院部的病房内。

转眼间又过去了一个星期。这天早晨，阳光透过窗户玻璃照了进来，病房内很是温馨。夏临风伤势好了许多，江晓云起早让丈夫喝了一包牛奶后，在医院餐厅打了黑米稀粥及排骨汤侍奉着让他吃完。

上班后，护士很熟练地给患者扎针、输液，江晓云便闲适地打着盹儿。一瓶药液还未输完，护士拿了一张交费通知单给江晓云，招呼押金用完了，要继续补交一万元。

拿到通知单的江晓云愣了片刻，心里直犯疑惑，一万这么快就花完了？现在自己手上根本就没有一万块钱，还需要去筹些钱来。正在犯难，斑竹偕同云黛儿推门走了进来，提着几样时令水果及营养补品。江晓云仿佛看到救星一样说道："斑竹，你们来了，快坐！医院刚才给了交款通知单，麻烦你们帮我照看半天时间我得回去拿些钱来。"说着将交款单递给她俩瞧。

云黛儿看后惊讶道："又要交一万元？"

"不必了，我走时估计押金花得也差不多了，就在银行取了一万元，正好能续上。"斑竹从挎包中取出一沓钱交给江晓云，说，"这是一万元整，拿去快交了吧！"

"怎么说呢！对于夏临风，不！对于我们两人，就像救星一样，这住院一下子就让你们垫付了两万，真让人过意不去。你放心，回去后我们一定如数还上。"江晓云知道，这种情、这种意，积累得多了就有了顾虑，成了亏欠。

"江晓云，你也不要多说了，谁让他是我那两个孩子的父亲呢？"斑竹内心极为复杂，但表面上却很淡然，她移步向前和正在输液的夏临风对视了片刻，也不知该说出些什么来，只对着夏临风说了一句："安心养伤吧！"

而作为斑竹前夫的夏临风此时纵有千言万语的感激和谢意也憋不出一句话来，眼角上已流出苦涩的泪水……

斑竹和云黛儿要回榴花镇了，江晓云送到病室外的走廊上，斑竹说："不要送了，回病室吧，夏临风还需要照顾。再见！"

夏临风出院时已是炎热的夏季了，炽热的阳光照射在自家院中。喝了碗稀粥又吃了两个煮鸡蛋，夏临风支撑着两根木拐，挪步坐在浓郁的槐荫下。江晓云在台阶下整理着搁置了许多时日的做豆花的工具。她想着再过几天，待丈夫能自己吃饭、喝药，自己雇一个帮手，让豆花店恢复营业。

出院那天回到家中，江晓云结算住院的花销，总共不到三万元，而其中两万元都是斑竹垫付的。她从银行取出两万元，到一墙之隔的厂办公室还给斑竹。斑竹从中抽出一万元，把剩下一万元推给了江晓云，说："这一万元你们就不用还了，攒些钱不容易。眼下，夏临风在家养伤，店里忙不过来的话，你就请个帮工，让豆花店赶快恢复营业吧。"

"斑竹，家里这次发生的灾祸，可是多亏了你的一片热心肠，救我们于水火，回想着当初，夏临风真是……我们真是太感激你了！"

"不提这些陈年往事了，也是命运在作弄人，感谢菩萨吧！"斑竹真不想忆起那些伤心事。

"是的，人生总有那么些因果关系！"听了斑竹的话，不信神的江晓云真的花大价在榴花镇集市上请了一尊玉石观音像供奉在厅堂内，她开始烧香求观音菩萨保佑家人、朋友平安幸福。

鸿雁

随着蜀新带着两个孩子陪母亲谢莲玉回了四川，斑竹的家里暂时空落起来，偶尔回家也是早出晚归。这几天斑竹老是觉得肚子不舒服，伴随着胃里泛酸总想呕吐，已经生过两胎的斑竹微微起了疑心：该不是又怀上了吧？但又觉得不可能，月经已停两年了，怎么可能呢？她悄然去了趟镇医院，一个年纪大一点儿的妇科医生，摸了斑竹还未隆起的肚皮，淡然一笑说："这么大年纪又怀上了孩子，也不奇怪。随着现代人生活水平的提高、生活环境的改善，月经复苏怀孕也是很正常的，回去好好地保养身体吧。"

斑竹心里感觉有些怪异，这般年龄能隆起肚皮，在他人看来是一件风流荒唐的事。这天晚上叶青爬上床头，待要温存一下时，斑竹推开他已摸上大腿的手，说："收敛一点儿吧！你真有本事，我都这把年纪还怀上了，也算你有了成绩。"

"真的吗？这可是求之不得的事！"叶青坐了起来，惊喜道，"太好了，我原来觉得这辈子都不会有自己的孩子了，真是天遂人愿啊！"兴奋的叶青将妻子紧紧地搂住，在她脸上、脖颈上、饱满坚挺的胸脯上吻了起来。

第四十三章　再念乡情悠远

蜀新在四川老家待了一个多月，到暑假将满时，才带着碧云、思蜀姐弟二人从合川码头乘船沿着涪江入嘉陵江走水路到了重庆。沿途码头千帆竞发，气势磅礴，三人玩了一天，到晚上才离开重庆，坐上了开往古城西安的火车。早上乘着云黛儿的接站车，甥舅三人便回到了榴花镇，斑竹欣喜地看着被南国阳光晒得有些黝黑结实的两个孩子。

女儿碧云说："妈妈，你的故乡真是美极了，橘树、翠竹、湖泊、小溪、村落，它们在丘陵间轻纱一样的薄雾中，像一幅流光溢彩的山水画，我真想不通，妈妈你怎么舍得离开那里呢？"

"这里不也很好吗？妈妈在这里有了更好的生活，更能体现人生价值啊。"斑竹敷衍地对孩子讲。

"姐，我和两个外甥领着妈妈直接去了大姐家，把你的意思告诉了大姐。她考虑了好长时间才说：'既然回来了，就先在这里住下吧！这是件大事，你姐夫在外打工，我打电话让他回来，需要和他商量一下。'等了两天，大姐夫从重庆工地回来，我和大姐、姐夫一起商谈了一会儿。姐夫很体谅妈妈的情况和大家的忧心，说：'岳母已经这么大年龄了，小一辈的都有责任来管，就凭着血缘关系，斑竹这个幺妹子在千里路外赶回来奔丧，打动了多少人的心，这就是大家该效仿的。放心吧！就是不盖房，我们也要照管妈妈，还要管好。'听了大姐夫的话，我回家时悬着的一颗心才落下地来。看来，大姐和姐夫像你一样，都是忠厚踏实的人。"蜀新说。

"盖房的事怎么样呢？"斑竹不放心问道。

"三姐，别着急，听我给你说，大姐夫人虽忠厚，但也有些木讷，只会下苦力，对盖房的事不懂。恰好我在十塘茶楼碰到了一个老头儿，你猜是谁？就是罗富川大叔，他人也老了，但还认得我，问我最近在干啥。我对他说了，他很惊奇，听到你帮大姐盖房子，一定要帮这个忙。他找的工队很正规，买砖购料都带着我

鸿
雁

196

一起同对方谈好，再由大姐付款，财务上没有丝毫的差错。等到上二层楼板封顶时，枇杷溪斑竹湖的弟弟妹妹三人都来了。为了平衡各人的心理，我当着母亲的面给他们每人三千元，说是姐你吩咐的，希望他们今后没有负担，过好自己的日子。"蜀新话讲得很详细。

"这样很好，有一件重要的事还没有问你，走时让你顺便将妻子一块儿带过来，怎么如今还未见个人影？你们年轻人长期两地分居也不是个事。"

"姐，谢谢你的关怀，来时不凑巧，返回时赶上中稻马上就要收割，收完稻子后，她一定会来。回来前我去了她娘家，将我的工资给她留了两万，放心吧！我知道怎样对待她。"蜀新说。

"再催一下，对弟妻我还有工作安排的。"斑竹说道。

"三姐，这次回去停留的时间长，在十塘赶场时，我碰到了肖丽、陈默雁。她们都没远嫁，奔过中年，赶上好时月，生活挺充实，还是念记着你，期待你春节能回去好好聚在一起欢乐欢乐。只是陶红橘挺令人惋惜，她的男人去贵州六盘水下煤井挖煤，瓦斯爆炸死在了井下，一个儿子前年去了新疆在那里入赘做了上门女婿。如今她还住着小石屋，孤单一人腾挪着过日子。"讲到这里，蜀新再没言语。

"蜀新，三姐我这些年在北方，怎能不挂念家乡？怎能不想念那些相好的姐妹？多少次在梦里都是在斑竹湖边捣洗衣裳、在田埂上打猪草、在去华安担煤的路上，还是家乡好啊！可如今我在这里有自己的事业。唉！慢慢地等吧，等到老了再也干不动了，我想在斑竹湖边寻一块地方，盖一座房屋，安然地住进去，也算叶落故土吧！"说着，斑竹用衣襟抹去眼角的泪。

"姐，我知道你忘不了故乡，等以后咱们回四川老家，还住在斑竹湖边，咱们做邻居！"

"蜀新，其他事暂且不谈，眼下有一件事赶快要办，招呼弟妻来时务必要带上陶红橘。这个像我一样的老实人，命运凄惨得听起来让我揪心，如果不帮她，我会良心不安的。"斑竹叮咛道。

第四十四章　帷幄运筹

药厂到了设备安装的紧要关头，云水介绍的技工一丝不苟地安装、调试着制药仪器。闲暇时间，云黛儿拿着一本很厚的医药典籍《中国药学》学习起来，以便统领内行生产的时候不至于一窍不通。

斑竹从食品厂后门出来跨过鹿溪桥，到了云黛制药厂。她从一张报纸上看到，山东省一个著名制药企业，为了造出优质的中药产品，建立起自己的药材生产基地，以便保障产品的药效，也取得了可观的经济效益。也许这是一个值得借鉴的经验。云黛儿没有在办公室，杂勤工说："厂长在后边药材初加工车间，你在里面先坐会儿，我帮你找去。"

"真让人焦心，一个人纵有三头六臂也顾及不了，要增加个懂门道的管理人员。"云黛儿来了，不等斑竹说话，先向斑竹诉说，"和你商量一下，把杨晓玲、周虎军提上来，他们在食品行业已磨炼了多年，对工作认真负责，又懂得管理，让他们来一起管理这两个厂子吧！"

"这事先向后缓一下，我无意间探听到一条可令我们借鉴的经验，人常说，巧妇难为无米之炊，要开工生产，立刻就要有道地药材，这可要首先准备好。"斑竹从衣服口袋掏出一张报纸递给云黛儿看。

云黛儿仔细看了一遍说："这个经验很贴合咱们厂的实际。民间常说，秦地无闲草，咱们乡下，随便拔起哪株草都能治病，而大秦岭更是一个天然的中药材大宝库。眼看着厂里基本的制药设备都已安装完毕，采购中药材已是迫在眉睫，抽出时间可安排人去一次秦岭腹地的商州，建立起我们自己的中药材生产基地。'心络通安神丸'所需的基本药材党参可到凤州去联系采买，三七的正宗产地在更远的云南文山，那里的三七品质上乘。总之，了解道地中药材的性能和主产地都是我们生产必需的，能拿好的药材才能造出药效好的中药来。"看来云黛儿对制药行业有着十分的把握。

"云黛儿，还是你的文化素质高，理解到位。这种治厂理念，尤其在制药方

鸿
雁

面真是面面俱到，相信我们的制药厂一定会取得辉煌的业绩。"斑竹对云黛儿打心眼儿里钦佩。

"药物上市比食品更加严格。我最近在县食品与药品监督管理局咨询新药生产和临床上市的规定和要求，顺便借了《新生药物开发生产须知》《国家基本药物上市销售目录》等几本书，学习这些知识可以帮助我们建立现代药物生产的正确观念，让我们在原秘方的基础上进一步地研讨、求证、发掘和完善。眼下，我们要干的事还多着呢，眼看着这一整套设备安装到位，当务之急就是人才引进的问题。"云黛儿说得很实际。

"要真论起制药方面，云黛儿，我就是比起文盲来强了点吧，许多事都不懂。需要什么样的人才，你就提早招聘和培养吧！免得以后忙不过来引起生产停滞。"斑竹缓了口气接着说，"你能否让云山、云水两人在这关键时刻多来药厂，给咱们提提意见和看法？多听内行的话，对于以后的工作是大有益处的。"斑竹最优秀的一点就是任何时候都能正确地认识到自己的不足，尤其是需要依靠更睿智的人来带领的时候。

"斑竹嫂，你就放心吧，两位哥哥是跑不了的，我会随时打电话讨教的。"云黛儿安慰斑竹。

星期天上午，云山、云水兄弟相约来到制药厂办公室，见到了斑竹、叶青及妹妹云黛儿。云山赞叹："真的不可想象，两个女性建成了两个企业，巾帼不让须眉啊！"

"别夸奖了！恭维话好说，真实事难讲。内行人的评论我倒是愿意洗耳恭听。两位哥哥不妨讲出不满意的地方，也好促使企业向好发展。"云黛儿回头吩咐着叶青做好记录。

"既然我这个很有才华且又强势的妹妹说出此话，那么我就抛砖引玉地谈一下，结合咱们当前的情况，不外乎有三点：第一，配备优秀正规的生产管理人员——一个主管制药的生产厂长、中药材采购员以及检验员。谁都知道好药材制好药，精品药材制精品良药，这些可是关乎一个制药企业生死的重要岗位。强调一点，这些人员必须毕业于正规院校。

"第二，要尽快投入生产，争取拿出中成药的成品来。漫长的临床试验没有丝毫的盈利可言，关键还是要取得各方面的认可，这也是对千百万病患者负责任。当然了，我和云水所供职的医院都是省级三甲医院，方便的话，我们二人也可以再联系一些医院来，一步步进行规模化的临床试验。

"第三，招聘合格的协同领导和制药工人，生产的关键环节和重要岗位必须是制药专业的毕业生，拥有技术员等级资格证，允许委培一批人员提早上岗。我们所从事的制药企业，关乎千百万患者的生命健康，也牵扯到企业自己的正常运作和健康发展。"云山很系统地谈了自己的看法。

斑竹和云黛儿听完云山一系列前瞻性的建言，这么复杂、这么漫长的临床试验，让两人的额头上渗出冷汗。斑竹小声附着云黛儿耳旁说："难不成我们把黄河看成了一条线？早知如此艰难，当初或许就不该做这个企业了。"斑竹在内心有些责备云黛儿不知河有多宽、海有多深，但她也知道自己不该在此时说这样的丧气话，她马上转换了语气说，"云黛儿，云山大哥讲的都不容易做啊！只是驴已赶上陡坡，我们现在千万不能退缩。"

"他说的是真心的话，面对现实还是那句话，路在脚下，心在远方。"云黛儿始终坚定、清醒地知道，当初的确是凭着一种气魄、一种热情，近乎盲目、胆大包天上马的。如今已是毫无退路，她必须抱着坚定的信念，鼓足女侠一样无所畏惧的勇气和干劲，向前冲去。

寂静中，云水扶了扶鼻梁上的玳瑁眼镜，讲："大哥说的是心里话，希望你们二位不要被吓着了，接下来我要讲的，是要求你们二人认真详细地制订一个工作规划，一步一步在现实中前行，让工作更好搞一些。"

听完云山、云水二位哥哥的谈话，云黛儿坚定不移地说："二位哥哥的意见正是金玉之言啊！看来我与斑竹嫂定要共同担当，执创新之念想，求创业之辉煌，持剑前行，披荆斩棘，誓必踏出一条成功的事业之路。"不得不说，听到云黛儿像演讲一样的说辞，斑竹原本一片茫然的内心也汹涌澎湃起来。

第四十五章　我心望郎归

　　清冷的月光照在制药厂新落成厂房的蓝色彩钢瓦上。忙得如唢呐手一样的云黛儿忙里偷闲，倚在厂办公室红椿木凉椅上，忆起往日在闽南的日子，念着辽阔浩瀚的大海，一波又一波的海浪温柔地拍打着礁石，有节奏的哗哗声似乎在唱着海浪之歌。她想起了丈夫麦海、想着当初丈夫出海的日子。云黛儿心中对麦海始终存着海深般的爱意。如今麦海也该服刑期满了，她憧憬着他能来到北方，来到这个当年两人浪漫相遇的地方。她在晨风夕雨中拼搏，太需要一个男人相伴了。还有她的女儿麦珊，在爷爷奶奶的抚养下也该上幼儿园了。在多少个夜晚的相思梦中，海上明月照在退潮后的沙滩上，小麦珊戴着珍珠项链在捡拾着贝壳。倏忽间，海上起风了，铺天盖地的乌云和雷鸣闪电中，是排山倒海般的巨浪，无情地吞噬了小麦珊……她猛然从噩梦中惊醒过来，心还在扑腾个不停。这梦总在重复着，以至于云黛儿在工作之余总是想着自己的孩子，想着麦珊高兴地来到自己身边。

　　平静下来的云黛儿对事业的发展很有自信，她想着等药厂建成正常投产后，不管怎样也要回一趟闽南海边，看一下麦海和小麦珊。

　　吃罢午饭，云黛儿手机铃响了，打开一看瞬间震惊起来，是丈夫麦海从闽南那边打过来的。电话那边的麦海在急促地说："云黛儿，我是麦海，我减刑一年，提前出来了！"

　　熟悉的声音像一股暖流袭遍云黛儿周身，她激动得热泪盈眶，怆然说道："我的麦海，我终于等到了你。你不知道，漫长的几年时间，我们相隔就像海那样遥远。你这一出来，我多年悬在心中的牵挂也放了下来。父母和小麦珊怎么样？"焦急又欢心的云黛儿似乎有说不完的话。

　　"最近我回到家中，什么地方也未去，什么事也未干。麦珊已上一年级了，闲着也是接送她上学，心里想着再休息些日子，就随父亲到海上讨生活去。那几年时光也是恍然如一场梦，还好都过去了。只是不知你回到北方情况怎样？"麦海情感中流露出一丝无奈。

"麦海，你太令我失望了，你就没有想着来这里找我吗？你也不问一下我几年来一个人是怎么过的。"本是欢欣的云黛儿突然恼怒起来。

　　"云黛儿，请不要伤心，人生中的污点始终让我抬不起头来，如果此时我再携攀着你，那不是害了你吗？会招来人们异样鄙视的眼光的，这正是我不愿看到，也不想让你承受的。"麦海不想殃及他人。

　　"麦海，你原来的人生我不计较，可如今我等了你几年，就因着那些屁事，你想抛弃、远离我？你不觉得，你在辱没我，无情地伤害我吗？我云黛儿是那么浅薄、势利的女人吗？"云黛儿恼怒道。

　　"好了！云黛儿，不要吵了，我理解你。"麦海在电话中劝解着。

　　"你不理解我，也更不理解你自己。"云黛儿坚持自己的看法。

　　"这样吧！我准备一下，将家里安排好，去探望你，见面时咱们再好好地叙谈。"麦海向着云黛儿深情地说。

　　"让女儿麦珊同你一起过来吧！"云黛儿叮咛。

　　"可孩子正在上学呢！"麦海显得有些犹豫。

　　"没问题的，让她来这里上学吧！这里有好学校，我们是被耽误的一代，孩子还要走更长的路。"云黛儿非常坚定地说，"海是不需要下了。先到北方来吧，我这里两个企业都是紧缺管理人员，太需要人来帮助了。"云黛儿三言两语给丈夫安排好了接下来要做的事。不得不说，云黛儿强势的背后有着十足的底气。

　　"云黛儿，对于你的要求，我是不会拒绝的。在我人生灰暗的挫折中，你没有鄙薄和离弃我，而是创出了属于自己的一片天地。如今我终于熬过黑暗的夜晚，迎来期盼的黎明，看到未来的辉煌。不多说了，我听你的话，先安置好父母，待上三两天就到你那里去。"麦海说。

　　云黛儿对着手机说道："麦海，我等你，我会为你接风洗尘，庆贺我们一家团圆。"云黛儿让自己的丈夫看到了希望，也挽回了昔日的爱。

　　云黛儿将丈夫麦海和女儿要来北方的消息告知斑竹，斑竹惊喜地说："真是及时雨啊，咱们这两个厂子正缺人手呢！听你讲，麦海原来当过空勤兵，军人大都在工作中养成吃苦耐劳、雷厉风行的作风。等他来厂后锻炼一段时间，就能担任中药材采购的工作了。"

　　"考虑得太多了，不如等他来了当面征求他个人意愿吧！"云黛儿心里踏实了许多。

　　"我最近还有一个想法，将胡荽从白鹿观景区汤圆分店调过来，让她和麦海一起到公司的管理层来，确保企业的正常运转。"斑竹觉得这些都要提前计划。

"让他们先熟悉一下环境，锻炼相关的业务能力，再走上管理岗位。"云黛儿很赞成。

星期天的夜晚，下了一场小雨，早上浮云退尽，空气自然清新。一辆出租车停在食品厂办公室外，一个西装革履的男士走下车来，右手携着一个六七岁的女孩，左手拖着一只海蓝色的拉杆行李箱，向正准备去办公室的斑竹问道："同志，请问一下，云黛儿女士可在这里上班？"

来客的一口南方口音让斑竹停了下来，她没有回答，反而探问对方："请问你们是麦海和小麦珊吗？"斑竹未及得证实就笑脸相迎。

"不错，我们正是！容我再问一声，你可是斑竹大嫂？"麦海急忙回答，暗自庆幸自己问到了云黛儿工作的地方。

斑竹把父女二人带进办公室，倒了两杯水给他们，然后给麦海介绍："我们平时都在这里开会，河那边的制药厂还未投产运营，云黛儿分管那边厂里的工作，早上从家里直接去了那边，不过吃饭时要回到这里厂内食堂就餐。"斑竹抬起手腕看了看表说，"十一点了，再等等，她马上就过来了。"

麦海试了试茶水的温度，把杯子递给女儿麦珊，问："马上就要见妈妈了，高兴吗？"

"高兴啊！爸爸，妈妈是什么模样？她爱麦珊吗？"这一切对于孩子来说，都是急欲得知的。

"再等会儿，会有一个顶漂亮的阿姨进来，那就是你的妈妈，而你就是她的小公主。"斑竹对孩子温柔地说，回过头又对麦海讲道，"麦海兄弟，你来得正是时候，这段时间，厂里太缺人手了，云黛儿很辛苦，正等着你来这里帮她。"

听到外边的汽车声，斑竹提醒道："云黛儿来了。"转身走到门口对着云黛儿喊道："真是亲缘的感应，这还未到下班时间就知道丈夫和孩子来了。"斑竹一边打趣着一边走到院外，为云黛儿一家挪出空间。

云黛儿一眼便瞅见了小麦珊，匆忙迎上去，双手紧紧搂抱着女儿，兴奋地说："孩子！四年了，终于见到你了，我的小宝贝！妈妈可想你了！"说着便在麦珊美丽稚嫩的小脸上亲吻了许久许久。

云黛儿放下女儿，回过身来凝视着丈夫麦海，相互之间像磁铁般吸引着，慢慢走近，直至两人紧紧地拥抱在一起，麦海感觉到云黛儿挺耸的胸脯下一颗心在剧烈地跳动。

"云黛儿，我一直在心里悄悄爱着你、挂念着你，可我怕玷污了你，一直不敢和你联系。在服刑的几年里，我趴在铁窗边，常常眺望着天空中飞翔的鸟儿，渴望着自由。对你，我的云黛儿，我只敢心存遥远的祝福。"

"我的麦海，一切都已过去，坚强起来！我们经过艰难的岁月和困苦的生活都没有分开，好不容易重逢，你要振作起来，不轻言失败。还是那句话：路在脚下，心在远方。"云黛儿对自己和丈夫的未来有着清醒的认识。

"是的，命运赐给我们发展事业的好时机，幸福生活还要靠我们自己来实现。或许这些现在还是一个美丽的、期望的梦，但我们会努力让它变成现实。云黛儿，你就是一颗瑰丽的珍珠，在哪里都会释放出灿烂的光芒。"云黛儿使麦海看到了希望。

等到情绪渐渐地趋于平静，云黛儿说："十二点了，该吃午饭了。咱们一块儿吃饭，既是为你和孩子接风，你也来认识一下我的这些朋友。"云黛儿走到院外招呼斑竹，通知蜀新和楠竹及食品厂的两个车间主任周虎军和杨晓玲、分店的胡荨，再让叶青去家里接上碧云和思蜀，众人一起去度假区石榴花大酒店聚餐。

酒席开始，斑竹首先举起酒杯说："适逢在我们的企业蓬勃发展的好时候，我们的骨干人员在这里为麦海同志接风，欢迎他的到来和加盟，相信麦海同志在发展的关键时刻能把南方的企业经营理念和经验带给我们。大家团结起来，克服困难，发展创新，我们的食品厂、制药厂前景会一片光明！"

席间，麦海略叙了和女儿麦珊由三千里外的闽南海边来到古城西安，一家人终于要重新开始新的生活，希望大家以后多多关照。众人端起酒杯站起来，一同饮下这杯接风的美酒。

放下酒杯，云黛儿伸出筷子夹了几颗羊肉丸放到麦珊的小碗中，这小麦珊从小就天姿流韵，长得颇像妈妈云黛儿。虽然几年未见，母女间的陌生很快因着血缘而亲热起来，小麦珊呼了声："妈妈真好！谢谢妈妈。"女儿的这种真实情感的流露让大家都笑了。

"小麦珊，有妈的孩子像个宝，你爸爸就是一棵草了。"旁边的大姐姐碧云逗着麦珊。

"不是，不是！我爸爸是个好人，他在海里捞鱼虾，养麦珊、养爷爷、养奶奶，他是个大好人！"小麦珊认真地大声说。

斑竹放下筷子又说："麦海父女颠簸几千里路来到厂里，且先休息几天，顺

鸿雁

便到处转转，有什么想法不妨提出来，厂里也好给你安排工作。胡萼、周虎军、杨晓玲，他们作为厂里的骨干，也会为你提供帮助的。"

"感谢斑竹嫂和大家的厚望，接下来我将尽快安置好孩子，一心一意地融入集体，和大家一起投入忙碌的生产中。今后，我麦海一定会跟大家一起披荆斩棘，不怕艰难，勇往直前的。"麦海坚定地说。

第四十六章　任重道远

"制药厂的建设已近尾声，即将进入试投产阶段，但我们还是忽视了一点，制药企业离不开大量的水资源支持，可是现在厂里的用水是村民的生活用水。我们必须抓紧时间打一眼机井，以保障制药生产正常运行。"云黛儿已吃饱饭搁下了筷子建议道。

斑竹回过眼对云黛儿说："你可以详细核算一下打井和购置水泵，共需多少资金，报知财务那里让叶青提前准备。"斑竹似乎又想起了另一件重要的事，继续说："还有一件事，长期以来，我们的两个厂子东边紧了顾东边，西边忙了顾西边，大家各自负责的工作没有明确的界定。我们应该明白，以后我们的企业要发展，以往不科学的管理模式势必要改变。逢着麦海的加盟，咱们可以把各人承担的工作任务和岗位职责都仔细安排一下。"

夜已经很深了，食品厂的办公室还亮着灯光，一件大事还在煎熬着两人。云黛儿将经过多日深思熟虑的人事安置表交给斑竹时，斑竹多日来紧锁的眉头终于舒缓开来，展现在她眼前的是一份领导职务分工责任表：

骊山联合创业创新发展有限公司
姚斑竹：经理（主管经济及人事安排）
云黛儿：副经理兼财务总监
叶　青：总会计师兼质检组长
胡　萼：公司办公室主任
周虎军：机电后勤总管理科主任
骊山斑竹嫂食品厂
杨晓玲：食品生产厂长
麦　海：销售采购经营厂长

鸿
雁

骊山饮鹿泉制药厂

云黛儿：药品生产技术厂长（兼）

蜀　新：中药材采购质检厂长

斑竹详细地看完后说："大家想到一块儿去了，周虎军是该提拔了。"

"不奇怪嘛！咱们每晚都在做同一个美梦。"云黛儿笑着说。

"不过，你那心思我也看出来了，为什么不将麦海放在自己身边？有必要避嫌吗？"斑竹问。云黛儿笑而不语。

榴花镇日新月异的变化使麦海感到既陌生又兴奋。他这段时间一直在熟悉着食品厂的环境及生产设备、糕点工艺等情况。闲暇时，他总是沿着鹿溪漫步，寻找着当年与云黛儿相识相知的时光。如今，云黛儿通过不懈的奋斗创造出骄人的业绩，使麦海更进一步认识到云黛儿的勇气和魄力。

天气渐渐地热了起来，鸣蝉在树枝间不厌其烦唱着单调的歌儿。鹿溪流到大折弯处，形成一个网球场大的水潭。潭边长长的柳枝在微风中轻拂着水面，拂起诗意般的涟漪，惹得麦海对往事深情地回顾。久别四年，宛若新婚，他与云黛儿如胶似漆地聚在一起，就似干涸的小溪注满了流水，枯萎的花蕾迎来了甘露，美好的感情在不断地升华。

麦海知道，今后的日子，他就要在杨晓玲的领导下，做骊山斑竹嫂食品厂的业务工作了。杨晓玲是新近提拔上来的生产厂长她在食品这行已有多年经验了。而自己是新手，他还是要把脑瓜放灵活点多学习吧！他在水潭边蹲下来，双手聚起澄澈的溪水，喝了一口水，又擦了擦脸，脑袋清醒了许多。

夕阳晚照时分，云黛儿和麦海一同去镇小学接回女儿麦珊，开着汽车沿着鹿溪边的公路到了云家故宅。没有多少人家的小村庄美丽而幽静，宅旁清澈的饮鹿泉聚成一汪水潭，溢出后自成小溪蜿蜒向谷下淌去。泉眼旁是一丛郁郁葱葱的青竹，掩映着云家祖宅。尽管麦海在服役期间同云黛儿来来往往接触不断，但这个地方还是第一次来，情不自禁地赞叹道："这里依山傍水，真是绝佳的宝地，怪不得云家能一直兴旺。"

云黛儿从车上抱下小麦珊说："麦珊！这是咱们家。"然后指着云家祖宅对麦海说，"十多年了，家里少了人烟气，没人照看屋子，荒废得快。几年前我从闽南回到家中，雇工匠修整了多日，随后自己抽出时间又搬东挪西地专门整理了好些个时日，总算凑合着能让人生活了。"

第四十六章　任重道远

"暂时住几年没啥问题，等我们发展好了，我想在这里帮你盖一座小别墅。"麦海说出自己的设想。

云黛儿指了指身旁的饮鹿泉对麦海说："听父亲讲，这饮鹿泉水可是自然界赐予云家的一眼神水，哺育着这一方人，用此水煎出的中药疗效更是事半功倍。"云黛儿父母的遗像供奉在客厅一张核桃木的八仙桌上，麦海走上前凝视着已过世岳父母的遗像，拿起香炉旁的檀香，点燃起来插进香炉，烟雾缥缈，檀香的气味弥漫了整个屋子，他依然朴素地认定：故乡是根，父母是神。

天色昏暗起来，一轮满月从塬后山岭间爬了上来，整个山野间又笼罩在朦胧的银灰色的光辉之中。隐约听见房梁上的燕子在窝中孵化新一代生命的窸窣声。麦海捞起塑料盆，拿过搭在铁丝上的毛巾走出屋子，来到竹丛旁的泉水边，在万籁寂静中搓洗着，夜色中男性强壮有力的肌腱十分突显。他很快搓完澡走入屋内，孩子已沉睡于梦乡。床头灯发出淡红色柔和的光线，云黛儿已脱衣就寝，一床咖啡色毛巾被覆盖在身上，平静地望着天花板。心中激情澎湃的麦海像一只夜猫子悄无声息上了床，掀开毛巾被，云黛儿冰肌玉骨般的胴体映入眼中，焦渴的他将云黛儿揽入怀内亲吻着、抚摸着，呢喃地说："云黛儿！我的天使，在闽南的一千多个日夜，我每日每夜都在期望着和你相聚……"麦海贴着云黛儿脸颊、脖颈、胸脯上急促地吻了起来。

欢愉中的云黛儿并不觉得身上很负重，仿佛这饮鹿泉就在仙境之中，自己就是一个仙女，承受着人世间所有的爱意，她两条玉臂攀住丈夫双肩微闭着双眼，安逸地沉吟道："麦海，你是我心上的太阳啊，太让人舒心迷醉了……"

第二天又是一个晴朗的日子，早上麦海来到食品厂时，斑竹和杨晓玲、蜀新正等在办公室，斑竹说："一年一度的端阳节又要到了，今年的商家订货特别多，每天的加班是必不可少的，蜀新要到制药厂那边去，这里的生产管理工作便由杨晓玲和麦海担当了。"

蜀新拿出已准备好的各个库房的钥匙和账本逐一交给麦海，告诉他食品出入库、贮藏的基本程序和注意事项，以及生产安全等事务。

骊山联合创业创新发展有限公司办公室主任胡萼到县城金星广告部制作了三块单位牌匾，将公司暂时设置于食品厂院内，并将食品厂、制药厂的厂牌也分别挂在各自的厂房大门外。至此，一个正规的企业管理机构算是完满地建立起来了。

鸿雁

第四十七章　为了一种信念

时光飞逝，斑竹怀孕的肚皮日渐一日地隆了起来，叶青开车回了一趟秦岭山中的老家，说服父母把承包的土地转给了一个堂叔，便随他来到榴花镇上边的骊山温泉小区住宅内，照顾斑竹。这里一应齐备的摆设很令两个老人惊叹，父亲对母亲说："年轻人的世界原来是这样的，看看他们这生活，我们那里的村主任、乡长也是比不上呀！听儿子说，这套房子是斑竹花十几万元买下的。"

"别多事，咱就听他们两口子的盼咐，干活勤快点，也长长见识，接受山外面不一样的活法。"母亲见怪不怪地说。

晚上，斑竹同叶青回到了骊山温泉小区的住宅，津津有味地吃着妈妈做的旗花面，对叶青说："这是什么面？真好吃，既香又不油腻。"叶青的母亲听到儿媳妇的称赞，心里很舒服，借着这机会忙说："斑竹，咱这孩子还未生下来，我和你爸这几天无所事事，平时在乡下忙惯了，现在好像猫爪子挠心，空落地无处下爪，思来想去还得有个事儿来做。我和你爸商量了一下，在你分娩前，我一个人留在这里看家做饭就行了，让你爸去厂里帮你们干些力所能及的活儿。""妈！爸！咱们都是农村人，才来就是不习惯，慢慢地一步步适应起来就好了。你们在山里干了一辈子，也该享享福了。况且，等孩子出生后，才真是要辛苦你们二老呢！"斑竹很能理解二位老人的苦衷。

"斑竹，妈和爸这么讲是有原因。像这样下去，不生病，也要憋闷出病的。我想了，制药厂那里正需要一个守大门的。爸爸能干这活儿，闲暇时，在场地上拔拔草，给花木浇浇水，锻炼锻炼身体，对他来讲都是不错的。"对于父母，叶青想得比较全面。

"可我总觉得对不住二老。"斑竹老觉得心里不得劲。

"斑竹，叶青说得没错。我还没到七老八十，干那些活儿不受累，反而能散散心。"老人在内心有着干活儿的期望。

"既然是这样，那明天早上爸爸随我二人去制药厂，试试门卫的工作。"斑竹说。

人到中年的斑竹，对是否到达生育年龄的极限，她没有探究过，可是自己的企业正值更上层楼的发展时期，她因为分娩在即，在心理上更是负担加重。先后经过几次的妇科检查，斑竹把预产时间等情况告诉了云黛儿，让她提前做好预备，独自支撑一个时期，不至于使生产受到影响。

事实上，云黛儿是有这种心理准备的，她知道食品厂这几年来一年比一年地兴旺，现在放手让杨晓玲和麦海经营下去，也不会生出什么意外的事端来。眼下重要的是制药厂这里，虽然明确了一系列的运行方式，但上次宣布的人员配置还有些欠缺。这种情况对一个新生的企业来说都是正常的。现在，机械设备已安装完毕，制药用的中药材，已不断购进，存放在原材料库房内，而真正关键的是试生产。最近，云山、云水不断地叮咛，务必在试产前配置一名懂行的专业技术人员。这可是件紧要的大事。云黛儿约云水去了趟省中医学院，专程面试该学院制药专业的优秀应届毕业生丁香。一米六个头的丁香，内敛的研究型气质初次便给了云黛儿深刻的印象。

在咖啡的溢香中，双方做了简单介绍。云黛儿首先开诚布公地谈了自己的想法和要求。

文静的丁香安静地听完了云黛儿的话，说："云师傅的一番话，我是明白的，你期望招聘到一个能担当起中药制药这个工作，又能为厂里创造效益的技术人员。可我虽有这方面学习经历，但也不能大言不惭地夸夸其谈，现在我还有一个实习期限，我可以先谈谈现阶段的设想吗？"

"完全可以！"云水接言道。

"我所学的专业正适合你们的招聘岗位，也为我提供了个人事业发展的平台。咱们双方以诚信为首要原则，待遇这些事先放在一边，我能否先到贵厂实习？实习期后，我们再谈能否签订正式的招聘合同。对于我们这些初入社会的学生来说，展示自己专业所学才是重要的。"丁香提出的要求既客观又现实。

"对于丁香同学来我厂的前期实习，我们厂方会提供一切方便。而毕业后签订聘用合同，也会有相应的福利待遇。就像丁香同学所讲的，诚信才是最重要的。"云黛儿把自己的善意传递给丁香，她相信自己有一双伯乐的眼睛。

事情比意料的要顺利。在云水的推介下，云黛儿与丁香签订了实习期协议，之后三人进了路对面的喜相逢酒楼。酒局中，云黛儿捧起酒杯欣欣地发表贺言："很幸运，今天这顿便饭就算我代表厂方欢迎丁香同学到我们厂实习，预祝我们

鸿雁

双方合作愉快，事业长久。"

丁香盛情难却地端起酒杯说道："云水老师、云黛儿师傅，为了厂方、为了事业、为了生活，为了钱，祝愿企业发展越来越好。"

饭局快要结束，云黛儿握着丁香的手说："丁香姑娘，你很真实！不管将来咋样，你可是我云黛儿的盟友了，记着：'路在脚下，心在远方。'"

云黛儿收获满满地回到榴花镇饮鹿泉制药厂，将省中医学院毕业学生丁香的资料拿给了公司经理斑竹。斑竹郑重地详览了一遍，兴奋地说："不简单啊！又是一匹能驰骋千里的马，但愿她能助我们的事业腾飞！"

云黛儿感受到斑竹昂扬的斗志，指了指斑竹硕大的肚皮，别有用意地说道："你也一样啊！"说完两人相视一笑。

诗情画意的鹿溪河到了炎热的夏季，莺歌燕舞、百花盛开，一切生命都在旺盛地生长，尽情展示着自己的美。星期六是孩子们回家的日子，下班后的斑竹同着叶青，颠簸着一路到家，肚子便有些疼痛欲坠的反应。待到夜半时分，下身更是撕裂般难以忍受。母亲跑进斑竹房间，看了看，对儿子叶青说："青儿，快扶斑竹下楼，开车上医院吧！"说罢，忙提上早已备好的母婴分娩用品，随同儿子、儿媳上车，一行人向着县城妇幼医院驶去。

挂了急诊，妇科医生检查了一番，说："即将临产，马上进入产房待产。"斑竹立刻被护士推进产房，叶青与母亲在外焦急地等候。过了一会儿，一个护士走出来，从叶青母亲手中拿走母婴用品又进了产房，随着斑竹一声长长的、伤痛的嘶叫，产房里传来婴儿来到人间的第一声啼哭，一个令全家人欢喜的小生命诞生了。

护士将斑竹及婴儿推出手术室，安置在住院病房后告诉家属："孕妇顺产，生下一个女婴，体重为三千二百五十克。母子健康无恙，休息两天就可以出院了。"

疲惫的斑竹露出淡淡的笑容，而叶青与母亲则是难掩兴奋激动的心情，恍惚间母亲对叶青说："青儿，我在这里看着，你快去外面买些给斑竹吃的营养食品，这生了孩子肚子空得像个大口袋，亟须吃些东西来填充的。"

这个孩子的到来，让一家人感到幸福和满足。

时间在很快地流逝着，云黛儿从省中医学院接回了丁香姑娘，让她暂时住在制药厂办公室内的套房中。云黛儿又领着丁香去几个车间参观了制药设备及一些基础设施。虽然还不够正规，甚至有些凌乱的感觉，但距离制药厂试投产还有些时日，这些不足都能逐步得到改善。

沉默了片刻，丁香对云黛儿建议："云厂长，车间外还须建一个自动化药材洗涤池。"她又用手指了指，说："还有，在那个西南方向的空地上，可以用水泥铺一个中药材晾晒场地，这些基础设施，对于一个制药企业是必需的。"

正在忙碌的云黛儿手机来电，她拿出来接听，丈夫麦海在食品厂呼道："云黛儿！我的姑奶奶，这蜀新刚调去制药厂，这里便有了波动。管理食材的和线上操作的小领导为一些琐事吵了起来，杨晓玲又有事请了假，加之其他职工有意起哄，厂里乱得像捅了马蜂窝一样。我想去调解，可我才到这里，他们说的话我不懂，而我这闽南话他们像听外语一样。真不知道，蜀新是如何与他们沟通的。"

"不只是语言沟通的问题，有些还是工作方式的事。你初到车间，还没有真正适应生产，有困难是正常的，你要想想办法。"

"说得轻巧，语言就无法沟通。"麦海说。

"你先坚持着吧，让那些涉事的人到办公室慢慢谈，先解决问题，大庭广众下任什么问题也不好解决，只会让矛盾扩大化，我先去斑竹那里商量一下，拿出解决方案来。"云黛儿叮嘱着麦海。

云黛儿跑了一趟骊山温泉小区，将有关情况反映给斑竹，并说："制药厂那边你是知道的，即将试生产了，让人劳心地随便挠一下头皮，便掉下许多发丝来，如今蜀新调到制药厂，食品厂又乱了起来，麦海那闽南话能听懂的人又有几个？我想了很久，不如把夏临风叫来吧，让他来帮帮咱们。"

"什么？让夏临风回来，亏你想得出，我们还未到穷途末路的时候。那些年他伤了我的心，至今回想起来我还是心痛难忍。"提起往事，斑竹还是无法释怀。

"说到底你们两人毕竟还有碧云和思蜀一双孩子牵系着。"云黛儿特别强调，"再说了，浪子回头金不换嘛！看如今夏临风和江晓云日子过得不是很和谐吗？你们完全分隔开来是不管用，也是不现实的。就这样也不知人家夏临风愿不愿来呢，我这不是私下先和你商量吗？"云黛儿知道要说服斑竹不计前嫌实属不易。

"不否认我们现在缺少管理人员。云黛儿，实话说来，我心里很矛盾，情愁爱恨错综复杂，你觉得夏临风适合就让他来吧！"斑竹纠结了很久，终于理智占了上风，说道。

当云黛儿找到夏临风谈了自己的想法，希望他回到厂内，替下麦海，帮杨晓玲主管食品厂的生产。夏临风很是犹豫，他知道斑竹有着情感上的顾忌，斑竹能原谅他吗？自己这一去，不是又向她的伤口上撒了一把盐吗？可是，他又想起斑竹的善良大度，特别是出车祸中，斑竹、叶青及云黛儿对于自己的救治不也是摒弃前嫌，操碎了心。如今云黛儿邀请自己去食品厂上班，让他左右为难。再说，丢下江晓云一人，豆花店这边的生意又该谁来照顾呢？站在旁边的江晓云说："还顾虑什么呢！咱欠人家斑竹那么多人情，也该对人家有所报答了，豆花店交给我好了，不信我还将它经营不好！"

"这里边的缘由深多了，你一个女人家懂什么？正因为有着那许多的心结，我才有许多的担心，阿玲的两条命是让我给毁了，我现在是悔对当初的一切。"夏临风忧心的事多了。

江晓云听了丈夫夏临风的话，在心内嘀咕着：是啊！旧情复燃又咋办呢？情爱的事是存在可能的，可是想想也不可能。斑竹现在和自己一样，已经有了新的家庭，有着年轻且有文化的叶青，夏临风没有旧情复燃的条件，何况以前的裂痕哪能轻易地修复啊！

几天后，夏临风帮江晓云安排好豆花店的生意，随云黛儿去食品厂见了麦海和杨晓玲。麦海和夏临风做了工作交接，而这些工作都是夏临风所熟悉的，没过几天生产便恢复得顺顺当当，很令云黛儿满意。

等安排好食品厂的正常生产，云黛儿又回到制药厂，和叶青共同做着制药厂试投产的准备。又是一个星期天，云山、云水来到饮鹿泉制药厂，在云黛儿和丁香的陪伴下对整套制药设备做了详尽的检查，很是费了一番工夫。完成后，云山赞扬道："这次检查，比上次更加完善了，我对试投产的信心更足了。如此的规模，对于一个民办制药企业来说，已经是很不错了。以'心络通安神丸'秘方为发展平台，咱们潜心研究，科学创新，利用先进的操作手段、大规模现代化的生产方式，一定能树立善医善德、利民利国的制药理念，展示云家家传秘方存在的深远价值。"云山的话也使大家增强了成功的信心。

"要打大仗了，希望每一个人都要齐心合力，才能取得战果。作为厂长的云黛儿要多听听丁香姑娘的意见，少走弯路，利于生产的开展。另外，丁香也要多和叶青沟通，把好中药材采购这一关，这里边鱼龙混杂，极易上当受骗，千万记住：有好药材才能制出货真价实的好药来。"云水一遍一遍地叮咛着。

"靠着秦岭这个中药材大宝库，我们初步联系了专供药厂生产的药材收购商，这些药材产地遍及秦岭腹地的商州、凤州、华州及陇州，都是道地药材的原产地。可专门用于我厂生产'心络通安神丸'，不断开辟、拓展制药的事业空间。"云黛儿对于药材的采购渠道做了扼要介绍。

　　"现在药厂即将正式启动了。情急归情急，循序渐进的发展和科学规范的生产都是严谨不可忽视的事，咱们先做好试产前的准备，等万事俱备，就开始启动试生产工作。"云山说。这一番话鼓舞了大家的信心。

鸿
雁

第四十八章　秦岭萍踪

云缭雾绕、巍峨的秦岭腹地中有一个小盆地，大佛寺镇就位于这个小盆地的丹江边上。镇上逢集的日子很是繁华，对于云黛儿来说，这里是一个重要的中药材集散地，来自全国各地收购中药材的药商便有几十家。四周的山民在逢集之日，便肩挑背驮着采挖的药材来镇上出售。

初秋的一天，云黛儿、叶青同丁香一起，驱车穿越秦岭隧道来到这个几百年来一直从事药材交易的古镇。叶青将车停在丹江岸边，三人走走停停地询问着药材的行情与价格。云黛儿看到一个出售种植药材的药农，他的三轮车上堆放着三七、党参、柏子、远志等中草药。在这些植物药材旁边，有一个塑料袋子居然装着"心络通安神丸"特需的动物药材——水蛭，或叫蚂蟥。云黛儿惊喜地询问得知，这个药农一直在规模化种植各种药材，而这蚂蟥则是他近两三年来尝试着从小溪、稻田、荷塘捉来，放在水池中人工繁殖的。如今已成功地收取了两三茬，销量和效益相当可观。他计划着再建几个水塘来扩大养殖规模，以获取更大的收益。

在散集时分，云黛儿跟随着药农来到他家中，从屋内的几张奖状上看到，原来他是这个村的村主任，这些年他带领村民从事药材的采集、种植，成功摘掉了贫困村的帽子。

"看来大叔在村里人缘不错啊！还担当着村主任的职务，以秦岭为依托，带领村民脱贫致富。"云黛儿赞叹道。

"生在秦岭深山这个地方，也只能领着乡亲们念这个经了。"村主任谦虚地说。

"不知村主任对于带领乡亲们在发展经济上还有什么想法，不妨说出来听听。"丁香试探着问道。

"作为村主任，我想法可就多了。问题是在这山里边，群众经济基础薄弱，就算有一些发财致富的想法，没有钱还是唱不出大戏来。比如说山里的湿度足而光照不够，政府号召使用塑料薄膜大棚种植中药材，靠着政府牵头从银行申请的那点贷款，是远远不够的，大面积建棚的愿望一直落实不了。眼下村民期盼着能引进一些投资商进来，提供资金，能更科学地利用秦岭山中的土质、气候，进行较大规模的人工种植。"村主任到底是干部，说起来头头是道又贴合实际。

云黛儿说道："大叔这样的想法，与我们的计划真是不谋而合呀！能不能我们双方合作起来，由你们提供土地、人力资源，我们制药厂投入资金和技术。咱们双方一起合作生产，收获的所有中药材由我们以市场价格收购，这样药农也不愁药材卖不出去，我们也能收购到货真价实的道地药材。尤其是你的水蛭，养多少，我们就能收购多少。"云黛儿讲得条理清晰。

"当然了，我们所有讲的这一切，都会签订合同，用法律的方式保障双方的利益。"丁香提议道。

"这可真是合乎我们村民的意愿了！你们是有文化的人，不妨先起草一个合同来，咱们双方商定签字盖章，后续按合同办就行了。"村主任表示认可。"谢谢大叔，三天后，我们派丁香同志当代表，来签订合同。"云黛儿爽快地说。

天色渐晚，傍晚的残阳映出一片绚丽的火烧云。望着秦岭连绵的山峰，郁郁葱葱的松柏在山风中海浪般起伏波动，美丽的丹江犹如隐在群山里的一条银链，温柔地朝东南方向流去。云黛儿、叶青及丁香驾车返回，他们对这次的秦岭之行倍感欢欣，一切都充满着希望。

鸿
雁

第四十九章　千回百转·圆梦

这天上午，斑竹拖着分娩后虚弱的身子走到阳台上，刺眼的阳光照得她头有些眩晕，她连忙回过身在一个机凳上坐了下来。听着楼下树梢上几只鸟雀发出啾啾的悦耳鸣叫，她的一颗心，一半在初生的婴儿身上，一半则牵挂着两个厂子的生产。漫长的一个月里，她想了许多，过去、现在、将来，经历的时光好像一条有开始无终点的路，有时坎坷，有时平坦，有时狭窄，有时宽阔，有时是苦涩，有时则是浪漫。而人与人在这条路上的相遇就是一种缘分，从而衍生了这个五颜六色、无比精彩的世界。

云黛儿打了多次电话，告知她厂里一切都在向好的方向发展着，并嘱咐她多休息几天。斑竹也从电话里知道前夫夏临风已被云黛儿安排到食品厂接替麦海的工作。但是，这使她的心又纠结起来，她对夏临风是想憎恨，却又恨不起来，自己曾把前半生的希望寄托于他，自己人生最留恋、最珍贵的家，被夏临风毁灭得不复存在，但那之前人生的那一段感情，终究是无法忘却的。何况两个孩子也渐渐长大，对于她和夏临风来说都是难以忽略的。如今自己另嫁与丈夫叶青，又迎来他们爱的结晶，一切对于斑竹以后的情感恐怕会更加复杂了。

云黛儿这几天开始舒畅悦心。康复后，斑竹终于走出自己家来到了榴花镇骊山联合创业创新发展有限公司办公室。现在药厂在制药管理上有着丁香的加入，她和云黛儿协商，调出叶青到公司办公室任经理助理，直接协助斑竹工作。鉴于夏临风这一阶段将食品厂生产搞上了正轨，斑竹也不好说什么，云黛儿却是念及许多方面，主张留下夏临风。现在的公司管理层也算得上兵多将广，人才济济了。

云黛儿早几天便开始筹划骊山联合创业创新发展有限公司的下属企业——饮鹿泉制药厂落成典礼暨试投产揭幕庆祝大会的准备工作。云黛儿广发请帖，招呼县上主管领导，省市报刊、电视台的编辑、记者，以及骊山旅游度假区主任夏家英等。云山、云水兄弟，更是邀请了省医药监督管理局领导、省府各大医院领导前来，场面可谓隆重。这一切对一个从川东农村走出来的斑竹确实压力很大，好在有云黛儿在阵前支应，令忐忑不安的斑竹坦然了许多。

会场设在厂内宽阔的中药材晾晒场上，喜气洋洋的主席台两边吊挂着足有三米高的长鞭，中间摆了八墩冲天雷，台下两个村子的锣鼓队分置左右，庆祝着又一个女性领导的民办企业的诞生。

会前公司所有职工先进行了两小时制药设备的试运行。在运行当中，斑竹和众人一起屏声静气地等待，云黛儿则是熟练地指挥操作人员先启动制药机械运转；供料人员及时填充原料；经过一个复杂的循环过程，到了生产线末段，"心络通安神丸"一粒粒下线转入成品车间如数装瓶；最后贴上饮鹿泉商标及药物服饮说明，才算是完成了整个制药的程序。试生产的初步成功令大家欣喜。之后重要领导及来宾步上主席台，作为公司经理的斑竹一手捧着话筒一手拿着一瓶制成的"心络通安神丸"，郑重发布试投产成功的信息。

云黛儿身着一身明黄色旗袍，天生丽质，如明星一样来到主席台前，宣布庆祝活动开始。随着两串长鞭隆重地爆响，两旁大锣鼓也震耳欲聋地敲起，响彻云霄。

风好正扬帆的云黛儿，在制药厂正式落成及试投产后更忙了。首先头一批药品的临床试验令她牵挂于心，她对"心络通安神丸"的药效是有信心的，可这都需要严谨的试验结果来证明，只有这样，才能取得国药生产许可证。她将生产设备、制药程序继续完善、改进的工作交给了丁香。其间主管公司财务的叶青提醒云黛儿和斑竹："公司运转资金已快用尽了，不行的话，就要动用食品厂账户上的一千多万盈利资金了。"

"先别动那些资金。我的私人账户上还有一百多万，再加上麦海来时又带来五十多万元准备盖房子的，转过来先顶一阵子。现在还没正式投产，支出不了多少费用。"云黛儿对叶青说。

"这样也好，待正式生产，大批量采购中药材时再将食品厂的盈利资金转过来使用。"斑竹对制药厂的资金运作很有信心。

这天，夏临风走出库房，怀中抱了一大摞包装箱瓦楞纸，恰遇着斑竹同云黛儿走了过来，夏临风本想打招呼问候二人时，看见斑竹不屑一顾的神态，他低头无语地绕了过去。恨归恨，恼归恼，夏临风仍在情感旋涡中挣扎着，他仍然心系在斑竹身上，也舍弃不了自己的两个孩子。在这种情感的长期隐忍中，也让夏临风更加难以忘记这段感情。他依然期待着斑竹能原谅他。

随着端阳节的临近，斑竹食品厂又是一阵加班加点的忙活，斑竹从叶青的月

鸿雁

报汇总中看到，由于酥蓉津食品的销量大增，库房中的存货已剩不多了，她本想将这一情况直接告知夏临风，让他注意确保酥蓉津的生产。但又不想与他过多交流，这种情况，还是让叶青间接告知他比较妥帖一点。

想到女儿碧云将面临高考的关键时刻，本来应该多照顾些，但因着事业的忙碌，以及前段时间生孩子，对女儿的关爱似乎很少，只能是让两个孩子在日常生活上过得宽裕些。她想和女儿商量，帮她找一个"一对一"的家庭补课教师，那样的话补习效果会好一些，可这样的家教按时计酬，相当昂贵。想了很久，便横下一条心，女儿少有父爱，性格内向，生活上又节俭，她希望在学业上给女儿提供帮助。她还为女儿想了许多，将来上什么样的大学、向什么方向发展。闲暇的时候她与云黛儿聊过多次，但碧云的学习充其量只是一个中上的水平。她想让碧云报一个营销专业的院校，可云黛儿说："斑竹嫂，外面的世界何其宽广，你怎么非要将碧云的未来，和咱们的事业扯在一起？要给她足够的空间和自由。赶快将分数提上去，让她根据自己的意愿填报志愿，这对她的人生不更好吗？"

"云黛儿，这方面的事我根本就不懂，你就分分心为碧云找一个专业的家教老师来帮帮孩子吧！"

"没问题，我要先问一下碧云，她学习情况，有针对性地请家教老师，效果就更好了。"云黛儿很热情。有了云黛儿帮着出主意，斑竹悬着的心总算放了下来。

第四十九章　千回百转·圆梦

第五十章　往之以情·复燃

　　"制药厂通过前几天的试投产运行，发现了一些不足。这几天，丁香领着所有技工都在铆着劲儿不断地完善、充实。挠心的事还是药物的临床试验，二哥云水说了，着急是不顶用的，在西方国家一种新药物的研制需要几年时间，国内中成药的开发相应地短些，但也有严格的程序。"云黛儿心里很平息地释言。

　　"那么就耐心地等吧！目前制药厂尚未正式投产，不如让蜀新回到食品厂，赶着端阳节正忙着，让他经营厂里的生产吧！"斑竹借此机会提议道。

　　"夏临风最近在食品厂干得挺顺心的，你怎么还是不放心呢？"云黛儿感到很奇怪。

　　"云黛儿，这不单是生产上的事。我看到夏临风还是心里不舒服，不想再去提过去的事。可是，叶青在这里，两个孩子已经渐渐长大，这样对谁都不方便。"斑竹的顾虑多着呢！

　　"那些事已成过眼烟云，正因为顾及着失去父爱的孩子们，我才将夏临风安置回食品厂内，你们彼此冰释前嫌，对孩子们有什么不好呢？真不能理解。"云黛儿生气了。

　　"我！我觉得这事还是不解为好。"斑竹始终心存着怨怼，她不愿牵强地与云黛儿争纠。

　　端午过后已是盛夏了，这天下午两点，在工人正常上班时间，夏临风走进公司办公室，看到斑竹正在处理一些票据审批，沉默了片刻，开口道："斑竹，我想了很多，过往的事是我伤害了你，但我都努力在弥补着。前段时间，蜀新去那边制药厂了，云黛儿的意思食品厂人手紧缺，让我暂时借调到食品厂，帮着厂里渡过难关。如今厂里的生产已趋于正常，我想了多日，我还是回豆花店去吧。"夏临风试探着说完，想看看斑竹会有什么样的反应。

　　斑竹赶忙放下笔，推开账本，倒了一杯水给夏临风，解释道："当初这事的提出正是我生孩子的时候，是云黛儿提起的，你可直接去问一下云黛儿厂长。"

鸿
雁

她敷衍地回答夏临风。

"真不可理喻，你现在又没休假，你心里是咋想的？"夏临风想着斑竹原本不会这样对待他，他恼怒地吵了起来。

"我用得着跟你解释吗？"斑竹见已是话不投机，也懒得多说了。

沟通无果的夏临风又匆忙地跨过鹿溪上的小桥到了制药厂，见到正在给一盆君子兰浇水的云黛儿直接提出了辞职要走的想法，并谈了斑竹的意见。

"我也不想再寄人篱下讨生活了。"夏临风感到很憋屈。

"你是不是想偏了？我是因为你的工作能力才去请你回来的。你应当好好依托食品厂这个平台来发展。"云黛儿直接点破了那种意思。

云黛儿这句话，着实地让夏临风苦苦地思悟了好多天，他又应该怎么做呢？不便明说的是，一种可怕的占有欲望似乎又在他心头涌起。

因着夏季高温的到来，恰遇女儿夏碧云即将高考，叶青陪着母亲抱着小女儿叶岚，回秦岭山中的老家避暑去了。斑竹又将公司两个厂的事务委托给云黛儿处理，自己在家中专门陪着大女儿做考试前的复习。

早晨起来，蔚蓝的天空上飘着朵朵棉花似的白云，天气随着太阳的升起开始越发燥热。斑竹身着一件薄如蝉翼、乳黄色杭纺云丝泛浅白色兰花的连衣裙，舒展的身躯凸凹有致地显现出来，她很麻利地洗刷净女儿吃过早饭的碗筷，将一箱已打开的营养酸奶放入橱柜中，转身走到阳台上，望着塬下边古老的榴花镇和千年沧桑的关帝庙，诗意般幽静的鹿溪绕镇流过，秦唐国际迎宾大道向北展去，鹿溪两边的饮鹿泉制药厂及斑竹嫂食品厂那两排蓝色的玻钢瓦在阳光下依稀可见。看着眼前这北方的风景，斑竹想起了南国的川蜀家乡，那是山美水美人更美的地方，像烙印留在心上，她想起了斑竹湖、湖边的小船，想起了枇杷溪、溪上的白鹤，她进一步地痴想起来，想起初恋中的未婚夫罗逊，她依然心系着巴山蜀水的那一方天地。

忽然门外敲门的声音，打断了斑竹的遐想，她拉开门，问道："你？你怎么来了？怎么知道我住在这里？"斑竹奇怪中感到胆怯。

"如今信息化的时代，找到这里还不容易吗！怎么，不会让我进不了门吧？"夏临风很坦然地说。

有礼不打上门客，斑竹退后一步，让夏临风走进客厅。夏临风环视了整个房子，虽然不是那么豪华气派，但是充满着雅致和美的气息。夏临风心有一种酸溜溜的感觉，这里是那么美好，但都不属于自己了，他将带来的牛奶和珍果礼品放在桌上，尴尬地说："不嫌弃吧！听说咱女儿碧云最近就要高考了，这可是咱们夏家的荣幸事，我这个正儿八经做父亲的不能不关心。"夏临风在套近乎。

"夏临风，你真不该到这里来，咱们现在都已是另有家室的人了。你要为别人多想想，不说了，东西我替女儿碧云收下了，我会告诉她，你还是快走吧！"在家中见到夏临风，斑竹硬下心肠地驱逐着。

"斑竹，你就这样无情吗？几年过去了，你还是不原谅我。哪怕我和江晓云已经走到了一起，但我还是无法忘记你。是我害了阿玲，害了大家，恐怕这辈子都需要为以前的作为而终生忏悔了。可那全怪我吗？你我都错估了阿玲，她需要的远远不是物质上的恩赐和帮助，她追求的是填补她心灵上的空虚，同时也付出肉体上的报答。我也是让欲望冲昏了头脑才做下那些错事来。"夏临风在为自己和死去的阿玲辩解着。

"现在谈这些还有用吗？我说你还是趁早走吧。"斑竹催促着夏临风离开。

"斑竹，一个人从本质上是很难改变的，我不相信你是现在这样的。虽然环境、地位、家庭，甚至于生活，都在变化，但你那颗心、那善良怜悯于人的心灵依然不会改变。你难道就能忘了你我二人十多年同舟共渡的点点滴滴吗？"夏临风在试图挽回斑竹远去的情感。

"你现在提起又有什么用呢？你不过说了一大堆的废话，对我斑竹是不起什么作用的。"斑竹还没想到夏临风会讲出这些话。

"斑竹，让我忘记你是很难的，尽管我和阿玲那样，为了我的生活你还是把家、把豆花店留给我，出了车祸，又全力以赴地救助我，你的那颗金子一样的心让我爱你，舍不得远离你，甚至有时总在回想过去你我那段艰难岁月，忆起你我二人在拉煤的艰辛中那三两米饭、一盘炒粉丝的温暖！"夏临风悄然地走近斑竹。

过去的情感往事松动了斑竹的心扉，她转过身从茶几上倒了一杯水递与夏临风说："过去的事你忘不了，我也忘不了，现在提起来又有什么价值吗？多美好的时光，虽然艰苦，但有着一儿一女两个孩子，一家其乐融融地过着日子。唉！一切都好像在看一场电影，真美妙啊！可惜，夏临风，你撕碎了这一切，把喜剧演成了一场活生生的悲剧。"

"可是我忘不了你！"夏临风看着眼前的斑竹美好的体态，她那薄如蝉翼的连衣裙下的一切，都曾经属于自己，如今……夏临风脑子嗡嗡作响，像飞机在头上盘旋，又恍如海涛在狂啸，他难以自控地疾步向前，狠命搂抱起斑竹来，在她脸额上饥渴般地狂吻着。斑竹奋力挣出双手推着夏临风，大声说："夏临风，求

鸿雁

你自重点吧！你还要犯错吗？"

"我是要尊重你，可我还是放不下爱你的一颗心。这由不得我了！"毫不松手的夏临风又一次抱紧了斑竹。

"放手吧！再不放手，我就报警了，你就等着蹲监狱吧！"斑竹恼怒地嚷吵道。

夏临风依然搂着斑竹的腰肢说："那是以后的事了，现在你没有这个机会，别说让我进监狱，就是上天让我为你殉死，我也愿意。"色胆包天的夏临风如狼似虎般将斑竹抱在怀中，向卧室走去……

时间缓缓而过，夏临风和被制服的像绵羊一样的斑竹，在夏日里的热浪中，终于歇息下来。被蹂躏的斑竹睁开眼睛拢了拢散乱的头发恼怒地说："夏临风，你这个恶魔，你已经葬送了一个家庭，又要毁灭两个家庭吗？我现在是有夫之妇，你就不怕坐牢吗？"斑竹羞愧的眼泪淌在脸颊上。"斑竹，我在心理上早已做好了为你坐牢的准备。你我夫妻一场，你给我的恩情、亲情与爱情，让我忘不了你。对不起了，斑竹。"夏临风猎鹰一样的眼紧紧地盯着无奈的斑竹。

斑竹站了起来恼恨地说道："夏临风，你就是一个无赖！"说话的瞬间，斑竹向前一倾，扑进夏临风的怀中，伤心地呜咽起来，双手攀住夏临风光裸的肩膀，手指使劲地掐了下去，"冤家，冤家，上世招来的冤家！"夏临风再次拥抱住斑竹发抖的身子，两人相拥而泣。

第五十一章　人生的奉献

大女儿碧云在收到大学录取通知书时，斑竹与夏临风一起在县中学外的酒店酬谢碧云的诸位老师及同学，更是加深了两人之间的羁绊。这让斑竹感到无可奈何，她似乎陷在两个男人的爱的泥淖中。

云黛儿经过一年半载的等待和焦急的期盼，终于拿到了省食品药品监督管理局颁发的"心络通安神丸"的生产许可证书。兴奋的云黛儿想举行一个大的庆祝活动，以对各界领导及同人长期以来的支持帮助表示谢意。可在这个当口上，制药厂即将迈入正式生产运营的快车道，更需要资金支撑，这个庆祝活动也无从谈起了。

制药厂一旦开始正常运行，每天都会消耗掉大量的中药材。当前要紧的就是要准备强大的资金支持购进大批量的中药材原料，以保证生产。斑竹向银行借贷了一百八十万元，由叶青同丁香去了趟秦岭山中的商州，购回了大批道地药材。

同时，云黛儿和斑竹商量，为了使大多数职工由外行变成内行，再成为行家里手，厂里举办了各种知识讲座，组织人员学习各项政策、法规，以及药品生产知识，培养了一批生产骨干人员。期望凭着中医药千百年深厚的积淀在发展创新中取得高质量和特殊的药效，使产品很快进入《国家基本药物目录》，服务于广大的患者。

如今的制药厂，进入大门后，影壁上镶嵌着十六个大字的生产宗旨"诚信为本，以质求存，崇尚善德，制药为民"。为了使产品能很快进入医药市场，减轻资金上的压力，斑竹和丁香先担当起厂里的生产管理工作，由云黛儿和麦海扛起对外开拓产品市场的责任，依托大哥云山、二哥云水在医学界深厚的社会交际和影响，将所有的市场资源归拢在一起，积极拓宽药品的经销渠道，尽快地占领市场，并树立起饮鹿泉制药厂的品牌地位。

充满生机的炎热夏季终于过去了。在秋天温柔的阳光的亲吻下，渭河那边的原野是一片丰硕的迷人景象。鹿溪河边一棵棵石榴树上，沉甸甸的石榴果咧嘴露

鸿雁

出红宝石一样的籽粒来。在一丝丝凉爽的秋风中，云黛儿一大早就从饮鹿泉驱车到了制药厂办公室，她推开向南的窗户，窗户外今年新栽种的一株金桂，浓郁袭人的芳香扑面而来。

就是这样的花香，使云黛儿敏感得想要呕吐起来，她匆忙地进入洗手间，哇的一声吐入洗手槽中。她怀疑这是妊娠反应，心中叨咕不会这样快就怀上了孩子吧？她转身走出洗手间，走到茶几前倒了一杯水，漱了漱口，煞白的脸上慢慢泛出淡淡的红晕来。

坐在对面的斑竹看到云黛儿突然如此的反应，吃惊地说："云黛儿，你这是怀上了！"她瞄了瞄云黛儿的肚皮。

"斑竹嫂，这不合时宜地怀起了孩子，不让人愁死了！真让人担心。"云黛儿心里内疚起来。

"你们夫妻重逢，怀孕生子，这是很正常的事啊！"斑竹宽慰道，"云黛儿，这也是一种好的兆头，春天才栽下的桂树，如今已是满树芬芳。这两年来，你把一个新生制药企业运作得风生水起。从最近叶青的账面上看，这制药厂的效益，在短短的几个月，便超越了咱们的食品厂，并且回拢了总投入资金的百分之二十！"

"这都是大家共同的功劳，人都说我们骊山经济发展有限公司的福旺气氛都展现在斑竹嫂的脸上了。想当年我从闽南海边漂泊回到榴花镇，茫然之中因缘分结识了你。攀着斑竹嫂食品厂这个成功的企业平台，实现了依托云家的家传秘方制药创业的愿望，我可是大家手撑着云梯，让我爬上去从云端揽回金色的月亮。"云黛儿眼前似乎有着自己的一片诗意的辉煌。

第五十二章　相约远方的乡情

初秋的天气明朗而清新，吃过午饭的叶青开始清理多日积累下的账务，那些赏目悦心的数字附着生命活力在他笔下跳动，一切都在证明企业组合的公司在健康有序发展着。他从茶几上倒了一杯绿茶，双手抵住下巴望着窗户外浅蓝色天际中浮动的朵朵白云，此时的他有着一种随和、安然的心境。这时，一个年轻的女子走进办公室问："麻烦打问一下，有个叫蜀新的四川男子可在这里打工？"听说是要找蜀新，叶青忙放下茶杯招呼道："蜀新最近在制药厂那边，请问你们是？"

"我叫尚锦鲤，从川东十塘来的。"话未说完，她指了指旁边的中年妇女介绍："这位大姐叫陶红橘，搭伙一起来的，她要找斑竹姐呢！"

不得不惊叹天府之国那一片迷蒙湿润的美丽山水，滋养出的川中美女，纤巧灵秀，像翠竹般透出灵气来。眼前的尚锦鲤，身高一米六多，体态秾纤合度，白皙的皮肤、瓜子形的脸庞，五官很是娟秀，柳叶眉下一双眼睛透出泉水般的清澈、明朗与活泼。旁边的陶红橘，是典型农村妇女的形象，丰满充盈结实的身体，肥厚有力的两只大手，紧握住胸前的背篓攀带，椭圆脸盘上的眼睛、较厚的嘴唇似乎隐藏着恓惶的神态。

"哎呀，没猜错的话，你就是我们孩子的舅娘了，快进来先歇会儿。"叶青说着绕过尚锦鲤从陶红橘背上卸下背篓放在屋角，给两人各倒了一杯开水说，"早就期盼着你们的到来，今天总算是来了，孩子们还说你们舍不得那里的好山水，等见到舅娘呢！"

叶青的话音刚落，斑竹从外面走了进来，一眼看到陶红橘，扑上来，紧紧地抱住陶红橘泪泣道："好你个陶红橘，回了几次家都没见到你，你可让我想死了！上次回家，看到湖边废弃的那架水车，立刻就想到了你！"斑竹放开搂住陶红橘的双手，抹了抹额前泪湿的头发，低沉地询问道："听蜀新说，我走后，你就嫁到了铜梁那边，这么多年未见，我是一想就伤心。"

"斑竹，听十塘的乡亲讲你已是两个厂子的老板了，我这可是人穷志短的奔

鸿
雁

· 226 ·

到富人家的门槛上了，为你牵马坠镫也行啊。"此刻的陶红橘可是自卑到底了，全然没有了少女时代的爽朗。

"陶红橘，求你了，不要在为自己设那个门槛了，记住那个苦难岁月，我斑竹可是被迫要卖到河南那个地方去的，想到我人生也有过苦日子，你要相信苦难只是暂时的，会好起来的。"斑竹用自己的人生以往来引导陶红橘走向明朗。

平静下来的斑竹偏过头注意到站在一旁的弟妻尚锦鲤，忙拉着她的手说："锦鲤，第一次见到你，好俊美艳丽的川妹子。你早就该来了，一个人待在八塘上边的娘家，让我和蜀新都放不下心。"

"心里一直想着要来，人生第一次出远门，我和红橘大姐一路上都很胆怯，还算顺利地找到这里了，见到了思念的姐姐你。"尚锦鲤说话很有分寸和教养。

信息传得好快啊！一辆汽车停在了室外，云黛儿同蜀新下车走了进来，看到妻子的蜀新走向前，激动得攀住尚锦鲤的双手说："这几天心里都在不安宁地直扑腾，看星星、望月亮，尚锦鲤，你牛牛嘛嘛地终于来了。从未出过远门，一路上吓着了吗？"听到蜀新的话，大家都笑了起来。

红晕迅速泛在尚锦鲤的脸上，尚锦鲤赶快抖开蜀新紧握的双手，羞怯地说："没喝多吗？又在胡言乱语什么！"在大家一片欢欣的情感相融中，云黛儿忙招呼陶红橘和尚锦鲤说："你们远道而来，到吃饭时间了，我做东，大伙儿一起到榴花酒楼聚餐，迎接我们的亲人到来。"云黛儿这话也是对斑竹讲的。

"招呼麦海、丁香还有楠竹他们一块儿去。"斑竹对叶青叮咛。

陶红橘和尚锦鲤在将晚时分同斑竹夫妇一块儿坐车来到骊山温泉小区的住宅内，斑竹向婆婆说明了情况，老太太很热情地清扫了一间向阳的房子给二人休息。陶红橘拘谨得站也不是，坐也不是，只好抱起童车上斑竹的女儿叶岚逗趣。有些困乏的尚锦鲤则独自在阳台上望着夕阳在一片晚霞中落下。

第二天清晨，夜色渐渐褪去，天边呈现出淡淡的晨晖，陶红橘起床很早，帮着斑竹的婆婆做着早饭，尚锦鲤还沉睡在梦中。斑竹从卧室走到客厅，轻声唤来陶红橘，拿出一沓纸币说："这一千元钱你先带上花吧！买双鞋，再添置几件衣服。"

陶红橘既愕然又尴尬地推辞道："这要不得哟！没干下活儿，这无缘由的钱咋能收嘛。再唠起来，我还没落到缺衣少穿的地步。"

"能这样说吗？陶红橘，你这话真让我伤心，我已有能力，也有责任帮助你，你就不要推辞了。"不由陶红橘分说，斑竹强势地将钱装入陶红橘衣袋内。

吃早饭的工夫，斑竹对尚锦鲤说："尚锦鲤，你和红橘才来，具体干什么我还要考虑几天，今天就让蜀新开车拉你们去西安到处转一下，放松心情，再陪着红橘买一些衣物及生活用品。"四人同车到了食品厂内，蜀新已在办公室外等候着，叶青下车进了办公室，斑竹下车后又对蜀新叮嘱了几句。蜀新开车带着尚锦鲤和陶红橘到了厂外去省城的路上。蜀新开车刚上省道，云黛儿的车又进入公司院内，下车后的云黛儿意气风发地说："很好啊，咱们的队伍可是越来越壮大了，怎么没见才来的尚锦鲤和陶红橘两人呢？"

"为这事正要和你商量。尚锦鲤和陶红橘由蜀新陪着去了西安，如何安置这两人，我还正挠头呢，想听听你的想法。"斑竹觉得，真要到了实际的场合，这亲情好友的事还是让人挠心。

"这还不好办吗！一人一个，尚锦鲤交给我好了。她形象好有文化，口齿伶俐且人又稳重，跟着我不出半年，一定会成为一个搞销售的尖端人才。至于陶红橘，还是你看着办吧！"云黛儿语气很干脆。

"关键就是陶红橘，你挑过的就留给了我，好吧！这事我也琢磨了一整晚上，慢慢地找到了门道，不如将镇上大路边的汤圆店给楠竹和陶红橘合伙经营自负盈亏。如今我们公司摊子这么大，已经没有精力兼顾那个店了。云黛儿你觉得呢？"这是斑竹心里顾及的。

"当然了，我们毕竟是一个团队，公司一切都须按常规来运作，那个汤圆店就以十二万元作价转让与她两人吧！"不得不说，云黛儿就是云黛儿，有着自己的思维。

斑竹愣了一刻，沉默地思索了一会儿，觉得云黛儿有理，坦然地说："价格很公平，难就难在陶红橘眼下还比较困难。不如这样吧，直接从我的股份分红中扣除十二万元给公司，具体操作，你和叶青就帮忙办了吧。"

云黛儿将楠竹约到公司办公室，当着斑竹和陶红橘的面，以商量的口气向她谈了公司对斑竹嫂店的安排决定，楠竹感到不解："我知道这是公司对我们的照顾，可斑竹嫂汤圆店每年都向厂里上缴几十万元的盈利，这作价转让的十二万元让斑竹妹子来垫付，不大合适，思来想去也应该由我们自己来承担这一笔转让费用。""好了，这事就不要再提起了，陶红橘才从四川那边过来，杀了她也没有这么多钱！楠竹姐，有些事必须这样，人与人之间就有着那一种情感，相互理解是很重要的。陶红橘和你一样，都是我的姐妹，她的苦难遭遇真让人难过，我们也须扶帮她一把。"

鸿雁

228

旁边不善言辞的陶红橘感动得涕泪簌然，悄然将一片感激之情深藏于心。

　　待楠竹和陶红橘走出办公室，斑竹向着云黛儿说："我理解你，企业管理就应该这样严谨。"斑竹打量着云黛儿赞叹道，"丈夫麦海才来不几个月，这么快就有'成绩'了！"

　　"哎呀！"云黛儿下意识地抚摸着肚皮说，"这几天正为此事发愁呢，女人还是不好当啊！精力本来就不比那男人，正遇着事业日上中天般兴旺地发展，如今又赶上了怀孕这样烦愁的事。"

　　"天上有云要下雨，家有娘子要生娃儿，天经地义的事，总是过分纠结，那就什么事也办不成，车到山前必有路，这一路的你和我不也风风雨雨地走过了？"斑竹说。

　　"话也不假，倒是你斑竹嫂，人家坐孕生孩子，保养得白白胖胖的，可你这一副身段，倒是更加瘦削苗条了，省去了减肥那一番煎熬。很符合当下人们的审美啊。"云黛儿说。

　　"人到中年以后，该操的心就多了！如今我已是三个孩子的母亲了，又同你办起了这两个厂子，想胖也胖不起来。这个把月早晨起床后腰困腿乏、没丁点儿力气，我还担心是不是又操劳出什么疾病了。"斑竹本当顺溜地要说出"三个孩子两个爸"的事来，话到嘴边又咽了下去。她感到如果将前夫夏临风的死缠烂打、泛出浪情的事讲出来丢人现眼。而自己这让夏临风吃回头草的事，她决定不再提起，她不想给叶青、给江晓云造成更大的伤害。

　　"不行就去大医院详细地检查检查。"云黛儿在心中理解斑竹的为难之处，她已风闻斑竹陷入了与叶青、夏临风两个男人的情感泥淖中，有点后悔，真不该让夏临风第二次回到厂内。斑竹嫂也许是真累了。云黛儿甚至臆想着斑竹是饮鹿泉上边那棵古槐顶梢的鸟巢，孵化出众多的生机，食品厂、制药厂、三个孩子，以及叶青、夏临风和江晓云，所有的一切放在了一个女性身上，这对于别的女人都是不可想象的。

　　这天晚上，叶青开车拉着斑竹回到家，两人与小女儿叶岚亲昵地嬉闹了一阵子，便由奶奶抱到了房间，剩下来便是他们二人的世界。斑竹去洗澡，叶青从茶瓶中撮了些许西乡绿茶放入茶杯，便躺在沙发上心不在焉地搜索着电视节目，等着斑竹从洗澡间走出来。叶青知道斑竹情感人生的坎坷，她像大姐一样给了自己足够的幸福。现在，他更加珍惜这份来之不易的爱。

　　洗完澡的斑竹，身着一件薄如蝉翼的开司米钩织的披巾，走进橘色柔和灯光掩映下的客厅，一束瀑布般的黑发自然披散在白如羊脂玉的颈项背上，雪白如玉的酥胸在孕后变得丰满颇具魅力。叶青将手中的茶杯放在茶几上，迎了上去，焦急中两人相拥于卧室内的沙发上，斑竹褪下浴巾，叶青就势搂住斑竹美丽迷人的玉体，两人相融在一起。

第五十三章　不祥之兆

这天早饭，吃了少许薏米山药稀粥的斑竹，突然感到一阵阵昏晕，头顶似乎点点流星在晃动。叶青突然感到妻子不对劲起来，便说："你总是忙着工作，一天到晚没得休息，不如先到镇上医院检查一下，看看是什么病吧。"

斑竹去镇医院做了血、尿、肝功能等检查，结果出来，医生告知是患了营养不良的贫血引起的脑供血不足。随即开了些补血补脑的药物，二人便放下心安然回到了厂内。

然而不知为什么，药吃了一个星期，其间时轻时重的，还是缓解不了。早上进了办公室，斑竹拿起口杯倒了半杯开水，从桌子抽屉中取出要喝的药物片剂，待要咽下时，被略懂医学的云黛儿瞅见了，她忙站起身来，抓住斑竹的双肩，在脸上揣度观察了好一会儿，担心地说："这也是贫血的一种症状，但不像是简单的贫血。这样吧，乡镇医院没有这样的检查设备，明天我和叶青陪你去一趟西京医院，让他们详查一遍，认清病因，再进行治疗，这样也更让人放心。"

第二天，斑竹很早就起了床，在叶青和云黛儿陪伴下，来到了西京医院，在人们的心目中，这是大西北顶尖的医院。患者来自全国五湖四海，每天医院的门诊大楼里熙攘聒噪的声音起伏不断。待叶青排队挂到血液内科号，三人一同到了门诊医生处。医生询问了斑竹病况，拿起笔来嚓嚓地接连开出了 CT、B 超等十几张检验单来。通过不同的检验，等拿到各类检验单已是下午时分，他们又一次来到血液内科诊断室，将检验单呈给医生。医生逐张地详细看了一遍，紧皱着眉头说道："病人家属留下来，其他人先到外边去。"

云黛儿心中咯噔了一下，知道情况不大对劲，便吩咐叶青："你先同斑竹嫂出去，这里就让我来应付吧！"

医生对着云黛儿交代道："你是患者家属，根据检验结果来看，不大乐观，初步诊断为 M3 型白血病，后续要继续治疗，请你们做好充分的准备。"

云黛儿的心沉了一下，问道："能确定吗？"

"基本上能确定，建议先准备两万元住院治疗，不要误了最佳治疗时间。你们先商量一下吧！"

"不用商量了，就按你的建议来，先让患者住院吧！"云黛儿心里想，到了这一步，也没有什么可犹豫的。

医生开了张住院单递给云黛儿。云黛儿走出门诊部将在外等候的叶青唤到旁边，忧心地说："检查出来是一种麻烦的白血病，医生建议马上住院治疗，开了住院通知单，需交两万元押金。病情你知道就行了，千万不要告诉斑竹嫂，以免增加她的内心压力。不行的话就说是慢性贫血病好了。"

"怎能得这样的病呢，不会闹错吧？"叶青头上立刻渗出一头冷汗说，"这不是要判人死刑吗？！"

"你要稳住！相信科学，相信医生的话，不失时机抓紧治疗还是有希望的。我陪着斑竹嫂，你先到住院部交费去吧。"云黛儿将住院通知单交给了叶青。

待叶青将住院手续办完，两人陪同斑竹顺利住进了十九层的血液科病房，护士很快挂上了吊瓶，而斑竹的心情很安然，既念顾着自己的病情，又牵挂着企业的生产。时间已到了晚上，从高层的窗户向外望去，整个城市已是万家灯火、辉煌灿烂。

这所著名的军医大学附属医院，大小车辆进进出出，不管是患者或是陪伴者大都是怀揣着忧心的期待与治愈的希望，仿佛每一个医生就是一颗救星、一尊菩萨。

云黛儿想自己还要赶晚上回到厂里，这里有叶青伺候着斑竹，她也就放心了。她对斑竹嘱咐道："斑竹嫂子，你就安下心来，多配合医生进行治疗，心里也不需顾及其他烦心的事儿，厂里还有我和大家在支撑着，不会出现什么想不到的问题，你就放心好了。"

"我听你的话，云黛儿。让你这么晚的一个人开车回家，我真担心。路上开慢点儿，多注意安全！"听了斑竹的叮咛，云黛儿心里很酸楚，强忍着没流出眼泪，独自一人驾车回了榴花镇。

云黛儿是不想将斑竹真实的病情告诉给她，那样会增加她心理上的压力，岂不知还是在自己欺哄自己。斑竹开始接受化疗，她对药物有着严重的反应，头发在不断脱落，加之一个疗程抽检一次骨髓，她知道，自己患的不是一般的贫血。斑竹渴望知道自己真实的病情，可是叶青和云黛儿的口风很紧。斑竹想，先不问了，还是配合医生的治疗才是要紧的事。

化疗了一个阶段，在万分的疼痛中抽检了一次骨髓，斑竹的白细胞渐渐恢复到一定程度。医生嘱咐暂缓停药两个星期，再来化疗，并嘱咐叶青照顾患者很好地休息，让患者具备一个良好的心态，对此病的健康恢复尤为重要。之后由着弟弟蜀新驱车接回榴花镇，送斑竹回到骊山温泉小区的家中静养。

　　斑竹嫂的病，让云黛儿一直牵挂在心，她很快给云山、云水两位哥哥打了电话，让他们火速回一趟榴花镇饮鹿泉制药厂。

　　接到云黛儿的电话，正逢着星期天，两人抽空相约来到制药厂内，见了云黛儿两人立即问起，发生了多大的事唤他们回来。

　　"斑竹嫂病了，而且患的是令人揪心 M3 型白血病。已在西京医院确诊了，并且化疗了一个阶段。今天请两位哥哥相商，根据斑竹嫂的病况，是否还有其他辅助的治疗方法，或能挽救下她的生命，她的人生太令人同情了。"云黛儿怀着担忧和些许期望。

　　"白血病，在西京医院已确诊那就不用疑心了，至于治疗，西医方面也就是化疗，一些有条件的可以做骨髓移植，治好的希望是有的，但是病情发展是复杂的，在辅助治疗方面可以听听云水的想法。"云山似乎有着一种淡然处之的心态。

　　"在治疗白血病方面，西医主要是靠长时间的化疗，往往是在化疗的同时也破坏了患者的免疫系统。而中医却不同，在治疗的同时，不破坏患者的免疫能力，进而增加了对癌细胞的抵抗力。当然了，中西医结合攻克癌症的效果更佳。我个人认为，还是用化疗的方式控制斑竹的病情发展和恶化，再用中药做以辅助治疗，具体对症调理用药。这是一个漫长的过程，或许一年或许两年，或许能好起来。那都是一个未知数。"云水就像讲课一样。

　　"那还是你来给斑竹拿出一些可行的治疗方案，咱俩再商量一下就可开药。"云山说出自己的意见。

　　"我们在这儿谈，没接触到斑竹本人，也没看到病案，真的不好说。最起码先见见斑竹，再做诊断吧。"云水说道。

　　三人驱车便来到了斑竹的家，见到了倦容疲惫的斑竹倚靠在沙发上，毫无血色的脸上一片蜡黄，慵懒地看着电视，看到云黛儿和云山、云水的到来，赶忙让座，招呼婆婆给客人盛茶，殷勤中忧伤地说："唉！得下了这个病，牵动大家都在为我热心忙活，感激不尽你们对我的关爱，真是谢谢大家了！"

　　"自己人还是别客气，我让两个哥哥来，就是看看西京医院检查治疗的情况，顺便拿出我们自己的一套辅助治疗方案。"云黛儿向斑竹讲。

斑竹虚弱地站起来，从柜中取出住院病案递到云水手中，云水从衣袋内拿出眼镜架在鼻梁上一页页、一行行仔细探究起来，看完转给了云山大哥。大家在静肃中等待了好久时间，云山终于将病案还给了斑竹，心中思索了一会儿，说出自己的看法："斑竹得的是 M3 型白血病，相信西京医院治疗方案还是科学的。"云山顿住话语，小声与云水讨论了一番，又说："我与云水认为，在此治疗的基础上，先结合中医药方面的辅助治疗，稳固根本，提高斑竹的免疫能力，治疗效果才会事半功倍。不过，这中草药熬起来麻烦，治疗这种病要有耐心。"

　　站在旁边斑竹的婆婆说："不要怕，这煎熬药的事就交给我吧！我们山里人得病，靠的就是中草药救治。"

　　云水看了看斑竹的气色，然后把摸了脉象便说："好吧！那就这样定了，先开几服中药，分疗程慢慢地调治吧！另外我要告诉斑竹，作为重病患者，首先要有一个好的心态，要有战胜病魔的坚强信心，没有信心和力量，治疗也是一种枉然。"云水给了斑竹鼓励和期望，他拿起笔琢磨着开了一剂处方递给斑竹说："借着最近没有住院化疗，先煎熬着每天喝下去。"

　　斑竹倦态的脸上流露出浅淡的血色，她坐在沙发上对着大家感慨地道谢："真的对不住你们，在两个厂子蒸蒸日上的发展时期，是正需要人来担当的时候，我却不争气地病下了，在养病的时日，我想了好长时间，我想先不担任公司经理的职务了。云黛儿，我有许多的事要对你叮咛，不管是斑竹嫂食品厂，还是饮鹿泉制药厂，这个担子都需要你和大家分担，你有文化、有魄力、有见识，我相信你。那两个厂子是你我两个女人的孩子，请善待它们，让它们有开花结果。"

　　"说什么呢，斑竹嫂？病还未好，人先丧志，这就不对了，公司这一大片家业，你就是一个巾帼帅才，而我永远都是一个将才，尤其在这个节骨眼上，你这个位置是更加不可动摇的。放下心来，你的病会很快好起来的。"云黛儿说。

第五十四章　情之以往

　　斑竹患白血病的消息传到了夏临风夫妇耳中，两人心中突然感到难以接受，这样一个好人竟得了这样的病，真是不公平。夫妻二人心里暗暗祈祷，但愿斑竹能扛得过这一劫。夏临风让江晓云暂停豆花店的生意，在榴花镇街道买了时令的新鲜水果及保健营养品，一起去看望正在家中养病的斑竹。

　　斑竹的病基本已得到了控制，突然看到夏临风夫妻，很是尴尬，好在叶青去了厂里，这几天由着婆婆在家照顾。她坐在沙发上淡然扫了夏临风一眼，礼貌驱使斑竹站起来向江晓云迎去，握住她的手说："你看我现在病情基本控制住了，只是好事不出门，坏事传万家，惹得你们歇下生意来这里看我，内心可是十分过意不去。"

　　恰逢着斑竹的婆婆出来，从冷落在一边的夏临风手中接过礼物放在客厅的糖果柜上，又倒了两杯茶招呼来客坐到沙发上。夏临风忍不住地想起那天无法压制情感的爆发，强行将前妻斑竹再次占有……如果斑竹没有患病，如果没有这些人在这里，他想将前妻拥入怀中。他喝了口水，掩饰着心中的悸动。

　　第一次来到斑竹家的江晓云绕着客厅扫视了一番，又站在阳台上开阔地向下望去，一片美景尽收眼底，忍不住赞叹："感觉不一样啊！这不是人间天堂吗！住在这里，一辈子也知足了。"

　　听到江晓云的话，斑竹霎时脸色很不对劲了："一辈子知足就要进天堂吗？那死人要去的地方，谁还愿待在这鬼地方？"斑竹很忌讳天堂这个说法。

　　"闭上你那臭嘴吧！想死你就去天堂吧！"看到斑竹脸上隐藏着不乐意的神情，夏临风对着江晓云吵了起来。

　　江晓云话吐出口后，也后悔自己失言，慌忙向斑竹赔不是。

　　斑竹觉得直率的江晓云只是想恭维自己罢了，说："没有什么事儿，再计较我们就无话可谈了。"转眼之间又是一种坦然豁达的姿态。

　　在这种场合，夏临风又是无语的一番沉默和凝思，全然没有了先天强势的气魄，失言的江晓云呆看着丈夫一直陷入无话可讲的地步，只好自己来开口说道："斑竹，知道你患了这悔心的病，我和夏临风无论如何也要撇下那豆花店上来看望你。想起几年前夏临风出了那次车祸，斑竹你夫妻二人不避前嫌、尽力救治又垫付了一万元，你对我们夫妻二人的好，我们都记在心里。而且眼下你也不容易，厂里那一大堆事，累下这扔钱的病。"江晓云说着，从衣服口袋拿出一沓钱递与斑竹，说道，"我和夏临风带了这八千元，也算我们一点儿心意了。"

"咋能是这样的见外呢！你们小本生意来钱不容易，这钱我斑竹是无论如何都不能收的！"斑竹推辞伸手拦了回去。两人在推推搡搡中江晓云将钱又装回了口袋。

江晓云和夏临风要走了，斑竹送他们到室外的电梯口言道："不远送了，祝你们二人幸福。"

山风刮起来了，站在三十七层楼上的斑竹感到有些寒冷，她走到窗前关上窗扇，回身到了卧室，从衣柜中取了一件披巾搭在肩上，隔着玻璃望着西边古长安阔大的城郭及市区耸天而起的新时代建筑。夕阳给这些建筑抹上一层金黄色的光芒令它们熠熠光彩起来。在这个美好的世界，斑竹的心似那湖面一样平静，那胜似闲庭信步的心态，很是健康从容、处变不惊，按时地起床作息，按时地饮药进餐，她知道时间对于生命的珍贵，也懂得上苍对于自己生命的吝啬。世事变幻，她始终心怀着希望，脚踩着这片大地，心系远方的故乡，像燕子衔泥垒巢一样辛勤地为着自己、为着他人筑铺着通往幸福的路。

秋天丰硕的收获景象稍纵即逝，随着黄土高原一次次地北风残酷卷过，初冬的关中平原草枯叶黄，始终沉浸在一片灰蒙蒙的帷幕下，一切生命在寒冷漫长的冬日里蜷缩着。叶青陪伴着斑竹在漫天飘舞着雪花的寒冬，再次住进了西京医院，例行做着化疗，尽管外边法国梧桐的枝丫在强劲的北风中呜呜呜响，住院部内的房间却宛如春天般温暖。云黛儿送的一盆茉莉花散发出淡淡的幽香。斑竹长久凝视着这盆处于孤寂中的茉莉花，想着它在平凡的生命里优雅的付出。

护士悄然走到十八号斑竹的病床前，分发着调理血素、血压的饮用片剂，嘱咐了注意事项后便插上了输液瓶。好像上班一样的斑竹，平静地躺在病榻上，眼睛眨也不眨看着输液瓶内的药物一点一滴缓缓流入体内。她幻觉中，自己正在调动着体内源源不断的毅力、耐力，顽强地和病魔做着斯斗。

住在饮鹿泉家中的云黛儿，早上开车先将女儿麦珊送到镇上的小学校，便直接来到饮鹿泉制药厂。自从生产线进入正常生产后，麦海一直住在厂内的办公室。云黛儿匆匆来到办公室，门大开着，里边却没有一人，只有叶青的老父亲提着水桶在浇灌着外边台阶下几盆茉莉花、栀子花和一盆绿意盎然的绿萝。云黛儿扭过身向着叶青父亲问道："大叔，这办公室的人到哪里去了？"

大叔放下水桶，指了指东南角说："他们到库房那里去了。"

云黛儿说了声"谢谢"，又赶到了库房。

库房前，停着一辆轻卡汽车，麦海同周虎军正在向着车上一箱箱地装载已经包装好的中成药"心络通安神胶囊"，胡萼拿着一个本子在记录着相关数字。看到云黛儿急忙招呼道："云姐，真忙死人了，麦海师傅管着销售兼着司机，周师傅管着机电修理又干起了装卸工，可要支撑不住了！"

"男人不能这么娇气，这对大家来说，也是应该的，你不是也一样吗？技术员干成了记账员。初始创业，大家都辛苦，食品厂那边当初也是这样，等慢慢走上正轨就好了。"云黛儿看到麦海和周虎军累得满头汗水，便对他说，"停下来歇会儿吧！"

四人凑到一块儿，云黛儿又对丁香说道："丁香，叶青陪斑竹嫂去了医院，这账务你就帮叶青暂时管起来吧！这么长时间的锻炼，你已是厂里不可缺少的技术骨干了。等实习期满，如你有意，我和斑竹嫂将像娶新娘一样敲锣打鼓地把你从中医药大学接过来。"

"云厂长你这不是在打趣吗？真要那样，那可就感谢你和斑竹嫂为我提供了事业发展的平台。"

正在闲聊时，尚锦鲤从制药车间走了出来，看到他们都在这里，便说："天气这样寒冷，大家快到办公室暖和暖和。"经过尚锦鲤善意的提醒，刚才干得热火朝天的众人开始感到寒气袭人，便都走进了办公室。

见到尚锦鲤，云黛儿似乎想到了什么，便直接向她问道："锦鲤，最近药厂的销售情况咋样？这才是大家更关心的事。"

"由于我们在云家的家传秘方基础上研发创新生产的'心络通安神胶囊'，在省市的各大医院临床疗效显著，成了医生治疗心脑血管疾病的首选药物，又有省市电视台及报纸传媒的广泛宣传，各个实体零售药店、各地大小医院订单纷至沓来。今天装车的一千多箱'心络通安神胶囊'就是通过省医药经销总公司发往广州医药经销公司的跨省销售，表明我们的产品已进入了南方市场。云黛儿姐姐，一切都令人乐观振奋。"尚锦鲤真想把这欢欣鼓舞的消息告诉斑竹嫂。

　　看来自己和斑竹辛苦多年创办的制药企业"骊山饮鹿泉制药厂"总算是开花结果了，云黛儿一颗心在沸腾，就像在海上看到了日出那样心潮澎湃，然而这样兴奋在脸上并未留多久，她想起了一起风雨同舟共同走过的斑竹，想到她正在人生辉煌灿烂时光中患了白血病，云黛儿滚汤的心霎时跌到了冰点。她拨了拨披在肩上的头发，暂时把心中的忧患藏了起来，沉稳地讲："前景看来很好，斑竹和叶青最近还在医院，厂里的事希望大家能分担起来，斑竹一定会健康地回到厂里，我会将大家取得的成绩告诉她，让她和我们一起分享成功的欢乐。"

　　在斑竹患病的两年里，叶青放下厂里的工作，一心陪着斑竹反复地出院、住院，住院、出院，在出院的间隙，斑竹坚持喝着苦涩难以下咽的中草药，延缓生命的消殒。

第五十五章　念记那一抹血色残阳

随着又一个春天的到来，解冻的鹿溪水在鹅卵石间汩汩地流淌着，小草萌发伸出地面，嫩黄色的芽儿羞怯地望着外面陌生而多彩的世界，崖畔杏树枝上的蓓蕾已是含苞欲放。正是在这万物复苏的季节，斑竹再次住进了西京医院。斑竹知道自己的生命距离终结已不远了，她的病由深感乏困到疼痛无力，有时只能依靠医生注射止痛药得以缓解。清醒的时刻她便是对流年往事难以释怀，久久追忆，心中想到每个人生命中遗憾的事多了，便又感到释然。精神好的时候，她便让叶青搀扶着来到阳台上，幻想着伸出一双手来，揽住天际上生命的那一片片过往流云。

早晨的太阳照进病室床上，昏睡一夜的斑竹睁开疲惫的眼睛，在丈夫叶青的照顾下，吃了几片面包，喝了一瓶红枣酸奶。上班了，护士和医生来到斑竹床前，医生对着叶青说："根据患者病情需要，暂时搬到无菌封闭病房，严格与外边隔离开。"

叶青有一种预感，妻子斑竹的病情又加重了。在护士的帮助下，待一切安排妥当了，叶青在病室外放了一张简易钢丝床，随时等候着，以备斑竹在里边的一切需求。他在心里祈祷着奇迹到来。他盼望着妻子的病情能渐渐向好的方面发展，但这都是霎时的幻想，眼前的一切告诉他，这些都是自欺欺人的梦。

一个星期很快地过去了，医护人员又抽取了一次斑竹的骨髓，采了血样，从医生的眼神看来，还是不理想。叶青无意间在护士工作台上看到，斑竹的病床号已经移位到病危栏内。

走廊上的时钟已快十二点了，叶青拿起碗准备着给斑竹去打午饭，恰逢着小舅子蜀新同妻子尚锦鲤提着大包小包的食品和水果走了进来，叶青忙放下碗将蜀新夫妻二人引到无菌病房前。看到如此情景，蜀新挨近窗口，隔着玻璃唤了一声："姐姐！"便呜咽泪下，旁边的尚锦鲤忙掏出手纸递给蜀新，自己也落下了眼泪。

听到弟弟的呼唤声，躺在病榻上的斑竹挣扎着坐了起来，心里感到一丝亲人的温暖，兴奋地说："厂里那么紧张，你们又来了，就我患了这病，影响得大家都不得安宁。也不知近来厂里咋样。"

"大家都在惦记着你，云黛儿让我捎话给你，药厂生产的药已经供不应求了，甚至销售到了广州。估计今年就能还清所有贷款，收回大部分投资。你就安心地养病吧！"蜀新安慰着姐姐。

"这对我可是个好消息，我们生产的药终于能造福苍生了！"斑竹脸上泛出希望的目光，仿佛她就是一个普度众生的菩萨。

魂寄嘉陵水，乘舟回川东

蜀新为姐姐感到难过，姐姐到了这个时刻还念念不忘地想着他人。可这苍天还是不能放过这样一个善良的人。

清醒时的斑竹已感到医生情感上对于病情的暗示，想到既然生命到了即将消亡的地步，她对眼前的丈夫叶青、弟弟蜀新以及尚锦鲤说："出院吧！无休止地

鸿
雁

· 240 ·

躺在这里，不如住在家里耐心等待老天爷召唤吧！我自己的身体，自己清楚。"

斑竹的话音刚落，护士走来传唤："患者家属到医生办公室去一下！"叶青感到没有什么好兆头，便对蜀新说："让尚锦鲤先照看着斑竹，咱俩去听医生有什么吩咐。"

两人到了医生办公室，主治医生托着斑竹的医案夹，说："你们是患者的家属，患者前后在这里治疗了将近两年的时间，能将生命延长，与我们双方配合有很大的关系，这个病已发展到了尽头，所有的医疗手段和挽救措施都用之殆尽，到了这个地步，已没有必要住下去了，准备出院吧！"医生的语气透露着无奈。

回到无菌病室前，叶青隔着窗户玻璃对斑竹讲："这个阶段化疗结束了，医生通知回家休息一个月再来。"

没有再来的希望了，斑竹理解丈夫叶青的话是在有意地搪塞自己，但这已是无所谓了。她捧起口杯喝了口水，隔着玻璃对叶青说："我是不想回骊山温泉小区那个地方去了，在那里有种悬在空中的感觉，我想让生命完结在榴花镇下边我曾拥有过的家中，那里接地气，令我感到踏实，有着我的一段人生，有我曾经的豆花店、汤圆店，还有不断在创造财富的食品厂、制药厂，以及一起奋斗的兄弟姐妹。这一切都在证明我人生的坎坷不易、证明我生命的充实，体现我一个蜀国女儿的人生价值。"斑竹又喝了一口水，缓了缓气对着蜀新叮咛："蜀新，这事你和夏临风打个招呼吧，我想他会答应的。"斑竹很吃力地说出了自己的愿望。

蜀新在电话中告知夏临风，斑竹病危即将出院的消息，以及她的嘱托。这些让夏临风感到惊诧，这又是什么怪异的想法？斑竹该不会心里惦记她曾经拥有的这处房宅吧？这可是到如今两人从没有触及的事。那难不成她对这里有一种人生眷念？不过，人之将逝，怀旧也是一种本能的事，毕竟她在这一处有过人生重要的一段轨迹。他急忙把此事告知妻子江晓云，江晓云也是愕然了一阵子，想着斑竹的豁达与善意，也许有着还愿的念想，便爽快地对丈夫说："这个时候，就当是一家人了，尽量满足她最后的愿望吧。"同是逾越秦岭来到北方，江晓云与斑竹有着相似的乡愁。

夏临风拨通了蜀新的手机，对着斑竹说："你们就放心地过来吧！这里也是你的家，只要你的心里舒畅，一切还是你说了算。"

出院的这天，遇上了倒春寒，原野上是一片凄冷的晦暗。叶青、蜀新和尚锦鲤很早办完了出院手续，云黛儿、胡荸、夏临风，连带着楠竹、陶红橘也相继赶到了医院，大家的心情显得很沉重。斑竹望着一张张熟悉的面孔，情感让她内心充实了许多，脸上露出久已不在的淡然微笑，有气无力地说："打扰了这么多人为我麻烦和担心，真让我过意不去。"

江晓云在家中腾出一间通风向阳的房子，这是斑竹原来同夏临风住过的房间，从窗子可以看到院内的一切。在院子徘徊的那只狗已是很苍老了，也许知道曾经的主人回来了，不安地在院子前后左右来回踱步。出院时医生告诉叶青，患者回到家中也只有三四天的生命了，随时都可能咽下最后那一口气。叶青将女儿叶岚从上边骊山温泉小区的家中带了过来，她稚嫩的手攀住斑竹天真地说："妈妈，你快些好起来吧！我已经学会唱《世上只有妈妈好》了……"是的，小小的叶岚，哪知不久妈妈将会离她而去，她失去的是妈妈永远的关爱。斑竹热泪盈眶地对女儿说："叶岚，妈妈爱你，快长大吧！你会是一个美丽幸福的孩子，像花一样烂漫。"

在母亲病危的时候，女儿夏碧云、儿子夏思蜀先后回到榴花镇，这里曾是他们出生，是他们童年和少年时生活过的地方，这个曾经的家对于姐弟二人是既亲切又陌生。见到在长期病痛煎熬中容颜憔悴的母亲，两人悲凄中握住妈妈的双手呼了声："妈妈……"他们泪如雨下相拥在一起，现实对于他们母子是残酷和伤悲的。斑竹双臂艰难地搭在女儿夏碧云、儿子夏思蜀肩上说："好孩子，妈妈恐怕是不行了，你们都是妈妈人生的希望，看到你们回到妈妈身边，妈妈感到很知足。你们所要走的人生道路还很漫长，所要做的事还很多，好好努力吧……"斑竹气喘吁吁地挣扎着说完，便是一阵阵咳嗽，夏碧云急忙轻轻地抚摸着妈妈的胸口，夏思蜀将水杯递到妈妈嘴边让她喝了一口水。

斑竹回过头看见云黛儿、叶青、蜀新以及楠竹等都在旁边，突然惦记起一件重要的事，又憋出一口气来对云黛儿说："云黛儿，上天将你我的人生聚集在一起，成就了这一番事业，弥留之时，我还有着最后的嘱托要告诉你和大家。"

云黛儿醒悟过来，想到斑竹临终前必定有大事要说，忙从手袋内取出笔和记事本，郑重地说："斑竹嫂，你不要着急，慢慢地说，我这里给你详细记下来。"

"叶青、蜀新、胡萼，你们都在这里。我走后，骊山创业创新发展公司就交与云黛儿和你们了。云黛儿有能力担负起公司的将来，望你们能团结起来，继续努力、合作下去。多年来我在公司所持有的百分之五十的股份，我已有了安排，叶青和女儿叶岚持有百分之十的股份，继承骊山温泉小区的房产；蜀新持有百分之十的股份；我的前夫夏临风，他毕竟对企业的开创和发展有奉献，持有百分之五的股份；百分之五的股份由胡萼表妹转给罗姑一家，我所取得的一切都和他们

鸿雁

有关，是他们成就了我人生的道路；百分之五的股份，赠予二姐楠竹和陶红橘；留给女儿夏碧云、儿子夏思蜀百分之十的股份；最后，还有阿玲的那两个孩子已是孤儿，再给两人共百分之五的股份，帮她们成家立业。这样，我也是死而无憾了。"斑竹在住院时已经想了很久，在她即将辞别人世的时刻作为她的遗嘱提了出来。

斑竹的这种处理方式的分量，云黛儿和叶青是再清楚不过了，斑竹在整个公司的股权值已是两千八百万了，一个百分点就是几十万元，这份遗嘱直接搅起各人心中的惊涛骇浪，首先就是叶青惊叹中的忧伤，惊叹妻子斑竹这一去分明给自己留下了一座金库，忧伤的是同样丢失了比金子更加宝贵的斑竹。

夏临风和江晓云傻呆呆地鼓起金鱼一样的眼睛，望着黑沉沉的天空，虚幻中眼前堆起了一座银山。夏临风的内心反而十分平静，这钱是好东西，像罂粟花一样令人痴狂，可他与前妻那不为人知的情爱，就像那东流的渭水再也不会复返了。倒是江晓云一直为着夏临风的人生惋惜，为自己感到庆幸，也为斑竹悲叹。

斑竹的举措对楠竹和陶红橘则是一个意外、一种梦想，两人贫穷的命运，因着斑竹的赠予将得到翻天覆地的改变。

"云黛儿，我嘱咐的这些事，你整理一下让他们分别签字、盖上指印，交由叶青复印，交由双方妥善保管。这两个厂子，经营好了，前景可是辉煌的，那些职工，都是农村来的，请多善待他们，每年从厂盈利中拿出一部分：一是帮助一些最底层贫困的乡民；二是资助一些学习成绩好的乡村穷苦子弟。"斑竹深深地呼了一口气又说，"云黛儿，人将离去，念叨的事就烦琐了，请你原谅，我要讲的就这些了。"

"斑竹，你叮咛的事，我云黛儿谨记在心，为人多做善心善德的事，铺筑好自己人生的道路。"云黛儿觉得斑竹对于自己，是永远的楷模。

时钟嘀嘀嗒嗒地又摆过了漫长的一天，将晚的时候，斑竹已感应生命最后终结时刻到了，她把丈夫叶青、女儿夏碧云及儿子夏思蜀唤到床前说："孩子们，妈妈舍不得丢下你们，人生结局是不得已的事，你们暂时待在我的身旁，不要离开。"斑竹这当是生命最后的期望和留恋。

云黛儿、楠竹、陶红橘和夏临风夫妇等都待在厅堂内，灯光昏黄昏黄的，空气仿佛凝固了。蜀新和麦海从外边走了进来，斑竹放下拉着孩子的手，对叶青说："天不留我，生命已是无憾了，死后，你们可将我的骨灰分作两份装起来，一份埋在鹿溪溪畔，在坟茔旁栽一棵石榴，让它陪伴我的灵魂，看那鹿溪静静地流过。

另一份就让蜀新找机会带回川东十塘家乡吧！埋在斑竹湖畔任何一棵柑橘树下，那里曾经有我的童年、少年和青年，有苦难，也有欢乐，但愿故乡是我安息的地方，让斑竹湖涤荡我的心灵。"斑竹微弱地念叨着，一滴热泪从眼角滴落到被子上，便昏厥过去。

叶青弯下身来，拥起斑竹的脖颈儿，贴着回光返照有些红晕的脸颊上轻轻地说："斑竹，一切都放心吧！你的心愿，我们都会尽心尽力地完成，你就放心走好吧！"

大家都处在无言的寂静中，夏碧云紧紧地握住妈妈的手一刻也不放松，斑竹又一次睁开眼睛，挺着力气深情地望了他们姐弟一眼，很是平和安详，似乎又要说什么，只见颔面下的嘴角急促地抽搐起来，呼吸也是有出气而无进气了，整个身子在颤抖着，夏碧云赶忙爬上床，将妈妈的上身揽入怀中急切地哭泣道："妈妈！你醒醒，妈妈！你醒醒啊！"

这样抽搐颤抖了片刻工夫，斑竹一口气没吸上来，头便倒向一边，一切都趋于平静了。云黛儿走上前，斑竹已停止了呼吸，她握住斑竹的手腕在脉搏上按了稍许时间，已经没有了生命的迹象，转身对夏碧云说："孩子，你妈妈走了，让她安静地躺下吧！"

"妈妈……"夏碧云悲凄地叫了一声，便倒了下去，云黛儿紧急地用手指掐了一会儿人中，夏碧云缓慢地睁开眼睛，微弱地继续呼叫妈妈，夏临风走上前拉起女儿夏碧云，到院外吸着清冷空气缓过气来。

在一片纷乱中，陶红橘推开悲伤的人群闯到已无声息的斑竹前，凄惨地哭喊道："斑竹……我的好姐妹啊！你不该就这样走了！"两只手伸向空中祈祷着："苍天大老爷啊！什么好人一辈子平安！是天也在说瞎话吗？"陶红橘在含混不清的哭诉中被麦海拉扯到一边交给江晓云劝导。

楠竹趴在妹妹身边，抹着泪花，对着斑竹的遗体，像在唱着挽歌："幺妹子啊！你活着就是这样苦命地为了大家，你生着菩萨心肠太善良、太善良，咋不让人悔断肠、悔断肠啊！"

叶青抱着女儿叶岚，小叶岚看着妈妈一动不动地躺在那里，哭吵着："我要妈妈！我要妈妈！妈妈，我要唱歌，我要为你唱那《世上只有妈妈好》。"叶青为了让楠竹从万分悲伤中脱离，借势把叶岚递到楠竹怀里。

很快地，大家在院子搭置了灵堂，将斑竹的遗体移至灵柩内，以便亲属乡邻、宾朋好友前来吊唁。

鸿雁

按照榴花镇的风俗，去世的人须放置三天，赶一个吉利的日子里火化葬埋。两个厂子放假三日，前来悼念的人群将院子挤得透不过气，音响中一遍遍地放着《望星空》悠远缠绵的曲子，播着《梁祝·化蝶》追忆的调子，唱着芭蕾舞剧白毛女中《北风吹》《喜儿哭爹》的歌儿，勾起人们的追思与怀念。

灵前的长幅楹联写道：

邀一轮明月遥寄深情为你唱挽歌
挚一杯美酒奠祭善德为你吟骊歌

横额为"北飞鸿雁"。

傍晚，天不作美地又刮起了凛冽的北风，夏碧云和夏思蜀一直跪拜在母亲灵桌前，恭候着不断前来吊唁的亲友宾朋，点燃香炉上的檀香，两人望着徐徐升腾的一缕缕烟，幻想着妈妈的魂灵一步步走向遥远的天国。

后半夜，浮云已散，月亮出来了，月光淡淡地照在院内，天气是更冷了，为妈妈守夜的姐弟俩冷得直打战。起夜的江晓云拿了两件棉衣走到灵前，披在二人身上，暖和了一阵的姐弟俩又困乏得直打瞌睡，脑袋不停地落下抬起、抬起落下，一直未睡的夏临风走到这一对儿女面前说："孩子，深夜了，天也太冷了，你俩去屋子里先歇息一会儿，聚攒点精神，待天明时客人悼念又要紧张地忙活了，这里就让我帮着照看吧！"夏碧云觉得这样也好，就拉着弟弟思蜀走到屋内。

几天来，夏临风感到自己人生的情感爱抚已离他远去了，失魂落魄地处在一片虚无缥缈中，月亮是那样隐晦薄情，星星眨动着冷眼俯瞰着人间苍茫的一片空灵，夏临风在矛盾的冲撞中，在永久的辞别中，不得不怀念往昔夏日的野外，夜幕月光下割麦的艰苦岁月，与斑竹欢好的一幕幕浪漫情景。他无力挽住斑竹的人生，也无法弥补情爱遗失的残缺，尽管身旁有着江晓云的陪伴，他的内心还是那样空旷，空旷得无着落。天明后十点就要去火葬场了，这一切都将化为乌有……

不知不觉，天色渐渐地亮起来，夏临风好似做了一场噩梦，慢慢地醒过来，祈祷斑竹，让她安宁地走好吧！期望着来生再相见。

斑竹的辞世，对云黛儿是一个很大的打击，难得事业上有这样忠诚、厚德、向善的好伙伴，把一切放心地交与自己，心理上便有着那一种负重的责任和面对。三天来，她同蜀新、叶青在鹿溪上游一个山坳里寻觅了一处风景绝佳、静幽的墓地，准备将斑竹的骨灰下葬安置在这里。

十点过后，灵车准时来了，又是情感上生离死别的一阵凄凉，三声送魂爆竹响过，斑竹的遗体被送入灵车内。

　　女儿夏碧云抱着妈妈的遗像，儿子夏思蜀捧着妈妈的魂帛，由夏临风和江晓云搀扶着上了云黛儿新购置的座驾。紧紧相随的云黛儿携着楠竹、胡萼，陶红橘、尚锦鲤一行人白袍罩身、白纱盘头泪水涟涟地上了车，后边的两辆大巴则载着乡邻亲友和厂里工人，由周虎军和杨晓玲照顾着。

　　在大家依依惜别下，看着斑竹被推进了焚尸炉，留在心中的却是对斑竹善良往事难以泯灭的回忆。

　　云黛儿眺望着火葬场高高的烟筒，出神地想，斑竹将依附那一缕白烟，随着早春清冷的风儿飘越秦岭，到她应该归去的故乡。

　　云黛儿安排得很妥当，斑竹火化后的遗骨被分别装进两个蓝田玉雕刻的骨灰盒中，由各五尺的两片红绫包裹着，一个被夏碧云姐弟抱着，由云黛儿开车直接送到了上边鹿溪旁的墓地。先一步到达的楠竹、胡萼、陶红橘、尚锦鲤、丁香和几个挖墓的村民在那里等候着，待两个村民认真地放置好骨灰盒，叶青放了一串鞭炮，不久一个新的坟茔便被堆起。云黛儿打开一瓶白酒洒在坟茔四周，深沉地说："斑竹，人生无非就是天上人间，你已有了人生的辉煌，放心吧！大家都会念记着你，寂寞时，我会常来看你的。"夏碧云姐弟的学业不能再耽搁了，第二天便返回了学校。蜀新和尚锦鲤则专程回一趟老家，将盛有一半骨灰的骨灰盒送回斑竹湖畔。

　　第二天早晨，天空格外晴朗，云黛儿很早地来到了公司办公室，陶红橘抱着斑竹的女儿叶岚在守候着，装有斑竹遗骨一半的骨灰盒昨晚暂放在文件柜上，无眠的叶青内心折腾了一夜，心中生出一首诗来，他用笔写在一块白绫上：

> 巴蜀明月照长安，
> 秦岭阻隔涪江远。
> 遥念故乡斑竹湖，
> 春风吹送南归雁。

　　叶青从文件柜上取下骨灰盒，解开包裹的红绫，将白绫放了进去。

　　此时的夏临风心绪很是怆然，何曾以往、何曾如今，常相思、长作念，摇曳那一竿竿斑竹滴泪，愿倚流云到川东。

鸿
雁

魂兮！魂兮！斑竹，你要归去，我何所依？云黛儿内心泛起四顾茫然的一片多情。月已落、星已陨，痴心天涯欲断魂。无奈兮！无望兮！天上人间地无情撕裂。我叹流水，我呼云空，搭竹为桥，情感却纠激起一片波涛。

　　此时的陶红橘、胡萼、麦海、丁香、江晓云在悲然怜悯中祈祷，祈愿那北来的长风、那南飞的大雁，愿那斑竹嫂的魂灵一路远行、将心归情。

　　云黛儿给蜀新开来自己的黑色奔驰轿车。尚锦鲤打开车后备厢，蜀新将姐姐的骨灰盒郑重地放置进去，两人坐进汽车内缓缓地驶出厂门，顺着终南山秦岭隧道，穿山越水，向着川东十塘驰去。

2021 年 1 月 8 日完稿

第五十五章　念记那一抹血色残阳

后记（一）

峰高无坦途

写得好艰难啊！随着自己病情的好好坏坏，写作也就写写停停。在稍许停止的时间里，便是对所触及题材的思虑，通过故事的发展，对人物的塑造和刻画，力求故事人物与读者的心理认知相融共在。

有书界的朋友来访，看到案前摆满缓解病情的药物，感叹地劝阻我：快七旬了，真是呕心沥血啊！多注意身体。写文学作品，在这个时代，不合时宜，人们很少看书，也便没有什么经济效益，弄不好，免不了引来诸多流言。本就是穷人念的富人经，何必呢！

不能说朋友的话没有道理，但心中自解，这就是一个特殊农民个性的追求吧！源自爱好，我把它兼作了一个难以看见的人生事业来做，期望能看见曙光。不写下去，仿佛人生丢失了什么，那些自认为宝贵的人生阅历，那些难以取得的写作素材真可惜了！写下去，好像能填充自己空洞遗憾的心灵。写作中，那些作品中的人物好似和我一起融入了一个美妙的世界，感觉我所塑造的人物都是我生活中的朋友，不论其好坏！这也可能与我交友有关系，我这个人很随和，社会交际中，穷人、富人，好人、坏人，自然包括男人、女人，只要随缘，每一个人总有他的长处，我也便人皆我师，尽量萃取他们优长的一面，星星点点地集聚，对我便有所帮助。

记得一次朋友邀我到兰州去，印象中他当知青时就是一个帅哥，改革开放后在那里发展得很好，阔绰得令我愕然，是一个吃穿考究、步入富人阶层的成功人士，因我有哮喘病，曾和他在海南澄迈购置的别墅中住过一个冬季。如今我与他，分属于不同的阶层。可曾经从风雨中走来的他不这样认为，开车陪我在兰州、青海逛了一个星期，当我要回西安的当晚，他在陇上春酒店订了两桌酒席，邀请了他在兰州的朋友、兄弟姐妹为我饯行。坐在我对面的是他的二姐、甘肃省委组织部原副部长，坐在我旁边的是他二姐夫、甘肃省委宣传部原部长，席间这个姐夫说：在兰州相遇，咱们可是乡党了，我是长安区东大乡人，和张灵甫是一个村的。我诧异地说：张灵甫，陕西人不讲别的，就他的人格魅力，打日本及一手好书法，我还是很钦佩的。尤其那个遗孀王玉龄，孙立人的外甥女，祖上曾是尚书及两江总督。生就的大家闺秀，一个美人坯子，十九岁守寡，终身再未嫁人，只是为了爱的坚守，真的不可妄测。

听妻弟说，你的书法很好，能否写几幅赠予我欣赏！我一时无语，心中想写，但觉我这是不自量力了，一个省委宣传部部长索墨于我就是一个笑话，我表面敷衍一番，至今无从下笔。在兰州的几天，朋友与我睡在一个大床上，谈起一些人生往事，感慨三十年河东，三十年河西，说起他官场上一些琐事，令我称奇，如写官场那些事，都是要积累的可贵素材。可惜我无力触及官界那些风云变幻。

记得 2014 年初夏携孙女去杭州，杭州电信局一个朋友将我们爷孙俩安置在一个汉庭连锁酒店中，自助早餐是免费提供。吃过饭后，我们就近先光顾了灵隐寺，下来便在美丽的西湖转悠，苏堤、白堤串联起许多的景点，断桥、雷峰塔以及岳坟都是必去的，风景甲天下的杭州，手机拍照很快就没电了。孙女从旅行包取出佳能数码相机，留下许多珍贵的记忆。隔天又上了中国四大名塔之一的六和塔，登上塔顶，凭栏远眺水天一色，附近是观看有名的钱塘江大潮的绝佳境地，可惜赶不上中秋，对于没看雄浑大气的钱塘江潮心中有憾。塔下的钱塘江大桥很雄伟，据说是我国很早自行设计建造的第一座双层铁路公路两用桥。

第三天下午，我正陪孩子在西湖上荡舟，朋友来了电话，让我们在白堤上等着，晚上在西湖看音乐喷泉表演。朋友来得很早，先在一个古典的酒楼上同我们品尝了浙系菜肴的美味。天空暗了下来，喷泉表演开始了，稍不留神不见了孩子，三个大人都慌了，不一会儿发现，顽皮的孩子独自在人群中看着杭州歌舞团演出，而我们都急出了一身冷汗。

太打扰朋友了，第五天早上我放弃到绍兴的打算，直接到火车站买了到宁波的车票。回到宾馆在朋友的账号上填字退掉房间，朋友又来了电话说：今天是星期天，准备陪你到绍兴耍一天，对你的写作很有帮助。我说去宁波的票已买好，绍兴还是不去了。他叮咛说：退票吧！尽地主之谊，再陪你看一下绍兴吧！他开车过来拉我们走高速到了绍兴，先在鲁迅族人开的饭馆吃了正宗的越菜，谒拜了先生的故居，身临其境参观了三味书屋、百草堂，看了绕着故居而漂泊的乌篷船，

鸿雁

心里很是震撼。

在鲁迅故居大路对面意外地瞧见了周恩来故居，原以为他的故居在江苏淮安，猜想这里可能是他的祖居了。周恩来和鲁迅可是周族同源的大人物。

将晚时分，朋友要回杭州，本要到不远的兰亭去看一下王羲之故居，可时间不允许了，心中很感谢杭州的朋友，不然错过绍兴一游，岂不成了一种憾事？与朋友惜别后，又坐高铁到了宁波，因着关系下榻宁波大学招待所，三天中又游览了奉化溪口及普陀山，溪口很美，静幽的古寺庙宇、白练飞泻的瀑布。在普陀山我见识了大海的磅礴辽阔，走困了，便坐在礁石上洗起脚来，看着海浪唱着歌儿一波又一波地向岸边卷来。调皮的孙女则踩着一块块礁石向海中走去，突然一阵更大的浪头随着海风撞击在礁石上，溅起一人高的浪花，孩子险些掉进海中，衣裙全被海水打湿。这般大的孩子，随着我天南地北走在旅途上，虽艰苦也长了不少见识。

三天后的傍晚，我们在宁波坐最后一班大巴于黎明前到了上海。我忌讳那些高楼大厦、喧嚣的城市节奏，但领孩子来一趟不容易，还是逛了豫园，上了比东方明珠更高的金茂大厦。孩子惊讶地说：爷爷，真高啊！高到了云里边。

在苏州去了虎丘、天下名园林网师园等，虎丘塔不算很高，但雄伟古老，有历史的沧桑感。感觉无锡更好些，美丽太湖，碧波浩荡，坐渡轮到湖中岛上，风景更是引人入胜。到南京住了一晚，孩子归情心切，但六朝古都更是精华，不得不一一顾瞻，玄武湖、中山陵、秦淮河足迹必到，感到秦淮河、乌衣巷文化氛围更厚重，在这里想起了电影《桃花扇》，忆起了更能代表民族气节的一代名妓李香君。

我就像一个苦行僧，一生都在路上，因为外面的世界很博大，风景更优美，人生更精彩。想到李白不幸死在长江，葬在安徽当涂太白镇。杜甫客死湖北襄阳岘首山。他们一生居无定所，在文化和旅途中漂泊也是一种豪迈境界吧！

我很少写短篇小说，散文偶尔也是练笔罢了，感到长篇小说更能波澜壮阔、纵横驰骋地描写刻画人物，岂不知初学写短篇是为写作长篇小说必要的一种铺垫。

这部长篇小说《鸿雁》的构思应该早于我已发表的第一部长篇小说《白鹿观之·往事多情》，出于诸多原因，《鸿雁》便作为第二部写了。我知道第一部小说经验不足，缺点与优点共存。从出书反馈的信息来看，和我初前的认知相吻合，促使我准备出第二部长篇小说《鸿雁》时，更加举步维艰，越发谨慎。

结稿后，我先将电子稿打印了多份，分给写作群的文学爱好者及作家朋友通读，收集反馈意见：一、书中主要人物塑造刻画是否大气？能否吸引读者读下去？二、是否达到描写细腻的程度？三、语句是否冗长，用词是否烦琐？四、整个布局结构是否震撼？五、关于性方面的描述尺度把握得是否得当？

总之，自己感觉，归根结底还是文化底蕴浅薄，阐述起来力不从心，正应对了一句俗话：一瓶子不满，半瓶子晃荡。

作者没有大气兼容性情之作，是难以震撼广大读者的，像李白喝多了酒，就去江中捞月，结果丢失了性命，这种悲剧，就有因李白而有了浪漫色彩。小说也一样，但凡悲剧，便有死人，作家借此来撬动读者的心扉，也成就了作品。或许这样的看法被人觉得不靠谱。

一个朋友对我说：雪山，你的出身是农民，可骨子里就不是农民。我想他是在恭维我，充其量我就是一个文学爱好者罢了，谈不上什么作家，所以便没有了什么狂妄。一个人不能认识自己，谈不上认识别人，没有资格也没有能力。于人多包容、谦虚，你可能借鉴获得更多知识。我想，我生命的时光已不多，而心存的东西还很多，人生坎坷，苦难的阅历就是一种财富。我将持之以恒不懈地写下去，时刻告诫自己：路在脚下，心在远方！

在此，感谢理解、支持我出书的作家刘忆龙先生，感谢新华出书网出版家董满强先生，感谢金星广告王小杰先生的协作支持，感谢青年画家岳登峰为本书人物绘制插图，以及校友邓克波老师的细心校阅，并感谢我的读者。

雪山

2021 年 3 月于紫藤书屋

鸿雁

后记（二）

对蝴蝶、孔雀及鸿雁的思索

继《白鹿观之·往事多情》之后，通过一年多的构思、写作、修改，《鸿雁》这部小说终于完稿了。给行内的朋友看稿后说："雪山，看你的小说，感觉你是在用写诗的意境来写小说的。"

这句话算是说到了点子上，我多年前写就的两百多句、两千六百字的长篇诗歌，现实主义叙事、抒情诗作《你是南国北飞的鸿雁》，始终贯穿于整部二十多万字的小说《鸿雁》之中。我书中许多的故事借助了这篇诗歌，现实中也有虚拟，梦幻伴随着期盼，总也算顺心如意写了下来。

很早接触到我们民族古老爱情的经典，像《梁祝》《西厢记》《孔雀东南飞》等戏剧、诗歌，还有西方情爱经典莎士比亚剧作《罗密欧与朱丽叶》等，看到情爱终结的神化蝶变双飞、孔雀折翼幻作一树连理，以及《罗密欧与朱丽叶》悲情中道义上的展示。所有一切不幸的人性悲剧中，都有着血浓于水的悲哀，演变出对爱情美好梦想的期盼，正是但愿人长久，千里共婵娟。

诗言志、诗言情，诗歌是文学的精髓，是文字的表现和概括，是情感的表达。我已经将小说《鸿雁》呈现于读者，更应该将《你是南国北飞的鸿雁》这篇诗作一起附于编后奉献于大众，心中有着和氏璧一样的信念，觉得小说和诗歌分割开来，便造成了作者和读者情感上的一种缺憾。花好月圆始终是人性最终的期望。

附：《你是南国北飞的鸿雁》

雪山

一、故乡

绵延的丘陵，

像大海起伏的波涛，

更像母亲孕育生命的饱满乳峰，

那石板铺就的、

蜿蜒的田间小路，

弯曲在古朴苍老的村落之间。

那石条垒成的湿暗小屋，

和那小屋后、

早晨袅袅炊烟的向上升腾。

那丛丛拔节而起的翠竹，

和那笔直挺立的桉树，

那布满青苔的墨绿色橘树，

金橘在树叶间绽放微笑。

那门前数顷碧波荡漾的小湖，

褐色的鸭子在悄然洄游。

那橙蓝色的晴空中，

不时有数只白鹤飞跃湖中，

叼起那条条小鱼，

又向远方掠去。

啊！这就是川东、美丽的川东。

啊！这就是故乡、上善若水的故乡，

孕育出一个纯情的生命。

嘉陵歌来涪江唱，

八塘九塘到十塘。

橘子花酿蜜的时光，

你出生在这诗情画意的地方。

啊！那山、那屋、那人，

小径上背背篓打猪草的村姑，

小道上挑竹筐担煤的川妹。

啊！那心、那情、那意，

湖边踩着水车汲水的女友，

田中弯腰播种辛酸年华的妇孺。

啊！那水、那诗、那画，

水牛在田中慢悠悠地耕耘，

青蛙在田埂上间而断之地鸣叫。

金色的油菜花散发出灿烂的热情，

紫色蚕豆花盎然勃发，

奉献着丰收厚意。

望着同龄伙伴已去上学，

有谁顾怜你凄苦的泪光？

美丽迷蒙的乡间校园，

是你神圣的渴望和期盼。

多少个白日和夜晚的寂静中，

你望着记工本上的名字，

一笔一画千百遍地临摹。

多少次的花开花落，

多少季的叶碧橘红，

岁月中你走过童年和少年。

勤苦中又迎来勃发的青春，

摘来的红橘是你的笑脸，

挺起的青竹是你的身躯，

一泓湖水是你的眼睛，

碧绿丘陵，

是你少女健康的丰胸。

你有红豆一样朴素的情思，

你有栀子花一样纯情的品格。
你有扛起生命的双肩，
你有托起生活的双手，
你有怜念一切弱者的美德。
这一切，
可曾是你生命的金色年华？
啊！南国女儿初长成，
滋润而丰满，
秀气而丰盈，
美丽的巴山蜀水哟！
淘濯出你表里如一、
心灵的善度。

二、向北方

深秋初冬一个迷蒙的早晨，
你遵从父命随大弟到豫西去。
去嫁给一个不相识的人，
是无言无奈而无抗无争，
大海中孤零漂泊的小舟，
能载你到人生的哪个角落？
茫茫人生路，
你的生命是一片汪洋。
别了三江城，
凄美而哭泣的川东，
别了十塘，
你依恋的故乡。
那山、那水，
还有那青竹桉树，
和飞翔的白鹤，
那屋、那人，

鸿
雁

还有那炊烟、
橘园稻田和耕牛，
你背起盛满乡情的背篓，
一步一回头，
双眼两行泪。
啊！
二十五载的故乡岁月，
日月两轮
依旧涪江日夜流。
啊！
你是一只
飞越秦蜀古道的鸿雁。
向北方，向北方！
一个昏冷的、
北方雪原的傍晚，
列车长途地喘息，
乏力地停靠在古城，
眼睛的痴呆、
身体的疲倦，
还有情感的木然，
得知你杜鹃啼血般的苦命之行，
好心的姑母，
将你截留在自己身边。
你有了
自己相依为命的丈夫，
也有了
自己成家立业的港湾。
酸甜苦辣
是漫长人生历史的铺展
勤劳耕作的收获
是生活希望的酬谢。

你自巴蜀来，
有着巴蜀人的坚韧不拔、
不畏艰险；
你自川渝来，
有着川渝人的不断创造、
顽强奉献，
你把亲情赐予每一个亲朋，
你把爱怜资助给每一个弱者，
你用自己南国女儿的心灵，
塑造出一个美丽的自己。

三、漓江之恋（桂林畅想曲）

如果人生是苦难，
我们能共同面对，
也是一种享受。
一年的辛苦暂告缓息，
你对我说："到外地转一下吧！"
我们便开始了穷人的旅途！
北方的初冬，
正是南国的深秋，
从湖南长沙、衡阳，到桂林，
是一个夜雨初晴的早晨，
迎接你我的
是南国的一片清新，
我们徜徉在这神话般的城市，
一切都是那样随意和自然。
灿烂明媚的阳光，
泻洒在每一条街上，
是什么令你我陶醉？
古老店中

鸿
雁

飘来桂花糖包久久的醇香，

我们漫步在每一条街巷，

每一条街巷

都有她古老的神话和故事。

你站在船上，

船行在江中，

脚下是碧澄如练的漓江，

你一生忧心烦恼的日子，

把它抛进这玉带般的漓江，

仿佛洗涤人间的一切污浊。

船前行，

江峰扑面解情怀。

大榕树下，

消除你一生劳作的疲倦。

对歌台上，

三姐歌声是人间生命的呼唤。

看你将劳作困乏的

双脚放进这江中，

才理解一个农妇的人生艰难。

哲人云：

生命因动而健康。

在这人间仙境，

我望山廓而顾你形，

似乎这一切才是

和谐和完美，

似乎这情景才是

风花雪月春雨长风，

我因《过桥米线》想到一位作家，

他在挖掘故乡桂林，

探寻桂林人的

一颗颗珍珠般的善良心灵。

啊！桂林，

你是天界抛向人间的

一颗珍珠。

啊！漓江，

你是仙女精气幻作的

一抹彩虹。

每一座小江峰都是

你村姑般的倩影。

随着江水的南涌，

探寻着生命的历程。

你在病中追忆

这段梦牵魂绕的媚情时光，

无奈而留恋地对我说：

"真感谢你陪我去桂林，

在桂林的日子太短暂了，

真还想再去桂林。"

啊！上善若水的桂林，

啊！厚德载物的漓江，

啊！爱人，

我要将你深深地、

深深地镌刻在这千古象山。

人在此江中，

梦随江流上，

愿做桂林子，

不羡天上仙。

相思作千古，

情义两茫茫。

啊！

追忆此情此景，

心中只有静静的漓江、

静静的漓江在流淌……

鸿
雁

四、怀念（思念骊歌）

你是一棵无言的小草，

你是一朵无名的花朵，

人生最后的日子，

你还是无言、

无奈而自然。

但我知道，

你的心在泣血。

你已去，

而我思绪绵绵来日方长。

魂兮魂兮！

何日共剪西窗红烛。

你已去，

而我秋风凄雨孤雁独飞。

情兮情兮！

何日却话巴东夜雨。

你已去，

而我欲诉无言天涯断肠。

归兮归兮！

三江城啊！

涪江码头上的航船。

我欲伴你远行，

无畏道路坎坷。

我愿倚

悠悠白云长安月。

我愿借

有情南流不尽的嘉陵水。

你是

我心中不落的太阳。

你是

我心中升起的月亮。
你是
我心中一首绵延的诗歌。
你有
大海一样宽阔的胸怀。
你有
高山一样的伟岸气魄。
你是
清泉般明澈。
你是小溪一样流畅。
你是
地平线划过的一抹绚丽彩虹。
你是
漫长冬季过后飘来的一缕春风。
你是
家乡门前泓泓的一湖碧水。
我望着
那万顷波涛大海中万点白帆,
愿有一幅白帆,
是我载你去远行。
我眺望着
长夜无垠宇宙中每一颗寒星。
有哪一颗
是你在向我寄语闪烁的眼睛?
啊!
失去了你,
才觉得往事多情,
共同的岁月愈加珍贵。
五千里秦山蜀水,
你是南国北飞的鸿雁。
一万顷金橘红榴,

鸿
雁

你乃苦行善缘菩萨。

为了你，

我在人海中求图索骥。

为了你，

我在人世上探骊得珠。

不管月圆月缺

和悲欢离合。

你我的岁月，

酸甜苦辣，共同走过才是纯真。

你是菩萨心肠，

太善良、太善良。

我愿化蝶追忆，

恨断肠、恨断肠。

你或许是，

后皇嘉树而徂南土，绿叶素荣，

蓊郁繁茂令我伤怀永哀兮。^①

魂已随嘉陵江去，

魄已归缙云山风，

我愿陪你钓鱼城风吹，

我愿伴你嘉陵江而下，

我如今安葬你于红榴树下，

收获季节，

让每一棵红榴都安慰你，

向你的灵魂致意，

当你惦记我时，

我会在红榴树下，

为你苦吟骊歌。

注：①屈原诗句。

　　②雪山 2013 年 4 月 20 日于重庆市合川区钓鱼城，2021 年 2 月 21 日修改，
全诗 294 句 2600 字。

图书在版编目（CIP）数据

鸿雁 / 白明正著 . -- 西安：太白文艺出版社，
2023.1

ISBN 978-7-5513-2165-5

Ⅰ.①鸿… Ⅱ.①白… Ⅲ.①长篇小说－中国－当代

Ⅳ.① I247.5

中国版本图书馆 CIP 数据核字 (2022) 第 144403 号

鸿雁

HONGYAN

作　　者　白明正
总 策 划　董满强
出版统筹　人文在线
责任编辑　秦金莹　姚亚丽
封面设计　陈丽维
出版发行　陕西新华出版传媒集团
　　　　　太 白 文 艺 出 版 社
经　　销　新华书店
印　　刷　廊坊市海涛印刷有限公司
开　　本　710mm×1000mm　1/16
字　　数　302 千字
印　　张　17.5
版　　次　2023 年 1 月第 1 版
印　　次　2023 年 1 月第 1 次印刷
书　　号　978-7-5513-2165-5
定　　价　58.00 元